KB236433

대웅와 뱀

대문자 뱀

LE
SERPENT
MAJUSCULE

피에르 르메트르 장편소설

임호경 옮김

Cet ouvrage a bénéficié du soutien des Programmes d'aide à la publication de l'Institut français.

이 책은 프랑스 해외문화진흥원의 출판번역지원프로그램의 도움을 받아 출간되었습니다.

LE SERPENT MAJUSCULE
by PIERRE LEMAITRE

내 조카들
라라, 카티아, 비올레트에게
내 사랑을 담아.

파스칼린에게 바친다.

머리말

    이따금 독자들은 내게 묻는다. 언젠가 〈다시 추리 소설, 누아르 소설로 돌아갈 생각이 있느냐〉고. 나는 대개 〈그럴 것 같지는 않다〉라고 대답하는데, 이는 그럴 생각이 없다는 말의 완곡한 표현이다. 하지만 어떤 불편한 느낌이 남아 있는데, 그것은 내가 예고 없이 불쑥 떠난 것 같은 — 내 방식이 아님에도 — 누구에게도 어떤 방식으로든 작별 인사를 하지 않고 떠나 버린 것 같은 느낌이다.

    이것은 내가 본의와 달리 누아르 소설에서 빠져나오게 된 사실에 기인한다. 『오르부아르』는 어쩌다 방향이 틀어진 역사 추리 소설일 뿐이지만, 어쨌든 이 작품은 나를 20세기에 관한 문학적 프로젝트로 이끌었고, 장르 소설에서 멀어지게 만들었다.

    이 문제(작별 인사를 하지 않고 장르를 떠난 것)는 계속해서 나를 괴롭게 했다. 특히나 『재난의 아이들』 3부작을 끝낸 후에 완성한 『애정 어린 추리 소설 사전』이 이러한 아쉬움을 되살아나게 했기에 더욱 그랬다.

이때, 1985년에 집필한 후 어느 출판사에도 투고하지 않았던 한 소설을 떠올렸다. 이 책을 완성하고 나서 얼마 되지 않아, 내 인생에서 가장 힘든 시기가 시작되었다. 이 시기가 끝난 후에는 더 이상 어떤 것도 이전과 같지 않았다. 이 소설은 내게서 아주 멀어져 있었다. 그것은 서랍 속에 들어가 다시 나오지 않았다.

『애정 어린 추리 소설 사전』의 집필은 이 소설을 다시 한번 읽어 볼 좋은 기회가 된 셈이었다.

나는 몇 가지 기분 좋은 놀라움을 맛보았다. 이 소설은 다소 쇠락적인 분위기인데, 놀랍게도 이후 작품들에서 발전시킨 많은 주제, 장소, 인물의 유형 등이 이미 그 안에 존재하고 있었다.

이 책의 이야기가 펼쳐지는 1985년은 공중전화와 도로 지도가 아직 존재하던 시절, 그러니까 작가가 휴대폰, GPS, SNS, 감시 카메라, 음성 인식, DNA, 통합 디지털 파일 등으로 이야기가 불가능해지는 것을 걱정하지 않아도 되었던 행복한 시절이다.

난 등장인물들에게 상당히 가혹하다는 평판이 있는데, 내가 보기에도 이 비난은 이 첫번째 소설에서부터 정당하게 느껴진다. 독자는 언제나 자신이 애착을 가진 인물에게 나쁜 일이 일어나는 것을 쉽게 견디지 못한다. 하지만 이것은 인생에서 자주 일어나는 일이 아닌가? 몇 분 만에 심근 경색으로 사망한 친구, 뇌졸중으로 쓰러진 동료, 교통사고로 숨진 가까운 사람, 이 모든 것들은 공정한 일이 아닌 것이다. 그런데 소설가가 삶 그 자체보다 사정을 봐줘야 할 이유가 어디 있는가? 하지만 사람들은 삶에서 받아들일 수 있는 일이라 해도, 그것을 소설가에게서 또한 매번 용서하는 것은 아니다. 왜냐하면 소설가는 다르게 선택할 수 있었지만…… 그렇게 하지 않았기 때문이다.

내가 생각하기에, 이 비판은 누아르 장르에서는 별로 타당하지 않다. 누아르는 피와 범죄를 충분히 예상할 수 있는 장르이며, 마음이 여린 사람들은 다른 책들을 선택할 수 있기 때문이다. 그런데 어떤 독자들은 이야기의 잔혹함이 〈일정한 한계〉 내에 있어야 한다고 생각한다. 내가 가진 확신은, 누아르 독자는 피와 죽음, 즉 불공정함을 기대하며, 이를 직면하는 것에 대한 자신의 주저함을 그의 반응들로 보여 줄 뿐이라는 것이다.

자, 그래서 여기에 내 첫 번째 소설이 있다.

항상 그렇듯이 이것은 양보 없는 독자에게는 가혹하게, 우호적인 독자에게는 호의적으로 평가될 것이다. 다시 읽어 보니 많은 결점들을 발견했고, 출판을 고려할 경우 어느 정도 수정해야 할지가 문제가 되었다.

1946년, 『멋진 신세계』의 재판본 서문에서 올더스 헉슬리는 다음과 같이 썼다. 〈20년 전의 문학적 결점들에 대해 오랫동안 숙고하고, 첫 작업에서 놓친 완벽함을 부여하기 위해 결함 있는 작품을 수선하려고 시도하며, 청년기의 자신이 저

지르고 물려준 예술적 죄악들을 고치려 성숙한 시절을 허비하는 것은 명백히 헛되고도 쓸데없는 일이다.〉 결점들을 바로잡고 싶었다면, 책을 아예 다시 써야 했을 거라고 그는 말했다.

나 역시 같은 말을 할 수 있을 것이다.

책을 처음 집필했던 그대로의 상태로 독자들에게 내놓는 게 더 정직하다고 느껴졌다. 이해를 어렵게 하는 몇몇 구절은 수정했다. 그 외에 내가 고친 몇몇 부분은 대부분 표면적인 것이며, 결코 구조적인 게 아니다.

누아르 소설은 흔히 순환적이다. 이야기의 처음과 끝이 하나로 이어지는 것이다.

그렇기 때문에 내가 출판하는 마지막 누아르 소설이…… 바로 내가 쓴 첫 번째 소설이라는 사실은 상당히 논리적으로 느껴진다.

피에르 르메트르

이웃 여자
그녀는 알코올 중독인 것 같아요.
입술이 떨리는 걸 봤나요?

이웃 남자
그녀는 움찔거렸죠. 악마에 사로잡힌 게 틀림없어요.
머릿속에 뱀들이 잔뜩 들어 있겠죠.

— 제랄드 오베르, 「분쟁」

1985

5월 5일

마틸드는 손가락으로 핸들을 톡톡 두드린다.

반 시간 전부터 고속 도로에 차들이 엉금엉금 기고 있는데, 생클루 터널까지는 아직도 10킬로미터가 남았다. 차들은 몇 분씩 옴짝달싹 못하고 있다가, 알 수 없는 이유로 갑자기 앞이 트이고, 왼쪽 차선의 가드레일에 붙을 듯이 끼어 있던 그녀의 르노25는 시속 60킬로미터, 70킬로미터, 80킬로미터로 다시 굴러가기 시작하다가, 또다시 끽하고 급정거한다. 이른바 〈아코디언 현상〉이라고 하는 것이다. 고생 좀 하리라. 하지만 오늘 그녀는 만전을 기했다. 아주 일찍 출발했고, 최대한 오랫동안 국도를 탔으며, 교통 체증이 없다는 소리를 방송으로 분명히 듣고 나서 고속 도로에 들어왔다.

「그런데 이런 똥통에 빠진 거야…….」

마틸드는 평소에 말씨가 점잖은 편이고, 상스럽게 구는 부류가 아니다. 지금은 자신에게 욕설을 내뱉는 것으로, 이러면 속이 좀 풀리기 때문이다.

「다른 때에 왔어야 했는데…….」

그저 자신의 경솔함이 놀라울 정도다. 이처럼 생각 없이 굴었던 적이 없었다. 오늘 같은 날에, 늦어질 위험성이 있는 시간을 택해? 그녀는 주먹으로 운전대를 쾅 친다. 자신에게 끔찍하게 화가 난다.

마틸드는 핸들에 딱 붙어서 운전한다. 팔이 짧기 때문이다. 올해 예순 셋인 그녀는 작달막한 키에 몸이 딱 벌어지고 뚱뚱한 체격이다. 얼굴을 보면 과거에는 예뻤을 것 같다. 심지어는 아주 아름답기까지 했을 것이다. 전쟁 때 찍은 사진에서 그녀는 날씬한 몸매, 웃음기 있고 매우 육감적인 얼굴, 그리고 금발의 머리카락 등 놀라울 정도로 매력적인 젊은 아가씨이다. 물론 지금은 턱, 가슴, 엉덩이 등 모든 게 두 배로 불었지만, 그 푸른 눈과 가느다란 입술, 그리고 과거의 미모의 흔적처럼 얼굴에서 느껴지는 조화로운 무언가를 여전히 간직하고 있다. 마틸드는 세월과 함께 몸 전체가 조금씩 느슨해졌지만, 나머지 것들에 대해서는 아주 철저하다. 다시 말해서 세련되고 값비싼 옷(그녀는 그럴 만한 능력이 된다), 매주 가는 미용실, 전문가 수준의 화장, 그리고 특히, 매니큐어로 완벽하게 다듬은 손과 같은 세부들 말이다. 주름이 늘고, 체중이 빠지지 않는 것은 참을 수 있지만, 제대로 관리되지 못하는 손은 견디지 못할 것이다.

체중 때문에(오늘 아침 저울에 서 보니 78킬로그램이었다) 그녀는 더위에 허덕거린다. 꽉 막힌 고속 도로는 지옥과도 같아서, 가슴 사이로 땀이 줄줄 흘러내리고, 아마도 엉덩이는 흠뻑 젖었을 것이다. 그녀는 차창을 내리고, 달릴 때 들어오는 약간의 바람으로 얼굴을 식힐 수 있도록 다시 길이 뚫리기만을 초조하게 기다린다. 파리로 돌아가는 이 길은 노르망디에 있는 딸의 집에서 보낸 주말만큼이나 괴롭다. 끝없이 카드 게임만 했던 견디기 힘든 시간이었다. 그 천치 같은 사위 놈은 TV에서 포뮬러 원 그랑프리 경기만을 보려 했고, 그것도 모자랐던지 토요일인데도 식탁에 푸아로 비네그레트[1]를 올려놓아, 마틸드는 소화가 안 되어 밤새도록 고생했다.

「어제 저녁에 출발해야 했는데!」

그녀는 계기판에 달린 시계를 쳐다보면서 또다시 욕설을 내뱉는다.

뒷좌석에서 뤼도가 머리를 쳐든다.

눈빛은 멍청해 보이지만 성품은 착한 한 살 먹은 커다란 달마티안이다. 이따금 녀석은 한쪽 눈을 뜨고는 주인의 두툼한 목덜미를 쳐다보면서 한숨을 푹 내쉰다. 녀석은 그녀를 전적으로 신뢰하지 못한다. 주인은 감정의 기복이 심한데, 특히 요즘에 그렇다. 처음에는 둘 사이에 아무 문제가 없었으나, 지금은…… 아무 이유 없이 옆구리를 걷어차이는 일이 부지기수다. 하지만 녀석은 상냥한 성격에, 주인에게 애착을 갖고, 일진이 좋지 않은 날들에도 이런 생각을 바꾸지 않

---

1 삶은 대파에 식초 소스를 곁들인 프랑스 전통 요리. 이하 모든 주는 옮긴이의 주이다.

는 부류의 개이다. 단지 개는 조금 경계심을 품는데, 특히 그녀의 신경이 예민해진 것을 느낄 때면 그렇다. 지금이 바로 그 경우다. 그녀가 핸들을 쿵쿵 두드리는 것을 본 녀석은 신중하게 다시 고개를 눕히고 죽은 척을 한다.

고속 도로에 들어선 후 벌써 스무 번째로 그녀는 포슈의 경로를 속으로 그려 본다. 똑바로 쭉 달리면 15분도 걸리지 않겠지만, 그 끔찍한 생클루 터널이 남아 있다…… 그래서 그녀는 온 세상을 향해 화를 내고, 특히 지금 이 상황에 관해 아무 잘못도 없는 자기 딸에게 화를 내지만, 마틸드는 이런 점은 고려하지 않는다. 딸의 집에 갈 때마다, 그녀는 편협한 중산층의 냄새가 풀풀 나고, 마치 스스로를 희화화하고 있는 듯한 이 시골집의 모습에 기가 막히고 만다. 목둘레에 수건을 척 걸치고 큼지막한 미소를 지으며 테니스장에서 돌아오는 사위의 모습은 마치 TV 광고의 한 장면 같다. 또 정원을 가꾸는 딸은 프티 트리아농의 마리 앙투아네트를 연상시킨다.[2] 이런 모습을 볼 때마다 자기 딸은 똑똑하지 않다는 생각이 굳어지는데, 그렇지 않다면 왜 저런 멍청한 녀석과 결혼했단 말인가…… 게다가 녀석은 미국 놈이다…… 아니, 무엇보다도 멍청한 놈이다. 한마디로 미국 놈인 것이다…… 다행히도 그들에겐 아이가 없는데, 마틸드는 딸이 불임이기를 진심으로 바란다. 아니면 남편 놈이 불임이거나. 둘 중에 누가

2 베르사유 궁전의 별궁 중의 하나로, 여기서 루이 16세의 아내 마리 앙투아네트는 목가적인 풍경의 전원을 꾸며 놓고, 양을 돌보는 목동 흉내를 내며 즐겼다.

문제여도 상관없으니, 그들이 어떤 애새끼를 갖게 될지 상상도 할 수 없기 때문이다…… 보기만 하면 귀싸대기를 때리고 싶은 짜증 나는 애들이리라. 마틸드는 개는 좋아하지만 애들은 좋아하지 않는다. 특히 계집아이는 딱 질색이다.

「이런 생각하는 것은 옳지 않아.」라고 그녀는 중얼거리지만, 생각은 그렇지 않다.

이게 다 이 교통 체증 때문이다. 그녀가 일할 때면 매번 비슷한 상황이다. 짜증, 초조함 등등이 밀려오는데, 여기에 주말의 교통 체증까지 더해 보라…… 다음 일요일로 연기하는 게 나을까? 아무리 생각해 봐도 이 일을 위해서는 일요일밖에는 다른 가능성이 없었다. 하지만 그녀가 한 주를 연기한 적은 한 번도 없었다.

그런데 별안간, 아무도 이유를 알 수 없지만, 빽빽했던 자동차 행렬이 갑자기 헐거워진다.

설명할 수 없는 일이지만, 르노25는 생클루 터널을 지나 몇 초 만에 파리 외곽 순환 도로로 들어선다. 마틸드는 아직도 차들이 많지만 그래도 나아가고 있는 것을 보고는 긴장이 풀리는 걸 느낀다. 뒤에서 뤼도가 안도의 한숨을 길게 내쉰다. 마틸드는 속도를 올리며 꾸물대는 차를 추월하려 하지만, 이곳에는 속도 위반 감시 레이더가 많다는 사실을 기억하고는 곧바로 속도를 늦춘다. 바보 같은 짓을 하면 안 된다. 그녀는 신중하게 가운데 차선으로 들어가서는 꽁무니로 흰 연기를 내뿜는 푸조 한 대를 따라가다가, 포르트 도펭에서 은폐된 레이더의 주둥이가 자신이 방금 빠져나온 왼쪽 차선의 차들을 향해 번쩍 하는 것을 발견하고는 미소를 짓는다.

포르트 마요, 그리고 그랑드아르메 대로(大路).

마틸드는 개선문 광장의 로터리를 돌지 않고 곧바로 오른쪽으로 꺾어서는 포슈 가를 따라 내려간다. 그녀는 다시 차분해졌다. 저녁 9시 30분이다. 약간 이르게 도착했다. 딱 맞는 시간이다. 정말이지 아슬아슬했다. 스스로도 믿기지 않을 정도이다. 어쩌면 운도 재능의 일부일지 모른다. 길 가장자리의 측도로 들어간 그녀는 한 횡단보도에 차를 세운 뒤 엔진을 끄는데, 주간 주행등은 켜놓는다.

뤼도는 벌써 집에 도착한 줄로 알고서 뒷좌석에서 벌떡 몸을 일으키면서 낑낑대기 시작한다. 마틸드는 백미러를 바짝 들여다본다.

「안 돼!」

그녀는 목소리를 높이지는 않지만 차갑고도 단호한 어조로 말한다. 개는 곧바로 다시 엎드리며 기죽은 눈길을 그녀에게 보낸 후, 한숨 소리조차 죽여 가며 눈을 꾹 감는다.

그러자 마틸드는 가느다란 사슬로 목에 걸려 있는 안경을 쓰고는 글러브 박스를 뒤진다. 거기에서 종이 한 장을 꺼내어 다시 한번 확인해 보는데, 몇 십 미터 정도 떨어진 곳에서 차 한 대가 출발한다. 마틸드는 차분하게 그 자리로 들어가 주차한 뒤, 다시 엔진을 끄고, 안경을 벗고, 목덜미를 좌석의 머리 받침대에 기대며 눈을 지그시 감는다. 시간에 맞춰 여기 도착할 수 있었던 것은 정말이지 기적이었다. 앞으로는 더 조심하리라, 속으로 다짐한다.

포슈 가는 너무나도 조용하다. 여기서 살면 유쾌하리라.

마틸드는 창유리를 내린다. 이제 자동차는 움직임을 멈추었고, 약간 답답한 공기가 감돌기 시작한다. 달마티안 냄새와 땀 냄새다. 샤워를 하고 싶다. 나중에 하리라. 그녀는 차 옆에 붙은 백미러를 통해 뒤편 측도에서 한 남자가 개를 데리고 산책하는 것을 본다. 마틸드는 엄청나게 큰 한숨을 내쉰다. 도로에는 차들이 빠른 속도로 미끄러져 간다. 늦은 시간이라 많지는 않다. 게다가 일요일이다. 커다란 플라타너스들이 파르르 미세하게 떨린다. 무더운 밤이 되리라.

뢰도는 자기 자리에 얌전히 누워 있지만, 마틸드는 몸을 돌려서 검지로 녀석을 가리키며 말한다. 「너, 누워서 꼼짝하지 말고 있어! 알았지?」 녀석은 둥그렇게 몸을 웅크린다.

차문을 연 그녀는 두 손으로 차체를 붙잡고는 차에서 간신히 빠져나온다. 체중을 줄여야 하리라. 치맛자락이 그녀의 엄청나게 큰 엉덩이 위로 쭈글쭈글 올라와 있다. 그녀는 이제 습관이 된 동작으로 치맛자락을 아래로 쭉 잡아당긴다. 차를 빙 둘러 돌아간 그녀는 조수석 쪽 차문을 열고, 거기서 가벼운 레인코트를 꺼내어 몸에 걸친다. 위쪽에서 이는 한 줄기의 뜨뜻한 바람에 커다란 나무들이 나른하게 흔들린다. 왼쪽에 산책객이 개와 함께 나아온다. 개는 닥스훈트 종인데, 녀석은 줄을 팽팽하게 당기면서 타이어에 코를 대고 킁킁댄다. 그녀는 성격이 좋은 견종인 닥스훈트들을 좋아한다. 남자는 그녀에게 미소를 지어 보인다. 때로 사람들은 이런 식으로 처음 만나게 된다. 한 사람에게 개가 있고, 개들에 대해 얘기를 나누며 서로 친해지는 것이다. 더구나 산책객은 아직 50대의 활기찬 남자로, 괜찮아 보이는 사람이다. 마틸드는 그의 미소에 화답하며, 오른손을 호주머니에 넣는다. 남자는 끝이 소음기로 연장된 데저트 이글 권총[3]을 발견하고는 걸음을 딱 멈춘다. 마틸드의 윗입술이 보일 듯 말 듯 하게 위로 뒤틀린다. 눈 깜짝할 사이에 총신이 남자의 이마로 향하지만, 곧바로 아래로 내려지고, 마틸드는 그의 국부에 한 발을 발사한다. 정보가 아직 뇌까지 올라오지 못한 그는 경악하여 눈을 크게 뜨고, 몸을 반으로 접으며 웅크리고, 마침내 얼굴을 찡그리면서 소리 없이 쓰러진다. 마틸드는 둔중한 동작으로 시체를 한 바퀴 돈다. 사내의 두 다리 사이에 갈색 얼룩이 번지면서 천천히 보도를 잠식해 간다. 사내는 두 눈을 크게 뜨고 있고, 입도 크게 벌린 채 경악과 극심한 고통의 표정을 짓고 있다. 그녀는 상체를 구부려 그를 뚫어지게 내려다본다. 그는 죽지 않았다. 마틸드의 얼굴에 떠오른 것은 놀라움과 만족감이 뒤섞이는 기묘한 표정이다. 마치 통상적이지 않은 어떤 곤충을 발견하고 신기해하는 뚱뚱한 아이라고나 할까. 그녀는 역겨운 냄새를 품기며 피가 꿀럭꿀럭 솟아나는 입을 응시한다. 마틸드의 얼굴에 뭔가를 말하려는 것 같은 표정이 떠오른다. 입술은 신경 자극으로 파르르 경련하고, 왼쪽 눈은 간헐적으로 가늘게 찌푸려진다. 그녀는 권총의 총신을 이마 한가운데에 올려놓고 거친 신음 소리 같

3 미국 M.R.I사가 디자인하고 이스라엘의 IMI사가 1983년부터 생산하기 시작한 50구경 자동 권총으로, 최고의 위력을 가지는 권총 중의 하나이다.

은 것을 내뱉는다. 남자의 두 눈이 안구에서 튀어나올 것 같이 보인다. 마틸드는 갑자기 생각을 바꾸어 그의 목에 대고 한 발을 쏜다. 그 충격에 머리가 목에서 거의 떨어져 나온다. 마틸드는 역겨운 표정을 지으며 뒤로 물러선다. 이 장면은 30초 이상 걸리지 않는다. 이때 그녀는 줄 끝에 매인 채로 겁에 질려 꼼짝 못하고 있는 닥스훈트가 생각난다. 녀석은 멍한 시선을 그녀 쪽으로 들어 올리다가, 역시 머리에 한 발을 맞는다. 그 충격에 개의 반쪽이 사라져 버리고, 고깃덩어리 하나만 남는다.

마틸드는 몸을 돌려 대로를 바라본다. 여전히 적막하다. 차들은 계속 무심히 지나간다. 보도는 해 진 후 부자 동네의 보도들이 그렇듯이 텅 비어 있다. 그녀는 다시 차에 오르고, 조수석에 무기를 내려놓은 다음, 시동을 걸고 유유히 출발한다.

측도를 나온 그녀는 조심스레 도로로 들어와서 외곽 순환 도로 쪽으로 향한다.

차가 움직이기 시작하자 깨어난 뤼도는 몸을 일으키고 마틸드의 어깨 위에 머리를 올린다.

그녀는 핸들에서 한 손을 떼어서는 달마티안의 주둥이를 쓰다듬으며 따스한 목소리로 말한다.

「그래 그래, 우리 착한 멍멍이!」

저녁 9시 40분이다.

✝

바실리에브가 일과를 마친 때는 저녁 9시 45분이다. 사무
실에서 시큼한 땀 냄새가 조금 느껴진다. 경찰 수사대에서
저녁 당직을 서는 것의 유일한 이점은 엄청나게 밀려 있는
보고서들을 해치울 수 있다는 점이다. 오키핀티 반장은 그걸
내라고 노상 닦달하지만 한 번도 읽는 법이 없다. 그는 〈이
봐, 내용을 좀 요약해서 가져와〉라고 말하며 땅콩을 한 줌 움
켜쥔다. 바실리에브는 그 냄새를 생각만 해도……

점심을 거의 먹지 못한 그는 캔 하나를 따고 싶어진다. 〈그
런데 어떤 캔을 따지?〉라고 그는 자문한다. 머릿속으로 자기
집 주방의 찬장을 들여다본다. 완두콩? 깍지콩? 기름에 절인
참치? 그래, 이따가 보자고…… 그는 미식가가 아니고, 심지
어는 탐식가도 아니다. 또 그는 이 사실을 담담하게 고백하
기도 한다. 나는 먹는 걸 별로 안 좋아해…… 어느 때고 주변
사람들은 곧바로 놀라며 비명을 지른다. 세상에! 어떻게 먹
는 걸 안 좋아할 수 있어? 마치 이것이 어떤 비정상적인 것,
반사회적이고 반애국적인 행위인 것처럼, 모든 사람이 경악
한다. 바실리에브는 눈 하나 깜짝 하지 않고 비프젤리, 까치
밥나무 열매 잼, 탄산음료만으로 일 년 열두 달을 지내는데,
위장은 끄떡없다. 이러한 식단은 누구라도 뚱보로 만들겠지
만, 그의 체중은 10년이 넘는 시간 동안 단 1그램도 늘지 않
았다. 이런 식생활의 이점은 설거지할 필요가 없다는 것이
다. 그의 주방에는 주방 용기가 하나도 없고, 쓰레기통 하나

와 스테인리스 수저와 포크가 있을 뿐이다.

하지만 내용물이 무엇이든 간에 캔은 오늘 저녁의 우선순위에서 뒷자리에 있으니, 먼저 뇌이[4]에 가서 드라오스레 씨를 방문해야 하기 때문이다.

「형사님을 보고 싶다고 여러 차례 말씀하셨어요.」간호사가 말했다.「안 오시면 실망하실 거예요.」

그녀는 강한 캄보디아 억양을 가지고 있다. 이름은 테비. 아마 서른 살 정도 되었을 통통하고 작달막한 젊은 여자로, 그와 키가 머리통 하나는 차이가 났지만, 그렇다고 하여 불편해하는 것 같지는 않았다. 그녀는 한 달 전부터 선생을 돌보는 여자다. 차갑고 침울하기 짝이 없었던 이전 간호사보다 훨씬 더 친절하고 상냥하다…… 맞다, 좋은 여자이지만, 바실리에브는 그녀와 진정으로 대화해 볼 기회를 한 번도 갖지 못했다. 음 그러니까…… 그러고 싶어 하는 모습을 보이고 싶지 않기 때문이었다.

「저녁 당직일 때는,」그는 변명했다.「이해하시겠지만, 일이 몇 시에 끝나게 될지 몰라서요…….」

「네, 그건 우리도 마찬가지예요…….」테비가 대답했다.

그녀의 목소리에 힐난의 어조는 섞여 있지 않았지만, 바실리에브는 쉽게 죄책감을 느끼는 부류이다. 테비는 또 다른 간호사와 함께 일하는데, 테비가 주로 근무를 한다. 테비의

---

4 정식명은 뇌이쉬르센Neuilly-sur-Seine. 파리의 서쪽, 개선문과 라데팡스 사이에 위치한 구역으로, 부유층과 유명 인사들이 많이 거주하는 고급 주택 지역이다.

근무 시간표가 어떻게 되어 있는지 그는 알 수 없지만, 어쨌든 거의 매번 그녀가 전화를 받고, 선생의 집을 방문하면 항상 그녀가 맞아 준다.

「근무가 끝나면 다시 전화를 주세요.」그녀가 부드럽게 덧붙인다. 「아직 상황이 괜찮다면 말씀드릴게요……..」

번역하자면, 〈만일 드라오스레 씨가 저녁 시간임에도 불구하고 일어나 있고, 너무 피곤해하지 않으시면 오시라〉는 뜻이다. 선생은 잠을 많이 자고, 깨어 있는 시간은 일정치 않다.

저녁 9시 55분에 동료 경찰 마예가 교대하러 왔으므로, 더 이상 어떤 변명도 댈 수가 없어 뇌이로 향한다. 그는 핑계거리를 찾아볼 만큼 비겁하지만, 없는 구실을 꾸며 내기에는 너무 정직하다.

그는 맥없이 재킷을 걸치고, 불을 끄고, 이 한심한 하루에 지친 걸음으로 복도를 향해 나온다.

바실리에브. 르네 바실리에브.

이름에서 러시아 느낌이 나는데, 실제로 러시아 이름이기 때문이다. 이 이름은 주방 찬장 위의 타원형 액자 속에서 영원히 고정된 시선으로 응시하고 있는 무성한 콧수염과 건장한 체격의 남자인 그의 아버지에게서 온 것이다. 아빠의 이름은 이고르였다. 그는 1949년 11월 8일에 엄마를 유혹했고, 정확히 3년 후에 사망함으로써 자신이 시간을 칼같이 지키는 사람임을 보여 주었다. 그는 3년 동안 택시 기사로 파리를 구석구석 누비고 다니다가, 엄마에게 어린 르네를 만들어 주었고, 그러고는 어느 날 밤 술에 진탕 취해서 그만큼이나 수영에 서투른 백러시아 출신 동료들과 함께 센강에 뛰어들었다. 사람들은 가까스로 그를 건져 냈지만, 결국 그는 급성 폐렴으로 죽고 말았다.

이게 르네의 성이 바실리에브인 이유이다.

또 엄마는 그녀 자신의 아버지에 대한 오마주로 바실리에브에게 〈르네〉라는 이름을 붙였고, 이런 까닭으로 수사관은 그가 한 번도 만난 적이 없는 두 남자의 이름과 성을 갖게 된 것이다.

그는 아빠에게서 큰 키(193센티미터)를, 엄마에게서 깡마른 체형(73킬로그램)을 물려받았다. 아빠에게서는 또 높직이 올라간 이마, 널찍한 가슴, 둔중한 거동, 맑은 눈, 그리고 큰 턱을, 엄마에게서는 약간 무기력한 성향, 무한한 인내심, 그리고 무엇에도 흔들리지 않는 정직함을 물려받았다. 상당히 기이한 것은, 그는 육체적으로는 키가 크고, 후리후리하고, 뼈가 툭툭 튀어나왔지만, 뭔가 횡한 느낌을 주는데, 아마도 몸에 근육이 없기 때문일 것이다.

그는 스무 살 때부터 머리가 빠지기 시작했다. 5년 후에 이 탈모는 시작했던 것만큼이나 느닷없이 멈추면서, 정수리에 솜털이 보송보송한 둥그런 공터를 남겼다. 이 머리 위의 공터는 이 시기 동안에 엄마가 연고, 초란, 그리고 각종 기적의 제품들로 무장하고서 결연하게 전개해 간 전쟁, 그러니까 바실리에브는 차분하게 견뎌 내고, 엄마는 자신이 결국 이겼다고 확신한 전쟁의 마지막 상흔이라 할 것이다. 지금 그는 침착하면서도 고집이 센 서른다섯 살의 남자이다. 엄마가 세상을 떠난 후로 그는 아파트에 혼자 살고 있는데, 함께 지내던 이 아파트를 부분적으로는 다시 꾸몄지만, 많이는 아니다. 가족이 그에게 남긴 것은 거의 없지만, 그래도 하나를 꼽아 보자면 고약한 입냄새이다. 아빠는 선원용 스웨터 한 벌과 보드카를 담는 주석(朱錫)용기 하나 외에, 그가 ─ 엄마를 만나기 훨씬 전에 ─ 매일 아침, 점심, 저녁에 마치 개인 기사처럼 차로 모시곤 했던 드라오스레 씨를 기념으로 남겼다. 아빠가 죽자, 가슴이 뭉클해진 드라오스레 씨는 어린 르네에게 장학금을 주기로 마음먹었다. 어려운 형편이었던 엄마로서는 그저 고마울 따름이었다. 이렇게 고마운 은인은 충직했던 택시 기사를 기념하여 르네가 법과 대학을 나오고 국립 경찰 학교를 마칠 때까지 학자금을 대주었다. 드라오스레 씨는 자녀도 없고(이건 확인해 봐야 하리라⋯⋯), 가족도 없는(만일 있다면 이 가족은 상당히 조심스러운 사람들인 모양으로, 바실리에브는 그의 주변에서 아무도 본 적이 없다) 사람으로 알려져 있다. 그의 재산은 그가 43년 동안 성실하게 봉사한 국가에 귀속될 거였다. 그는 특히 중앙 부처로 돌아와 이고르 바실리에브를 엘리트 택시 기사(다시 말해서 엘리트 관리를 차로 모시는 택시 기사)로 격상시키기 전까지 주(州) 경찰청장(앵드르에루아르주? 셰르주? 루아레주? 르네는 잘 기억이 나지 않는다)을 역임했다.

전에 르네는 엄마와 드라오스레 씨 사이에 뭔가가 있지 않았을까, 하는 생각을 한 적이 있었으니, 세상에 택시 기사의 아들에게 학자금을 대주는 사람은 없는 것이다! 아이였을 때, 그는 자신이 은인의 숨겨진 아들이라고 상상하곤 했었다. 하지만 그런 것은 전혀 아니라는 것을 깨닫기 위해서는 그들이 방문하는 날들에 드라오스레 씨에게 인사할 때의 엄마의 모습을 떠올리는 것으로 충분했다. 그 조심스럽고도 겁먹은 듯한 모습, 하지만 거의 보란 듯이, 어떤 권리를 주장하기라도 하듯이 자존심을 내비치는 모습을 말이다. 거의 유감스럽기까지 한 사실이었으니, 이제는 어머니와 나눌 수 없기 때문에 그 빚을 온전히 르네 혼자 짊어져야 하기 때문이다.

드라오스레 씨는 부자이고, 어쩌면 그 이상일 수도 있겠지만, 견디기 힘든 구취의 소유자로 엄마가 은인에게 인사를 하러 뇌이에 데려갈 때면 그는 그 냄새를 정면으로 받아 내야 했다. 이제 선생은 여든일곱 살이다. 르네가 매주 고통의 시간을 보내는 것은 꼭 이 구취 때문만은 아니다. 르네의 가슴을 옥죄는 것은 늙어 가고, 모든 것에 흥미를 잃어 가는 선생의 모습을 보는 것이다.

바실리에브는 먼저 마예의 사무실을 들러 본다. 별다른 게 없다. 좀 더 꾸물대고 싶지만, 결국에는 마음을 정하고 뇌이에 가야 하리라. 어차피 다녀와야 한다면 빨리 해치우는 편이 좋다.

이때 전화 한 통이 걸려 온다.

마예는 바짝 긴장하여 듣는다. 그들의 시선은 저녁 9시 58분을 가리키는 벽시계에 못 박힌다. 포슈 가 한복판에서 살인 사건이 벌어졌단다. 전화를 건 동료는 공중전화까지 급하게 달려와서인지, 아니면 흥분해서인지 심하게 헐떡인다.

「모리스 캉탱이야!」 그가 소리친다.

마예는 벽시계 쪽으로 손을 뻗으며 환성을 올린다. 9시 59분! 바실리에브는 10시까지 당직이니까, 이것은 바실리에브의 소관인 것이다! 르네는 눈을 질끈 감는다. 모리스 캉탱. 꼭 CAC 40[5]에 익숙한 사람이 아니더라도, 이 모리스 캉탱이 누구인지 알고 있다. 토목, 시멘트, 석유…… 바실리에브는 정확히는 알지 못한다. 프랑스의 거물 실업가. 경제 전문지에서는 〈캉탱 회장〉으로 불린다. 바실리에브는 그의 얼굴이 잘 기억나지 않는다. 마예는 벌써 반장의 전화번호를 누르고 있다.

전화를 받으면서도 오키핀티는 뭔가를 우물거리고 있는 것 같다. 아마도 사실일 텐데, 그는 잠을 잘 때와 상부와 대화할 때를 제외하고는 돼지처럼 처먹는 것을 그치지 않는다.

「뭐, 캉탱이 죽었어? 아, 젠장…….」

반장은 매우 피곤한 사내이다.

부하 형사가 도착한 지 2분도 안 되어 포슈 가에 달려온 그는 벌써 불안감과 흥분에 사로잡혀 모든 사람들을 괴롭히고 있다. 사방을 돌아다니면서 아무 생각 없이 지시를 내리면, 바실리에브는 그 뒤를 졸졸 따라다니며 하나하나 바로잡아야 한다.

오키핀티는 키가 163센티미터이지만, 그는 이게 충분치 않다고 느끼고 굽 높은 구두를 신는다. 그는 인류 전체를 자

---

5 Cotation Assistée en Continu의 약자로, 파리 증권 거래소에 상장된 프랑스의 대표적인 40개 기업의 주식 지수를 말한다.

신이 좋아하는 사람들과 혐오하는 사람들로 나눈다. 탈레랑[6]을 절대적으로 숭배하여, 앙드레 카스텔로[7]가 그에 관해 쓴 책들, 혹은 『리더스 다이제스트』지 등에서 발견한 그의 명언들을 인용하려고 애쓴다. 또 온종일 원뿔형 종이봉투에 든 땅콩, 피스타치오, 캐슈너트 등을 한 움큼씩 집어 입안에 털어 넣으며 시간을 보내는데, 옆에 있는 사람으로서는 괴롭기 그지없다. 게다가 그는 아주 한심한 인간이다. 한마디로 재능이 아니라 멍청함 때문에 이 자리에 있게 된, 그런 쩨쩨하고도 위선적인 공무원 중의 하나이다.

바실리에브와 그는 서로를 좋아하지 않는다.

같이 일하게 된 이후로, 오키핀티는 너무 키가 크게 느껴지는 바실리에브를 짜부라트려야 한다는 강박 관념에 사로잡혀 있다. 바실리에브는 누구에게도 그늘을 드리우는 사람이 아니었건만, 고정 관념에 사로잡힌 그의 상관은 처음부터 온갖 골치 아픈 사건들을 그에게 떠넘길 궁리만 했다. 끈질긴 원한에 집착하는 인간들이 다 그렇듯, 오키핀티는 상대가 싫어할 것을 귀신 같이 알아채고, 바실리에브가 끔찍하게 느낄 수 있는 모든 것을 그에게 맡긴다. 이리하여 르네는 헤아릴 수도 없는 강간 후 살인(혹은 살인 후 강간) 사건들을 떠안게 되었다. 그 결과 이 방면의 전문가가 되어 버렸고, 이에

6 Talley rand(1754~1838). 프랑스의 성직자이자 정치가. 냉혹한 권모술수의 대가로 유명하다.

7 André Castelot(1911~2004). 프랑스의 역사가이자 작가. 특히 프랑스 대혁명기와 나폴레옹 시대를 주제로 많은 저서를 남겼으며, 대중적인 인기가 높다.

반장은 얼싸구나 하고는, 이 분야의 최고 능력자라는 구실로 그가 모든 사건들을 도맡게 한다. 바실리에브는 이 모든 것을 체념하고 받아들인다. 마치 온 세상의 무게를 두 어깨로 견뎌 내고 있는 사람 같다. 〈저 친구가 구부정한 것은 이 때문이야〉라고 오키펀티는 단언한다.

포슈 가에서 두 사람 사이가 조용해진 유일한 순간은 시신을 마주했을 때이다. 정확히 말해서 시신에서 남아 있는 부분 말이다. 시신을 많이 봐온 그들이지만, 충격을 느낀다.

「큰 걸로 쐈구먼.」 반장이 내뱉는다.

「44밀리 매그넘이에요.」 바실리에브가 대꾸한다.

이 정도의 구경이면 달리는 코끼리도 멈춰 세울 수 있으리라. 골반과 목 부위는 너무 심하게 망가진 탓에 방금 도착한 감식반의 작업을 매우 어렵게 만든다.

바실리에브는 생각이 엇갈린다.

살해된 방식을 보면 격한 감정에 의한 범죄라는 생각이 든다. 분명한 이유 없이 불알에 대고 총을 쏘지는 않는 것이다. 목에다 총을 쏜 것도 마찬가지로, 이런 일이 흔히 있는 것은 아니다. 심지어는 닥스훈트에게도…… 총구를 몸에 바짝 들이대고 쐈다…… 여기에는 명백히 어떤 강한 증오, 어떤 파괴의 욕구가 있는 것이고, 또 이것은 어떤 복수의 의도, 혹은 어떤 격렬한 분노를 떠오르게 한다…… 하지만 이 장소와 시간, 그리고 소음기를 사용했다는 점은 어떤 계획적이고 냉정하고 계산적인 살인, 거의 전문가에 가까운 자의 소행이라는 생각이 들게 한다.

감식반원들이 사진을 찍는다. 또 어떻게 소식을 들었는지는 알 수 없으나 기자들도 사진기와 플래시를 들고 달려왔다. 또 TV에서도 나온 모양으로 그들 중 하나는 카메라를 들고 있고, 기자도 한 명 있다. 반장은 결연한 표정으로 땅콩 한 줌을 입안에 털어 넣는다. 긴장되는 모양이다.

「저 친구들은 자네가 맡아.」자기에게 이익이 될 때만 카메라 앞에 서는 오키핀티가 말한다. 「하지만 조심해! 바보 같은 소리는 하지 말고!」

바실리에브는 부하들을 보내어 혹시 있을지 모르는 증언을 수집하게 하지만, 기대는 거의 하지 않는다.

그러고 나서 수사 판사가 도착했다.[8] 바실리에브는 슬쩍 피하려 한다. 판사가 그를 부르고, 바실리에브는 돌아온다.

처음 보는 판사이다. 법관은 이런저런 지시를 내린다. 젊어 보이는 판사는 제복 차림의 순경 두 명이 지키는 폴리스 라인 뒤에 몰려 서 있는 구경꾼들과 기자들을 찌푸린 눈으로 바라본다.

「가급적 정보를 흘리지 마시오!」그가 바실리에브에게 지시한다.

이 점에 있어서는 모두가 동의한다. 또 시행하기가 어렵지도 않을 것이니, 피해자의 신원 외에는 별로 말할 거리가 없

---

8 프랑스에서 범죄가 발생했을 때, 이 사건을 재판에 회부할 수 있을 만큼의 충분한 증거가 있는지 초기 조사를 하는 것은 검사가 아니라 예심 판사이다. 우리말로 〈수사 판사〉라고도 번역할 수 있는 이 판사는 사법부의 일원으로서 누구에게도 간섭받지 않고 중립적으로 사건을 조사할 수 있으며, 증인 신문과 영장 발부 등의 권한을 갖는 매우 특별한 위치에 있다.

기 때문이다.

사방에 우글대는 유족들은 판사와 반장이 맡기로 한다. 그 나머지, 그러니까 피범벅이 된 시신과 감식반과 주변을 돌면서 혹시 있을지 모르는 증언을 채취하는 팀은 다 바실리에브가 맡아야 한다…….

체념한 그는 조금 전부터 두 팔을 크게 흔들며 신호를 하고 있는 기자에게 다가간다.

모든 일에는, 심지어 불쾌한 일들에도, 끝은 있기 마련이다.

마침내 팀들이 별다른 성과를 거두지 못한 채로 돌아온다. 감식반은 다시 장비를 꾸리고, 시신을 운반한다. 커다란 프로젝터들에 불이 꺼지면서 대로는 다시 어둠에 잠기고, 5월의 밤은 제자리를 되찾는다. 저녁 11시 30분, 늦은 시간이다. 바실리에브로서는 뇌이에 가는 고역을 면했으니, 이것만 해도 어디인가? 그래도 조금 양심에 찔려 간호사에게 전화를 건다. 내일 가겠다고 약속하리라.

「아니, 지금 오셔도 돼요.」 그녀가 말한다. 「선생님이 일어나셨어요. 수사관님을 보면 좋아하실 거예요.」

정말이지 끝이 보이지 않는 날들도 있다.

†

앙리 라투르넬은 과거에 프랑스 남서부에서 레지스탕스의 한 조직을 이끌었기 때문에, 지금도 그가 있을 때는 〈대장〉으로, 없을 때는 〈우리 대장〉으로 불린다. 그는 일흔 살의 노인으로, 이기주의자들이나 강박증 환자들뿐만 아니라, 숱한 시련을 거치며 강인해진 사람들에게서도 볼 수 있는 그런 건조하면서도 약간 따분한 인상을 풍긴다. 셔츠의 벌어진 앞섶에는 실크 스카프를 둘렀다. 새하얀 머리카락과 인도군 고급 장교 같은 풍모는 〈대장〉이라는 칭호에 덧붙어 그라는 사람 전체를 어딘가 영락한 귀족처럼 느껴지게 한다. 고급 호텔에서 잔돈을 세고 있는, 그래서 종업원들이 〈백작님〉이라고 부르면서도 웃음을 참으며 서로를 팔꿈치로 쿡쿡 찌르는, 그런 파산한 시골 귀족 같은 사람 말이다. 하지만 바위처럼 단단해 보이는 각진 얼굴의 그를 우습게 보는 사람은 아무도 없다. 대장은 툴루즈[9] 근처에 있는 가족의 집에서 혼자 사는데, 외모에 어울리지 않게 승마도 골프도 하지 않으며, 술은 전혀 입에 대지 않고 말도 거의 하지 않는다. 많은 남자들이 늙어 가면서 문제를 하나씩 갖게 된다. 어떤 이들은 나이를 거부하며 불쌍해지고, 어떤 이들은 나이를 내세우며 우스꽝스러워진다. 앙리 라투르넬은 물론 두 번째 범주에 속하지만, 그래도 자제력이 있어 다른 이들보다는 덜 괴팍해 보인다. 그저 조금 구식일 뿐이다.

그는 거실의 안락의자에 앉아 자정 뉴스를 기다리고 있다. 손에는 쉰 살가량 된 남자의 모습이 담긴 커다란 흑백 사진이 들려 있는데, 이 날의 마지막 TV뉴스 주요 타이틀이 시작되자마자 바로 이 남자의 얼굴이 화면에 나타난다. 정확히

---

9 프랑스 남서부 가론강 연안에 위치한 인구 약 50만의 대도시.

똑같은 사진이다. 이어 어둠을 가르는 프로젝터들이 포슈 가의 보도를 눈이 멀 듯한 환한 빛으로 보여 준다. 경찰과 거의 동시에 기자들이 도착했다. 카메라맨들은 자리를 잡고는, 레스토랑의 웨이터들처럼 분주히 움직이며 필요한 조치를 취하는 감식반 요원들에 맹렬히 셔터를 누르고, 피해자의 시신에 플래시를 터뜨린다. 이리하여 늦은 시간까지 TV 앞에 앉아 있는 시청자들은 언제 봐도 짜릿한 몇 가지 이미지를 구경할 수 있게 된다. 죽음이 어지러이 던져 놓은 듯한 시신, 짐짓 조심스러운 동작으로 비닐 천을 덮은 후에 들어 올리는 시신, 구급차까지 밀고 가는 바퀴 달린 들것, 마지막으로 쾅 하고 닫히는 구급차의 뒷문, 그러고는 공연이 끝난다. 화면은 친절하게도 보도 옆 배수로까지 이어지는 피의 얼룩을 보여 주는데, 언론만이 다룰 줄 아는 섬세함이라 할 것이다.

경광등 불빛은 건물의 전면과 1층의 창문들을 파랗게 물들인다. 방송 기자는 사건을 정리하여 설명하는데, 현재 말할 수 있는 것은 〈국제적 컨소시엄의 수장이자 영향력 있는 인물인 모리스 캉탱이 파리에 있는 자택 앞에서 살해되었다〉뿐이다. 경찰 수사관이라는 구부정한 장신의 사내가 알아들을 수 없는 말을 몇 마디 우물거린다. 앙리는 불안한 마음으로 이어지는 논평을 기다린다.

이런 종류의 범죄에는 온갖 종류의 이유들을 상상해 볼 수 있고, 이렇게나 훌륭한 인물의 죽음을 바라는 사람도 — 한탄스러운 일이지만 — 수십 명은 있을 거라고 말할 수 있지만, 지금 할 수 있는 말은 〈모리스 캉탱은 애완견과 함께 저녁 산책을 하던 중에 사살되었다〉라는 문장 하나일 뿐이다. 범죄 자체만큼이나 끔찍한 것은 그것이 실행된 방식이다. 캉 탱이 여러 발의 총알을 맞았고, 그중에 한 발은 하복부에, 다른 한 발은 목 한가운데 맞아 머리가 거의 날아가 버렸다는 사실을 이해하기 위해서는 굳이 부검 결과를 기다릴 필요가 없다. 여기에다 그의 애완견까지 주둥이에 묵직한 납덩이 하나를 맞아 희생되었다는 점까지 생각해 본다면, 여기에 개인 적인 뭔가가 있다는 것을 짐작할 수 있다. 세상에 깨끗한 범 죄는 없지만, 다른 것들보다도 증오의 냄새가 짙게 느껴지는 것들도 있는 것이다…….

대장은 한숨을 내쉬며 눈을 감는다. 빌어먹을…… 이라고 속으로 욕설을 내뱉는데, 이는 그의 평소 습관이 아니다.

✝

마틸드는 정어리를 먹었다. 물론 건강상 먹어서는 안 되 지만, 이것은 그녀가 임무를 성공한 후에 자신에게 주는 보상 이다. 그녀는 언제나 임무를 성공한다. 그녀는 접시에 남은 기름을 빵으로 닦아 먹으면서 TV를 본다. 그녀는 그가 뉴스 에 나온 사진보다는 실제 모습이 나았다고 생각한다. 적어도 자신이 개입하기 전까지는 나았다. 그녀는 사람들이 닥스훈 트에 대해 충분히 얘기하지 않는 게 아쉽다. 저들은 개에게 는 관심도 없단 말인가……?

그녀는 무겁게 몸을 일으키고, 화면의 이미지들이 보도 위

혈흔을 확대하고 있을 때, 식탁을 치운다.

포슈 가를 떠난 마틸드는 그녀가 가장 좋아하는 다리인 쉴리 다리를 지나왔다. 그녀는 파리의 모든 다리들을 좋아하고, 지난 30년 동안 그 위에 서서 권총을 버리지 않은 다리는 하나도 없다. 지방에서 임무를 마친 후에도 그랬는데, 앙리에게는 전혀 말하지 않았다. 일종의 기벽(奇癖) 같은 것이다. 그녀는 고개를 끄덕이며 미소를 짓는다. 그녀는 자신의 조그만 결점들을 생각하며 쉽사리 애잔해지는 부류의 여자로, 그것들을 미워하기는커녕 애지중지하는 것 같다. 하여 지방에서의 임무를 마친 후에 자신에게 맡겨진 무기를 최대한 신속히 버려야 한다는 규정에도 불구하고, 항상 그것을 파리로 가져왔다. 센강에다 버리려고 말이다. 그래야 재수가 좋아진단 말이야! 어떤 똑똑한 척 하는 인간이 정해 놓은 규정에 맞추기 위해 내 행운의 부적을 버릴 수는 없다고, 빌어먹을! 장비를 요구하는 일에 있어서도 마찬가지이다. 그녀는 소(小)구경의 무기를 가지고 일하기를 거부한다. 그녀 생각으로, 그런 것들은 중산층의 시시한 사건들이나 치정극에나 어울리는 것이다. 그런데 대(大)구경을 구하는 것은 그리 쉬운 일이 아니라서, 그녀는 장비 문제를 가지고 싸워야 했으니, DRH[10]는 달가워하지 않는 것 같았다. 그게 아니면 일 안해! 라고 그녀는 버텼다. 그녀는 훌륭한 요원이었으므로 DRH

---

10 Directeus des Ressources Humaines의 약자로, 인력 관리 부장이라는 뜻이다. 이 작품의 등장인물들끼리 특정 인물에 대해 사용하는 명칭이기 때문에 그대로 사용한다.

는 굴복했다. 마틸드가 작업을 하면, 한 발도 총알이 빗나가는 법이 없고, 아무 문제 없이 깨끗하게 일이 처리된다. 그러나 이날 저녁은 예외였다. 작업 중에 문득 엉뚱한 생각이 떠올랐던 것이다. 그녀는 좀 더 멀리에서 움직일 수 있었다. 몸을 덜 망가뜨릴 수도 있었고, 당연히 한 발로 끝낼 수도 있었다. 왜 그랬는지는 나도 잘 모르겠어요…… 질문을 받게 되면, 이렇게 말할 것이다. 그리고 이는 중요치 않았다. 중요한 것은 그 친구가 완전히 죽었다는 사실 아닌가요? 그리고 생각해 봐요, 이건 큰 이점이라고요! 경찰은 엉뚱한 데를 쑤실 것이고, 그러면 의심에서 멀어지게 되고, 고객은 보호받게 돼요! 라고 그녀는 항변할 것이다! 그럼 개는 어떻게 된 거요? 마틸드는 이것도 얼마든지 설명할 수 있다. 사랑하는 주인 없이 살게 된 그 불쌍한 닥스훈트가 얼마나 불행할지 한 번 생각해 봤어요? 만일 녀석에게 묻는다면, 분명히 그 개는 혼자서 목 빠지게 기다리기 보다는 주인을 따라 죽고 싶다고 대답하겠죠. 특히나 녀석을 원하지도 않고, 아무도 녀석을 사랑하지도 않고, 개를 빨리 동물 보호 센터에 보낼 생각밖에 없는 집에서는 말이죠. 자, 이게 내 대답이에요! 라고 그녀는 말할 것이었다.

자, 어쨌든 그녀는 이날 밤 쉴리 다리에 갔다.

그녀는 풀티에 가에 주차를 했고, 늘 그렇듯이 가벼운 레인코트 차림으로 다리 위를 거닐었으며, 다리 난간에 팔꿈치를 괴고 서서는 데저트 이글을 아무렇게나 던졌다…….

그녀는 갑자기 의혹에 사로잡힌다.

내가 정말로 던졌나? 아니면 그냥 던졌다고 생각한 걸까?

뭐, 어쨌든 상관없었다. 이제 잠자리에 들 시간이다.

「뤼도!」

마지못해 몸을 일으킨 커다란 개는 기지개를 켜고는 그녀가 반쯤 연 문까지 따라간다. 녀석은 문밖으로 나와서는 주둥이를 하늘로 들어 올린다.

아, 밤공기가 너무 좋아, 라고 마틸드는 속으로 감탄한다. 정말 아름다워…… 오른쪽에는 측백나무 울타리가 르푸아트뱅 씨의 집과 그녀의 집을 나누고 있다. 그녀가 보기에는 한심한 인간이다. 대부분의 이웃들이 그렇지, 라는 생각이 든다. 왜인지는 모르지만, 그녀는 늘 한심한 이웃들을 만나게 되었고, 이번에도 예외는 아니다. 르푸아트뱅…… 이름부터가 벌써…….

그녀는 호주머니 속에서 종잇조각을 만지작거리다가 꺼낸다. 자신의 글씨가 적혀 있다. 포슈 가의 타깃에 대한 인적 사항이다. 원래는 어떤 것도 글로 써서는 안 된다. 최선의 계획을 세우기 위해 누군가를 미행할 때, 모든 것을 머릿속에 저장하는 것이 규칙이다. DRH는 무엇이든 글로 쓰는 것을 금지하고 있다. 뭐, 나는 법과 조금 타협을 할 뿐이야, 나쁜 짓 하는 것은 아니란 말이야. 들키지 않으면 걸리지도 않는다. 그녀는 종이를 구겨서 버릴 곳을 찾지만, 결국 나중에 하기로 한다. 커다란 정원은 꾸벅꾸벅 졸고 있다. 그녀는 이 집이 좋고, 이 정원이 좋다. 이런 곳에서 너무나 오래전부터 혼자 산다는 게 유감스럽지만, 어쩔 수 없는 일이다. 이런 생각들은 언제나 그녀를 앙리에게로 이끈다. 대장 말이다. 자, 지금은 처량한 생각을 할 때가 아니야.

「뤼도!」

개가 돌아와 다시 집 안에 들어오자 마틸드는 문을 닫고는, 도착하면서 식탁 위에 두었던 소음기 달린 데저트 이글을 집어 든다. 주방의 서랍 하나를 열지만, 거기에는 벌써 루거 파라벨룸 권총이 자리를 차지하고 있다. 그냥 신발상자에 넣어 두는 것이 낫겠어…… 그녀는 불을 끄고 침실로 올라가서는 옷장을 연다. 맙소사, 도깨비굴이 따로 없네! 그녀는 전에는 정리를 잘했는데, 지금은…… 주방도 마찬가지다. 이전에는 모든 게 깔끔하고 반짝거렸고, 어딜 보나 얼룩 한 점 없었다. 반면 지금은 자신이 풀어졌다는 것을 잘 안다. 진공청소기를 돌리는 일은 아직도 문제가 없지만, 그 나머지는 엄두가 나지 않고, 그럴 기력도 없다. 그녀가 끔찍하게 싫어하는 것은 얼룩이다. 기름 얼룩, 커피 얼룩. 그리고 넓게 번진 뿌연 얼룩. 이런 것을 견딜 수가 없는 그녀의 창문 닦기는 너무나 고통스러운 시간이 되지만, 이제 더 이상 창문을 닦지 않는다. 계속 이런 식으로 간다면 이 집은…… 그녀는 이 불쾌한 생각을 쫓아 버린다.

첫 번째 상자 안에는 월디 매그넘이, 두 번째 상자에는 라르 그리즐리 파라벨룸이 들어 있다. 그 옆의 상자에는 그녀가 더 이상 신지 않는 베이지색 신발 한 켤레가 들어 있다. 이제 발이 퉁퉁 붓기 때문에, 위쪽에 끈이 있는 이런 신발은 끔찍하게 아프다. 그녀는 신발을 휴지통에 버린다. 데저트 이글을 상자에 집어넣기 위해서는 소음기를 분리해야 한다. 어쩌면 이 집에 총기가 너무 많은 건지도 모른다. 사실 그녀에게는 이 모든 게 필요하지 않다. 그것은 현금도 마찬가지다. 그녀는 두툼한 지폐 한 다발을 봉투에 넣어 옷장에 뒀었다. 당시에는 그게 필요해 보였지만, 실제로 그런 적은 한 번도 없었다. 도둑을 맞을 수도 있는 일이므로, 전부 은행에 넣어두어야 하리라.

양치질을 하고 있으니 쉴리 다리 위에 있을 때가 생각난다.

아, 이 정원을 더 좋아하는 것만 아니라면, 그 동네에 살고 싶었을 거였다! 그럴 만한 능력도 되었다. 로잔의 계좌에 돈이 있는 것이다. 아니? 계좌가 제네바에 있었나……? 항상 기억이 흐릿했다. 맞아, 로잔에 있어…… 뭐, 상관없어. 그러다 갑자기 호주머니 속에 들어 있는 종이 쪽지가 생각난다. 내일 처리하지, 뭐. 아니, 마틸드는 규칙에 얽매이지는 않지만, 쓸데없는 위험을 감수하는 사람은 아니다. 그녀는 힘을 내어 아래층으로 내려간다. 뤼도가 녀석의 바구니에 몸을 둥글게 웅크리고 있다. 그 빌어먹을 쪽지를 어느 옷에다 두었더라……? 외투를 뒤져 보는데 아무것도 없다. 그래, 맞아, 실내용 재킷! 그건 위층에 있었고, 그녀는 다시 올라간다. 힘이 든다. 자, 여기 옷이 있다. 그리고 쪽지도! 다시 내려온 그녀는 벽난로에 다가와 성냥갑을 집어서는 종이에 불을 붙인다.

이젠 아무 문제 없어.

다시 올라가 잠자리에 눕는다.

저녁마다 그녀는 세 줄을 읽고는 잠이 든다.

나는 독서와는 안 맞아.

✝

바실리에브가 초인종을 누르기도 전에 테비가 문을 열어 준다.

「선생님이 좋아하실 거예요.」

그녀는 얼굴이 얼마나 밝은지, 마치 자신이 방문의 대상인 것 같다. 바실리에브는 밤늦게 온 것에 대해 양해를 구한다. 그녀는 다시 미소만 짓는다. 어떤 말보다도 마음에 와닿는 미소다.

보통은 저녁때만 되면 이 아파트는 답답하게 느껴질 정도로 무거운 어스름에 잠긴다. 현관에 들어서면 양옆에 컴컴한 방들이 이어지고, 저쪽 끝에 선생 방의 불빛이 새어 나오는 긴 복도만이 보인다. 바실리에브는 선생의 삶이 저 방만큼 줄어들었다는 느낌이 든다. 멀리서 보면 흐릿한 불빛이 곧 꺼질 듯이 깜빡거리고 있는 저 방 말이다. 그리고 거기까지 가기 위해 거쳐야 하는 이 복도는 고통의 길일뿐이다.

오늘 밤에는 전혀 그렇지 않다.

테비는 방의 불들을 거의 다 켜놓았다. 엄청나게 유쾌하다 고는 할 수 없지만, 그래도 그럭저럭 견딜 만한 분위기이다. 간호사를 따라 복도를 걷는데, 끝 쪽 방에서 사람들의 목소 리가 들린다.

테비는 걸음을 멈추고 르네에게 돌아선다.

「제가 TV를 설치해 드렸어요. 선생님께서 거실까지 오시려면 그야말로 전쟁일 때가 있거든요…….」

그녀는 마치 농담을 하는 것처럼, 목소리를 죽여 말한다.

방의 모습이 완전히 바뀌었다. 침대 발치에 TV가 설치되었고, 작은 원탁에는 조그만 꽃다발 하나가 놓여 있고, 책들과 잡지들은 서가에 가지런히 꽂혔으며, 신문들도 침대 오른쪽에 가지런히 정리되어 있었다. 복용 약들(약국을 통째로 옮겨다 놓은 것 같다)도 더 이상 원탁 위에 있지 않고, 작은 거실에서 가져온 일본 병풍으로 가려져 있다…… 심지어는 선생 자신도 바뀐 것 같다. 우선 그는 깨어 있었는데, 이 시간에는 흔한 일이 아니다. 그는 층층이 포갠 베개들에 등을 기대고 두 손을 이불 위로 올린 자세로 앉아 있었고, 바실리에브가 들어오자 미소를 짓는다. 안색도 더 생기 있고, 머리도 잘 빗겨져 있다.

「아, 르네! 드디어 왔구나…….」

목소리에서 느껴지는 것은 질책이 아닌 안도의 감정이다. 노인이 입을 맞출 수 있게끔 이마를 내미는 그에게 놀랄 일이 또 하나 있었으니, 그에게서 자주 나던 썩은 입냄새가 나지 않는 것이다. 그에게서는…… 세상에! 아무 냄새도 나지 않는다. 엄청난 발전이다!

TV가 켜져 있다. 선생은 자기 옆의 의자를 가리키고, 바실리에브는 외투 놓을 곳을 눈으로 찾다가 의자에 앉는다. 테비가 외투를 받아서 밖으로 가져간다.

「요즘 얼굴 보기가 힘들구나…….」

선생과의 대화는 이내 항상 하는 패턴으로 흘러간다. 일 년 열두 달 똑같은 문장들이 반복된다. 먼저 〈안색이 별로 좋아 보이지 않는구나〉가 나오고, 〈내 건강에 대해서는 묻지 마라, 얘기하면 너무 기니까〉, 〈그래, 우리 공화국 경찰에 뭐 새로운 사건이라도 있니?〉가 이어지고, 결국에는 〈그래, 우리 꼬마 르네, 더 있으라고 붙잡지는 않으마, 이렇게 와준 것만 해도 너무 고마워, 사실 늙은이하고 같이 있는다는 게……〉 등으로 마무리된다.

「우리 꼬마 르네, 안색이 별로 좋아 보이지 않는구나.」

아, 맞아, 이것도 있었다! 그는 항상 〈우리 꼬마 르네〉라고 말했다. 그가 후원하는 소년이 열여섯 살 때 키가 188센티미터나 되었음에도 불구하고 말이다.

「어떻게 지내세요?」

최근 들어 선생은 푸념하는 일이 줄어들었다. 새 간호사가 온 이후로, 그는 활력을 되찾았다. 늙기는 더 늙었지만, 아픈 것은 덜해졌다.

테비가 유리잔과 찻잔 등을 쟁반에 받쳐 들고 들어와서는 캐모마일 차와 광천수 같은 것을 권한다. 〈아니면 뭔가 더…… 기,력,이 나는 것을 드실래요?〉 그녀는 어려운 단어들을 말할 때는 약간 자신이 없는 듯 머뭇거리다가 결국에는 오히려 강조하듯이 또박또박 발음한다. 바실리에브는 손을 저어 사양한다.

「자정이 거의 다 됐어.」 선생은 말한다. 「범죄가 일어나는 시간이라고!」

이것은 선생이 곧잘 사용하는 농담인데, 적어도 이번에는 상황과 동떨어진 게 아니었으니, TV의 자정 뉴스가 요란한 오프닝과 함께 시작되었기 때문이다.

모리스 캉탱이 톱뉴스로 뜬다.

르네는 선생의 오른쪽 의자에 앉았고, 테비는 왼쪽 의자에 앉았다. 이렇게 셋이 같이 있으니 마치 한 장의 그림 같았다.

르네의 얼굴이 화면에 나타나자 테비가 르네를 힐긋 쳐다본다. 화면 속의 그는 그녀가 현관문에서 맞아 줄 때만큼이나 어색해하는 모습이다. 그녀는 미소를 짓는다. 르네는 선생에게 눈을 돌린다. 자고 있다.

†

「면 요리를 좀 만들었어요. 아시아식 면 요리요.」

르네가 막 떠나려고 하자 간호사가 음식을 데워 주겠다고 제안한다.

「이걸 좋아하실지는 모르겠네요.」

자신과 음식 간의 다소 특별한 관계에 대해 길게 설명하고 있을 때가 아니었다.

「아, 좋습니다…….」

그리하여 두 사람은 거실의 큰 원탁에서 식사를 했다. 마치 소풍이라도 온 것 같았다.

그녀는 TV에서 르네의 얼굴을 보고 놀랐다고 했다. 사뭇 기분도 좋은 모양이었다.

「형사님이 큰 수사를 맡고 계시네요!」

바실리에브는 미소를 짓는다. 이 〈큰〉이라는 형용사는, 그냥 음악과 위대한 음악, 그냥 요리와 일류 요리, 그리고 그냥 작가들과 위대한 작가들을 구분했던 어머니를 떠오르게 한다.[11] 졸지에 위대한 사람들의 반열에 오르게 되었다.

「오, 아시겠지만…….」

그는 자신의 실제의 모습으로, 다시 말해서 별 볼 일 없는 사람으로 보이고 싶다. 하지만 이 기회에 조금 잘난 척을 하고 싶은 마음도 어쩔 수가 없다.

간호사는 그가 생각했던 것보다 훨씬 예쁘다. 웃음기 있는 눈은 도톰하고 육감적인 입과 잘 어울린다. 몸매는 약간 통통한데…… 아니, 뭐라고 해야 할까 — 바실리에브는 알맞은 표현을 찾아본다 — 그래, 편안한 몸매이다.

그녀는 캄보디아를 탈출하여 고생한 이야기를 아주 재미있게, 다시 말해서 자조하듯이 들려준다. 온 가족이 타고 나온 보트, 난민촌, 인정받지 못한 학위, 공부를 다시 해야 했던 것…… 〈그리고 캄보디아에서 배운 프랑스어는 여기서 쓰는 프랑스어와는 별 상관이 없었어요.〉

그들은 선생을 깨우지 않으려고 — 왜 그러는지는 그들도 알 수 없다 — 마치 교회당 안에서 대화하듯 아주 나지막하게 얘기한다. 르네는 깔끔하게 먹으려고 노력하지만, 그리 쉽지가 않다.

---

11 〈큰〉,〈위대한〉,〈일류〉,〈위대한〉에 해당하는 원문의 단어는 모두 grand 이지만, 맥락에 맞게 조금씩 바꾸었다.

「선생님께서 컨디션이 좋아 보이세요.」르네가 말한다.

진단이라기보다는 칭찬에 가까운 말이다. 테비는 이걸 알아채지 못한다. 아니면 모르는 척하는 것이거나.

「네, 요즘 아주 건강하세요. 외출하자고 당신이 직접 요구하셨어요. 걷기도 아주 잘하신답니다. 주로 공원에 가죠. 날씨가 좋으면 거기에 두 시간도 넘게 있어요. 아, 맞아, 수사관님께 말씀 안 드렸네, 우린 영화관에도 갔어요!」

바실리에브는 놀라서 입을 딱 벌린다.

「아니, 어떻게……? 버스로요? 지하철로요?」

「아니에요. 그렇게 하면 선생님께 너무 힘들어요. 그래서 내가 차를 태워드렸죠. 내 아미[12]는 선생님보다 건강이 훨씬 낫다고 할 수는 없어요, 나이가 거의 비슷할 테니까요. 하지만 서스펜션이 아직 쓸 만 한데, 선생님에게는 그게 가장 중요한 점이죠. 우리는 가서 어떤 영화를 봤냐면…… 아, 죄송해요.」

그녀는 손으로 입을 가리며 풋, 하고 웃는다.

「그래서요? 무얼 봤죠?」

「〈식초 닭조림〉.」[13]

그들은 같이 웃는다.

---

12 프랑스 자동차 회사 시트로엥이 1960년대에 생산한 2마력의 소형차. 독특한 디자인과 안락한 승차감으로 유럽뿐 아니라 세계적으로 인기를 얻었다.

13 클로드 샤브롤 감독의 1985년작 범죄 영화. 원제 풀레 오 비네그르Poulet au vinaigre는 프랑스 요리의 하나로 식초, 각종 야채 등과 함께 졸인 닭요리이지만, 이 풀레(닭)가 은어로 쓰이면 〈경찰관〉이라는 뜻이다.

「어쨌든 선생님은 무척 좋아하셨어요. 영화관에 못 간 지 10년이 넘었다고 하시더군요. 정말이에요?」

「잘 모르겠어요. 하지만 그럴 수도 있겠죠.」

「영화가 끝나기 전에 잠이 드셨긴 했지만, 즐거운 하루였던 것 같아요. 또 그저께는 어디를 갔느냐면⋯⋯.」

정말이지 이 간호사는 말이 무척 많았다.

그녀는 그를 현관에 배웅하면서 이렇게 말한다.

「내 이름 테비는 〈잘 듣는 여자〉라는 뜻이에요. 네, 알아요. 별로 그렇지 않다는 거⋯⋯.」

5월 6일

전화상으로 듣는 고인의 배우자 캉탱 부인의 목소리는 특별히 호감이 간다고는 할 수 없다. 공들인 발음, 거만한 어조, 신중하게 고른 어휘 등은 통화라기 보다는 어떤 귀부인의 문화적 쇼케이스에 가깝다.

아파트 건물의 로비 홀은 이 차갑고도 예의 바른 목소리와 비슷하다. 입구의 묵직한 문에서부터 카펫이 깔려 있다. 청결의 극치라고나 할까, 중산층 아파트 건물에서 나는 왁스 냄새가 여기서는 느껴지지 않는다. 바실리에브가 서 있는 곳, 그러니까 관리인실[14] 앞은 황동 봉들이 줄줄이 세워진 거대한 층계와 역사적 기념물로 지정될 법한 목재 조각으로 장식된 엘리베이터 케이지가 보인다. 관리인실의 유리창에

---

14 프랑스의 아파트에는 방문객을 응대하는 유리창으로 둘린 공간이 있을 뿐 아니라, 그 안에 관리인이 가족과 함께 생활하는 아파트가 연결되어 있다. 이 응대 공간과 아파트를 합하여 〈관리인실loge〉이라고 한다.

한 남자가 나타나서는 아무 말도 없이 방문객을 쳐다본다. 건물의 분위기는 딱딱하기 이를 데 없다. 평소에도 이런 것일까, 아니면 사람이 죽었기 때문일까? 바실리에브는 기다리는 동안 관리인실 안에서 앙리 2세 스타일의 찬장[15] 과, 식탁보로 덮인 테이블, 그리고 문이 열리자 고양이와 놀다가 잠시 멈춘 꼬마 아이를 볼 수 있었다. 바실리에브는 엘리베이터는 놔두고 층계를 택했다.

하녀는 주인을 닮게 되는 하인들에게서 흔히 나타나는 모방 현상에 의해 바실리에브에게 문을 열어 주고는, 그가 지나갈 때까지 반쯤 열린 문을 오랫동안 붙잡고 있다. 그녀는 건조한 표정에 의심 많은 눈빛의 50대 여자이다. 바실리에브는 자신의 방문을 예고하긴 했지만 명함을 내밀고, 하녀는 그를 잠시 뜯어보다가 마지못해 그를 들어오게 하고는 〈잠시만 기다리세요〉라고 말한다.

매우 고급스러운 아파트다. 여기에 있으면 부유함과 호화로움의 차이가 무엇인지 이해할 수 있다. 인테리어 디자이너는 굳이 자신의 취향을 드러내지 않았으니, 여기서는 세월과 거주하는 이들의 교양, 그리고 집안 대대로 내려온 가구들과 대귀족의 선물들, 여행의 기념품들이 곧 취향이기 때문이다…… 벽에는 유리 액자에 넣은 명화 복제품들이 아니라, 오직 원화들만이 걸려 있다. 한 수채화 앞에 다가선 바실리

---

15 16세기 앙리 2세 시대 가구 스타일로 화려한 장식과 견고한 구조를 특징으로 한다.

에브는 그게 옹플뢰르[16] 항구를 묘사한 것임을 깨닫는다. 서명을 봐도 화가가 누구인지 전혀 모르겠다. 그림의 모티프는 많은 것들을 떠오르게 하며, 항구의 평화로운 분위기가 편평한 기와로 덮인 거무스름한 집들이 드리우는 듯한 위협적인 공기에 의해 부정되는, 그림의 기묘한 방식에 바실리에브는 당혹감을 느낀다. 부인의 목소리는 그를 이런 상념에서 깨어나게 한다.

어렸을 때부터 아무 어려움 없이, 그리고 무엇보다도 존중을 받으며 자라난 아름다운 40대 여인이다. 알맞은 화장, 단호한 걸음걸이, 당신의 말에 귀를 기울이지만, 해야 할 더 중요한 일이 있는 정중한 사람들 특유의 별로 서두르지 않는 태도. 바실리에브는 기계적으로 재킷의 구겨진 옷깃을 펴면서 큼큼 가볍게 기침을 한다. 드라오스레 씨가 나타날 때마다 엄마가 했던 동작의 남성적 버전이라 할 것이다.

과부는 수사관을 자세히 살핀다. 자기보다 머리통 하나는 키가 크지만, 어깨가 구부정하고, 그다지 새것 같지는 않은 기성복 정장 차림이다. 그녀는 그에게 손을 쑥 내민 다음(〈안녕하세요, 형사님〉이라고 하는데, 썩 정중한 말투는 아니다), 바실리에브가 느끼기에 그의 아파트 전체보다 세 배는 됨직한 거실까지 앞장서서 걷는다. 그녀는 긴 소파에 몸을 묻으며 일인용 안락의자 하나를 가리키고, 그는 거기에 궁둥이 끄트머리를 조심스레 내려놓는다.

16 프랑스 칼바도스주에 위치한 항구 도시. 다채로운 색깔과 흥미로운 형태의 항구의 건물들로 인해 수많은 풍경화의 소재가 되었다.

부인은 몸을 기울여 상자 하나를 열어서는 담배 한 개비를 꺼낸다. 그리고 라이터로 불을 붙이다가, 방문객에게 한 개비를 권하지 않았다는 것을 깨닫는다. 그녀는 아무 말 없이 상자를 가리키고, 바실리에브는 점잖게 사양의 손짓을 해보인다. 자신이 어떤 유가 증권 외판원이라도 된 기분이다.

　그녀에게서는 최근에 과부가 된 여자보다는 오랫동안 귀부인으로 살아온 여자가 느껴진다.

　「자, 내가 어떻게 도움을 줘야 할까요? 이름이⋯⋯?」

　「바실리에브입니다.」

　「오, 미안해요. 내가 잠시 잊었어요.」

　「우선, 부인께 깊은 애도의⋯⋯.」

　「아, 괜찮아요, 그럴 필요는 없어요.」

　그녀는 콧구멍으로 담배 연기를 푹 내뿜으며 예의상의 미소를 설핏 지어 보인다.

　「부인의 남편께서는⋯⋯.」

　「내 배우자예요.」

　바실리에브는 그 미묘한 차이를 분명하게 이해할 수 없다.

　「우리의 관계는 행정적인 것이었어요. 주로 법적이고 재정적인 관계였죠. 그게 배우자인 거예요. 남편은 완전히 다른 거죠. 그는 토목 쪽을 가지고 있었고, 내 부친은 시멘트 쪽을 가지고 계셨죠. 그리고 세 딸도요. 내 부친에게는 기업이나 자식이나 그게 그거지만요. 첫째 딸은 토목과 결혼했고, 둘째는 토목 공사 자재를 운송하고 저장하기 위해 내륙 수상 운송과 항만 시설과 결혼했어요. 막내는 토목 공사 자금 조달을 위해 부동산 은행과 결혼했고요.」

바실리에브는 여자에 대해 잘 모르긴 했지만, 그래도 살아오면서 몇 사람은 만났다. 그런데 아무리 기억을 뒤져 봐도, 하루아침에 과부가 된 이 여자와 조금이라도 닮은 사람은 없다.

「내 배우자의 삶에 대해 좀 더 알고 싶을 거라 생각해요. 그리고 아마도 내 삶에 대해서도 알고 싶겠죠…….」

「그래서요?」

「형사님께 시간을 절약하게 해주고 싶어요. 형사님은 곧 내 배우자의 정부(情婦)들의 존재를 발견하게 되겠죠. 내 연인들에 대해 말하자면, 현재는 세 명이 있는데, 납세자들의 피 같은 돈으로 마련되는 형사님의 귀한 시간이 허비되는 것을 막기 위해 목록을 제공할 수 있어요.」

「부인께서는 캉탱 씨에 대해 상당히…… 감정이 신랄하신 것 같은데, 내가 잘못 생각했나요?」

과부는 담배를 짓눌러 끄고는 다시 한 대를 피워 문다. 바실리에브는 말을 잇는다.

「그런데 그분이 살해당한 방식이 뭐랄까…… 상당히 치정적인 면이 있는 것 같던데요?」

「무슨 말인지 알겠어요. 형사님은 혹시 부부간의 갈등에 범행 동기가 있지 않을까 생각하면서, 나의…… 〈알리바이〉를 ─ 당신들은 그걸 이렇게 부르죠? ─ 묻고 싶은 거겠죠?」

「단지 시간을 어떻게 보내셨는지 알고 싶을 뿐입니다.」

「그러니까 내 배우자가 우리 아파트 건물 아래에서 사살

된 시간에, 나는 페티시 성향의 어떤 선정적인 클럽에 있었어요. 다시 말해서 〈라 투르 드 넬〉[17]에 많은 친구들과 함께 있었어요. 좀 더 자주 맛보았으면 하는 생각이 드는 아주 굉장한 파티였죠. 남자들이 아주 많고, 여자들은 별로 없었고요. 파티는 매우 늦은 시간에 끝났어요. 이 업소에서 보낸 나의 밤 시간은 아주 세부적으로 확인할 수 있을 거예요. 난 그곳에서 꽤 알려진 사람이거든요. 이를테면 〈내 두 번째 집〉이라고도 할 수 있죠.」

바실리에브는 부인의 도발적인 태도에 전혀 동요하지 않고 수첩을 꺼낸다.

「……말씀하신 대로 납세자들의 피 같은 돈이 허비되는 것을 피하기 위해서,」 그가 말한다. 「우리가 직접 그 업소에 가서 확인하기 전에 부인의 친구 분들의 목록을 주실 수 있다면, 매우 감사하겠습니다.」

과부는 고개를 한 번 까딱하는데, 그 의미를 해석하기가 쉽지 않다.

「……형사님, 난 사람을 죽이는 통상적인 방법에 대해 전혀 모르고요.」 그녀의 어투가 살짝 변한다. 「내 배우자를 살해하는 데 사용된 방식이 어떤 점에서 특별히 치정적이었다고 판단하시는지도 잘 모르겠지만, 그래도 내 생각을 말씀드려도 된다면…….」

---

17 중세 시대 파리 시를 에워싼 성벽의 네 성탑 중의 하나로 13세기 초에 지어져 1665년에 파괴되었다. 중세 귀족들의 불륜과 음행의 온상으로 악명이 높았으며, 알렉상드르 뒤마의 동명 소설의 무대가 되기도 했다.

그녀는 잠시 머뭇거린다. 아니면 어떤 효과를 위해 뜸을 들이는 것인지도 모른다.

「네, 물론입니다.」바실리에브가 그녀를 격려한다. 「수사에 도움이 될 수 있는 것은 무엇이든 말씀하셔도 됩니다.」

「형사님은 이 사건을 수사하시면서 곧 아주 복잡한 실타래를 마주하시게 될 거예요. 관계들, 약간 사기성이 있는 사업들, 그리고 노골적으로 수상쩍은 수익들이 가장 완벽한 회계적 정통성 가운데 얽히고설켜 있는 실타래 말이에요. 내배우자를 살해할 수 있을 만큼 집요한 증오를 품어 온 사람들의 이름이 아주 가까운 시일 내에 형사님 사무실의 벽을 뒤덮게 될 거예요. 그리고 형사님은 그가 죽은 방식에 대해 완전히 다른 시각을 갖게 되고, 거기서 치정보다는 분노를 보게 되리라고 장담할 수 있어요.」

「무슨 말인지 이해하겠습니다.」

과부는 두 손을 옆으로 펼쳐 보인다. 자, 됐나요?

바실리에브도 대답 대신 입술을 살짝 내민다. 아, 그럼요…….

그녀는 수고스럽게도 복도까지, 또 현관문까지 그를 배웅해 준다. 생각했던 것과는 다른 식으로 진행된 관계를 가다듬기 위한 갑작스럽고도 뒤늦은 배려이다.

「……〈라 투르 드 넬〉의 친구 분들 말입니다,」바실리에브가 불쑥 말한다. 「그 목록을 오늘 저녁까지 받을 수 있을까요?」

†

    대장은 외투를 걸치고 체크무늬 헌팅캡을 쓰고는 차를 몰고 차고에서 나온다. 날씨는 화창하지만 그의 마음은 어둡다. 간밤에 잠을 잘 자지 못했다. 다시 말해서 평소보다도 잠을 더 설쳤다. 20여 킬로미터를 달린 그는 몽타스트뢱이라는 아리송한 이름을 가진 마을에 들어가서는 시청 광장에서 멀지 않은 한 공중전화 부스 근처에 차를 세운다. 번호를 돌리고 신호음이 두 번 울리자 끊어 버리고는 다시 출발한다.

    이 부근에서 국도는 이 지방 지도에서 강으로 표기된 시냇물이 흐르는 〈지루〉라는 작은 골짜기를 따라 달린다. 숲으로 덮인 일대에는 밝은 빛이 비치는 곳들과 저녁 어스름에 가까운 그늘이 이어지는 서늘한 구간들이 반복된다. 이 도로는 몇몇 아는 이들만이 다니는 듯하다. 그가 가장 좋아하는 길 중의 하나로, 드물게 여유가 있어 지나게 될 때마다, 특별한 상황에만 오게 되는 것이 아쉽게 느껴질 정도다. 그리고 지금이 바로 그 경우다.

    벨카스텔 쪽으로 방향을 돌린 그는 마을 어귀에 서 있는 한 공중전화 부스 근처에 차를 세운 후, 손목시계를 들여다보고는 몇 걸음을 걷는다. 전화벨이 울린다. 그는 시간이 완벽하게 지켜지지 않은 것을 확인하고는 약간 짜증이 인다. 딱 3분 일찍 전화했지만, 이것도 정확한 게 아니다. 하지만 지금은 그런 걸 따지고 있을 상황이 아니었다.

    「네…….」

「부르주아 씨?」

짐작하겠지만, 이 가명을 고른 것은 대장 자신이 아니다.

「네.」

「내가 전화를 잘못 건 게 아닌지 모르겠습니다.」

「아뇨, 아뇨, 제대로 걸었어요.」

자, 통상적인 확인 절차는 끝났다. 곧바로 첫 번째 화살이 날아든다.

「도대체 무슨 일을 이렇게 합니까?」

「일이 항상 계획대로 되는 것은 아닙니다.」

「깔끔하지 못했어요. 그런데 우리는 깨끗한 일처리를 원한단 말입니다. 꼭 이걸 상기시켜야 합니까?」

대장은 대답하지 않는다. 멀리, 광장의 반대편 끝에서 어떤 음악의 메아리가 들려온다. 어렴풋이 뭔가를 연상시키는 익숙한 곡조이다. 그는 고개를 흔들어 이 엉뚱한 상념을 털어 낸다.

「당신은 당신에게 맡겨진 임무들의 보증인이에요.」 목소리가 말을 잇는다. 「당신은 요구 사양서의 내용을 잘 알고 있죠. 그리고 하자가 발생할 경우, 결정은 내가 합니다.」

살아오면서 대장은 온갖 종류의 어려운 상황들과 마주했다. 그런데 상황이 긴박할수록 마음은 오히려 느긋해졌다. 그의 정신은 각 세부 사항을 분석하고, 맥락에 변화를 가져오는 아주 미세한 변화들까지 머릿속에 입력하는데, 어떤 경우에든 그는 차분함을 유지한다. 앙리는 냉정한 사내이다.

「자, 내가 결정할까요?」 목소리가 묻는다.

「아니, 내가 용역의 보증을 서겠습니다.」

그는 오늘 아침 일찍, 마틸드에게 전화를 했었다. 이 역시 규정에 어긋나는 일이었는데, 정말이지 대장의 정돈된 삶은 지금 상당히 흔들리고 있다.

「아니, 아니야, 앙리! 잠을 깨운 게 아니야! 난 자고 있지 않았어.」

그녀는 그의 목소리를 듣고 기뻐했다. 또 놀라기도 했다.

「무슨 문제라도 있어?」

귀가 간지러울 정도로 부드러운 목소리였다.

「그래, 네 생각은?」

퉁명스럽고 딱딱한 어조였다.

마틸드는 몇 초 동안 침묵을 지켰다.

「……아, 그거? 아니 뭐, 그까짓 걸 가지고 그래?」

그녀는 농담하는 듯한 어조였다. 이런! ─ 그녀는 생각한다. 내가 무슨 바보 같은 짓을 한 모양인데, 대체 뭐지? 그녀는 다시 덧붙인다.

「앙리, 대단한 것도 아니잖아, 안 그래?」

그녀는 기억을 더듬어 보지만, 아무것도 떠오르지 않는다. 이 경우 가장 좋은 방법은 그에게 대화의 주도권을 넘기는 것이다.

「난 깨끗한 작업을 원해!」 이렇게 말하는 대장인 자신이 상관의 말을 그대로 반복하고 있다는 것을 깨닫는다.

〈깨끗하다〉? 이게 과연 무슨 뜻일까? 짧은 순간, 두 사람의 머릿속에 똑같은 의문이 스친다.

마틸드는 자신이 뭔가 잘못한 게 있는 거라고 생각하고는, 이렇게 말한다.

「앙리, 조금 실수가 있었을 뿐이고, 다시는 그런 일이 없을 거야…….」

대장은 그녀의 목소리를 주의 깊게 들으며, 아주 작은 뉘앙스까지 분간하려 해본다. 마틸드는 정말로 반성하는 기색이다. 확실치는 않으니 이번에는 넘어가 줄까?

「……그런데 왜 그렇게 했어?」 마침내 그가 묻는다.

마틸드는 미소를 머금는다. 그의 목소리 가운데 느껴지는 약간 피곤해진 어조는 그가 훈계를 포기했음을 뜻하는 것이다. 휴우.

「앙리, 가끔 이런 날들도 있어. 누구에게나 일어나는 일이라고.」

그녀는 뒤이은 잠시간의 침묵을 이용하여 이렇게 덧붙인다.

「넌 나한테 절대로 전화를 안 하지. 그래, 알아, 알아! 규정이 있으니까…… 그런데 말이야, 결코 내게 전화를 하는 법이 없다가, 유일하게 한 번 하는 게 이런 식으로 질책하기 위해서야. 너도 인정할 거야…….」

아, 여기에 무슨 말을 하겠는가? 전화를 하지 말았어야 했다. 갑자기 피로감이 엄습했다. 그는 더 이상 아무 말도 하지 않고 전화를 끊어 버렸다.

「자,」 수화기 속의 목소리가 말한다. 「다시는 이런 일로 전화하는 일이 없었으면 합니다.」

「잘 알겠습니다.」 대장이 대답했다.

돌아오는 길에, 지루강을 따라 이어지는 길이 자신보다 훨씬 더 차분하게 느껴진다.

한편 마틸드는 1층으로 내려와 개에게 문을 열어 주고, 커피를 탔다. 이 전화는 그녀를 서글프게 한다. 대체 앙리가 내게 무슨 질책할 거리가 있는 걸까? 어쩌면 데저트 이글 때문이리라…… 내가 그걸 규정대로 처리하지 않았다고 의심하고 있는 거야…….

그녀는 미소를 짓는다. 앙리, 내가 항상 센강의 다리를 거쳐서 돌아온다는 거, 잘 알고 있잖아? 왜 내가 갑자기 다른 식으로 하리라고 생각하는 거야?

✝

수사는 수많은 매체에서 톱뉴스로 다뤄진다. 경찰에게 전혀 알려지지 않은 몇몇 소집단들만이 자신의 소행임을 주장하고 나섰기 때문에, 수사의 방향은 희생자의 주변 관계들로 향한다. 모리스 캉탱의 삶이 양말 까뒤집듯 밝혀짐에 따라, 부인의 진단이 매우 적확했던 것으로 드러난다. 그가 벌인 사업과 인간관계의 실타래는 입이 딱 벌어질 정도로 복잡하며, 그의 이권이 걸려 있거나 그가 개입한 거래의 총합은 현기증이 날 정도이다.

처음에는 마침내 자신이 내무부의 신임을 얻게 될 (이는 그의 위대함의 꿈의 체현이라 할 수 있는 목표였다) 사건을 맡게 되었다고 확신했던 오키핀티 반장은 얼마 되지 않아 결코 입장을 명확히 설명하지 않는 온갖 전문가들에 의해, 결국에는 모두가 정치적 차원에 이르게 되는 세무, 신탁, 증권, 그리고 산업적 차원의 수사의 주변으로 밀려나게 되었다.

살인 사건은 5월에 일어났다. 여름휴가가 코앞으로 다가왔을 때, 오키핀티 반장은 싹수가 아주 노래 보이는 이 사건에서 빨리 벗어나고 싶은 생각밖에 없었다.

또 바실리에브는 어땠는가 하면, 그는 딱 일주일 동안 캉탱 회장의 수많은 협력자, 비서, 조수, 자문역, 보좌관 들에 대한 진 빠지는, 그리고 무익한 심문을 행한 후에 수사에서 밀려났다. 그를 배제시킨 관리들의 설명은 매우 직설적이다. 그는 그릇이 못 된다는 것이다. 그는 전혀 불평하지 않는다.

공화국의 가장 은밀한 기관들은 그들의 네트워크를 움직인 끝에 경찰과 동일한 결론에 도달하는데, 이것은 청부 살인이며, 아무도 이 이야기의 진상을 알지 못하리라는 것이다. 또 이 사건은 우여곡절 끝에 자살한 공화국 장관들의 파일, 그리고 지역 마피아에 잠식된 도시의 길 한복판에서 살해된 경찰서장들의 파일과 같은 범주로 분류될 거였다. 이런 종류의 일들은 생각보다 자주 발생하는데, 오랜 시간이 지난 후에 범인의 추적을 가능케 하는 어떤 단서를 우연히 발견할 수도 있지만, 이 단서는 그다지 유용하지 않다는 게 밝혀지니, 그 자취는 거기서 끝나고 의뢰자는 그저 발 뻗고 자는 경우가 태반이기 때문이다. 항상 그렇듯이 대중의 관심은 유순한 소녀들처럼 경악할 만한 것들도 잘 받아들이지만 무지 역시도 쉽게 받아들인다. 그들은 보다 긴급한 사안들에 이끌린다. 플라티니는 클럽을 바꿀 것인가? 스테파니는 사랑하는 남자와 결혼할 수 있을까?[18]

하지만 언론에게 이 사건은 여전히 당혹스러운 것으로 남는다. 한편으로는 이 사건을 실컷 뜯어먹고 싶지만(대기업 회장이 살해된 사건은 사회적, 윤리적으로 큰 물의를 일으킨 범죄와 마찬가지여서 결코 놓치고 싶지 않다), 다른 한편으로는 여기에 대해 한마디도 얘기할 거리가 없는 것이다. 진정한 기자는 이런 종류의 상황 앞에서 절대 물러서지 않지만, 앞으로 꺼질 일만 남은 잉걸불을 유지하는 것도 쉬운 일은 아니다. 〈캉탱 사건의 진실〉이라는 제목을 여러 차례 뽑긴 하지만, 그다지 확신은 없다. 살아 있을 때 그렇게 사교적이지 않았던 사내는 사후에도 더 비협조적인 모습을 보이는 것이다.

수사에서 제외되어 오히려 기쁜 바실리에브는 여전히 모리스 캉탱 관련 기사들을 읽는데, 자신이 직접 시체를 본 사람이기 때문이다. 오랫동안 이 일을 해왔음에도 불구하고, 이런 종류의 사건에는 여전히 가슴이 언짢다. 그는 민감한 사람이다.

이때 그는 이 미스터리가 곧 돌아와 문을 두드리게 되리라

---

18 Michel Platini(1955~).1980년대를 풍미한 프랑스의 세계적인 축구선수다. Stéphanie de Monaco(1965~)는 레니에 3세와 여배우 그레이스 켈리 사이에서 태어난 모나코의 공주로, 패션 모델과 가수로도 활동하여 당시의 최고 유명 인사 중의 하나였다.

는 것을, 그리고 이로 인해 어떤 비극적 결과들이 초래될 것
인지를 상상조차 하지 못한다.

9월 5일

젊은 여자는 무척 긴장하고 있다. 너무 크게, 너무 쉽게 웃음을 터뜨린다. 그녀는 깡말랐다. 콩스탕스. 그녀는 서른 살이다. 그녀의 행동에서는 수감 생활을 한 여자들에게서 가끔 볼 수 있는 기묘하게 남성적인 뭔가가 느껴진다. 기관의 직원은 잘 닫히지 않는 차 트렁크와 씨름하는 그녀의 모습을 쳐다본다. 한편 어린 나탕은 아무 감정도 드러내지 않는다. 콩스탕스를 따라 웃지 않고, 우스꽝스러운 몸짓들에 반응하지도 않고 이 모든 장면을 바라보기만 한다. 아이는 별 관심이 없고, 심지어는 차갑기까지 하다. 꽤 많은 기관들을 전전해온 탓에 무뎌진 것이다. 콩스탕스는 아동용 카시트를 사왔는데, 사용하는 방법을 잘 모른다.

「놔두세요, 도와드릴게요.」 직원이 제안한다.

「아녜요, 제가 할 거예요!」

급하고 퉁명스러운, 거의 불쾌하기까지 한 대답이다.

직원은 알았다는 손짓을 한다. 네, 그럼 알아서 하세요…….

하지만 쉽지가 않다. 차 뒷좌석에 몸을 구부린 콩스탕스는 플라스틱 코팅한 끈을 당기고, 거는 곳을 찾고, 잘 되지 않자 꿍얼거리고, 반대 방향으로 해보고, 다시 시도해 본다. 물론 바보 같은 짓이지만, 이런 것도 할 줄 모르는 것은 좋은 엄마가 아니기 때문이다. 그녀는 이미 다른 많은 것들에 있어서, 아니 사실은 거의 모든 것에 있어서 이를 느끼고 있는데, 그녀에게는 배울 시간이 없었던 것이다. 역설적이게도 그녀는 거의 5년 동안 이 순간을 기다려 왔지만, 준비하기 위해 할 수 있는 일은 아무것도 없었다. 정말이지 그동안 너무 많은 일들이 있었다. 그녀가 카시트의 바닥면을 좌석의 철제 홈에 끼우려고 애쓰는 동안, 나탕에게는 무늬 바지 속에서 바짝 수축된 그녀의 엉덩이만 보이고, 그녀가 나지막이 내뱉는 욕설이 들린다. 콩스탕스는 갑자기 고개를 돌려 직원에게 눈짓으로 사과를 하면서, 두 팔을 늘어뜨리고 뒤에 서서 기다리는 아이에게는 미소를 지어 보인다. 아이의 오른손 끝에는 어색하게 들고 있는 반짝반짝한 새 장난감, 마징가Z가 대롱대롱 매달려 있다. 그는 여자의 미소에 호응하지 않고, 무관심에 가까운 멀뚱한 시선으로 그녀를 응시한다. 아니면 원망의 눈빛일지도 모르겠지만, 어쨌든 우호적인 시선은 아니다. 콩스탕스는 다시 하던 일로 돌아오지만, 아이의 차가운 태도에 마음이 흔들린다. 뭐, 당연해, 아직은 서로를 잘 모르니까.

나탕이 여섯 달 되었을 때, 콩스탕스는 양육권을 빼앗겼다. 그들의 생활 조건을 확인하러 온 DDASS[19] 검사관을 그녀가 때렸기 때문이었다. 업무 중단 9일을 요하는 부상……. 나탕은 불명의 아버지에게서 태어났고, 콩스탕스는 벌써 몇 차례나 감옥을 다녀온 이력이 있었기 때문에, 당국은 즉시 아이를 데려갔다. 아이를 볼 길이 없게 된 그녀는 판사에게 애원을 했지만, 그녀의 기록은 무거웠다. 팔뚝의 정맥을 보이지 않게 하기 위해 긴 소매 셔츠를 입었지만, 아무도 속지 않았다. 나탕은 첫 번째 기관에 맡겨지고, 또 첫 번째 위탁 가정에 맡겨졌다. 그녀는 아이를 보러 갈 권리조차 없었고, 그가 어디에 있는지도 몰랐다. 열 달이 넘는 시간 동안, 아들을 되찾기 위해 행정 기관을 끈질기게 찾아다녔다. 그녀는 최선을 다했다. 질문지를 작성하고, 신문을 받고, 모임에 나가고, 소변 검사, 혈액 검사, 다 했지만, 이 모든 것은 끝없는 곡예에 불과했으니, 그녀는 마약을 끊을 수가 없었기 때문이었다. 당시 그녀는 사모스와 같이 살았다. 이 남자의 진짜 이름이 무엇인지는 영원히 알지 못했다. 그러고 나서 루벤 가 약국의 강도 사건이 있었고, 그녀는 5년 형을 받았다. 기묘하게도 이 판결은 그녀에게 힘을 주었다. 나탕의 존재가 어떤 은혜로운 구름처럼 그녀 위를 떠다니기 시작했다. 나탕 덕분에 마약을 끊을 수 있었고, 감옥에서 밀거래하는 동료 재소자들의 가끔은 난폭하기까지 한 접근에 저항할 수 있었다. 전혀 그녀의 취향이 아니었지만, 감옥의 왕초인 모나와 잠자

---

19 Direction Départementale des Affaires Sanitaires et Sociales의 약자로, 보건 사회부의 각 지역 지부를 뜻한다.

리를 같이 했고, 그녀 덕에 비교적 평화롭게 지낼 수 있었다. 그녀는 산발적으로 나탕의 소식을 듣고, 때로는 사진도 받았는데, 그때마다 눈물을 쏟곤 했다. 이에 가슴이 뭉클해진 뚱보 모나는 여전히 잠을 같이 자는 척 했지만 더 이상 아무런 요구도 하지 않았고, 둘은 이런 장소가 허용하는 한도 내에서 친구가 되었다. 그러다 3년 후에 조건부로 석방되었다. 여섯 달의 시험 기간 동안에는 나탕을 데려올 가능성이 전혀 없었다. 센에마른주에 돌아온 그녀는 거처를 두 번 옮겨야 했으며, 한두 명의 남자를 만났지만 그럼에도 불구하고 다시 마약에 빠지지는 않았다. 그녀의 삶의 유일한 목적은 자신의 아들을 돌려받을 자격이 있음을 보여 주는 것이었다. 마침내 그녀는 아이를 위한 방이 있고, 가격대가 맞는 아파트를 구할 수 있었다. 아무런 학위가 없는 콩스탕스는 장사도 하고 청소도 했지만, 불법 노동은 쳐다보지도 않았다. 그녀에게 필요한 것은 증명을 위한 급여 명세서, 공과금 청구서, 영수증이었기 때문에 불법적인 것은 아무것도, 정말 아무것도 받아들이지 않았는데, 이게 사회의 맨 밑바닥에 있는 사람에게는 지독하게 힘든 일이었다. 검사관들이 방문하면, 새로 칠한 방과 모든 것을, 침대와 옷장과 의복을, 심지어는 장난감까지 보여 주었다. 소변 검사와 혈액 채취를 다시 시작해야 했고, 그녀에게 요구하는 모든 것을 그녀는 해냈다. 씩씩한 병사처럼 말이다.

그녀에게 많은 도움을 준 것은 임시 직업 소개소인 아체르 중개소였다. 더 구체적으로는 이 젊은 여성의 상황과 의지에 가슴이 뭉클해진 필리퐁 부인이었다. 고객들은 모두가 매우 만족했다. 콩스탕스는 나탕을 되찾겠다는 일념으로 맹렬히, 치열하게 일했다.

그리고 이 노력은 보상을 가져왔다.

판사가 판결을 내린 것이다.

콩스탕스는 나탕을 되찾을 수 있게 되었다.

그녀는 앞으로 정기 검진을 받고, 조사에 응하고, 질문지를 다시 작성하고, 불시 방문을 견뎌 내야 하겠지만, 아이를 데리러 갈 권리를, 앞으로도 계속 데리고 있을 권리를 갖게 된 것이다.

그녀는 꽃을 들고 중개소를 찾아갔다. 비싸지 않은 작은 꽃다발이었지만, 이 제스처는 나탕을 위해 장난감까지 하나 사놓은 필리퐁 부인을 울게 만들었다. 그녀에게는 거의 같은 나이의 손자가 있었다…….

콩스탕스는 직원과 아이가 바라보는 가운데 카시트를 고정하려고 계속 애쓴다. 카시트는 중고로 사왔는데, 이런 물건들은 값이 꽤 나가기 때문이다. 그녀는 자기가 속은 게 아닌가, 불완전한 카시트를 판 게 아닌가, 뭔가 빠져 있는 게 아닌가 자문한다. 하지만 이 빌어먹을 카시트가 없으면 나탕을 데려갈 수 없을지도 모른다는 생각에 힘이 쭉 빠지고, 갑작스러운 공포심이 밀려든다.

「정말로 내가 안 도와줘도 괜찮겠어요?」 직원이 다시 묻는다.

울음을 터뜨리기 직전인 콩스탕스는 옆으로 조금 비켜서

고, 여자는 아주 부드럽게 설명해 준다.

「자, 봐요. 끈을 이 밑으로 넣어서…… 자, 여기에 손을 넣어요, 아니, 좀 더 멀리. 그래요, 거기에 조그만 핀이 느껴질 거예요. 그걸 누르면 딸깍 소리가 날 거예요, 한번 해봐요.」

콩스탕스가 해보니까 잘 된다. 그녀는 다시 좋은 엄마가 된다.

그녀는 나탕에게 공모자처럼 눈을 찡긋 해보지만 아이는 눈 하나 깜빡하지 않는다. 아이는 이 여자가 어떤 사람인지 모르는 것이다. 지금까지 숱한 여자들을, 온갖 종류의 여자들을 봐온 그로서는 공연히 미소 짓지는 않을 것이다. 그러려면 어떤 이유가 있어야 한다.

콩스탕스가 가방을 넣은 차 트렁크 안에서 아이는 포장지에 싸인 선물 꾸러미를 보았다. 분명히 자기 것일 텐데, 그녀가 언제 이걸 줄 것인지 궁금하다. 그녀는 여기 오자마자 이 마징가Z를, 그가 아무 관심도 없는 이 물건을 주었다. 아이는 아무 말도 하지 않았지만, 빨리 어디다 내려놓고 싶을 뿐이다. 만일 그녀가 트렁크 안의 이 꾸러미에도 같은 센스를 발휘했다면, 보지 않아도 뻔하다…….

그녀는 아이를 카시트에 앉히고, 아이는 그녀가 하는 대로 놔둔다. 콩스탕스는 할 말이 잘 떠오르지 않는다.

「고마워요, 이…….」

직원이 미소를 지으며 말한다.

「아이에게 안전벨트를 매주는 거 잊지 마세요.」

아, 젠장!

콩스탕스는 다시 뒷좌석으로 다이빙하듯 들어가 안전벨트를 잡아 나탕의 몸 앞으로 두른다. 그러면서 몸이 아이 위로 숙여지는데, 둘의 몸이 이렇게 가까워진 것은 처음이다. 이 짧은 순간, 둘은 이게 중요한 순간임을 깨닫지만, 여기서 어떻게 해야 좋을지 알 수가 없다. 콩스탕스는 클로즈업된 나탕의 얼굴을 본다. 밤색과 회색이 섞인 눈동자, 조그만 입, 이마 위쪽에 자라나기 시작한, 너무나도 섬세한 그 갈색 머리카락……. 아이가 너무나 잘생겨서 그녀는 더럭 겁이 난다. 나탕에게는 콩스탕스의 냄새가 느껴진다. 그가 모르는 어떤 여자 향수 냄새, 이 달착지근한 냄새가 아주 기분 좋게 느껴지지만, 내색하지는 않는다.

집으로 가는 여행이 아주 편하지는 않았다. 믈룅[20]까지는 차로 거의 3백 킬로미터 가까이 되는 거리다.

「중간에 내려서 피자 좀 먹고 갈까?」

하지만 나탕은 맥도날드가 더 좋단다. 그녀는 앞으로의 삶에 대해, 이제 영원히 함께 있게 된 그들이 하게 될 모든 것들에 대해 얘기해 준다. 하지만 아이가 입을 여는 것은 그녀가 산 과자와 그녀가 고른 만화책을 비판할 때뿐이다……. 자정이 다 되어 파리에 도착했을 때, 콩스탕스는 신경이 곤두서 있다. 그녀는 차 트렁크에 넣어 둔 선물을 주는 것을 잊었다는 것을 깨닫는다.

나탕은 오는 길에 오랫동안 이 선물 생각밖에 하지 않았다.

20 파리 남동부에 위치한 코뮌으로 파리의 위성 도시 중의 하나.

집에 도착했을 때, 그는 곤히 잠들어 있다.

콩스탕스는 그들이 아파트에 처음 도착하는 이 순간을 무척 기대했었다. 아이에게 그의 방과 가구들, 장난감들을 보여 주는 것을 상상하며 마음이 설레었는데, 지금 그는 자신의 품 안에 축 늘어져 잠들어 있다. 화장실에 보내어 이를 닦게 해야 해. 자기 전에 이를 닦지 않는다면, 그건 내가 나쁜 엄마이기 때문이야. 하지만 그녀는 의식이 없는 아이의 옷을 벗겨 살그머니 이불 속에 눕힌다. 아, 정말 피곤한 여행이었어! 다른 사람을 위한 것이었으면, 그녀는 이 거리의 10분의 1도 견뎌 내지 못했을 것이다. 피자와 햄버거 문제를 가지고 잠시 아이와 맞섰던 자신을 책망한다. 〈아이를 키우려면 자격이 있어야 합니다…….〉 이것은 그녀가 아이를 돌려달라고 하자 판사가 한 말이었다.

시간이 늦었다. 내일은 하루 종일 시간을 같이 보낼 수 있다. 그녀는 영화관, 소풍 등 모든 계획을 짜놨지만, 전혀 자신이 없다.

그녀는 보르도 와인 한 병을 딴다. 그녀는 기진맥진해 있다.

†

　이제 바실리에브는 일주일에 두 번씩 들른다. 하지만 드라오스레 씨는 여전히 〈요즘 얼굴 보기가 힘들군〉이라고 말하고, 그때마다 테비는 손으로 입을 가리고 킥킥 웃는다. 르네는 어떻게 하느냐면, 어색하게 사과를 한다. 이번 여름은 때때로 기온이 아주 높이 올라가기 때문에, 테비는 집을 환기하기 위해, 정작 본인은 아무런 불평도 하지 않는 선생을 시원하게 해주려고 온갖 꾀를 짜낸다. 「우리는 자주 공원에 가요.」 테비가 말한다. 「선생님이 거기서 신문 읽는 것을 아주 좋아하시거든요.」 선생의 집에 신문이 이렇게 많이 있는 것을 보는 것은 오랜만이었다. 예전에는 서재에 가득했지만, 점차로 흥미를 잃으셨다가, 이렇게 다시 돌아온 것이다.

　한 걸음 물러서서 둘러보면, 젊은 간호사가 이 아파트에서 차지하는 자리에 놀라지 않을 수 없다. 선생의 방을 다시 꾸며 놨을 뿐 아니라, 쿠션들과 전등들도 새것으로 바꿔 놨다. (〈이 거실은 너무 어두워서 아무것도 안 보여요, 안 그래요?〉) 그리고 부적들도 있다. 테비는 이 점에 있어서 매우 조심스러우며, 또 웃으며 자인하는 바지만, 엄청나게 미신적이다. 그녀는 갖가지 행운의 마스코트들로 둘러싸여 있다. 이렇게 새 형상의 베텔 상자,[21] 제사용 도금 잔, 아프사라[22]

---

　21 베텔은 구장목이라고도 하는 식물로, 동남아시아에는 베텔 잎으로 빈랑목 열매 조각, 생석회, 향료 등을 싸서 껌처럼 씹는 오랜 전통이 있다.
　22 힌두교와 불교 신화에 나오는 천상의 무희로, 아름다움과 음악과 춤의

의 두상(頭像), 혹은 플라오산 사원의 아발로키테슈바라[23] 두상의 사기(砂器) 복제품 등이 선생의 물건인 19세기의 청동 조각상, 설화 석고 재떨이, 선정적인 판화 같은 것들을 밀어냈다. 그녀의 여러 가지 미신들은 르네를 재미있게 해주고, 선생의 무료함을 달래 준다. 예를 들어 그녀는 이 아파트를 그다지 좋아하지 않는다. 불편해서가 아니라, 층계 계단의 개수가 홀수이기 때문이다. 「이러면 집 안에 잡귀가 들어와요.」 이렇게 말하며 자신도 웃지만, 그렇다고 해서 믿지 않는 것은 아니다. 또 저번 저녁에는, 대화 중에 어떻게 그 얘기가 나왔는지 기억이 잘 안 나는데 ─ 당연히 그가 꺼낸 것은 아니었다 ─, 테비는 거웃을 밀어 버린 여자와는 절대로 동침해서는 안 된다고 단언하는 거였다. 「그러면 분명히 큰 문제가 생기게 돼요, 그럼요…….」 르네는 얼굴을 붉혔지만 그녀는 태연했다.

　모리스 캉탱 사건 얘기가 나오자, 테비는 만일 이 캉탱이 몸에 신성한 문신을 새겨 놓았더라면 분명히 죽지 않았을 거라고 단언한다.

　「글쎄요, 어떤 문신이 44구경 매그넘에 대한 효과적인 방어 수단이 될 수 있을지 잘 모르겠는데요.」 바실리에브가 이의를 제기해 보았다.

신으로 여겨진다. 캄보디아의 앙코르 와트와 같은 고대 사원의 벽면 조각과 부조에서 발견된다.
　23 플라오산 사원은 인도네시아 자바섬에 위치한 19세기의 불교 사원이며, 아발로키테슈바라를 비롯한 다양한 불교 신들의 조각상이 있다.

「르네, 당신은 이 방면에 대해선 아무것도 몰라요!」

그는 그렇다면 자신을 보호하기 위해 몸에다 신성한 문신을 새길 생각을 했었냐고 그녀에게 물었다. 테비의 얼굴이 빨개졌고, 이런 그녀의 반응에 르네도 몹시 당황했다⋯⋯ 그이후로 테비의 몸 어딘가에 새겨져 있을 신성한 문신의 존재는 그를 상당히 심란하게 했다. 그게 어떤 은밀한 부위에 있을 거라는 생각이 자꾸만 떠올랐던 것이다.

그들은 서로를 성이 아닌 이름으로 부르면서도, 존댓말을 사용했다.

그들은 모리스 캉탱에 관해 얘기했는데, 이 사건에 어떤 새로운 점이 있어서가 아니라, 드라오스레 씨가 전에 그를 만난 적이 있었기 때문이었다.

「조케 클럽[24]의 어느 만찬 석상에서였어. 그게 어떻게 해서 열린 만찬이었는지는 잘 생각나지 않지만 말이야⋯⋯ 그래, 아주 재미있는 친구였지. 자기가 직접 참여하지도 않은 사파리 얘기를 끝없이 늘어놓더라고⋯⋯.」

바실리에브가 방문하여 보내는 시간들은 어떤 일정한 루틴을 따르는데, 이 루틴은 주로 선생 때문에 생겨났지만, 여기에 테비의 몫도 적지 않다. 두 사람 모두 규칙과 습관과 법도를 매우 중요시한다. 그들은 뭔가를 마시며 잡담을 나누고, 국수나 야채 수프를 먹으며, 그러고 나서는 거실의 커다

---

24 영국에서 유행하던 경마 문화를 프랑스에 도입하고자 19세기 초반에 창설된 명망 높은 사교 클럽으로, 지금까지도 프랑스의 상류층과 엘리트 모임의 장이다.

란 테이블에 둘러 앉아 〈노란 난쟁이〉 게임[25]을 한다. 테비가 이기는 경우가 많다. 르네는 그녀가 속이기를 바란다. 그는 굳이 확인하려 하지 않는데, 테비가 속이는 게 오히려 즐겁기 때문이다. 속임수가 뻔하게 드러날 때가 아니면, 그는 그녀가 이기게 놔둔다. 그녀는 만족하는데, 이 승리가 자신의 신앙과 미신이 옳다는 것을 증명해 주기 때문이다.

이날 저녁, 선생은 캉탱 사건 얘기를 다시 꺼냈다.

「전 그 사건에서 손을 뗀 지 오래예요.」 르네가 말했다.

「음, 또 하나의 사건이 매장되었군.」 선생이 논평한다.

「맞아요, 매장되었어요.」 테비가 맞장구친다.

그녀는 새로운 표현을 들으면 속으로 기록해 두고는, 더 잘 기억하기 위해 이처럼 한번 따라서 말해 본다. 그런 다음 그 표현을 다시 사용해 보려고 노력하는데, 결과가 항상 좋은 것은 아니라서, 르네는 미안하다는 듯한 표정을 지으며 교정해 주는데, 테비는 결코 화내는 법이 없다.

게임이 끝나고 선생이 다시 잠들면, 그들은 거실에 남아서 잡담을 나누는데, 르네가 아주 늦은 시간에 떠나는 때도 있다.

「아마 선생님을 통해서,」 바실리에브가 말한다. 「테비 씨는 내 가족에 대해 알고 있을 거예요. 하지만 테비 씨의 가족에 대해서는 아무 얘기도 해주지 않는군요…….」

「그다지 재미있는 얘기는 아니에요.」

25 프랑스의 전통적인 보드 게임의 하나.

르네가 말이 이어지기를 기다리자, 젊은 여자는 덧붙인다.

「그러니까 내 말은, 아주 고전적인 이야기란 뜻이에요…….
캄보디아나 프랑스나 가족은 거의 비슷한 것 아닌가요?」

그녀는 별로 얘기하고 싶지 않은 것 같다. 화제를 돌려 다
시 선생의 얘기로 돌아오고, 저녁에 즐긴 노란 난쟁이 게임
에 대해 얘기하는데, 이런 모습을 보니까 바실리에브는 뭔가
를 제안하고 싶어진다.

「어떤 생각이 들었냐면…….」 그가 말한다. 「언젠가 우리
가 함께 사진 한 장 찍으면 좋지 않을까요?」

「사진이요?」

「네, 선생님과 함께 하는 이 순간들의 추억을 남기기 위해
서요. 그러니까 나중에…… 뭐, 무슨 말인지 아시겠죠?」

「오, 안 돼요!」 테비가 소리친다.

그녀는 너무나 언짢은 기색이어서 바실리에브는 자기가
그렇게나 불쾌한 소리를 한 것인지 불안하게 되짚어 본다.

「세 사람이 사진을 찍는다니, 그건 말도 안 돼요! 그럼 재
수가 없다고요! 만일 그렇게 하면, 세 사람 중 하나는 죽게
돼요!」

이때 두 사람의 머릿속에 같은 것이 떠오르고 — 선생의
나이 —, 그들은 폭소를 터뜨린다. 즐거운 저녁 시간이었다.
사실은 모든 저녁 시간이 유쾌했고, 르네는 매주 두 번 통조
림이나 냉동식품이 아닌 다른 것을 먹을 수 있었다.

테비가 그를 배웅하러 문까지 왔을 때, 바실리에브는 불쑥
물어본다.

「테비, 그런데 말이에요. 선생님 말이죠…… 가끔 정신이 흐려지시기도 하나요?」

〈정신이 흐려진다〉라는 새로운 표현 앞에 테비가 눈썹을 찌푸리자, 그는 관자놀이에 검지를 가져다 댄다.

이날 저녁, 화제가 모리스 캉탱에게로 돌아왔을 때, 선생은 마치 방금 생각이 난 것처럼 두 번이나 이렇게 말했다.

「알아? 난 예전에 그 친구를 조케 클럽의 어느 만찬에서 만난 적이 있어. 그는 자기가 참여하지도 않은 어떤 사파리에 대해 끝없이 얘기하더라고…….」

테비도 선생이 그렇게 말했던 게 생각난다. 이것 말고도 선생이 정신이 흐려진 모습을 많이 보긴 했지만, 르네에게 말하지는 않는다.

「네, 이따금 정신이 약간 흐려지긴 하세요…….」

헤어질 때 바실리에브는 고개를 숙이고, 그들은 볼 키스[26]를 나눈다.

†

지난 5월부터, 그러니까 그 엉망이었던 캉탱 사건이 있은 후부터, 앙리 라투르넬은 마틸드 때문에 마음이 심란하다. 물론 그녀에게 다시 전화하지 않았고, 자주 그렇듯 그녀에게서는 아무 소식이 없지만, 이유는 알 수 없으나 이번에는 뭔

26 프랑스에서는 친구나 지인들이 만날 때나 헤어질 때 볼을 맞대는 인사를 나눈다.

가 불안하게 느껴진다. 그들이 전혀 연락하지 않는 것은 완전히 정상이다. 이것은 규칙이다. 오히려 연락하는 일이 예외가 되는 것이다. 그의 마음을 어둡게 하는 것은 지금 아무것도 모른다는 것이다. 그녀에게 뭔가 문제가 있는 걸까? 작업을 어렵게 만드는 어떤 문제가? 물론 그의 마음을 어둡게 하는 것은 이 질문만이 아니라, 단순히 마틸드 때문이기도 하다.

그는 스스로에게 선뜻 고백하지 못하지만, 이 모든 것으로 인해 무한한 대가를 치러야 했다. 내가 그녀를 얼마나 사랑했던가? 이 질문은 그의 슬픔을 가중시킨다. 그는 그녀를 격렬히 사랑했다. 하지만 늘 멀리서였다.

1941년. 마틸드는 열아홉 살이고, 눈부시게 아름답다. 얼굴이 완전히 망가진, 뚱뚱하고 작달막한 여자인 지금의 그녀와는 전혀 다른 존재였다.

그녀는 얼마 후에 죽음을 맞게 되는 동지인 쿠드레를 통해 레지스탕스에 들어왔다. 당시 〈이모젠〉[27]이라는 조직을 만든 지 얼마 되지 않았던 그는 그녀에게 소소한 임무들을 맡긴다. 가방을 나르고, 주소를 알아 오고, 메시지를 전하는 일들을 그녀는 썩 잘 해냈다.

1941년, 간호사로 변장한 그녀는 툴루즈의 게슈타포에게 체포된 세 명의 동지를 탈출시키는 작전에서 큰 역할을 한다. 그녀는 놀라울 정도의 냉정함을 보여 주고, 아무것도 두

27 Imogene. 주로 영미권에서 쓰는 여자 이름이지만, 프랑스에서도 간혹 사용된다.

려워하지 않는다.

그리고 누구의 탓도 아니지만, 그로 인해 많은 조직원들이 죽게 된, 불운한 우연에 의해 조직이 대부분 와해되어 버린 1942년의 그날이 온다. 앙리는 독일군의 급작스럽고도 거침 없는 첩보 작전을 막기 위해 살아남은 이들이 동원되어야 했던 그날을 생생히 기억한다. 신속히, 아주 신속히 행동해야 했다. 문서를 회수하고, 동지들에게 알리고, 도주할 수 있게끔 조치하고, 무기를 옮기고, 연계된 조직들에게 알리고, 누수가 없는지 도처에서 확인해야 했다…… 이날, 마틸드는 기적을 일으켰다. 눈코 뜰 새가 없었던 앙리는 그녀에게 모처에 보관된 무기들이 게슈타포에 의해 감시되고 있는지 확인하는 임무를 그녀에게 맡겼다. 그는 이날의 사건들을 나중에, 다시 말해서 폭풍우가 지나가고 난 후에 재구성해 볼 수 있었다. 현장에 도착한 마틸드는 창고 근처에서 저들이 은밀하게 감시하고 있는 것을 알게 된다. 이런 상황에서는 무기를 몽땅 빼앗기든지, 아니면 무기를 구하려다가 붙잡히든지 둘 중의 하나다. 자동차는 한 대만 보인다. 독일군이 정보는 빨리 입수했지만, 덫을 치는 데 필요한 지원 병력은 아직 도착하지 않은 것이다. 이에 마틸드는 로제에게 전화를 한다. 선량한 친구이며, 힘깨나 쓰는 로제는 청과물 트럭을 몰고서 최대한 빨리 도착한다. 마틸드와 그는 채 20분도 안 되어 창고의 모든 무기를 트럭에 싣는다. 〈그녀는 한마디도 하지 않았어, 그 조그만 것이 말이야!〉라고 로제는 감탄하며 말했다. 그들은 큰길을 통해 다시 출발했다. 그 도로에 들어서기 전에 로제는 머뭇거렸다. 감시하는 차가 여전히 거기 있었던 것이다. 「한데 그녀는 아주 자신만만한 얼굴인 거야…….」 그런데 아무런 일도 일어나지 않는다. 「난 정말 무서워 죽는 줄 알았다고…….」 저들의 차는 움직이지 않는다. 30분이 지나서야 도착한 독일군 지원 병력은 감시 임무를 맡은 두 요원이 차 앞좌석에서 목이 그어진 채 죽어 있는 것을 발견한다.

앙리는 이 자발적인 행동을 달가워하지 않았다. 게다가 곧바로 저들이 보복이 이어졌다. 하지만 그는 적어도 무기는 건졌다는 사실을 인정해야 했다. 그러나 이 일화 이후부터 그는 마틸드를 다른 눈으로 보게 된다. 하지만 그녀는 전과 달라진 게 없다. 여전히 차분하고, 말이 별로 없고, 예쁘다. 앙리는 그녀를 얼마나 안고 싶었는지 모른다! 그들은 끊임없이 은근한 말들을 주고받고, 손끝 또한 파르르 스치지만, 아무 일도 일어나지 않는다. 앙리는 그녀의 삶에 대해 알고 싶지만, 그녀는 별 얘기를 해주지 않는다. 그로서는 꽃처럼 부드러운 이 소녀의 모습과 차 안에서 두 남자의 목이 그어졌다는 사실이 좀처럼 연결되지가 않는다. 그는 끊임없이 속으로 이 문제를 제기해 보지만, 그녀에게는 대놓고 물어볼 수가 없으니, 듣게 될 대답이 두렵기 때문이다. 분명히 그녀는 차 뒷문으로 들어가 첫 번째 사내를 칼로 목을 그어 죽이고, 곧바로 두 번째 사내를 죽였을 것이다…… 아니면 양손에 칼을 하나씩 들고 동시에 휘둘렀는지도 모른다…… 그들에게 다가가기 위해 자신의 매력을 이용했을까?

그 후에는? 그들이 관계를 시작하기엔 너무 늦어 버렸다…… 다른 일들이 일어난 것이다. 이를테면 그 게르하르트의 일화…… 순수한 아리안 혈통에, 자신감이 넘치고, 뼛속까지 광신적인 나치였던 잘생긴 친구였다. 〈나한테 맡겨요…….〉 그는 벌써 형편없는 상태였고, 그를 맡은 동지들은 포기한 터였다. 〈나한테 맡겨요…….〉 그들은 아주 외딴 곳에 있는 어느 헛간에 있었고, 모두가 집에 들어가야 하는 처지였기 때문에, 밤이 되기 전에 이 독일 친구를 처리해 버리겠다는 계획을 가지고 있었다. 〈나한테 맡겨요…….〉 마틸드의 목소리는 단호했다. 주저하는 빛이라고는 털끝만큼도 없었다. 그때 앙리는 취약했으므로, 받아들였다. 단지 무장한 남자 하나가 그녀 곁에 남는다는 조건만을 요구했다. 그래, 지금 생각났는데, 남은 사람은 질이었다. 다른 사람들은 집에 들어가고, 게르하르트와 마틸드만 뒤에 남겨 놓았다. 「우리 부모님 집에 들러줄 수 있어?」 그녀가 앙리에게 말했다. 「그분들이 공연히 걱정하지 않게 말이야…….」

앙리는 가셰 의원 집에 들렀고, 의원의 아내를 만났다. 그는 그들을 안심시켰고, 그들은 그를 신뢰했다.

그는 잠을 설쳤다. 다음 날, 새벽이 되자마자 그는 불안한 마음을 안고 헛간으로 달려갔다. 그곳을 지키는 동지는 길 어귀의 건초 더미에서 꾸벅꾸벅 졸고 있다가, 자동차 소리에 잠이 깨었다.

「그 독일 놈 죽었어…….」 그가 말했다.

그는 멍해 보이는 모습이었다. 아마도 피로 탓인 듯했다.

「마틸드는 어디 있지?」

그는 아무 말 없이 저편에 있는 헛간을 가리켰다. 앙리가 급히 달려가 문을 왈칵 열자, 마틸드가 잠에서 깨어났다.

「아유, 깜짝이야! 놀랐잖아.」 그녀는 일어서며 말했다.

그녀는 식탁에서 일어났을 때 하는 것처럼 손바닥으로 치맛자락을 쓸어내렸다. 그러고는 종이 한 장을 그에게 내미는데, 그녀의 필적이 분간되었고, 그녀의 손톱 밑이 거뭇해진 게 보였다. 그곳에는 오래전에 우물이 말랐기 때문에 물이 없었다. 「여기에 다 있어.」 그녀가 그에게 말했다. 이름 두 개, 날짜 하나, 장소 하나, 그리고 여남은 개의 단어. 그는 들보에 걸어 놓은 전선 끝의 전구불로 밝혀진 안쪽으로 가보았다. 테이블 부근의 바닥이 질척거렸다. 맨땅이 피를 엄청나게 빨아들인 것이다. 바닥에 쭉 뻗어 있는 독일 병사는 내장을 빼낸 생선처럼 새하얬다. 앙리는 욱 하고 토했다. 손가락과 발가락이 죄다 잘린 채 농가가 아직 존재했던 시절 소젖을 짜는 데 사용되었을 양동이에 뒤죽박죽으로 버려져 있었다. 눈알과 귀와 고환, 그리고 뭔지 식별하기 불가능한 다른 많은 것들과 함께 말이다.

「아, 피곤해 죽겠어. 나 좀 집에 데려다달라고 질에게 부탁해 줄 수 있어?」

그녀는 미소를 지으며 서 있다. 칭찬해 주기를 기다리는 것일까? 아니, 그녀가 원하는 것은 그게 아니다. 그녀는 자기 소지품들을 모은 뒤 돌아서서는 앙리를 응시한다. 바로 이때의 얼굴이 그의 뇌리에 남아, 그들 사이에 뭔가 일어나려 할 때마다 가로막게 될 것이다. 그것은 힘든 일을 겪은 여자의 얼굴이 아니라…… 육체적으로 만족한 여자의 그것이었다.

앙리는 밖에 있는 질에게로 갔다.

「난 그냥 멀찌감치 가버렸어.」

질이 사과한다.

「계속 그 소리를 듣고 있을 수가 없었거든, 무슨 말인지 이해하지?」

「자, 가지?」 마틸드가 말한다.

질은 눈길을 내리고는 그의 자동차가 숨겨져 있는 헛간 뒤쪽으로 향한다. 마틸드는 앙리의 볼에 입을 맞추고는 멀어져간다. 성자들마저 타락시킬 만한 뒷모습이다.

이 일 이후, 그룹 내에서 그녀를 보는 시선이 완전히 달라졌다.

마틸드는 어떤 존재였느냐면…… 앙리는 적당한 단어를 찾아본다. 마틸드를, 그러니까 전쟁 때의 마틸드를 회상하기 위해서는 여러 개의 단어가 필요하다. 목이 그어진 두 병사의 에피소드는 동지들에게 상당한 충격을 주었지만, 마틸드가 그 독일군 하사관과 함께 보낸 밤은 조직원들 전체를 얼어붙게 했다. 이때부터 그녀와 함께 일하기를 피하는 이들과, 이와는 정반대로 오직 그녀만을 신뢰하는 이들, 이렇게 두 부류로 선명하게 나뉘었다. 그녀는 유령이자 수호신이었고, 뮤즈이자 부적이었으며, 여신이자 악마였다. 앙리를 놀라게 한 것은 많은 남자들이 이 여자를 갈망했다는 사실이었다. 그녀는 그들의 구애에 응했을까? 그녀를 정복했다고 자랑하는 사람은 아무도 없었다.

아무도 마틸드가 어떤 여자인지 알지 못했다. 게르하르트 같은 경우는 다시 발생하지 않았지만, 독일 병사나 부역자 같은 이들을 죽여야 할 일이 있을 때면, 항상 그녀가 나섰다. 마치 그게 자신의 당연한 권리인 것처럼 굴었다. 그리고 도구로는 칼을 선호했다. 〈이게 더 은밀하고, 더 조용해〉라고 설명하곤 했다. 피가 있는 곳에는 마틸드가 있었다.

그러고 나서……

1947년, 마틸드는 의사인 닥터 페랭과 결혼을 한다. 성대한 결혼식이었다. 그 후에 앙리와 그녀는 서로 소식이 끊긴다. 1951년에 그는 프랑수아즈가 태어났음을 전하는 알림장을 받는다. 그들은 그녀가 프랑스어를 가르치는 리모주에서 보기로 했으나, 사는 게 다 그렇듯이, 그러지를 못한다. 1955년, 그들은 장관에게서 직접 훈장을 수여받을 때에야 같이 있게 된다.

그리고 그들은 5년 후, 닥터 페랭이 죽었을 때 다시 만나게 된다. 엄청나게 많은 사람들 탓에 앙리는 그 인파에 묻혔지만, 마틸드는 멀리서 그를 알아보고는 그에게로 와서 마치 옛 동지에게 하듯 팔을 꽉 잡는다. 앙리가 셈해 보니 그녀는 서른여덟 살이다. 이렇게 아름답고 매력적인 때가 없었고, 검은 상복이 너무도 잘 어울린다. 몇 주 동안, 자신의 마음을 고백해야 할지 고민한다. 그녀의 삶에 누군가가 있을까? 그는 그녀에게 전화를 하려고 수없이 수화기를 들어 올리고,

편지를 쓰려고 펜을 잡았지만, 항상 포기한다. 사실 깊은 곳에서는 그녀가 두려운 것이다.

이 시기에 앙리는 여행을 많이 한다. 그는 돌아다니며 그가 〈양아치들〉이라는 부르는 전문가들을 찾아내어 고용한다. 모두가 과거에 깡패였거나, 외인부대원이었다가 세상에 나와 돈을 받고 범죄를 저지르는 자들이다. 하지만 쉬운 일은 아니었으니, 괜찮은 전문가를 찾아내기가 거의 불가능했기 때문이다. 항상 어떤 결함이 있었고, 효율적일 뿐 아니라 정말로 신뢰할 수 있는 사람은 극히 드물기 마련이었다.

1961년, 그는 아이디어를 하나 떠올린다. 어떻게 그 생각을 하게 되었는지는 모르겠지만, 너무나도 자명한 진실이다. 그야말로 천재적인 한 수이다. 누구도 의심할 수 없는 레지스탕스의 과거를 가진 이 유복한 과부보다 기막힌 협력자가 어디 있겠는가? 하여 그는 그녀에게 접근하고, 그녀는 눈물을 머금는다. 첫 번째 임무는 완벽하게 수행된다. DRH는 만족한다. 그 후로 둘이 직접 만나는 것은 거의 불가능해진다. 서로 접촉하지 않는 것, 이것은 기본적인 보안책이었다. 마틸드는 받아들인다.

그들은 이따금 공중전화 부스에서 대화한다. 임무들이 이어진다. 한 해에 세 번이나 네 번인데, 그보다 많지는 않다. 그중에 몇 번은 외국에서 수행된다.

그녀는 이따금 자기 딸, 프랑수아즈를 데리고 간다. 딸을 호텔의 풀장에 남겨 놓고 가서는, 자동차 열쇠를 주우려 몸을 굽힌 어떤 여자의 머리에 총알을 박고, 파리로 가져갈 쇼핑백과 선물 들을 가득 들고서 활기차게 돌아온다.

그들은 20년 동안 세 번 마주친다. 앙리는 항상 이런 만남을 우연으로 돌린다. 마치 우연이 그의 삶에서 어떤 의미를 갖는 것처럼 말이다. 그들은 1962년과 1963년에 파리에서 만난다. 복잡한 시기였고, 프로토콜을 새롭게 정해야 했다. 〈모든 것은 원점에서 다시 출발해야 합니다〉라고 DRH가 말한다. 그의 대리인들은 용역들을 보고 싶어 하고, 모두의 파일을 다시 검토했다. 앙리가 다시 보지 못하게 된 사람들도 있었지만, 마틸드는 아주 쉽게 통과한다⋯⋯ 그들은 1970년에 다시 만난다. 무르익은 50대의 여인이 된 마틸드는 여전히 그 유연한 몸매와 특유의 걷는 방식을 간직하고 있다. 걸을 때 쭉 뻗는 다리 쪽으로 허리가 살짝 내밀어지는데, 이렇게 움직이는 방식에는 뭔가 유동적인 게 느껴진다. 그들은 브리스틀[28]에서 저녁 식사를 한다. 마틸드는 눈부시게 아름답다. 앙리에게 그녀는 깊이를 알 수 없는 미스터리이다. 그 전전날, 그녀는 프랑크푸르트에 있었다. 1초도 지체할 수 없는 급한 임무였고, 보수는 세 배로 뛰었고, 고객은 절박한 처지였다. 누군가가 맡아야 했는데, 마틸드가 나섰다. 그녀는 어느 호텔방에 들어갔다. 남자 하나, 여자 둘, 세 사람이 있었는데, 3초 만에 총알 세 발이 발사되었다. 그로부터 4분도 되지 않아 그녀는 밖으로 나왔고, 총과 장갑은 호텔 리셉션의 휴지통 안에 있었다.

28 영국 잉글랜드의 서부에 위치한 항구 도시.

「어떻게 하긴, 엘리베이터를 탔지!」어떻게 문제없이 장소를 벗어날 수 있었는지 앙리가 묻자 그녀가 대답한다. 「하이힐을 신고서 5층부터 계단을 내려올 수는 없는 노릇이잖아?」

이렇게 말하고는 파안대소를 하는 그녀는 저항하기 힘들 만큼 매력적이다. 앙리에게는 중요한 날이다. 마침내 뭔가 일어날 것 같은 느낌, 피차 마음을 털어놓을 것 같은 느낌이 이렇게 강했던 적이 없었다…… 하지만 아무 일도 일어나지 않는다. 그녀가 돌아가기 위해 택시를 탔을 때, 앙리는 힘이 쭉 빠졌다. 벌써 15년 전 일이다.

나이가 들면 들수록, 마틸드의 보호막은 갈수록 완벽해진다.

동작은 굼떠지고, 시력은 약해지고, 조금만 더워도 땀을 뻘뻘 흘리고, 차창에 눈을 바짝 들이대고 운전하는 그녀가 실제로는 어떤 존재인지 누가 상상이나 하겠는가?

누구도 의심할 수가 없었다.

얼마 전까지는.

여기서 앙리의 생각은 오뚝이처럼 이 캉탱의 사건으로 돌아온다. 그것은 사고였을까? 그녀는 상당히 애매한 논리로 그렇다고 주장했다. 아니면 여기에…… 보다 구조적인 문제점이 있는 걸까? 이러한 두려움이 그를 사로잡는다. 며칠 후에 새 계약이 있을 터였다. 파리에서. 이걸 그녀에게 맡겨야 할지 망설여진다. 그가 망설이는 것은 처음이었다.

✝

마틸드는 상념에 잠겨 있다. 그녀는 이따금 날씨가 허락할 때면 정원 의자를 꺼내어, 현관문 앞의 테라스에 놓고 그 위에 앉는다. 이게 뭐야, 꼭 늙어 빠진 할망구 같이, 라고 그녀는 속으로 혀를 찬다. 정원의 나무들과, 입구의 철책 문까지 일자로 쭉 뻗은 통행로를 바라본다. 이렇게 몇 시간이고 앉아 있을 수 있다. 상념에 사로잡혀, 해가 질 때까지 말이다. 아, 정말 지겨워……! 그녀가 아무것도 하지 않고 이렇게 앉아 있는 또 하나의 이유가 있다. 오늘 오후에 찾아온 그 어지럼증……. 파리에서 운전하며 돌아오는 내내 그녀의 무거운 얼굴은 경련하듯 푸들거리며 표변하기를 반복했다. 그녀가 앙리, 그 그리운 앙리와, 그가 곧 자기에게 맡기게 될 일과 (이렇게 아무것도 안 하고 기다리는 것이 얼마나 힘든지!), 혹은 정돈하지 않고 방치해 둔 집 꼴을 생각하면서, 짜증이 우울함으로 바뀌었고, 또 곧이어 극도로 낙담한 얼굴이 누군가를 조소하듯이 뒤틀렸다. 지금 집이 돼지우리나 다름없어, 내가 좀 움직여야 하는데…….

그녀는 블룅의 일자리 중개소에 집안일을 도울 젊은 여자애를 하나 구해 달라고 요청했었다. 그런데 그 멍청한 여자는 집안일이 구체적으로 무슨 일인지 말해 달라고 했다.

「집안일이요, 집에서 하는 일. 그게 뭔지 모르겠어요?」

이걸로도 충분치 않은지 더 자세히 설명해 달란다.

「아니, 집안일을 해본 적 없어요?」 마틸드가 되물었다.

「댁의 집에서 하는 것과 똑같아요. 하지만 우리 집에선…….」

아마 이 대화 때문에 속이 뒤집혔던 모양이었다. 중개소를 나오며 그녀는 신경이 곤두서 있었다. 중개소 여자는 멀지 않은 곳에서 살고, 일자리를 구한다는 한 젊은 여자의 주소를 적어 주었다.

「이 여자는 청소할 줄 아나요?」

「청소는 누구나 할 줄 알죠.」

「네, 그럴 수도 있죠.」 마틸드가 말했다. 「그러나 할 줄은 알지만, 하기 싫어하는 사람도 있어요. 예를 들면 내 경우가 바로 그래요. 그리고 난 나 같은 사람을 만나고 싶진 않아요.」

여자는 한숨을 내쉬었다.

「일자리가 필요한 젊은 미혼 여성이에요. 아주 성실하고 씩씩한 사람.」

그녀는 콩스탕스 뭐뭐라는 이름이었다. 마틸드는 중개소 여자와 얘기가 어떻게 되었는지 잘 생각나지 않았다. 전화를 걸어야 하는 사람이 자기였던가, 아니면 그 젊은 여자였던가…….

아직 흥분이 가라앉지 않은 상태에서 슈퍼마켓 주차장에 차를 세웠는데, 거기서 갑자기 엄청난 피로가 몰려왔다. 두 다리에 힘이 쭉 빠지고, 심장이 덜컥 내려앉았다.

이러한 불편감은 차에서 내리는 그녀를 풀썩 고꾸라뜨렸다. 그녀는 슈퍼마켓 진입로를 오가는 사람들과, 물건으로 가득 채워진 카트들을 보았지만, 그녀가 받아들이는 이미지들은 모두가 일그러져 있었다. 아마도 몇 초 동안 차의 펜더

부분에 몸을 기댄 채로 불편감이 사라지기를 기다렸을 것이다. 그러고 나서 심장의 통증 대신 슬픔이 밀려왔고, 장은 다음에 봐, 나중에 해, 지금은 그냥 집에 가는 게 낫겠어, 라고 속으로 중얼거렸다. 차 안에 ─ 조금은 그녀의 집이라고 할 수 있는 그곳에 ─ 들어가자 안도감이 느껴졌고 ─, 다시 〈라 쿠스텔〉을 향해 달리기 시작했다. 이것은 그녀의 남편이 그들의 집과 소유지에 붙이려 한 이름으로, 그가 어린 시절 일부분을 보낸 또 다른 집에서 따온 것이었다. 당시에 마틸드는 이 이름을 별로 좋아하지 않았을 뿐 아니라, 오래전의 추억들을 끊임없이 떠올리고 싶어 하는 남편의 이런 욕구가 짜증 나게 느껴졌다. 하지만 그녀는 양보했으니, 사실 이는 조금도 중요한 게 아니기 때문이었다. 문제는 지금 그녀가 여전히 좋아하지 않는 이 이름을 사용하는 사람은 그녀 자신밖에 없다는 사실이다. 닥터 페랭은 이것을 그녀에게 유산으로 물려준 것이다. 심지어는 딸조차도 이 이름을 거의 사용하지 않는다. 사실 딸은 이 집 자체를 별로 좋아하지 않는다. 그 애는 이곳의 어떤 것도 좋아하지 않는다. 그 남편 놈은 한 술 더 뜨니, 미국 것이 아닌 것은 다……

하루가 끝나 가는 시간인 지금, 마틸드는 테라스의 흔들의자에 앉아 있다. 뤼도는 그녀의 발치에 엎드려 나팔수처럼 코를 곤다.

그녀는 손가락으로 헤아려 본다. 앙리에게서 소식이 없는 게 벌써 넉 달째다. 넉 달 동안 그녀에게 아무것도 맡기지 않았다. 그래, 6월, 7월, 8월은 항상 한가했어. 결국 이것도 계절을 타는 활동이니까…… 아니, 그게 아니야! 마틸드는 고개를 좌우로 젓는다. 아니, 사실 일은 항상 한꺼번에 몰려서와. 석 달 동안 아무 일도 없다가, 거의 연달아서 두 건을 맡기지. 그렇다면 지금쯤은 와야 하는 거 아냐? 벌써 9월이 아니냐고……? 그래, 앙리는 화가 난 거야. 그래서 그런 거야. 아니면, 그냥 화난 척 하는 걸까? 그녀는 왜 그가 언짢아했는지 잘 기억이 나지 않는다. 벌써 시간이 좀 흘렀기 때문에, 전화할 때 그의 목소리가 약간 날카로웠다는 것만 생각난다. 그리고 왜 날 보러 오지 않는 거야? 앙리를 보게 되면 너무도 기쁠 텐데 말이다. 그들은 멋진 추억들을 공유하고 있지 않은가……? 앙리는 남편과는 정반대였다. 그녀는 남편을 한번도 이성으로 갈망해 본 적이 없었다. 그들은 부부로서 해야 할 것들을 했을 뿐이다. 게다가 그는 서투르기 짝이 없었을 뿐 아니라, 그들은 살갗의 궁합도 맞지 않았다. 어쨌든 둘은 사이가 아주 좋았고, 그가 죽었을 때는 마치 어린 시절의 동무가 죽은 것처럼 힘들었다. 하지만 앙리는 달랐다. 그녀는 그를 격렬하게 갈망했다. 그가 손을 잡으면 그 감촉이 온몸으로 느껴졌다. 그러나 그녀는 이런 느낌을 절대로 그에게 얘기하지 않았다. 의사의 딸로 점잖은 집안에서 자라난 그녀로서는 이런 것을 남자에게 털어놓을 수는 없었다. 또 그는 그의 위치가 있었기 때문에…… 그는 우두머리였고, 무리를 이끄는 대장이었다! 폭탄이 쏟아지는 와중에 꼴린다고 동지들을 덮칠 수는 없지 않은가…….

그러고 나서 전쟁이 끝난 후에, 다시 삶이 시작되었던 것이다.

어쩌면 사람이 그럴 수가 있을까? 지금 내가 목이 빠지게 기다리고 있다는 것을 알 것 아닌가? 일거리를 좀 주면 어디가 덧나나?

배은망덕한 사람 같으니! 앙리, 넌 배은망덕한 사람이라고!

「페랭 부인?」

난 당신에게 엄청난 것을 요구하지 않아, 그저 뭔가 할 일을 좀 달라고 할 뿐이야! 내가 뭔가 쓸모 있는 년이 될 수 있게 해달라고 할 뿐이라고! 당신은 물론 여행도 하고, 지시도 내리고, 여러 가지 할 일도 많아. 그렇지만 다른 사람들도 좀 신경 써 줄 수 있는 일 아니야? 특히 이 늙은 마틸드를 말이야!

「페랭 부인!」

마틸드는 고개를 쳐든다.

르푸아트뱅, 이웃에 사는 그 천치 같은 인간이다. 그의 집은 오른쪽으로 40여 미터밖에 떨어져 있지 않다. 그들은 두 집을 나누고 있는 울타리 때문에 서로 마주칠 일이 없었지만, 그는 마틸드에게 아무런 쓸모가 없는 채소를 준다는 핑계로 이따금 찾아오곤 했다. 그녀는 상냥한 얼굴로 받긴 했지만, 그가 사라지기만 하면 곧바로 쓰레기통에 던져 버렸다. 나보고 이 애호박 2킬로그램을 어떻게 하란 말이야, 머저리 같으니⋯⋯.

철책 문에 그의 실루엣이 보인다. 땅딸한 체격에 땀을 많이 흘리는 부류이다. 그 축축한 손 하나만도 마틸드는 역겹기 그지없다. 그녀가 들어오라고 손짓하자, 그는 자물쇠가 오래전에 고장 난 철책 문을 밀고 들어온다. 수리를 해야 할 텐데, 지금은 생각해야 할 일이 너무 많다. 뢰도가 잠에서 깨어난다. 사람의 모습을 발견한 녀석은 손님 앞으로 뛰어갈 생각에 벌써부터 흥분하며 벌떡 몸을 일으킨다. 천성이 너무 착해 경비견 노릇을 할 만한 녀석이 못 된다.

「뢰도!」 마틸드가 차갑게 경고한다.

만일 그녀가 가만히 놔둔다면, 녀석은 르푸아트뱅 쪽으로 달려가 허겁지겁 손을 핥아 댈 것이다. 그야말로 가관이리라. 뢰도는 신중하게 다시 엎드린다.

마틸드는 이웃 남자가 버들가지 바구니를 들고 걸어오는 모습을 쳐다본다. 아, 정말 지겨워.

「혹시 제가 방해하는 것은 아니겠죠?」

「좀 쉬고 있었어요. 아름다운 저녁이네요, 그렇죠?」

「네. 그리고 바람도 없네요. 자, 이것은 양상추예요.」 그는 테라스 바닥에 바구니를 내려놓으며 말한다.

그게 무가 아니라는 것은 나도 보면 알아, 이 등신아…….

「오, 정말 친절하세요.」 그녀는 미소를 지으며 말한다.

그는 갈색 콧수염을 기른 쉰 살가량의 남자로, 마치 일찍 은퇴해 사는 사람처럼 평온하다. 그녀는 이 사람에 관해 아는 게 별로 없는 바, 전혀 관심이 없는 것이다.

그들은 계절에 대해 몇 마디를 나눈다.

마틸드는 말을 하고 싶지만, 이 르푸아트뱅과는 아니다. 너무나 재미없는 인간이다. 날씨가 어떻고, 시골에 사는 재

미가 어떻고, 개를 기르는 즐거움이 어떻고…… 어느 날 저녁
에 그는 자기가 13년 동안 키웠다는 독일 셰퍼드에 대해 한
참 떠들어 댄다. 녀석의 몸이 마비된 것과 녀석의 배뇨 장애
에 대해 장황하게 설명한다. 녀석을 안락사하기 위해 수의사
를 찾아간 일화에 이르자, 그는 그 일이 생생한지 눈물까지
찔끔거린다. 만일 이런 종류의 대화를 하러 왔다면, 그냥 집
에 처박혀 있는 편이 나으리라.

마틸드는 이런 헛소리들을 15분가량이나 견뎠고, 공기가
서늘해지기 시작하자 르푸아트뱅은 마침내 돌아가기로 결
정한다.

「배웅해 드리지 못하는 것을 너무 섭섭해 하지 마세요……」
마틸드가 말한다.

그는 이런 상황을 너무나도 좋아한다. 씩 웃어 보이면서,
이런 것 정도는 충분히 이해하는 멋진 남자로 보일 수가 있
는 것이다.

「아이고, 페랭 부인, 농담도 지나치십니다. 전혀 섭섭하지
않아요!」

그는 떠들썩하게 웃으며 떠나간다.

「내가 무슨 애도 아니고, 가는 길은 잘 안다고요, 하하하!」

그는 철책 문 뒤로 사라지면서 마지막으로 손을 흔들지만
마틸드는 화답하지 않는다.

저 인간, 느낌이 별로 좋지 않아…… 그녀는 그에 대해 아
무런 유감이 없었지만, 저렇게 비굴할 정도로 공손한 태도는
뭔가를, 어떤 나쁜 의도를 감추고 있는 경우가 많다. 앞으로

저 사람을 경계해야겠어, 라고 마음먹는다.

「자, 이제 들어가자!」

개는 두 번 말하게 하지 않는다. 마틸드는 갑자기 오한이 인다. 그 머저리 때문에 너무 오랫동안 바깥에 앉아 있었다. 그는 분명히 자신의 목숨을 노리고 있다. 그러지 않고서야 그런 짓을 할 리가 없다.

그녀는 침실이 있는 2층에 올라가기 전에 돋보기안경을 찾는다. 독서를 좋아하지는 않지만, 저녁에 글 네 줄을 읽지 않으면 잠을 이루는 게 불가능하다. 그녀는 서랍장 속에서 안경을 찾아낸다. 그 옆의 종이도 한 장 발견한 그녀는 그것을 펼친다. 순간, 차오르는 기쁨에 심장이 쿵쿵 뛴다.

「오, 앙리, 고마워! 정말 최고야! 그래도 이 마틸드를 잊어버리지 않았구나?」

그녀는 읽어 본다. 이상하게도 자신의 필적 같은데, 이것을 쓴 기억이 없다. 그리고 자신은 규정상 메모를 해서는 안 되는 처지이기 때문에 이 생각을 쫓아 버린다. 너무나 감동한 그녀는 안락의자에 가서 앉는다. 거기서 그녀는 원탁의 조그만 갓등을 켜고는 다시 읽어 본다. 〈콩스탕스 마니에, 가리발디 대로 12번지.〉 믈룅 부근의 조그만 시골 동네인 메싱에 있는 거리이다. 파리의 외곽 도시나 다름없는 곳이다. 이 때문에 앙리가 이 일을 주었으리라. 그녀의 집에서 가까우며, 멀리 있는 사람을 오게 할 필요가 없기 때문에 말이다. 아마도 비용 때문이겠지.

어쨌든 얼마나 기쁜지…….

「뤼도, 이리 오렴.」

개가 천천히 다가온다. 녀석의 정수리를 쓰다듬자, 녀석은 안심하고 그녀의 무릎 위에 머리를 올려놓는다.

「그래, 우리 착한 멍멍이…… 이제 우리는 일할 거야. 앙리가 우리에게 일을 하나 맡겼어. 너 아니? 이게 얼마나 오랜만인지?」

이제야 마음이 놓인다. 이번에는 앙리가 만족했으면 좋겠다. 전화를 걸어서 도무지 이해할 수 없는 이상한 소리들을 하지 않으면 좋겠다.

「안 그래, 뤼도? 우리는 일을 제대로 할 거야.」

9월 6일

누군가가 싸우는 소리에 그녀는 잠에서 깨어난다. 콩 볶는 듯한 소리. 총 쏘는 소리이다. 침대에서 벌떡 일어난 그녀는 가슴이 벌떡대는 것을 느끼며 문을 왈칵 연다. 나탕은 TV 앞에 있다. 주인공들이 기관 단총을 갈기며 악착스럽게 싸우고 있다. 자신도 모르게 입에서 이 말이 튀어나온다.

「아니, 이게 무슨 개…….」

그녀는 가까스로 말을 억누르지만, 행동은 아니다. 리모컨을 집어 들자 방이 갑자기 조용해진다. 나탕이 그녀를 쳐다본다. 그녀는 잘 때 팬티와 짧은 티셔츠밖에 입지 않는다. 점잖지 못한 차림이다. 그녀는 자기 방으로 달려가서는 긴 스웨터를 걸치고 오는데, 이게 더 고약하니, 사뭇 섹시한 것이다. 하지만 그녀는 또다시 갈아입고 싶지는 않아 그런 모습으로 서서는 아이를 노려본다.

「TV를 보기 전에는 물어봐야지!」

「누구한테요?」

「나한테!」

「심심해서 그랬어요.」

「그렇다면…… 내가 일어날 때까지 기다릴 수 있잖아, 안 그러니?」

「몇 시에 일어나는데요?」

순간 콩스탕스는 의혹에 사로잡힌다. 벽시계에 힐긋 눈길을 돌린다. 맙소사, 10시 30분! 알람 소리도 못 들었단 말인가? 방 안에 비난에 찬 침묵이 감돈다.

「너 아침 먹을 것을 사놨어…….」

그녀는 주방에 들어간다. 시리얼 상자가 식탁 위에 놓여 있다. 나탕은 벌써 아침을 먹고, 설거지를 하고, 설거지한 그릇을 행주로 닦고, 깨끗이 정리를 해놓았다. 그녀는 할 말이 없어진다. 아이는 그녀의 벗은 다리를 쳐다본다. 빨리 뭔가를 해야 한다.

「세수와 양치질은 했니? 자, 이리 와, 내가 어딘지 가르쳐줄게.」

그녀는 아이를 샤워실로 데려가서는, 비누와 수건이 어디 있는지 설명한다. 짐짓 미소를 짓고 쾌활함을 되찾지만, 사실은 이 아이에게 주눅이 들어 있다.

「알겠어요, 잘 할게요…….」 아이는 그녀를 진정시키려고 이렇게 말한다.

그녀는 아이가 들어간 샤워실의 문을 닫고 크게 한숨을 내쉰다. 창문 유리창에 빗방울이 부딪히는 게 보인다. 이런 날씨에 동물원 구경과 피크닉을 계획했으니, 얼마나 멍청한가!

✝

이 교외 지역은 고층 아파트들을 삐죽삐죽 박아 놓은 일종의 공터라 할 수 있다. 대낮인데도 차들이 많이 세워져 있다. 사람들이 차는 있지만, 직장은 없는 까닭이다. 하여 이들은 차들을 수리하며 시간을 보낸다. 여기에 마약 딜러들까지 있다고 치면, 바깥에도 항상 누가 오고, 누가 가고, 누가 머무는지 지켜보는 눈들이 있다. 이런 상황은 마틸드의 감시 작업을 어렵게 만든다. 특히나 그녀의 새 차 르노25는 사람들의 시선을 끈다.[29] 그녀는 그저 길을 잘못 들어선 차처럼 천천히 지나가는 것으로 만족하기로 했다. 그러면서 주변을 관찰했다. 사람들의 눈에 띄지 않고 관측할 수 있는 유일한 지점은 타깃이 거주하는 가리발디 대로와 길 하나가 교차하는 모퉁이었다.

아침 일찍부터 비가 내리고 있다. 거리에는 인적이 별로 없고, 차창에 김이 서리기 때문에 때때로 돌리는 환기팬 소리 외에는 사방이 조용하다.

마틸드는 뭔가가 마음에 걸린다. 처음 해보는 임무는 아니지만, 저 여자 같은 타깃은 아직 겪어 본 적이 없다. 콩스탕

---

29 르노25는 1984년에 르노사가 출시한 신형 모델로, 이 작품의 배경인 1980년대 중반 유럽 전역에 화제가 된 고급 승용차였다.

스는 서른 살가량의 여자로, 바짝 마르고, 딱딱해 보이고, 뭔가 레즈비언 같은 분위기가 느껴진다. 하지만 애가 하나 있는 것을 보면, 그건 아닐 것이다.

그녀는 사방에 실업자들, 위에서 아래까지 그라피티로 뒤덮인 새시 문으로 닫힌 상점들, 그리고 물건값이 엄청나게 싼 소형 슈퍼마켓들만 보이는 이 동네의 HLM[30]에 산다. 그녀가 일반적으로 상대하는 종류의 타깃은 전혀 아니다. 뭐, 모든 사람에게 죽을 권리가 있으니까 저 여자만 예외가 될 수는 없겠지, 라는 생각을 하면서도, 적절한 시간과 각도와 장소 등을 찾아보면서 대체 어떤 이유로 저 여자가 이런 계약의 대상이 되었을까, 곱씹어 보게 된다. 아마도 저 콩스탕스는 어떤 마약이나 딜러 문제, 혹은 섹스와 관련된 문제가 걸려 있으리라.

어쨌든 저 여자를 없애 버리기 위해, 당사자가 적어도 여섯 달은 생활할 수 있을 거금을 쓴다는 것은 그만한 이유가 있을 터였다.

†

비가 모든 것을 망쳐 버렸다. 콩스탕스에게는 차선책이 없었다.

그녀는 마음이 약해져서(시작이 별로 좋지 않다……) 자

---

30 Habitation à Loyer Modéré의 약자로, 〈저가 임대 아파트〉라는 뜻.

신이 세수를 하는 동안 아이가 TV를 보게 놔둔다. 그렇게 아침이 후딱 지나갔지만 비는 멈출 줄을 모른다.

그래서 그녀는 갑자기 체념한다. 이 중압감을 더 이상 견딜 수가 없다.

정오에 그녀는 불쑥 말한다.

「오늘 동물원에 갔다가 밖에서 피크닉을 할 생각이었어. 하지만……」

두 사람은 창문을 바라보았다.

「……그냥 여기서 먹자.」

그녀는 종이봉투들을 가져와서는 과일, 알루미늄 호일에 싼 샌드위치, 감자칩 봉지, 대용량 코카콜라병 등을 꺼내어 결연한 동작으로 식탁 위에 늘어놓는다. 그리고 더 이상 나탕의 마음에 들려고 애를 쓰지 않자, 오히려 반응이 긍정적이다.

「괜찮아요.」 아이가 말했다. 「어차피 동물원은 별로였어요.」

「아, 너도 그러니?」

알루미늄 호일은 좋은 생각이 아니었다. 빵은 축축하니 물렁물렁해서 씹는 게 괴로울 정도이다. 아, 정말 이게 뭐야…….

그들은 마주 앉아 먹으면서 사소한 얘기들을 나눈다. 샌드위치에도 불구하고, 분위기가 훨씬 나아졌다. 나탕은 감자칩을 흡입하듯 먹어 치운다. 그녀는 그런 아이가 아주 잘생겼다고 느끼며 미소를 짓는다.

「왜 웃어요?」

「왜냐하면 네가 감자칩을 내게도 좀 남겨 줄까 궁금해서…….」

「아!」

아이는 급히 봉지 안에 남은 것을 그녀에게 내밀고, 정말로 미안해하는 얼굴로 사과를 한다. 어쨌든 오늘 무엇을 하며 하루를 보낼지의 문제가 남았다.

「영화 보러 갈까?」콩스탕스가 제안한다.

나탕은 고개를 한 번 끄덕하고 만다. TV프로그램 안내 책자 주말판에 이 지역 영화관들의 상영작 목록이 들어 있다.

「이 〈끝없는 이야기〉[31]는 어때?」

그러자 나탕이 반문한다.

「〈그렘린〉[32]은 없어요?」

콩스탕스는 목록을 찾아본다. 아니, 지금은 없어…… 그래서 둘은 「끝없는 이야기」로 합의한다. 자, 어떤 영화일지 한번 가서 보자고.

「좋아, 그런데…….」콩스탕스가 말한다. 「오늘 오후에 영화관에 간다면, 저녁에 먹을 것을 지금 가서 사다 놓는 게 좋겠어.」

그녀는 혼잣말을 하면서 제자리에서 빙빙 돈다.

「이 빗속에 널 데리고 장보러 갈 수는 없잖아…….」

그녀가 망설이는 게 눈에 보인다. 나탕은 왜 그러느냐는 듯한 눈으로 그녀를 쳐다본다.

---

31 볼프강 페테르젠 감독의 1984년작 판타지 영화로, 미하엘 엔데의 동명 소설을 원작으로 한다.

32 조 단테 감독의 1984년작 판타지 영화.

「그러니까…… 여기에 널 혼자 놔두고 가는 것은…….」

그녀는 〈그렇게 올바른 일이 아니야〉라고 말하고 싶다. 이렇게 어린아이를 아파트에 혼자 놔둔다? 하지만 빗방울이 계속 창문을 두드리고 있다. 이런 날씨에 걸어서 아이를 슈퍼마켓에 데려간다고?

「아, 난 여기 있어도 아무 상관 없어요.」 나탕이 그녀를 안심시킨다. 「만일 TV를 볼 수 없다면 아니지만…….」

이 말에 그들은 함께 웃는다.

그녀가 아파트를 막 나가려는 순간, 나탕이 말한다.

「아주 신나는 피크닉이었어요.」

아이는 진심인 것처럼 보인다. 그리고 뭔가를 덧붙이고 싶어 하는 것 같다. 콩스탕스는 정신이 아득하여 주저앉을 뻔했다. 당장에 달려가 아이를 와락 끌어안고 싶지만, 그만둔다. 그녀는 아직은 때가 아니라는 것을 안다. 아직은 아닌 것이다…… 나탕에겐 시간이 필요하다. 그러면 자기가 먼저 다가오리라……. 하지 말아야 할 이유들이 너무도 많지만, 그녀는 아이를 꼭 끌어안고 싶어 미칠 지경이다. 여러 주 동안, 여러 달 동안, 여러 해 동안 오직 그 순간만을 기다려 왔다. 그렇지만 아직은 때가 아닌 것이다. 그녀는 숨이 콱 막힌다. 하지만 모든 것을 망쳐 버릴까봐 두렵다.

그녀는 정신을 추스르고, 마치 그가 어떤 사소하면서도 친절한 얘기를 한 것처럼 반응한다.

「맞아, 아주 좋았어.」

「특히 감자칩…….」

그들은 서로에게 미소를 짓는다.

층계로 다가갈 때 콩스탕스는 아주 오랜만에 더없는 행복감을 느낀다. 아니, 그것은 오랜만이 아니라 처음으로 맛보는 행복감이었다.

✝

원래대로라면 마틸드는 장비 공급자에게 전화를 걸어야 했을 것이다. 하지만 그녀는 그러지 않기로 결정했다. 잡동사니를 처분해야 했으니, 집 안에 총기가 잔뜩 쌓여 있는 것이다. 왜 그랬는지는 기억나지 않지만, 그것들은 센강에 던져지지 않았다. 그것들은 상자 안에, 서랍 안에 들어 있었고, 또 하나를 발견하지 않고 지나간 날이 한 번도 없었다. 그녀는 아마도 2, 3년 전에 사용했을 월디 매그넘을 선택했다. 예쁜 목제 자루가 달려 있고, 균형이 완벽하게 잡힌, 그녀가 좋아하는 권총이다. 총신이 길고, 덩치가 약간 크긴 하지만, 아주 멋진 물건이고, 그녀가 이것을 간직한 것은 아마도 이 때문이었을 것이다. 그녀가 좋아하는 큰 구경이었다.

하지만 그녀는 타깃이 이 콩스탕스 마니에라는 여자가 맞는지 자문해 본다.

앙리에게 전화를 걸어 확인해 봐야 하지 않을까?

이 이야기에는 뭔가 이상한 부분이 있다…….

마틸드는 긴급 시에 음성 메시지를 남겨 놓을 전화번호를 알고 있고, 앙리는 언제나 매우 신속하게 전화를 해준다.

그녀는 와이퍼를 작동시키고, 호주머니 속을 뒤져 종이쪽지를 찾아낸다. 종이는 잔뜩 구겨져 있지만, 그녀는 글씨를 읽어 낸다. 그래, 맞는 것 같은데……?

마틸드는 끔찍한 당혹감에 사로잡힌다. 이게 맞다는 것을, 논의의 여지가 없다는 것을 알면서도 잘 받아들여지지가 않는다. 타깃이 명확히 확인되었지만, 좀처럼 사라지지 않는 의혹이 가슴을 옥죈다.

바로 이 순간, 저쪽, 거리의 끝 부분에 여자가 나타난다.

나일론 소재의 레인코트처럼 보이는 아주 가벼운 뭔가를 입고 있는데, 억수처럼 비가 퍼붓는 데다가 바람도 세차기 때문에 꼭 여며 몸에 붙인다.

마틸드는 단 1초도 머뭇거리지 않는다.

차에서 빠져나온 그녀는 신속하게 차 주위를 도는데, 벌써 빗물에 뼛속까지 젖어 있다. 그녀는 조수석 차문을 열고 몸을 구부려 글러브 박스 안을 뒤진다. 다시 몸을 일으키는 순간, 젊은 여자는 그녀가 있는 데까지 이르렀지만, 고개를 푹 숙이고 빨리 걷는다. 열린 차문을 피하기 위해 조금 옆으로 비켜서던 그녀는 이 빗속에 우비도 우산도 없이 서 있는 둔중한 체구의 나이 든 여자 쪽으로 갑자기 눈길을 들어 올린다. 상대는 이 빗속에 몸을 보호할 그 어떤 것도 없이 서 있지만, 그녀는 엄청나게 길어 보이는 총신이 달린 권총을 발견하고 딱 멈춰 선다. 그녀는 〈이게 뭐지?〉라고 생각할 시간조차 갖지 못한다.

마틸드는 총구를 거의 붙이다시피 하여 심장에 한 발을 발사한다.

빗물에 머리카락이 이마에 찰싹 달라붙고, 옷도 피부에 달라붙은 채로 마틸드는 다시 차에 올라탄다.

그로부터 30초도 안되어, 그녀는 출발한다.

거리 끝에 있던 누군가가 신문으로 머리를 가린 채로 달려오다가, 보도에 쓰러진 시체와 도로변 배수로까지 흘러가는 피를 발견하고는 비명을 지른다.

마틸드는 큰 도로를 타고는 라 쿠스텔 쪽으로 향한다. 차창에 서린 김을 손등으로 훔치면서.

「아, 지랄 같아, 이놈의 비…….」

9월 8일

사무실을 나오기 전에 바실리에브는 탄 집안에 대해 작성된 얇은 파일을 다시 한번 열어 본다. 탄은 테비의 성(姓)이다. 자신의 주변에 대해 얘기하기를 꺼리는 그녀의 모습에서 그는 단지 수줍음뿐만 아니라, 뭔가 당황해하는 기색도 느꼈다. 사실 자신은 그녀에 관해 무엇을 알고 있는가? 그녀가 간호사이고, 요양 보호사이고, 포르트드라샤펠[33] 쪽에 살고, 호랑이 담배 피던 시절에 나온 아미6를 타고 다닌다는 사실 외에는 아는 게 아무것도 없었다.

하여 그는 이민국을 통해 조사를 해보았다.

테비가 순수하게 행정적인 데이터의 형태(프랑스 입국, 학위 인정서 신청, 대학교 등록 등)로만 존재한다고 할 수 있다면, 그녀의 두 동생은 경찰에 잘 알려져 있다. 1958년생인

---

33 파리의 관문 중의 하나로, 저소득층의 동네인 파리 18구에 있다.

이 쌍둥이 형제는 여러 차례 검거된 전력이 있다. 그들은 상당히 제한된 규모의 마약 밀매 조직을 이끌었으며, 2년 전부터는 매춘 사업에도 뛰어들었다. 한마디로 이민자의 행로를 통해 거칠어지고, 어떻게든 성공하여 멋지게 살고 싶어 하는 조폭들이다.

바실리에브는 경찰인 르네에게 동생들에 대해 이야기하고 싶어 하지 않는 테비의 심정이 충분히 이해가 된다.

뇌이에 도착할 때마다 바실리에브는 테비가 아파트 건물 앞에 주차해 놓은 아미6을 한 번씩 훑어보곤 한다. 낡아 빠진 차체는 광택을 잃었고, 모든 것에서 옛날 고리짝의 냄새가 난다. 형광빛의 불상 하나가 백미러에 매달려 있고, 앞뒤의 좌석들은 아시아산 직물로 덮여 있다. 이 자동차는 마치 어떤 제단과도 비슷하다.

「테비 씨의 아미6가 어떤 버스하고 문제가 있었나요?」 테비가 문을 열어 주었을 때 그가 물었다.

「아! 그래요…….」

그녀는 잠시 그를 붙잡았다.

「선생님과 다투지 않겠다고 약속해요, 알았죠?」

르네는 약간 어리둥절했다.

「아, 잠깐만요!」

테비는 벌써 거실 쪽으로 향하고 있었고, 그는 그녀를 따라가 붙잡아야 했다.

「이게 선생님과 무슨 관계가 있죠?」

테비는 잠시 우물쭈물하다가 결국 용기를 낸다.

「형사님에게 말씀드리지 않은 것은, 음, 그러니까…… 선생님이 해보고 싶어 하셨어요.」

「무엇을요? 차 운전하는 것을?」

「당신의 운전 면허증을 보여 주시더라고요!」

「그게 언제적 면허증인데요?」

「1931년이요. 조금 오래된 것은 맞아요. 하지만 정식 면허증이에요!」

「선생님이 운전하셨다…… 어디에서요? 거리에서?」

「음, 그러니까 처음에는 공원의 산책로에서요.」

「뭐라고요? 아이들이 노는 곳에서?」

그는 얼굴이 새파래졌다.

「네. 하지만 수업이 있는 시간에요! 그리고 난 항상 핸드 브레이크를 붙잡고 있었어요. 조금이라도 벗어나려고 하면 확 잡아당겼다고요!」

그녀는 목소리를 낮추고 그의 어깨 쪽으로 얼굴을 기울인다.

「형사님이니까 다 말씀드릴 수 있는데, 처음에는 정말로 끔찍했어요.」

「처음이라니…… 잠깐, 그렇다면 지금도 운전하신단 말인가요?」

「아주 많이 발전하셨어요. 사실은 나중에 형사님을 놀라게 해주려고 했어요. 선생님이 우리를 어디론가 데리고 가게 해서 말이에요. 그런데…….」

바실리에브는 말이 이어지기를 기다린다.

「솔직히 아직 완전하지는 않아요. 정말 그분이 운전해서 시내를 가로지를 수 있을지는 잘 모르겠어요. 내 생각으로는…… 좀 무모하게 느껴져요.」

바실리에브는 입이 딱 벌어진다.

「그래서, 사고가 났나요?」

「아뇨! 그냥 도로변에 있는 콘크리트 봉을 살짝 긁었어요. 전혀 심각한 게 아니니까, 이걸 가지고 선생님과 다투지 말라고요. 선생님은 수리비를 물어 주셨고, 난 짬이 날 때 차를 카센터에 가져가면 그만이에요.」

바실리에브는 테비와 확실히 따져 보고 싶지만, 그녀는 벌써 저쪽으로 가버렸다.

요즘에는 심지어 선생조차 르네가 보다 자주 오는 것을 알게 되었고, 그의 방문이 드물다는 말을 더 이상 하지 않게 되었다. 다만 〈아, 너구나! 반갑다, 우리 꼬마 르네……〉라고만 한다.

테비와 선생이 하는 짓이 더 불안하게 느껴지는 것은, 르네가 느끼기에 선생의 상태가 악화되는 것 같기 때문이다. TV 저녁 뉴스에서 모리스 캉탱에 관한 얘기가 나와서, 식사 중에(여기서는 오로지 아시아 음식만 먹는다) 또 캉탱이 거론되었다.

「옛날에 아주 재미있는 친구였을 것 같아…… 저 친구 말이야…….」

조케 클럽의 에피소드는 그의 정신에서 완전히 사라져 버렸고, 심지어는 모리스 캉탱이라는 이름도 까맣게 잊어버렸다…….

그러고 나서 노란 난쟁이 게임 중에 선생은 은행에다 아무 것도 집어넣지 않고 두 바퀴를 돌기도 하고, 한 바퀴 돌 때 두 번을 연달아서 돈을 넣기도 한다. 대단한 것은 아니지만, 이 런 망각들은 확장될 수 있는 것이다. 처음에 르네는 역시 이 점을 알아챈 테비에게 미소를 지었다. 다음번에는 더 이상 미소 짓지 않는다. 계속 쾌활하게 게임하는 척 하지만, 속으 로는 불안에 떨며, 얼굴에 점차 그 불안이 드러난다. 저녁 늦 은 시간에 뉴스를 보다가 선생이 잠이 들자, 이번에는 테비 가 먼저 말한다.

「그래요, 선생님의 정신이 흐려지는 일이 전보다 조금 더 많아요. 그러니까 아직 차를 운전하시게 놔두는 거예요. 얼 마 후에는 이 모든 게 더 이상 가능하지 않을 수 있으니까…….」

바실리에브는 무슨 말인지 이해한다.

「이것 말고 다른 것들도 있죠?」

테비는 고개를 끄덕여 시인하지만, 직업상의 비밀 때문에 구체적으로 밝히지는 않는다. 어차피 르네는 너무 깊이 알고 싶은 마음은 없다. 또 지금 그의 머릿속에는 어떤 뜬금없는 생각이 떠올라 좀처럼 사라지지를 않는다.

선생님이 돌아가시면 테비와 나는 계속 만날 수 있을까?

✝

아, 이렇게 놀라운 일이! 앙리에게서 소식이 왔다!

사실은 그렇게 놀라운 일도 아니다! 콩스탕스에 대한 계약은 기록적인 시간에 완벽하게 진행되었고, 앙리는 아주 만족했을 것이다. 그래서 다시 일거리를 준 것이다!

　파리의 그림엽서, 파리에서 보낸 그림엽서이다. 에펠 탑 사진. 글도 없고, 서명도 없고, 그저 우표 한 장과 어제 날짜의 소인이 찍혀 있을 뿐이다.

　마틸드는 대문 근처에 있는 우편함에서 돌아와, 테라스까지 이어지는 긴 통행로를 따라 걷는다. 마음이 얼마나 기쁜지! 물론 일을 하게 되어 기쁜 것도 있다. 모든 사람이 일하기를 좋아하니까. 하지만 무엇보다도 앙리의 화가 풀렸다는 게 기쁘다.

　온종일 울타리 근처의 채마밭에서 시간을 보내는 르푸아트뱅이 지나가는 그녀에게 〈페랭 부인, 안녕하세요!〉라고 소리치는 게 들린다. 그녀는 이 사내를 역병처럼 경계하지만, 오늘은 기분이 좋아서 밝고도 명랑한 목소리로 〈안녕하세요, 르푸아트뱅 씨!〉라고 화답한다.

　그녀를 따라온 뤼도가 울타리 근처에서 껑충껑충 뛴다. 르푸아트뱅에게 끌리는 모양이다. 혹시 내가 없을 때 저 인간이 먹을 것을 주는 것은 아닐까? 그렇다면 어떤 것을 줄까? 그녀는 걸음을 멈추고 울타리를 뚫어지게 노려본다. 이 이웃은 뭔가 맑지가 않고, 명확하지가 않다. 처음부터 그가 불투명하게 느껴졌다.

「뤼도, 이리 와.」

　그녀는 다시 테라스를 향해 걷기 시작한다.

우편엽서가 한 장 왔다는 것은 그녀가 내일 아침 어떤 공중전화 부스에 가야 한다는 것을 의미한다. 다섯 종류의 엽서가 있다. 어떤 역사적 기념물, 인물, 어떤 도로나 거리, 세피아 톤의 복고풍 이미지, 혹은 다양한 관광지의 이미지들이 포함된 어느 산의 사진이 있는 엽서들이다. 엽서의 각 모티프는 마틸드 집 주변의 한 특정한 공중전화 부스와 연결되어 있다.

그녀는 갑자기 걸음을 멈춘다. 가만, 기념물은 어느 부스더라?

포슈 가 같은 경우에는 어느 부스로 갔었더라? 그리고 콩스탕스의 경우에는? 이게 잠시 머리에서 나가 버린 모양인데, 곧 돌아오겠지.

하지만 돌아오지 않는다. 이렇게 자신에게 계속 질문하는 가운데 하루가 지나간다. 다섯 부스의 리스트를 써보았지만, 우편엽서와의 상관관계가 전혀 생각나지 않는다. 처음에는 불안감에 사로잡혔다. 기억력을 잃어버린 걸까? 아냐, 무슨 바보 같은 소리야? 이건 단지 내가 오랫동안 일을 하지 않아서 그래…… 아주 힘든 계약을 수행해야 했기 때문이라고(포슈 가까지 다녀오느라 얼마나 스트레스를 받았던가……). 내 상황이 되면 누구라도 마찬가지일 거야. 아냐, 기억력이 없어진 것은 아니야……. 저녁이 되고, 밤이 된다. 그녀는 잠이 들었다가, 파리의 기념물들에 대한 불안감에 사로잡혀 잠에서 깨어난다. 전화 부스들의 리스트를 옆에다 적어 놓았지만, 모든 게 뒤죽박죽이다. 그녀는 불을 끄지만, 한 시간 후에 다시 불을 켜고는 계속 자반구이를 한다.

아침이 되자 기진맥진한 그녀는 주방에서 커피를 내려 마신다.

「야, 저리 가!」

그녀가 소리치자 뤼도는 조심스럽게 자기 바구니로 돌아가 다시 몸을 웅크린다. 개는 용변이 급한데 그녀는 문을 열어 주는 것을 잊어버렸다. 녀석은 신음한다.

「시끄러!」

마틸드는 정신을 집중해 본다.

물론 쓸데없는 짓이다. 그렇게 밤을 꼴딱 새운 후라, 두 가지 생각을 잇는 것조차도 힘들다.

뤼도가 다시 낑낑댄다.

「시끄럽다고!」

원래대로라면 그녀는 정오에 지정된 전화 부스에 가야 한다. 그곳의 전화기 뒤에서 타깃의 인적 사항이 적힌 쪽지를 찾아 머릿속에 암기한 뒤, 쪽지를 찢어 버리고 전화기를 제자리에 놓으면 된다. 만일 정오에 갈 수 없으면, 동일한 부스에서 오후 6시에 한 번 더 만회의 기회가 있다. 그때도 가지 못하여 쪽지가 그대로 있으면, 임무는 취소된다. 다시 말해서 다른 사람에게 넘어가는 것이다.

이제 뤼도는 일어서서 문가에서 낑낑대고, 마틸드는 짜증이 난다. 이놈의 개가 사람 성질나게 하네!

「야, 왜 이렇게 성질나게 해? 엉?」

그녀가 다가가자 녀석은 고개를 숙이고 주춤주춤 뒷걸음

을 친다.

「좋아! 자, 빨리 나가고, 나 좀 조용히 놔둬!」

그녀가 문을 열어 주자 개는 부리나케 틈새로 빠져나가 달려가서는 잔디밭에 오줌을 눈다. 마틸드는 다시 생각에 잠긴다. 전화 부스들은 상당한 거리에 떨어져 있다. 그녀는 지도를 들여다본다. 부스들의 위치는 그녀의 집을 중심으로 커다란 사각형을 이루어, 한 바퀴를 돌려면 꽤 긴 거리를 달려야 한다. 그녀는 계획을 하나 세운다. 이를테면 정오 10분 전에 첫 번째 부스에 가는 거다. 〈우편배달부〉가 몇 시에 종이를 가져다 놓을지는 알지 못하지만, 아마도 정오 조금 전일 것이다. 10분 전이 합리적으로 보인다. 계산을 해보니 차를 빨리 몰면 20분 만에 두 번째 부스까지 갈 수 있다. 첫 번째 부스는 10분 전에 가고, 두 번째 부스는 10분 늦게 간다면, 가능성이 있다. 만일 부스를 잘못 찍는다면 낮에는 그것으로 끝이다. 저녁때에 다른 두 개의 부스로 가서 동일한 작전을 펼쳐야 하고, 사고의 위험을 무릅쓰고 아주 빨리 운전해야 한다……

어디부터 시작하지? 그녀는 두 개의 부스를 선택해야 한다. 어느 부스를 골라야 하지?

좋아, 바스티디에르로 하자. 여기서 20킬로미터 떨어진 곳이다.

그녀는 정오 20분 전에 그곳 앞을 지난다. 너무 이르다. 만일 〈우편배달부〉가 관찰하고 그녀가 쪽지를 확인한 후에 종이를 회수하기 위해 근처 어딘가에 있다면, 그녀의 존재는 상황이 복잡하게 만들 수 있다. 그녀는 마을을 한 바퀴 돌고, 멀어졌다가 다시 돌아온다. 정오 10분 전이다. 그녀는 가슴이 두근대는 것을 느끼며 차에서 내린다. 곧바로 다시 차에 올라 다음 장소를 향해 전속력으로 달릴 준비를 하면서…… 그녀는 수화기를 들어 올리고, 전화기 뒤로 손을 집어넣는데…… 거기에 종이가 있다! 단 한 번에 제대로 찍었다! 이것은 운명의 징조야! 고마워, 앙리! 그가 옆에 있다면 키스를 하고 싶을 정도다. 그녀는 종이를 호주머니에 넣고 차로 돌아온다. 그리고 그것을 펼쳐서는 앞을 똑바로 쳐다보며 인적사항을 기억하는 시늉을 하지만, 사실은 수첩에다 보지도 않고 대충 적어 놓고 있다. 하지만 나중에 다시 읽을 수 있게끔 충분히 크게 쓴다. 마침내 그녀는 종이를 다시 집어 들고 모든 것을 제대로 기억했는지 확인하는 척 하면서 차에서 내린다. 너무나 기쁘다. 천사들에게 미소를 짓고 싶을 정도이다. 부스 안에 들어간 그녀는 수화기를 집어 들고 전화번호를 누르고 기다리는 시늉을 하면서, 찢어 버린 종이를 전화기 뒤에 집어넣고는 수화기를 내려놓고 다시 차에 오른다.

절차대로라면 이날 저녁 장비 담당자에게 전화를 걸었어야 하지만, 그녀는 멀리까지 달려가는 대신 지금 가지고 있는 것을 사용하기로 결정한다. 그들은 항상 장비를 그녀의 집에서 멀리 떨어진 곳, 어떤 말도 안 되는 곳들에 가져다 놓는다.

집으로 돌아온 그녀는 자신이 무얼 가지고 있는지 본다. 데저트 이글이 있다! 오랫동안 사용하지 않았을 거고, 일을 제대로 하는 멋진 도구이다.

주방 식탁 위에 놓인 수첩에는 그녀가 떨리는 글자들로 이렇게 적어 놓았다. 〈베아트리스 라베르뉴, 들라크루아 가, 18번지, 파리 15구.〉

†

믈룅 지역 경찰대는 매일 같이 이런 살인 사건을 다루지는 않는다. 여기서도 다른 곳들처럼 싸움이 벌어지긴 하지만, 범죄는 실업률이 평균보다 높고, 이민자 밀도가 높아 다른 동네들로 하여금 자신들은 침범당하지 않았다고 느끼게 하는 고층 아파트 구역들에 국한되어 있다. 간단히 말해서 이곳은 프랑스의 매우 평범한 동네들 중의 하나다. 그래서 경쟁 관계에 있는 갱단 간의 전쟁, 마약상들 사이의 난투극은 있지만, 30세 여성이 거리 한복판에서 44구경 매그넘으로 살해당하는 일은 그리 흔하지 않다.

탁자 위에 수사 관련 자료들이 놓여 있다.

은퇴가 얼마 남지 않은 장신의 팀장은 피해자의 사진을 들여다본다. 그녀가 교도소에 처음 들어왔을 때 촬영한 신체 측정 사진들이 나란히 놓여 있다. 예쁘장하고 호리호리한 그녀는 성격이 좀 있어 보인다. 몇 년 후의 사진들은 그녀가 별로 개선되지 않았음을 보여 주며, 그동안 마약이 거쳐 갔다는 게 느껴진다. 마지막으로 보도에 누워 있는 그녀의 시신 사진들은 품질이 별로 좋지가 않다. 사건 현장을 방수포로 덮어 보호하려 했으나, 비가 너무 많이 오는 바람에 현장에 도착했을 때는…… 게다가 바람까지 불어 방수포가 벗겨졌기 때문에 감식반 요원들은 졸속으로 작업해야만 했다. 만일 이게 재판으로 간다면, 상부에서 난리가 나겠지만 아직 그 단계는 아니다.

지금 늙은 팀장은 총기에 관해 되짚어 보고 있다. 크고 무거운 총으로, 그렇게 흔한 것은 아니다. 그리고 정확히 심장을 노렸다.

여자의 핸드백에는 그녀의 신분증이 들어 있었고, 그녀의 아이는 TV를 보고 있다가 제복 차림의 경찰이 들이닥치자 놀라서 쳐다보았다. 여성 경찰 한 명이 데려가서 설명하자, 아이는 울기 시작했다. 아이는 DDASS에 맡겨졌고, 기관으로 돌아갈 예정이다. 그곳에서 막 나온 참인데 말이다…… 이 콩스탕스가 무엇을 했기에 이렇게 거리 한복판에서 무참히 살해당했단 말인가? 이것은 어떤 메시지일까? 그렇다면 누구에게 보내는 메시지인가? 또 누구의 메시지인가? 그녀는 한 직업 중개소를 통해 일을 하고 있었는데, 이 중개소를 운영하는 필리퐁 부인은 눈물을 흘렸다. 필리퐁 부인이 그녀는 새 사람이 되었고, 마약을 끊었고, 불건전한 관계들을 정리했으며, 그녀가 원한 것은 단 하나, 아이를 되찾는 것뿐이었다고 말했다. 참, 가슴 아픈 이야기다…….

이 사건에는 뭔가 석연치 않은 점이 있다.

이제 팀장은 이 모든 것을 정리한 다음, 그의 팀에게 조사를 지속하고, 살해 방법과 총기와 관련하여 다른 모든 단위

부대들에게 협조를 구하라는 지시를 내린다. 대구경의 총기…… 그리고 심장을 정통으로 쐈다…… 동료들 중에 이 말을 들으면 뭔가가 떠오르는 사람이 있지 않을까?

9월 11일

마틸드는 언제나 도구들을 가지고 다닌다. 정찰을 나갈 때도 마찬가지다. 콩스탕스의 경우에는 이게 매우 유용했으니, 타깃을 확인하고 곧바로 일을 처리할 수 있었던 것이다. 항상 그렇게 간단한 것은 아니다. 때로는 며칠이고 타깃을 미행해야 하는데, 마틸드는 이걸 별로 좋아하지 않는다. 그녀는 나이가 들면서 인내심이 없어졌고, 모든 게 빨리 진행되어야 한다. 정찰에 시간이 걸리면 — 예를 들어 열흘 이상이 걸리면 — DRH에게 알리는 규정이 있는데, 그것은 좀 복잡하고, 마틸드는 그 절차에 대해 자신이 정확히 기억하고 있는지 확신이 서지 않는다. 기억력이 부족해서가 아니라, 오랫동안 그런 일이 없었기 때문이다. 포슈 가 건은 일요일에서 다음 일요일까지, 딱 일주일 걸렸다. 콩스탕스인가 뭔가 하는 여자는 눈 깜짝할 사이에 끝났기 때문에, 앙리가 좋아하는 것도 이해가 된다. 라베르뉴에 대해서도 질질 끌 생각이 없다.

라베르뉴는 스물네 살 먹은 예쁜 여자애다. 돈깨나 있는 아빠를 두었다. 걷거나 쇼핑할 때의 그 여유 만만한 태도. 그녀의 핸드백에는 돈이 잔뜩 들어 있고, 걸핏하면 골드 신용 카드를 꺼낸다. 그녀는 아주 멋들어진 동네에 산다.

마틸드는 그녀를 미행하고, 기회를 노리고, 기다리며 사흘을 보낸다. 대학은 아직 개강하지 않아서, 여자애는 마음껏 즐긴다. 풀장, 쇼핑, 조깅…… 마틸드가 보기에 그녀는 박사 논문 준비 중인 것 같지는 않다.

마틸드를 지치게 만드는 것은 정찰이다. 몇 시간이고 기다리면서 모든 것을 메모하고, 모든 것을 분석하고, 모든 것을 확인해야 한다. 여자애는 매일 불로뉴의 숲을 조깅한다. 그녀의 오스틴 쿠퍼를 주차장에 세워 놓고, 워밍업을 하면서 모두가 자신의 예쁜 엉덩이를 잘 볼 수 있도록 각별히 신경 쓴다. 그런 다음 달리기 시작하는데, 이게 족히 두 시간은 걸린다. 마틸드는 적당한 장소를 찾기 위해 여자애가 달리는 코스를 다 둘러볼 수는 없기 때문에, 다른 식으로 접근해야 할 것이다.

그녀는 라베르뉴의 삶이 너무나 시시하다는 결론을 내린다. 누가 그녀를 없애 버리라고 지시할 만큼 원한을 품었는지는 모르겠지만, 그래도 어느 정도는 이해가 되니, 이 여자애는 견디기 힘든, 아주 해로운 존재인 것이다. 그래, 내가지구를 떠나게 해줄게.

문제는 이틀이 지났지만 마틸드는 아직 해결책을 찾아내

지 못했다는 사실이다. 예측을 가능케 하는 특별한 습관도 알아내지 못했고, 괜찮은 매복 장소도 찾아내지 못했다. 아주 통상적인 것들밖에 없는데, DRH가 1차 기한으로 열흘을 준 것은 그만한 이유가 있는 것이다…… 하지만 세 번째 날 아침, 마틸드는 슬슬 지겨워지기 시작한다. 빨리 이 임무를 끝내고, 보다 흥미로운 다른 임무를 맡고 싶다. 여자애의 자동차를 따라 파리의 거리들을 달리며 — 지금 그들은 15구에 있다 — 이 〈흥미로운 일〉의 개념에 대해 곰곰이 생각해보고 있는데, 갑자기 조그만 오스틴 쿠퍼가 어느 쇼핑몰 주차장 안으로 들어가는 경사로로 쑥 내려간다. 바짝 긴장한 마틸드는 주차장 지하 2층까지 오스틴을 따라가다가, 오스틴이 앞쪽 멀리에, 그러니까 층계와 엘리베이터로 통하는 보행자용 출구에서 약 10여 미터 떨어진 곳에 주차하는 것을 보고는 차를 세운다. 그녀는 완벽한 기회가 왔음을 곧바로 깨닫는다. 아직 오전 10시도 되지 않은 시간이어서, 주차장에는 사람이 거의 없다. 잠시 후, 여자애는 주차하자마자 차에서 내려, 출구로 가기 위해 차들 사이의 통행로로 걸어갈 것이다. 바로 이때 마틸드는 그녀를 노릴 것이다. 그녀는 맞은편 모퉁이에서 기다리는데, 아무도 차를 앞으로 빼라거나 옆으로 비키라고 하지 않는다. 여자애가 보이는 즉시 출발하여 그녀가 출구에 이르기 전에 옆으로 가서 겨냥할 심산이다. 마틸드는 벌써 데저트 이글을 집어 들어 두 허벅지 사이에 끼우고는, 총을 쏠 조수석 쪽 차창을 내린 다음, 글러브 박스를 열어 그 안의 소음기를 꺼내기 위해 몸을 숙인다.

이때부터 마틸드에게는 일들이 너무 빨리, 그리고 너무 고 약하게 진행된다. 그녀는 라베르뉴라는 여자애가 차에서 내려 출구까지 가는 데 필요한 시간을 잘못 계산했기 때문이다. 마틸드는 차에서 내리기 전에 항상 안경을 정리해두고, 소지품들을 챙기고, 차 안의 보이는 곳에 있어서는 안 되는 것들을 뒤의 트렁크에다 넣는다. 하지만 라베르뉴는 곧바로 핸드백을 들고 내려서더니 차문을 쾅 닫아 버렸고, 마틸드가 데저트 이글의 소음기를 집어 들기도 전에 벌써 중앙 통로를 뚜벅뚜벅 걸어가고 있다.

마틸드는 곧바로 출발한다. 1단으로 전력 질주, 엔진이 으르렁거린다. 라베르뉴는 아주 빨리 전진하는 차를 보고는 옆쪽으로 비켜서지만, 계속 차를 주시한다.

그녀 옆쪽에 이른 마틸드는 급브레이크를 밟는다. 소음기를 잡을 시간이 없다.

웬 여자가 팔을 쭉 뻗고, 조수석 창문을 통해 자신에게 밀방망이만큼이나 커다란 권총을 겨누고 있는 것을 보고 몸이 돌처럼 굳어 버린 라베르뉴는 더 오래 생각하고 있을 여유가 없다. 그녀는 골반 아래로 총알을 맞고 두 자동차 사이의 시멘트 바닥으로 튕겨진다. 끔찍한 총성이 콘크리트 기둥들에 부딪치고, 아주 나지막한 천장은 음향의 순환을 가속화하여, 주차장 전체가 지진으로 크게 들썩이는 것 같다.

생식기 부위에 가해지는 이런 종류의 타격은 몹시 고통스럽다. 내장이 밖으로 드러나고, 살아남을 가능성은 없지만, 즉사하지는 않는다. 하여 마틸드는 차문을 열고 자리에서 빠져나와 총을 든 채로 차를 돌아서, 일을 마무리하기 위해 다가간다. 목을 겨냥한 두 번째 총알의 음향이 아직 가시지 않은 첫 번째 총성의 여운에 더해진다.

이 순간 비명 소리가 울린다.

너무나도 높고 날카로운 소리에 마틸드조차도 냉정함을 잃는다. 그 소리는 그녀의 오른쪽에서 났다. 마틸드가 돌아보니, 옆쪽 열(列)의 차에서 내린 어떤 50대 여자가 그 주인공이다. 그녀는 장면을 목격하고서 이제야 상황을 파악한 것이다.

그녀는 마틸드를 뚫어지게 응시하지만, 그것도 잠시뿐이다. 마틸드가 곧바로 그녀의 심장에 대고 한 발을 발사한다.

가쁜 숨을 몰아쉬며 자신의 차로 돌아온 마틸드는 권총을 운전석 밑에다 던진 다음, 타이어가 바닥에 쓸리는 요란한 소리를 내며 출발해서는, 오른쪽으로 휙 꺾어 경사로를 타고 출구로 향한다. 그렇게 다른 차와 마주치지 않고 지하 1층에 이른다. 그 순간, 마틸드는 속도를 줄이고 차창을 닫는다. 이제 그녀는 집으로 가기 위해 주차장을 떠나는 예순여섯 살의 페랭 부인인 것이다.

✝

악마는 디테일에 숨어 있다고 하지만, 그렇다고 믿을 때만 그렇다. 운도 마찬가지다. 그리고 이번에 경찰이 운이 좋았다면, 그것은 이 쇼핑몰 주차장의 관리인이 질서가 있고 차분한 사람이었기 때문이다. 그는 먼저 첫 번째 굉음을, 그러고 나서 두 번째 굉음을, 그리고 마지막으로 세 번째의 굉음을 듣는다. 의심의 여지 없이 이것은 총성이다. 그가 무슨 일이 일어났는지 가서 보기 위해 출구의 차단봉을 막 내리려는 찰나, 한 젊은 동료가 내선으로 전화하더니 잔뜩 겁먹은 목소리로, 방금 전 주차장 지하 2층에서 여자 한 명이 살해당했다고 알린다. 관리인은 즉시 버튼을 눌러 사이렌을 울린다. 이어 수화기를 집어 들고 경찰을 부른 그는 출구의 차단봉을 내린 다음, 맨 앞에 있는 차들이 미처 반응할 틈도 없이 멍하니 바라보기만 하는 가운데 커다란 열쇠 꾸러미를 들고 어디론가 허겁지겁 달려간다.

이렇게 갇힌 차들 가운데는 마틸드의 차도 있다. 앞에 있는 두 운전자가 차창을 열고 소리친다. 무슨 일이 일어났는지 아세요? 아무도 알지 못한다. 마틸드도 차창을 연다. 어떤 폭발음이 들린 것 같은데요? 아닌가요? 가스통 터지는 소리 같았지만, 그럴 가능성은 별로 없다고 누군가가 말한다. 어떤 총 쏘는 소리 같던데요…… 네? 총소리라고요? 마틸드는 눈을 휘둥그레 뜨고 비명을 지른다.

그 사이에 관리인은 콘크리트 경사로를 달려 내려간다. 지하 2층에 이른 그는 피에 잠겨 있는 어떤 여자의 시체를 발견한다. 거기에는 벌써 몇 사람이 모여 있다.

「여기에 한 사람 더 있어요!」 젊은 동료가 고함친다.

앞으로 나아간 관리인은 두 번째 여자의 시신을 발견하고는 속에서 올라오는 욕지기를 억누른다. 두 대의 자동차 사이에 널브러진 여자의 가슴이 거의 반대쪽 끝까지 뻥 뚫려 있다.

그는 〈업무용〉이라고 써진 한 철제 벽장에 급히 달려간다.

「야, 이리 와서 좀 도와줘!」 그가 젊은 동료에게 고래고래 외친다.

2분도 안 되어 그들은 일반적으로 공사 구역을 구분하는 데 사용되며, 아코디언 식으로 늘렸다 줄였다 할 수 있는 붉은색과 흰색의 철제 바리케이드들을 꺼낸다. 관리인은 동료에게 여기를 지키고 서서 아무도 지나가지 못하게 하라고 지시한다. 「어떤 이유로든 지나가지 못하게 해!」 이 남자는 일을 제대로 하는 사람이다. 그는 다시 반대 방향으로 달려간다. 성난 경적 소리들이 주차장 전체를 울리고, 층마다 자동차들은 움직일 수도, 밖으로 나갈 수도 없게 된 상황에 짜증을 낸다. 출구의 차단봉 가까이에 도착한 그는 기다리는 차가 대략 스무 대 정도라고 속으로 추산한다. 곧 경찰이 도착할 것이다. 그는 경비실에 들어가 중단했던 업무를 다시 시작한다. 주차비를 지불하는 운전자들은 무슨 일이냐고 그에게 묻는다. 무슨 일이 일어난 거죠? 어떤 폭발음 같던데요, 아닌가요? 관리인은 그냥 애매하게 대답한다. 출구 경사로에 막혀 있는 차들을 빨리 내보내는 게 급선무인 것이다.

경찰은 얼마 후에 주차장에 도착했지만, 감식반 차량과 구급차는 현장에 접근하는 데 약간의 어려움을 겪는다. 차들이 통로에서 꼼짝 못하고 있고, 곳곳에서 경적이 울린다. 마침내 현장에 도착한 감식반은 사진을 찍고, 경찰은 사람들을

127

신문하기 시작한다.

✝

구급차는 오래 머물지 않을 것이다. 이미 사망한 사람은 그들의 소관이 아니기 때문에, 현장 확인이 끝나면 시체 처리반이 바통을 이어받을 것이다.

주차비를 정산하러 관리인 앞에 차를 댄 마틸드가 묻는다.

「이게 대체 무슨 일이죠?」

「지하 2층에서 살인 사건이 일어났어요!」

「말도 안 돼! 아이고, 끔찍해라!」

「네, 끔찍하죠…… 자, 4유로 50상팀입니다, 부인…….」

✝

바실리에브의 사무실에 들어서며 〈자, 가자! 이제 제대로 한판 붙어 보는 거야!〉라고 소리치는 오키핀티는 거의 황홀경에 가까운 상태이다. 그는 흥분을 주체하지 못하고 입에 피칸을 두 줌이나 털어 넣는다. 다섯 달 전에 공식적으로 모리스 캉탱 사건을 맡게 된 이후로, 모두가 그를 앞지르든지, 아니면 아예 그의 위에서 놀았다. 각종 정보 기관, 총리실, 내무부, 사법부, 정치인, 끄나풀 등등 모두가 끼어들어 사건에 대해 한마디씩 하더니, 급기야는 결과를 내지 못하는 그를 머저리 취급을 했다. 그런데 그에게 한 줄기 서광이 비치었으니, 그것은 바로 15구의 한 주차장에서 일어난 이 피비린내 나는 살인 사건이다. 캉탱 사건 때와 같은 종류의 거대 구경 총기, 그리고 동일한 살해 방식(골반에 한 발, 목에 한 발)…… 판사는 이러한 유사성 때문에 오키핀티 팀이 현장에 급파되어야 한다고 생각한 것이다.

그들이 현장에 도착하는 데는 채 20분도 걸리지 않았고, 감식반은 벌써 와서 작업 중이었다. 사건은 한 시간 반 전에 일어났고, 시신은 방금 전에 이송되었지만, 일단 감식반은 혈흔이 묻은 시멘트 바닥 앞에서 두 희생자를 보여 주는 폴라로이드 사진을 그들에게 내민다. 오키핀티는 다시 땅콩 한 줌을 입에 털어 넣는다.

「후우, 좋아…….」 그는 한숨을 내쉬며 말한다.

사진이 좋다는 건지, 땅콩이 좋다는 건지 알 수가 없다.

판사는 그의 팔꿈치를 잡고는 아랫사람들과는 몇 걸음 떨어진 곳으로 데려간다.

바실리에브에게는 〈아주 민감한〉, 〈내가 틀릴 수도 있는데〉, 〈빨리 해야 해〉 같은 말들이 들린다. 늘 듣는 소리다. 그 사이에 그는 뒤쪽으로 물러서서 머릿속으로 상황을 대충 정리해 본다. 그는 먼저 보행자 출입구 근처에 쓰러진 젊은 여자부터 시작한다. 사진으로 판단컨대, 매우 큰 구경이 사용되었고, 아주 근접한 거리에서 발사되었다. 그는 고개를 돌려본다. 그가 보기에 총을 쏜 사람은 진입로의 맞은편에 있었다.

거기서 몇 걸음 떨어진 곳의 광경도 못지않게 참혹하다.

이 두 여자는 이곳에 같이 왔을까? 아마도 그렇지 않을 것이다.

바실리에브는 제복 차림의 경찰관들이 호기심에 몰려든 구경꾼들을 몰아내려 하고 있는 주변을 살펴본다. 가장 가능성이 높은 상황은 일인 혹은 다수의 총격범이 걸어서 여기에 왔고 같은 방식으로 떠났다는 것이다. 어쩌면 안에서 밀기만 하면 열리는 비상 출구를 사용했을지도 모른다. 주차장에 차를 가져와서 두 사람을 죽인다는 것은, 마치 주사기 안에 자신을 가두는 것과 다름없다. 빠져나갈 수 있을지 확실치 않고, 차량 수색 시 발견될 무기까지 가지고서 꼼짝없이 갇혀 버리는 것이다.

따라서 그의 판단으로는 한 명, 혹은 두 명의 총격범이 도보로 왔다가, 도보로 떠났다.

두 여자의 핸드백을 통해 그들의 신원이 밝혀졌다. 베아트리스 라베르뉴, 23세, 법과 대학생. 레몽드 오르세카, 44세, 쇼핑몰 신발 가게의 판매원. 모든 정황을 고려해 볼 때, 이 판매원은 우연히 이곳에 있었다고 볼 수 있다. 바실리에브는 상업 구역 주차장에 와서 법학 전공 여대생을 죽인 것이 과연 적절한 행동이었는지 곱씹어 본다.

처음에 현장에 도착한 동료들은 통상적인 신문을 진행했지만, 이런 종류의 장소는 사람들이 계속해서 들어오고 나가는 곳이기 때문에 정보를 얻는다는 건 쉽지 않다.

바실리에브는 판사와 반장이 계속 밀담을 나누게 두고서, 주차 요금 정산소까지 다시 올라간다. 거기에서 동료들은 정산을 마친 차들의 차량 번호와 운전자들의 신원을 기록하고 있다.

아마도 아무 소용없을 것이고, 차라리 다른 일이나 도와주는 게 좋겠지만, 그에게는 그렇게 말할 권한이 없다.

그는 관리팀장이 앉아 있는 정산소 안으로 들어간다. 얼굴도, 어깨도, 손도 딱딱 각이 져있는 50대의 남자이다.

「잠시 대신해서 일해 줄 사람이 없나요?」 바실리에브가 묻는다.

「아뇨, 이 시간에는 없어요. 하지만 듣고 있으니까 말씀하세요.」

수사관은 유일하게 비어 있는 의자에 앉고, 관리인은 계속 주차 티켓을 받고 잔돈을 거슬러 준다.

「총성이 울렸을 때, 여기에 계셨나요?」

「네, 여기에 있었어요.」

「그게 몇 시였죠?」

「10시 2분이요. (〈10유로짜리 지폐 없으세요?〉) 티켓에 그렇게 찍혀 있으니까 당연히…….」

「아래층에 내려갔을 때 특별한 것은 보지 못했나요?」

「차량들밖에 못 봤어요. 주차장에 제일 많은 게 자동차 아니겠어요?(〈6유로 50상팀입니다, 감사합니다, 부인.〉)」

바실리에브는 그가 지금 농담을 하는 것인지 알 수가 없다.

「차단봉은 내렸나요?」

「아, 물론이죠!」

총격범이 한 사람뿐이었다면, 여기에 갇히게 될 위험에도 불구하고 차로 왔을 가능성이 전혀 없지는 않다. 그렇다면 그는 가장 먼저 주차장을 떠난 사람들 중의 하나일 수도 있다. 만일 그가 경찰이 도착하기 전에 정산소를 빠져나가는데 성공했다면 —— 그럴 가능성은 상당히 큰데 —— 그를 완전히 놓쳐 버린 것이다.

　「여기에 감시 카메라가 없나요?」

　「그게 굉장히 비싼 모양이더라고요. 경영진은 뭐든지 항상 비싸다고만 해요. 심지어는 우리 봉급도 비싸다고 하죠.(《8유로 60상팀입니다, 고맙습니다.》)」

　「왜 차단봉을 다시 열었죠? 경찰이 올 때까지 기다릴 수 없었나요?」

　이번에는 관리인은 일을 멈추고는 수사관 쪽으로 몸을 돌린다.

　「만일 내가 차단봉을 열지 않으면 어떻게 될까요? 층마다 차들이 진입로에 줄을 서게 되요. 그러면 출구 쪽 경사로가 막히겠죠. 또 그러면 일부 차들이 입구 쪽 경사로로 나가려고 할 거고, 거기도 꽉 막혀 버릴 겁니다. 또 그러면 경찰이 도착했을 때, 주차장 전체가 꼼짝 못하게 될 거고, 이 모든 것을 해결하는 데 거의 두 시간이 걸릴 거예요. 또 그러면 나갈 수 없게 된 운전자들은 차에서 내려 상황이 어떻게 돌아가나 보러 갈 거예요. 또 그러면…….」

　「네, 알겠어요, 알겠어!」

　관리인은 뭐, 그럼 됐어요, 라는 식으로 손을 슬쩍 들어 올린다. 그러고는 다시 일을 시작한다. 「9유로 50상팀은 10유로 받습니다.」

「그러면,」 바실리에브가 불쑥 말한다. 「살인범이 그 틈을 타서 경찰이 도착하기 전에 빠져나갔을 수도 있겠네요.」

「만일 그렇다면(〈9유로 10상팀입니다, 좋은 하루 보내세요!〉), 어쩌면 그자가 이 안에 있을 겁니다.」

그는 티켓 받는 일을 계속하면서, 지나간 차들을 기록해 놓은 리스트 한 장을 바실리에브 쪽으로 쓱 미는데, 거기에는 차량 제조사, 차종, 색깔, 차량 번호뿐 아니라, 마지막 칸에 〈코주부〉, 〈사각 안경〉, 〈머리끄덩이〉 같은 말들도 적혀 있다.

바실리에브는 깜짝 놀란다.

「여기에 써놓은 것들은 뭐죠?」

「특징적인 점이 있으면 적어 놓은 거예요. (〈딱 10유로입니다, 고맙습니다, 부인.〉) 커다란 코, 큼직한 사각 안경, 괴상한 헤어스타일 같은 것들 말이죠. 경찰이 용의자 식별을 위해 나를 소환할 경우를 대비해서, 기억을 돕기 위해 써놨어요. (〈자, 여기 거스름돈 3유로 받으세요, 좋은 하루 보내세요, 선생님!〉)」

바실리에브는 리스트를 훑어본다. 〈뚱보 할멈.〉 그렇게 친절한 표현은 아니지만 효과적인 것은 사실이다.

「고마워요.」 그는 정산소를 나오며 맥없이 말한다.

「천만에요…….」 관리인은 대답한다. 「9유로 80상팀입니다. 감사합니다, 부인.」

✝

　들라크루아 가 18번지는 19세기 말에 지어올린 두터운 아파트 건물이다. 전면에는 거뭇한 매연에 덮여 녹아 내린 치마 차림의 카리아티드[34]들이 비둘기가 바글대는 발코니들을 받치고 서 있다. 입구 문은 완벽하게 왁스칠이 되어 있다. 수위실은 들어가서 오른쪽에 있는데, 버터로 요리하는 냄새를 풍기고 있다.

　바실리에브는 통통한 몸매에 깔끔해 보이는 여자에게 명함을 보여 주는데, 그녀는 또다시 설명할 기회를 갖게 되어 만면에 희색이 가득하다. 아, 정말 이 사람들은 수다 떠는 걸 너무 좋아해, 라고 그는 속으로 웅얼거리며 무거운 걸음으로 수위를 따라간다.

　「라디오에서 그 소식을 들었을 때 정말 기절하는 줄 알았다니까요! 아, 얼마나 불행한 일인지……! 그렇게나 예쁜 처녀가! 그리고 또 얼마나 조신한지! 한 번도 문제를 일으킨 적이 없어요! 아침에는 가끔 보곤 했지만, 저녁엔 거의 보지 못했어요. 난 일찍 잠자리에 들거든요. 우리가 얼마나 많은 시간을 일하는지 모를 거예요. 그녀는 마주칠 때마다 항상 인사를 하곤 했죠.」

　바실리에브가 대꾸가 없자, 그녀는 이렇게 멍청해 보이는 사내가 지금까지 범인을 한 사람이라도 붙잡은 적이 있을까,

　34 서양 건축에서 여자 형상으로 조각된 기둥을 일컫는 말. 대부분이 상체는 알몸이고, 하체는 긴 치마를 늘어뜨린 모습으로 묘사된다.

하는 생각이 든다. 어쨌든 그녀는 문을 열고는 마치 부동산 중개업자 같은 어조로 설명한다.

「여긴 거실이고, 침실은 오른쪽에 있어요. 실내가 아주 밝고…….」

「이 정도면 충분합니다, 고맙습니다.」

수위는 어떻게 해야 할지 머뭇거리다가, 결국 약간 딱딱해진 표정을 짓기로 한다. 그녀는 문 쪽으로 향하며 말한다.

「자, 그럼…… 뭐, 형사님을 더 이상 방해하고 싶지 않으니…….」

「고맙습니다.」 바실리에브가 말을 끊는다. 「성함이……?」

「트루소예요. 마들렌 트루소.」[35] 그녀는 이렇게 덧붙이며 요란한 웃음을 터뜨린다. 「좀 그렇죠? 수위 이름으로는…….」

「네, 엄청나게 웃깁니다.」 바실리에브가 결론을 내려 준다.

그런 다음 최대한 조용히 문을 닫는다. 그리고 길게 숨을 들이마신다. 최근에 죽은 사람의 아파트에서는 어떤 특별한 정적이, 거기에서만 접할 수 있는, 그리고 어쩌면 우리 자신이 가지고 오는 것일지도 모르는, 어떤 느리고도 무거운 부동성(不動性)이 감돈다. 시신이 영안실의 냉장고 안에 누워 있는 어떤 여자의 집에 이렇게 들어올 수 있다는 게 그에게는 다소 뻔뻔스럽고도 음란하게 느껴진다.

아닌 게 아니라 아파트가 밝다. 그는 자신이 사는 아파트를 포함하여 오래된 건물들에서는 드문 일이라고 생각한다.

---

35 trousseau. 〈열쇠 꾸러미〉라는 뜻.

거실에는 창문이 세 개 있고, 바실리에브는 두 개의 아파트를 터서 하나로 합쳤다는 것을 깨닫는다. 가구는 요즘의 것이다. 다시 말해서〈모더니즘〉과는 반대되는 것이다. 단색의 녹색으로 칠해진 거실은 흰색의 가구, 그리고 아주 밝은 베이지색 카펫과 무난하게 잘 어울린다. 소품은 몇 개 없지만 취향이 느껴진다. 값비싼 취향 말이다. 바실리에브가 현관문 근처의 벽장을 열어 보니, 운동복, 반바지, 셔츠, 신발, 트레이닝복, 머리띠, 테니스 라켓 등이 가득하다. 하지만 그녀는 주차장에서 빨리 달리지 못한 것이다…….

그는 서가가 있는 벽까지 걸어가 라베르뉴 양이 읽는 것들을 한번 살펴본다. 트로이아, 데포르주, 코뱅의 책들, 장피아트[36]의 회고록, 프랑스 루아지르[37] 컬렉션. 그는 음반들도 재빨리 훑어본다. 알렝 수숑,[38] 영화 음악…… 슬라이딩 도어를 열어 보니 그 뒤에 컬러TV 한 대와『텔레 7 주르』[39]최근호가 숨겨져 있다. 그 외에 빈 재떨이들과 잡지들이 있고, 다양한 취향을 만족시키는 식전주 병들도 잔뜩 놓여 있다.

매우 여성스러운 분위기의 침실에서는 향수 냄새가 물씬 느껴진다. 서랍마다 속옷이 가득하고, 유리 액자에는 데이비드 해밀턴[40]의 사진들이 있다. 바실리에브는 잠시 침대에

---

36 Jean Piat(1924~2018). 프랑스의 배우이자 작가.

37 1970년에 베텔스만 그룹과 프레스 드라시테 출판사가 설립한 대중을 위한 독서 클럽.

38 Alain Souchon(1944~) 프랑스의 가수로, 부드러운 목소리와 감성적인 가사로 대중에게 인기가 높다.

39 프랑스의 주간 TV프로그램 안내 책자.

걸터앉아 이 매끄럽고도 세련되게 꾸며진 방 안을 바라보다가, 다시 일어나서는 욕실로 간다. 예상대로 로션, 화장수, 미용 크림, 거품 목욕제 등이 보인다. 거실로 돌아온다. 그는 어깨를 구부정하게 하고 방 안을 서성거리며, 벽들을, 그리고 유리 장식장에 정렬된 도자기 코끼리 수집품들을 흘끗거린다. 이곳은 이상하게도 텅 빈 것처럼 느껴지고 개성이 없다. 청소 상태는 완벽하고, 아무것도 빠진 것이 없다. 모든 게 편리하게 잘 갖추어진 조그만 주방에는 식기들과 기본적인 식료품, 그리고 다양한 무늬의 찻잔 세트가 있다. 그가 한 번도 들어가 보지 못한 고급 호텔들의 스위트룸이 이런 모습이리라. 아무도 불쾌하게 하지 않는, 모든 사람을 위한 안락함을 갖춘 그런 스위트룸 말이다.

그는 주차장에서 찍힌 폴라로이드 사진보다 더 호감 가는 모습으로 포착된 젊은 여자의 사진을 발견한다.

그녀는 반듯한 이목구비, 기막힌 선의 입술, 자로 잰 듯이 가지런한 치아 등, 아주 예쁜 얼굴의 소유자이다. 그가 법학 전공 여대생에 대해 가지고 있는 이미지와는 전혀 다르다. 그런데 책꽂이는? 전공 서적은? 책상은? 학습 카드는 어디에 있는가? 하여 그는 방 안을 샅샅이 뒤지는데, 약 반 시간이 소요된다. 마침내 박사 학위 논문을 장식하기 위한 용도가 아닌 사진들을 찾아낸다. 그것은 라베르뉴 양의 나체 사진으로, 입술이 반쯤 열리고, 허벅지를 살짝 벌리고, 젖가슴

40 David Hamilton(1933~2016). 영국의 사진 작가로, 특히 젊은 여성과 소녀들의 누드 사진으로 유명하다.

을 불룩 내민 그녀가 나른한 포즈를 취하고 있는 이 사진들의 왼쪽 하단에 그녀의 이름과 전화번호가 검정 바탕에 흰 글씨로 적혀 있다.

바실리에브는 사진들을 내려놓는다. 그는 사고가 인위적인 활동처럼 보이는 사람들 중 하나다. 사고는 그의 에너지를 소모하고, 얼굴에 주름을 패이게 한다. 그는 이 여자의 삶, 그녀가 한 일들, 조심했을 점들, 오간 돈, 그리고 고객들을 상상해 본다…… 아파트는 라베르뉴 양이 독자적으로 일했음을 증명하는 것처럼 보인다. 그리고 장소의 고급스러움으로 보아, 그녀의 고객들은 최상위 계층에 속했을 것이며, 그녀의 봉사 가격은 매우 비쌌을 것이다…….

†

트루소 부인은 탐정의 발걸음 소리를 듣고 고개를 돌린다. 정말이지 이 사내는 너무나 멍청해 보인다.

「올라가서 다시 문을 잠가도 될까요?」

「그러세요.」

그런 다음, 그는 허락도 구하지 않고 의자에 털썩 주저앉더니만 수위를 쳐다본다. 〈참, 얼굴도 두껍네……!〉라고 그녀는 속으로 욕을 하는데, 이런 생각이 얼굴에 드러난다. 그녀에게는 이 경찰이 어떤 털 빠진 늙은 개처럼 느껴진다. 아마도 그의 벗겨진 머리 때문이리라.

「에, 그러니까…….」 그는 아주 느릿한 어조로 말문을 연다. 「부인께서 라베르뉴 양을 잘 안다고요?」

「오, 아까 말씀드렸지만 그냥 대충 알아요. 난 남의 사생활에 그다지…….」

하지만 그녀는 수사관이 몸을 쭉 펴서 세우는 것을 보고는 말을 멈춘다. 늙은 개처럼 보였던 그가 갑자기 아주 거대하게 느껴진다. 그리고 그렇게 편안하지가 않다.

「트루소 부인, 내가 좀 멍청하게 보이죠? 아니, 아니, 부인 하지 말아요. 난 내가 멍청하게 보인다는 걸 잘 알지만, 적어도 창녀와 법학과 여대생을 구분할 줄은 압니다.」

수위는 입을 똥그랗게 오므리는데, 갑작스러운 감정에 사로잡히며 머리 뿌리까지 빨개진다.

「그리고 나는 어떤 직업여성이 불가피하게 만들어 내는 사람들의 행렬이, 비록 그게 선별적인 것이라 해도, 전혀 눈에 띄지 않고 지나갈 수 있었다고는 믿어지지 않아요. 내 생각이 뭐냐면, 당신에게는 매주 토요일이 세뱃돈 받는 날이었다는 거죠. 하지만 내 생각이 틀릴 수도 있고, 만일 그렇다면 부인을 언짢게 한 것을 사과합니다.」

수위의 얼굴은 발그스레한 색에서 새빨간 색으로 변한다. 바실리에브는 벌써 문 앞에 있다.

「그리고 만일 내 생각이 틀리지 않았다면, 이 모든 것을 경찰에서 와서 자세히 말씀해 주세요, 아셨죠?」

힘든 하루였어. 아, 주차장에서의 일이라니······.

다르게 행동해야 했어····· 항상 그렇듯이 난 성급한 게 문제야. 난 너무 충동적이야. 그렇게 되어 먹은 년이지. 그래, 앙리, 난 가끔 좀 빨리 흥분하는 경향이 있지만, 어쨌든 일은 해내잖아? 아니라고 말할 수 없을걸? 라베르뉴라는 여자애, 지금 뒈져 있어. 깨끗이 처리해 버렸다고. 내 의견을 말하자면, 이건 과히 나쁘지 않은 일이야, 왜냐면 그녀는 아주 더러운 창녀였거든! 아, 젠장, 쉴리 다리! 거기다 데저트 이글을 버려야 해! 할 수 없지, 내일 갈 거야. 약속할게, 앙리, 하지만 지금은 좀 피곤해······ 그리고 그 주차장 요금 정산소에서 봤어? 내가 아주 쉽게 통과하는 것을 말이야. 그래, 네 아이디어는 기똥찼어! 대체 누가 이 마틸드를 의심하겠어? 그래, 알아, 거기에 그 여편네가 있었지. 그 여편네가 갑자기 튀어나와 날 놀라게 했어, 그래 인정해. 그 여자는 내 계획에 없었지만, 그녀가 얼마나 소리를 지르는지, 자기도 들었잖아! 앙리, 자기도 들었지? 그 여편네가 사람들의 귀에다 대고 얼마나 고래고래 소리를 지르는지, 너 같았으면 귀싸대기를 한대 후려치고 싶은 생각이 들지 않았겠어? 그래, 당연히 그건 정상적인 반응이었어. 별것도 아닌 걸 가지고 잔소리하지 말라고!

마틸드는 차에 히터를 틀었지만, 감기에 걸려 버린 모양으로 몸이 계속 으슬으슬하다. 빨리 목욕을 하고 싶다.

하지만 당장은 아니다. 개가 심심했던 모양이다. 그녀는 사흘 동안 녀석을 정원에 남겨 두어야 했고, 대문에서부터 (난 일해야 해, 저 머저리 르푸아트뱅처럼 아무것도 안 하는데 나한테 돈을 주지는 않는단 말이야, 난 은퇴한 공무원이 아니라고…… 음, 아니, 조금 주긴 하지, 하지만 어…… 앙리, 너 때문에 헷갈려……) 달마티안이 잔디밭 여기저기에 파헤쳐 놓은 구덩이들이 보인다.

그녀는 이 정원에 그렇게 집착하는 것은 아니지만, 뤼도 녀석을 이대로 놔두면 여섯 달 후에는 정원을 연병장으로 만들어 버릴 것이다. 마틸드는 조금 화가 나 있다. 특히나 빨리 욕조 속에 들어가고 싶은 생각밖에 없기 때문에 더욱 그렇다.

지난 며칠 동안 내린 비와 진흙과 웅덩이들 때문에 뤼도는 상거지가 따로 없다. 녀석은 자기가 나쁜 짓을 했다는 걸 잘 알고 있다. 개들은 얼마나 웃기는지! 꼬리를 다리 사이에 집어넣고, 몸과 귀를 바짝 움츠리고 있는 꼬락서니라니……. 녀석은 겁이 나서 집의 현관문 근처에 숨어 있었다. 마틸드는 화를 내며 소리치기 시작했다. 이따금 개들은 이것밖에 이해하지 못한다. 녀석들과 논리적으로 따져 봤자 아무 소용 없다. 화를 내는 것의 긍정적인 효과는 일상의 우울함으로부터 당신을 멀어지게 한다는 것이다. 그것은 엿 같은 것들만이 출렁거리는 이 바다 가운데, 생명의 괄호와도 같은 것이다. 이제 모든 게 끝났고, 개는 울타리 아래에 엎드려 있다. 녀석은 겁에 질려 머리를 어디엔가 처박고 있다.

어둠이 깔리는 가운데 흔들의자에 앉아 몸을 까딱이며 그녀는 다시 한번 자책을 한다. 정말 난 성질이 급해⋯⋯. 낮에 내린 비로 하늘이 갰고, 공기가 다시 따스해졌지만, 날씨는 더 불안정해질 것이다. 벌써 9월이다.

쉴리 다리로 가야 한다. 아니면 다른 곳이었던가? 퐁뇌프 다리? 알렉상드르 3세 다리? 뭐, 어디든지 상관없다. 중요한 것은 일을 제대로 하는 거니까.

저 구덩이들을 메울 정원사를 찾아야 하리라. 날씨가 너무 추워지지 않는다면 겨울이 되기 전에 풀은 다시 자랄 테니, 그렇게 슬퍼할 것도 없다.

「페랭 부인!」

아, 젠장, 또 저 인간이네!

「네!」

그녀는 그가 고무장화를 신고 정원 진입로로 걸어오는 것을 본다. 또 한바탕 날씨가 어떻고 뭐가 어떻고, 떠들어 대겠지. ⟨비가 오면 정원에는 좋지만, 제 채마밭에는⋯⋯.⟩

「그런데 페랭 부인, 우리 집은 한 번도 들르지 않으시네요?」

「네,」 마틸드가 대답한다. 「항상 그래야겠다고 생각은 하는데, 아시겠지만 그게⋯⋯.」

그는 한 손을 번쩍 들어 올린다. 그는 ⟨그게⟩ 뭔지 잘 아는 것이다.

「자, 이거 받으세요. 배입니다.」

마틸드는 이 천치에게 꼭 맞는 과일이라고 생각한다.

「오, 배를 가지고 오셨어요?」 그녀는 너무나 기쁜 표정을 지으며 감탄한다.

바구니 한 가득인데, 저마다 검은 점들이 박혀 있다. 만져 보니 돌처럼 단단하다. 자, 이렇게 과일 얘기, 날씨 얘기, 정원 얘기가 나왔다. 그러고는 늘 그렇듯이 피차 아무 할 말이 없다.

「지난주 메싱에서 일어난 그 일, TV에서 보셨어요?」 르푸아트뱅이 묻는다.

「아뇨, 무슨 일이 있었나요? 내가 그래요, 이렇게 아무것도 모르고 산다니까요! 그래서, 메싱에서 무슨 일이 일어났나요?」

「어떤 젊은 여자가 길 한복판에서 살해당했어요. 아무도 본 사람이 없대요. 끔찍한 사건이었던 모양이더군요.」

「아니, 대체 누가 그랬죠?」

「페랭 부인, 모른다니까요! 시체가 가리발디 로 부근 인도에서 발견됐어요. 그게 어딘지 아세요?」

「글쎄요, 잘 모르겠네요…….」

「뭐, 상관없어요. 어쨌든 그 여자는 총알을 여러 발 맞았대요.」

「아이고!」

「내가 보기에 이건 마약이나 매춘, 이런 종류의 것들과 관련된 범죄자들 간의 복수극이에요. 요즘에 흔한 일이죠. 하지만 말이죠, 페랭 부인. 우리가 사는 곳에서 엎드리면 코 닿을 곳에 사람을 죽이러 오다니, 어떻게 이럴 수가 있나요?」

「네, 우리 불쌍한 르푸아트뱅 씨, 그럴 수 있는 모양이네요.」

그는 자기 이름을 불러 주어 흐뭇한 모양이다. 이웃 남자는 힘이 불끈 솟는다.

「자, 다른 얘기나 하자고요.」

고개를 돌린 그는 여전히 울타리에 엎드려 있는 뤼도를 발견한다.

「저 녀석은 적어도 그런 걱정은 없겠네요.」

「내가 벌을 줬어요. 보세요…….」

그녀는 오른쪽의 잔디밭을 가리킨다. 주의 깊게 보지 않았던 르푸아트뱅은 끔찍한 광경을 발견한다.

「맙소사!」

그에게 있어 정원은 진정한 관심사이다. 따라서 사방에 난 구덩이를 보면 거의 까무러치지 않을 수 없다.

「뤼도 녀석이 이렇게 했나요?」 아직 충격에서 벗어나지 못한 그가 묻는다.

「녀석이 아니라면 당신이 했겠죠…….」

「내가요? 하하하! 농담도 잘하십니다!」

마틸드의 대답에 그는 거북해진다. 왠지 모르지만 이 농담은 그를 불편하게 만든다. 더군다나 그녀가 아무 말 없이 자기를 계속 응시하기 때문에 더욱 그렇다. 그는 다시 개 쪽으로 시선을 돌린다.

「녀석들이 제멋대로 하게 놔두면…….」

이렇게 말한 다음에는 어떻게 문장을 마무리 지어야 할지 알 수가 없다. 그는 손을 애매하게 한 번 내젓고는, 다시 대문 쪽으로 향한다. 거기까지의 길이 유난히도 길다고 느끼는데, 무겁고도 약간 도망치는 듯한 걸음걸이를 보면 그걸 알수 있다. 그는 자신이 관찰되고 있다고 느낀다. 등짝에 꽂히는 마틸드의 시선이 그를 불안하게 한다.

대문이 닫힌 후 르푸아트뱅은 자기 집으로 돌아갔고, 마틸드도 마침내 집 안에 들어가기로 마음먹는다. 그녀는 흔들의자의 양쪽 팔걸이를 두 손으로 잡고는 몸을 일으킨다.

「자, 뤼도, 이제 들어가자!」

어스름 속에서 그녀는 울타리 부근에서 녀석의 몸이 부르르 떨리는 게 보였다고 생각한다. 하지만 녀석은 일어나지 않는다. 이렇게 토라진 게 처음이 아니다. 원래 성격이 이런 녀석이다. 그렇게 한다고 해서 내가 너한테 애원할 거라고 생각하면 오산이야……. 마틸드는 곰곰이 생각한다. 만일 녀석을 집에 들여보내지 않으면 또 정원에다 구덩이를 파놓을까? 아니, 녀석은 밤이 되자마자 잠이 들고, 새벽녘에야 잠이 깬다.

그녀는 다시 현관문 유리창을 통해 뤼도를 바라본다. 거기에서는 개의 뒷모습만 보인다. 내심 그녀는 녀석이 들어오려하지 않는 것에 별로 놀라지 않는다. 그럴 줄 알고 있었던 것이다. 녀석은 아주 고집이 세다. 달마티안들이 다 그렇지만, 믿을 수 없을 정도로 고집불통인 것이다.

사실 개가 들어오지 않는 것은, 울타리 아래에 파묻혀 있는 녀석은 더 이상 머리가 없기 때문이다. 개의 머리는 마치 캄파뉴 빵[41] 썰듯이 목을 한 바퀴 둘러 잘라 낸 부엌칼에도 끊어지지 않은, 피투성이의 목뼈로만 간신히 연결되어 몇 센티미터 떨어진 곳에 놓여 있었던 것이다.

41 럭비공 같은 타원형의 큰 빵으로, 바게트가 일반화되기 이전에 먹던 전통적인 빵이다.

9월 12일

　상황이 정말로 나빠지기만 하는데, 이것은 분명히 자신의 잘못이다. 왜 마음이 약해져서 마틸드에게 새로운 임무를 주었단 말인가? 무엇을 위해서? 성찰해 볼 만한 좋은 주제이지만, 지금은 때가 아니다. 그는 라디오에서 흘러나오는 뉴스에 집중한다.

　파리 15구에서의 참혹한 살인극.

　한 쇼핑몰 주차장에서의 총격.

　여자 두 명이 살해되었는데, 하나는 신발 가게 판매원이고, 다른 하나는 베아트리스 라베르뉴라는 스물세 살의 법대생이다.

　하지만 진짜 특종은 이게 아니다. 앙리는 주의 깊게 듣는다. 한 문장 한 문장이 심장을 무겁게 쳐온다.

　「두 여성은 대구경 권총, 44밀리 매그넘으로 근거리에서 사살되었습니다. 과학 수사반 전문가들에 따르면, 이 총기,

데저트 이글은 지난 5월 모리스 캉탱 회장을 살해하는 데 사용됐던 것과 같은 종류라고 합니다. 이 두 사건 사이에 어떤 관계가 있는 것일까요? 이 젊은 법대생과 프랑스의 최고 거물 실업가 중 하나가 어떻게 연결될 수 있을까요? 이것은 일종의 치정극일까요? 하지만 이 가설은 〈모리스 캉탱과 베아트리스 라베르뉴를 다섯 달의 시간차를 두고 살해해야 할 이유가 있었던 사람이 과연 누구일까?〉라는 핵심적인 질문에는 대답하지 못합니다.」

뉴스가 그를 앞서 가고 있다.

앙리는 마틸드가 무엇을 요구했는지 장비 팀에 물어볼 수 있겠지만, 그것은 그가 뉴스에 뒤처져 있다는 사실을 DRH에게 확인시키는 것이나 마찬가지인데, 이건 별로 좋지가 않다. 더구나 이것은 더 이상 현안 문제가 아니기 때문에 더욱 그렇다…… 너무 늦어 버린 것이다.

마틸드에게는 분명히 나름의 이유가 있을 것이다. 그녀의 마지막 임무는 약간 혼란스러웠던 게 사실이지만, 지금까지 그녀는 다른 많은 임무들을 성공적으로 수행해 왔다.

그녀는 타당한 이유들을 제시할 수 있을 것이다. 아니, 반드시 그래야만 한다. DRH는 곧 나타나 마틸드를 업무에서 제외시키라고 요구할 것이다.

그는 반드시 그녀를 만나 얘기를 나눠야 한다.

떠나기 전에 그는 은밀한 곳에 숨겨 두었던 그의 권총, 7.65구경 마우저 HSC를 챙긴다.

앙리의 취향은 클래식하다.

†

　바실리에브는 모리스 캉탱과 베아트리스 라베르뉴의 살인 사건을 서로 연관 짓는 기사를 전부 읽었다.

　그는 경찰서 내부에서 어떻게 정보가 유출되었는지에 대해서는 궁금하지 않다. 살기마저 느껴지는 의기양양한 얼굴로 땅콩을 콱콱 씹고 있는 오키핀티를 보는 것만으로 충분하다. 그는 나름의 복수를 하고 있는 것이다. 그에게 있어서 복수는 늘 사람들을 엿 먹이는 형태로 나타난다.

　신문의 제1면은 베아트리스 라베르뉴의 모습을 보여 준다. 바실리에브가 그녀의 아파트에서 찾아낸 사진 중의 하나로, 이런 부류의 여자는 죽었을 때야 대중의 관심을 끌게 된다.

　파리에도 비가 부슬부슬 내리기 시작했는데, 사무실을 나와서야 이걸 알게 되었다. 그는 구름이 낮게 깔린 하늘을 힐끗 올려본다. 여전히 신문을 들고 있는 그는 그것으로 머리를 가린 채 지하철역까지 걸어간다. 비가 내리는 센강은 시적인 분위기가 없지 않다. 왜인지는 설명할 수는 없지만, 어쩌면 날씨가 딱 시원할 정도로 온화해서일 수도 있겠는데, 그는 지하철역을 지나쳐 센강을 따라 계속 걷는다. 머릿속은 혼란한 생각들로 가득하다. 〈내 머릿속에 뱀들이 꿈틀대고 있어〉라고 그는 중얼거린다. 〈뱀들〉이라는 복수형을 쓴 것은 거기에 여러 마리가 있기 때문이다.

　첫 번째는 오키핀티라는 이름의 약간 게으른 커다란 벌레이다. 구석에 웅크리고서 온갖 역겨운 것들을 먹고 살며, 슬그머니 남의 뒤통수나 치고, 계속 빈둥거리며 살 수 있기 위해 출세하고 싶어 하는 부류이다. 더러운 짐승, 더러운 종자이다. 더 이상 당신이 필요가 없어지면 대번에 달려들어 목을 조를 위인이다.

비에 젖은 신문 밑에서 머리를 설레설레 저으며, 바실리에브는 다른 뱀을 생각한다. 지금 그의 머리 위에서, 신문의 사진 속에서 축축이 젖어 가는 뱀, 지금은 죽었지만 생전에는 끔찍이도 유혹적으로 몸을 꿈틀대며 들라크루아 가의 층계를 올라가던 작은 뱀, 관리인 트루소가 뚜쟁이처럼 지켜보는 가운데 그녀의 고객들을 부자들과 실업가들과 잘나가는 자들의 극락으로 올려 보내 주던 그 매력적인 작은 뱀 말이다…….

한때 미소를 지으며 에로틱한 포즈 가운데 자신의 몸을 아낌없이 드러냈던 작은 뱀은 지금은 축구공만큼이나 커다란 구멍이 뚫린 몸으로 영안실의 냉동 서랍 속에 누워 있는데, 그녀의 이미지는 무수히 복제되어 저녁 프랑스의 피곤한 눈길들에 던져지고, 빗속에 터벅터벅 걷는 이 커다란 개 바실리에브의 머리 위에서 젖어 가고 있다.

바실리에브는 여전히 지하철에 들어갈 생각을 못하고 계속 걷기만 한다. 마치 또 다른 뱀, 그것의 구멍 속에서, 이를테면 어떤 호텔 방에서, 그것의 무기들을, 그것의 독을 버리고 있는 뱀을 만나러 가고 있는 것처럼 말이다.

바실리에브는 사건을 대중들 앞에 크게 터뜨림으로써 뱀

을 구멍에서 기어 나오게 하는 게 자신의 전략이라는 오키핀티 반장의 말을 전혀 믿지 않는다. 만약 그가 언론에 정보를 제공했다면, 그것은 수사의 이익을 위해서가 아니라, 모두가 그를 능멸하고 있는 이 사건, 그가 여전히 아무것도 이해하지 못하는 이 사건에서 주도권을 쥐고 싶은 어처구니없는 욕망 때문이다. 이 살인자 뱀은 필요성이 있을 때에만 움직일 것이다. 놈은 교활하고도 강력한 파충류이다. 이 비도, 베아트리스 라베르뉴의 젖은 사진도 놈을 기어 나오게 할 수 없고, 그 날카로운 혀를 날름거리게 할 수도 없을 것이다.

놈은 어딘가에 똬리를 틀고서 먹은 것을 느긋하게 소화시키며, 이 소나기가 끝나 다시금 모습을 드러낼 시간만을 기다리고 있다.

그리고 놈이 기어 나오면, 다시 신문의 헤드라인을 장식하고, 누군가의 배에 커다란 구멍을 뚫을 것이다. 이 대문자 뱀은 희한한 습성을 가지고 있으니, 사타구니에 들끓는 조그만 뱀들에 특별한 혐오를 느끼며, 거기에다 독을 내뿜기 때문이다. 놈은 작은 뱀들을 싫어하는 커다란 뱀이다. 당신의 이마 한가운데 총알을 박는 그런 종류가 아니라, 당신이 남자이든 여자이든 상관없이 당신의 무게 중심에다 총알 두 발을 쏘는 진짜배기 뱀인 것이다. 정신과 의사의 도움이 필요한 자이리라.

바실리에브는 신문 아래에서 고개를 회의적으로 젓는다. 그는 자격을 갖춘 전문가들이 이 방울뱀의 내력을 작성하면서 극도로 위험한 살인마를 묘사하고, 사람들을 반 토막으로 절단하는 이 고약한 성향을 〈심각한 성적 문제〉, 〈힘들었던 어린 시절〉, 〈성적 정체성에 문제가 있어 대리적인 방식으로 스스로를 파괴하는 사람〉 등등으로 설명하는 것을 상상해 본다. 이 모든 게 사실일 수 있지만, 그에게는 조금도 도움이 되지 못한다. 그는 마침내 지하철에 들어가기로 마음먹은 것에 스스로 놀라며, 젖은 신문을 휴지통에 던져 버렸다. 머릿속에 우글대는 뱀들은 모두가 알 수 없는 곳으로부터 온 사자(使者)들이다.

바로 이 순간, 노란 난쟁이 게임을 할 때 드라오스레 선생이 가끔 보이던 그 끔찍한 침묵의 무언가가 속 깊은 곳에서 느껴진다. 저녁 시간이 끝나고 선생이 그의 침실로, 그의 침대로 향할 때 보이는 그 무거운 침묵 말이다. 그리고 그 차가운 입술의 키스를 받기 위해 이마를 내밀 때 보게 되는 노인의 모습, 역시 대문자로 표기되는 또 다른 뱀이 차갑고도 결정적인 매듭으로 목 주위를 칭칭 동여매기를 차분히 기다리고 있는, 그 창백한 낯빛의 노인의 모습이 다시 떠오른다.

보다시피 지금 바실리에브는 기운이 별로 없다. 무엇보다도 가슴속을 꽉 메운 이 우울한 감정, 뭔가를 허비하고 있다는 이 거대한 느낌 때문이다. 모든 것이 음험하게 미끄러지고 기어가고 있는 것을 다만 무력하게 지켜보는 일이, 어디서 왔으며, 어떻게 시작되었는지도 알 수 없는 것들이 벌써 끝나 간다는 이 감각이 너무나 고통스럽다.

그의 옆에는 십자말풀이에 열중한 한 승객의 구겨진 신문 위에, 베아트리스 라베르뉴의 반으로 접힌 가슴이 보인다.

지하철 벽들의 광고들은 탈취제와, 여성 잡지들과, 속옷들과 BHV[42]의 할인 행사에 행복해하는 수많은 베아트리스들을 보여 주고 있다.

†

부인은 담배에 불을 붙인다.

그녀는 각 일간지의 헤드라인을 장식한 죽은 젊은 여자의 외모를 이미 알고 있지만, 절차상 바실리에브는 그녀에게 다시 보여 주어야 한다.

하여 그는 안쪽 호주머니에서 사진 한 장을 꺼낸다. 베아트리스 라베르뉴, 허벅지는 벌어지고 두 손은 가슴 아래에 놓여 있다. 아랫부분은 가리고 얼굴만 보여 주는 배려를 발휘할 수도 있었지만, 그는 이게 지난번에 만났을 때 그녀가 보인 도발에 걸맞는 반응이라고 생각한다. 그녀 또한 그의 의도를 이해하고, 동요하지 않는 척한다.

「혹시 이 사람을 아시느냐고 여쭤봐야 할 것 같습니다⋯⋯.」

과부는 사진을 나지막한 탁자에 내려놓는다.

「아니, 몰라요. 이 사람의 사진은 모든 신문에 나왔기 때문에, 만일 내가 알았다면 벌써 형사님에게 알렸겠죠⋯⋯.」

「우리는 이 사람이 부인의 남편, 그러니까 부인의 배우자

---

42 Bazar de l'Hôtel de Paris의 약자. 파리 시청 시장이라는 뜻이다. 프랑스의 유명한 백화점 체인으로, 1856년에 설립되어 파리 시청 근처에 매장이 있었던 데서 유래한 이름이다.

분과 아는 사이였는지는 모릅니다. 하지만 두 사건 모두 대구경의…… 음, 그러니까 그들은 동일한 총기로 살해되었죠. 무슨 말인지 이해하실 겁니다.」

「형사님, 우리는 피차 시간을 절약할 수 있다고 생각해요. 난 내 배우자의 정부들을 다 알지는 못했어요. 내가 〈다 알지는 못했다〉라고 말하는 것은, 몇몇은 확실히 안다는 뜻이죠. 이 여자는 생각나는 게 전혀 없는데, 그의 취향에 딱 맞는 것 같기는 해요. 이 여자는 지난 몇 달 동안 당신의 동료들이 아주 배려심 있게도 벌써 내게 가져와 보여 준 그 모든 여자들과 놀라울 정도로 닮았어요. 내 배우자는…… 사귀는 사람이 많았죠.」

「네, 조사를 통해 그렇게 밝혀졌습니다만, 바로 그게 이해가 잘 안 되는 부분입니다. 고인이 사귀던 사람 중에는 직업여성은 한 명도 없었거든요.」

부인은 몇 모금 피운 담배를 짓눌러 꺼버린다.

「형사님, 캉텡 회장은 아주 평범한 사람이었어요. 세상의 눈을 신경 쓰고, 자신의 의무를 의식하는 사람이었지만, 자신의 욕망에 저항하는 것에 있어서는 서툴렀죠. 그는 쉰네 살에 죽었어요. 다시 말해서 남자들이 아직도 젊은 여자들을 좋아하지만, 젊은 여자들은 그들을 좋아하지 않기 시작하는 그런 나이죠. 그리고 그는 실용적인 사람이었어요. 만일 그가 10년 후에 죽었다면, 아마추어와 프로의 비율은 분명히 역전되었겠죠.」

「흠, 그렇군요…….」

베아트리스 라베르뉴의 사진은 여전히 낮은 탁자 위에 놓여 있다. 바실리에브는 나무 잎사귀들 뒤에 숨은 늑대의 아가리를 찾아내는 동화책 삽화를 보듯이 그 얼굴을 쳐다본다. 그는 생각들이 자연스럽게 떠오르고 또 저절로 펼쳐지게 놔두는 그만의 방식으로 고심한다. 하지만 아무것도 떠오르지 않는다. 이렇게 포근한 아파트의 정적 속에 족히 1분은 흘러간다. 저 문 뒤의 하인들은 일본의 무희처럼 조용히 움직이고 있으리라. 이 냉담한 표정의 여자, 이 지독하게 중립적인 장소…… 갑자기 그는 다른 곳에 있고 싶고, 진짜 공기를 마시고 싶다. 그녀는 남편에 대한 반발로 문란한 생활을 시작했을까? 어쩌면 이 여자는 사랑을 개인적인 생활 규칙으로, 성을 집단적인 스포츠로 여길지도 모른다.

「재촉하고 싶지는 않지만, 형사님, 더 물어볼 게 있나요?」

그는 머뭇거리다가 몸을 펴고 일어선다. 이렇게 방해드려서 죄송하다고 말하자, 그녀는 괜찮다, 잘 이해한다, 자신도 더 이상 도와줄 수 없어서 죄송하며, 〈수사가 언젠가 끝날 수 있기〉를 바란다고 대답한다. 이제는 가보셔도 좋다고 손을 내밀며 가하는 고약한 한마디다.

그러고 나서, 거실 문턱을 넘으려는 찰나, 이유는 알 수 없지만 바실리에브는 한마디 더 하고 싶어진다.

「부인의 배우자 분과 라베르뉴 양은 동일한 총기뿐만 아니라, 같은 방식으로도 살해되었습니다. 라베르뉴 양은 첫 번째 총알을 성기 부근에 맞았어요. 누군가를 살해하려 할 때에는 사람들의 눈에 띄지 않고, 신속히 죽이기 위해 여러 가지 조치들을 취하는 게 보통이고, 코뿔소도 죽일 만한 총알로 성기를 쏘는 것은 아주 드문 일이죠.」

바실리에브는 기계적으로 현관 벽에 걸린 수채화를 바라보면서, 마치 떠오르는 생각을 소리 내어 말하듯이 차분하게 말을 잇는다.

「그렇게 성기에 대고 총을 쏘면 몸은 끔찍하게 망가지지만 곧바로 죽음이 찾아오지는 않습니다. 아마 이 때문에 살인범은 두 번째 총알을 목에다 대고 쐈을 겁니다. 두 사건 모두에서, 머리의 일부가 날아가 버렸고, 몇 조각의 근육들로만 몸통에 붙어 있을 뿐이었습니다. 이런 유형의 총알은 큰 손상을 일으키죠. 몸에다 바짝 대고 쏘는 경우에는 그래요. 상상이 가시죠, 부인? 라베르뉴 양에 대해 말하자면, 몸이 세 동강으로 나뉜 것 같았습니다. 아래, 중간, 위로 말이죠. 이런 표현을 써서 죄송합니다만, 아주 〈잔인했어요.〉」

그는 부인을 바라본다.

「하지만 이런 세부적인 것들을 가지고 더 이상 부인의 귀한 시간을 뺏고 싶지는 않네요.」

「……괜찮아요, 형사님.」

목소리가 콱 메어 있다.

층계를 내려오는 바실리에브는 자신이 아주 비열한 복수를 했다는 것을 알고 있다. 더구나 무엇에 대한 복수란 말인가? 이런 식으로 행동하는 것은 싸우는 거나 마찬가지다.

✝

　바실리에브가 이날 저녁 선생을, 다시 말해서 테비를 방문하는 것은 예정에 없는 일이다. 그는 자신이 더 이상 자신의 옛 후견인을 위해서가 아니라, 그의 간병인 때문에 그곳에 간다는 것을 잘 알고 있고, 이로 인해 마음이 좀 불편하다. 마치 배신하는 기분이다. 그는 여자들과의 관계에서 있어서 그다지 능숙했던 적이 없었고, 그들과의 〈교류〉는 늘 그가 그렇게 바라지 않을 때 찾아오곤 한다. 이 때문에 이 젊은 여자와 같이 있을 때 느끼는 행복감에 묘한 죄책감이 섞여 드는 것이다.

　보통 그는 떠날 때 〈그럼 목요일에 볼까요?〉 혹은 〈화요일에 볼까요?〉라고 말한다.

　그것은 항상 테비에게 던지는 질문인데, 그녀는 매번 〈네, 좋아요……〉라고 대답한다. 마치 그녀가 선생의 집이 아닌 자신의 집에 있는 것처럼, 르네가 선생을 방문하기 위해서는 자신의 허락이 필요한 것처럼 말이다.

　지난 일요일, 뇌이를 떠날 때 그는 그냥 〈그럼, 곧 봐요〉라고만 말했다. 머릿속에 뭔가가 지나가지만, 이걸 가지고 어떻게 해야 할지 알 수가 없다. 호감이 가는 젊은 여자에게 말하는 게 이다지도 어렵단 말인가…….

　어쨌든 그는 캉탱 부인을 방문한 후, 뇌이로 가기로 결심했다. 그리고 먼저 오베르빌리에[43]에 있는 자신의 집으로 돌아

---

43 파리 북동부에 있는 교외 지역의 하나로, 뇌이와 가까운 곳에 있다.

왔다.

좀 꾸며서 멋있게 보이기 위해서였다.

사실 한 시간 전보다 더 멋있어지지는 않았지만, 적어도 자신이 지저분하게 느껴지지는 않는다. 그는 전화를 걸어 선생의 안부를 물었다. 테비가 나에게 들르라고 할까? 그는 지금 〈멋진〉 파란 정장까지 갖춰 입고 있다. 중요한 날에나 꺼내 입는 옷으로, 마지막으로 입었던 것은 파리 외곽 순환 도로의 고가 도로 아래에서 마약 딜러에게 총을 맞고 죽은 한 동료의 장례식 때였다.

그런데 갑자기 그녀가 묻는다.

「르네, 오늘 저녁에 여기 올 수 있어요?」

그녀의 목소리는 그가 기대했던 명랑하고 차분한 어조가 아니다.

「무슨 일이라도 있어요?」

「그러니까 선생님께서 조금도 좋아지지가 않고…….」

「그래서요?」

「좀 힘든 때들이 있어요…….」

그는 곧바로 택시를 탄다. 아, 이런! 옷을 갈아입어야 했는데…… 옷차림이 정말 우스꽝스러워 보인다.

뇌이에 도착한 그는 기계적으로 아미6로 가서 찌그러진 펜더 쪽을 살핀다.

마침내 그는 초인종을 누르고, 모든 게 평소처럼 진행된다. 테비는 그가 정장 차림인 것을 보지만, 아무 말도 하지 않고 문을 열어 들어오게 한다. 그는 그녀에게 몸을 돌린다.

「가끔 정신이 나가세요…… 별안간 그게 시작되었어요. 선생님은 갑자기 자신이 누군지를 몰라요. 저를 못 알아보세요. 알아보는 척 하시지만, 기억하려고 애쓰는데 그러지 못하시는 게 뻔히 보여요. 아까도 형사님이 온다고 말씀드렸지만, 제대로 이해하셨는지 모르겠어요.」

실제로 선생은 자기가 아직 모르는 의사가 들어온 것처럼 고개를 끄덕해 보인다. 르네가 이마를 내밀자, 그는 어떻게 반응해야 할지 모른다. 그저 바보 같이 미소 짓는데, 편해 보이지가 않는다. 하여 르네는 그의 곁에 나란히 앉아 함께 TV를 보는데, 속이 얼마나 불안한지 모른다. 걸치고 있는 이 정장의 무게라니…… 두 손에 모루를 들고 왔다 해도 이보다 더 거북하고 어색할 수는 없으리라.

테비는 데우기만 하면 되는 수프와 새우 샐러드가 있다고 말했고, 르네는 좋다고 대답했다. 배는 고프지 않지만, 선생이 한마디도 없기 때문에, 딱히 할 일이 없다.

선생은 테비의 말을 들은 것 같은 얼굴이 아니다. 그리고 저녁 내내 제정신이 아니다.

저녁 11시경, 그는 잘 곳을 찾는다. 자신의 방이 어디 있는지 기억을 못하는 것이다. 테비가 그에게 길을 알려 주는데, 그는 어디가 어딘지 모르고, 말이 없고, 불안해 보인다. 마치 달걀 위를 걷는 사람 같다.

그러다 갑자기 바실리에브 쪽으로 고개를 돌리고는 〈잘자, 우리 꼬마 르네……〉라고 말하는데, 당황스럽기 이를 데 없다.

저녁의 마지막 시간은 평소보다 조용하다.

「늘 저러시는 것은 아니에요…… 예를 들면 오늘 아침에는 너무나 정상적으로 말씀하셨어요.」

안심시키려고 이렇게 말하는 것 같지만, 별로 그렇게 들리지가 않는다.

「그러고 나서, 무슨 일이 있었는지 스스로 기억하시나요?」

「제정신이 드시면 거북해하시는 것 같아요. 뭔가가 일어났다는 것은 아시지만, 그게 정확히 무엇인지는 모르세요.」

그는 오랫동안 침묵을 지킨다.

「만일 상태가 악화되신다면,」테비가 말을 잇는다. 「어쩔 수 없이…… 무슨 말인지 아실 거예요.」

바실리에브는 아주 잘 안다. 그는 용기를 내어 이렇게 묻는다.

「그래도 우리는 만날 수 있을까요?」

테비는 곧바로 대답한다.

「오, 그럼요, 르네. 네, 물론이죠…….」

9월 13일

각 차량 앞에다 코멘트를 하나씩 남겨 놨다. 딱 한마디씩만 했지만, 매번 제대로 봤다. 친절한 말은 거의 없지만, 어쨌든 제대로 봤다. 바실리에브는 만일 누군가를 잡게 된다면, 주차장 관리인이 이렇게 리스트까지 작성하며 준비한 용의자 확인 라인업[44] 때에도 이만큼의 효율성을 보여 주기를 바란다.

서른 세 대의 차량. 파리의 어느 주차장이 짧은 시간에 이렇게 많은 차들을 뱉어 낸다는 게 놀랍다.

그와 동료들은 차량들을 몇 대씩 분담하여, 각 차량에 대한 조사를 진행한다. 운전자가 이동할 수 없는 경우에는 직접 그들의 집이나 직장을 찾아간다. 이 일에 할당된 사람은 단 세 명뿐이어서, 여러 날이 걸린다. 이것은 말도 안 되는

---

[44] 용의자가 범인이 맞는지 확인하기 위해 목격자 앞에 여러 사람을 세워 놓고 확인하는 수사상의 절차.

161

낭비로, 완전히 헛수고로 끝났다.

처음의 열세 증인은 모두가 같은 말을 했다. 뭔가 폭발하는 것 같은 소리, 터지는 것 같은 소리, 혹은 총성 같은 것을 들었단다. 표현은 다르지만 내용은 동일하다. 아무것도 못 봤고, 아무것도 이해하지 못했으며, 나중에 신문을 보고서야 알게 되었다는 것이다.

두 대의 차량이 바실리에브의 관심을 끈다.

첫 번째 관심 대상은 외제차이다. 정확히는 네덜란드 차다. 운전자는 위트레흐트로 돌아갔고, 현재 네덜란드 경찰과 접촉 중이지만, 이게 쉽지가 않다. 여기에 네덜란드어를 할 줄 아는 사람이 아무도 없고, 영어를 할 줄 아는 사람도 없다. 또 저쪽에서는 아무도 프랑스어를 할 줄 모른다. 이런 판국에 국제 공조 수사라니! 이 친구가 파리에서 무얼 하고 있었는지, 그리고 어떤 이유로 아침 10시에 이 15구의 주차장에 오게 되었는지는 아직 밝혀지지 않았다. 며칠 내로 알게 되리라…… 어쩌면.

두 번째 관심 대상은 어떤 여성이다. 〈뚱보 할멈 — 화장〉이라고 관리인은 적어 놓았다. 바실리에브의 흥미를 끄는 것은 이 메모 자체라기보다는, 5일 전인 9월 8일에 플링 지구대가 콩스탕스 마니에라는 여자가 길 한복판에서 살해된 사건과 관련하여 각 경찰대에 보낸 경고문이다. 대구경 총기가 범죄에 사용되었다는 사실은 센에마른주 경찰들의 마음을 무겁게 한다. 이는 충분히 이해할 수 있는 일이니, 만일 이런 크기의 총기들이 관내에 돌아다니기 시작했다면, 앞으로 치

안 활동은 피 터지는 격투기가 될 수 있기 때문이다.

〈주차장의 살인 사건도 대구경 총기의 작품이었단 말이야……〉라고 바실리에브는 중얼거린다. 두 사건이 연관되었을 가능성에 대해 말하자, 〈별로 설득력 없는 얘기야〉라고 오키핀티 반장은 일축했다(속에 심술이 가득한 게 얼굴에 보인다. 땅콩이 떨어지면 제정신이 아니다).

바실리에브가 그에게 말하지 않은 부분은, 이 리스트에 적힌 사람들 가운데, 젊은 여자가 살해된 장소에서 3킬로미터 떨어진 곳에 거주하는 여성 운전자가 있다는 사실이었다. 만일 이 점을 지적했다면 반장은, 어떤 사건 장소에서도 3킬로미터 반경에 아마도 수백 명이 살고 있을 거라고 대답했을 거였다.

수사관에게는 살인 장소 가까이에 거주하는 이 여성 운전자가 또한 일주일 후, 두 명의 다른 여성이 살해된 주차장에도 있었다는 사실이 단지 좀 이상하게 느껴졌다.

경찰은 삶 자체만큼이나 우연에 대해서도 그렇게 우호적인 관계를 유지하지 못한다. 그리고 수사관의 역할은 의심을 품는 것이다.

하지만 바실리에브가 이 의혹에 대해 아무에게도 말하지 않았다면, 그것은 이 여성 운전자의 이력이 이런 가설들과는 전혀 어울리지 않았기 때문이다. 63세, 과부, 예술 및 문학 기사 훈장[45] 서훈, 레지스탕스 활동으로 훈장 서훈…….

---

45 프랑스의 예술과 문학 분야에서 공로가 큰 사람에게 수여되는 훈장으로, 모두 5등급이 있는데 기사는 가장 아래 등급이다.

이 때문에 그는 동료들에게 이 여자는 자신이 맡겠다고 했지만, 한심한 놈으로 보일까 봐 그냥 별 뜻 없는 사무적인 어조로 말했다.

✝

앙리는 첫 비행기를 타고 공항에서 렌터카를 빌렸다. 그는 오전 11시경에 플룅을 지났고, 20분 후에는 라 쿠스텔 앞에 도착하여 차를 세우고 엔진을 멈춘다. 그렇게 오랫동안 앉아 있었다. 이윽고 차에서 내려서는, 가느다란 체인이 달린 작은 초인종이 있는 대문으로 걸어간다. 그는 마지막으로 한 번 더 망설인다. 여기까지 오는 내내, 자신이 아는 것, 모르는 것, 또 알게 될까 두려운 것 등을 곰곰이 생각해 봤고, 초인종을 당기려는 순간, 마틸드가 나타나는 모습을 떠올리며 이제 돌아올 수 없는 강을 건넌다는 두려움에 사로잡힌다. 그는 길게 숨을 들이마신 다음 초인종을 당긴다.

다시 당기려고 하는데, 마침내 직선으로 길게 뻗은 진입로 저쪽 끝에 마틸드가 열린 문 가운데 모습을 드러낸다. 그녀는 자기가 본 것을 확신하지 못하고 고개를 갸웃하다가, 커다란 미소로 얼굴 전체가 환해진다. 그녀가 이렇게 외치는 게 들린다.

「세상에! 앙리야, 앙리!」

마치 자기가 아닌 어떤 다른 사람에게 말하는 것 같다. 앙리는 그녀가 지금 혼자였으면 좋겠다는 생각이 든다. 그녀가 오랫동안 바르르 떨다가 어떤 숄 같은 것으로 어깨를 감싸는 것이 보인다.

「앙리, 문이 열려 있어! 들어와!」

그녀는 그저 테라스에 서서는 그가 다가오는 것을 바라본다. 저 우아하고, 차분하고, 단호한 걸음걸이, 정말 그다운 모습이다. 곤색의 블레이저 코트, 그리고 이와 매치된 위 호주머니의 장식 손수건과 줄무늬 넥타이…… 아, 저 클래스라니……! 얼마나 멋진 남자인가……. 하지만 곧바로 그녀의 머릿속에 수많은 경고등이 깜빡거리기 시작한다. 그녀는 숄을 두 손으로 잡아 가슴 위로 여미면서, 그가 무얼 하러 왔을까 가만히 생각해 본다. 이건 규정과는 너무나 동떨어진 일인 것이다. 그가 이렇게 예고도 없이, 공식적인 이유도 없이 불쑥 찾아왔다면, 거기에는 분명히 어떤 중대한 이유가 있을 터였다. 그녀에게 점점 다가감에 따라, 앙리는 마틸드의 얼굴에서 이 모든 생각들, 이 모든 의문들이 이어지는 것을 봤고, 마침내 그가 그녀가 있는 곳까지 왔을 때, 마틸드는 루거 파라벨룸이 주방 서랍 속에 있다는 사실이 떠오른다.

「오, 앙리, 이렇게 와줘서 얼마나 기쁜지 몰라…….」 그는 테라스 아래에서 걸음을 멈추고 미소를 짓는다.

「미안해, 빈손으로 왔어.」

그럴 것 같지 않은데…….

「자, 뭐 해? 나 안아 주지 않을 거야?」

앙리는 올라와 그녀를 오랫동안 포옹한다. 그러는 사이, 그녀는 그의 어깨와 목 사이에 머리를 묻으면서, 만일 이 사람이 무장했다면 몸에서 뭔가가 느껴질 거라고 생각하지만, 앙리는 구미호만큼이나 약은 사람이다.

「여기까지는 어떻게 왔어?」

「비행기, 그리고 렌터카. 차는 저쪽 멀리에 세워 놓고 왔어. 널 곤란하게 만들고 싶지 않아서.」

그녀는 웃는다. 날 곤란하게 만든다고……?

그는 두 손을 그녀의 어깨 위에 얹은 채로, 그녀의 머리 위로 유리문과 주방과 오른쪽으로 뻗은 복도, 왼쪽의 창문, 그리고 개 바구니를 쳐다본다. 항상 개를 조심해야 한다.

「마틸드, 개를 키워?」

「불쌍한 녀석…… 어제 죽었어.」

갑자기 그녀의 목소리가 흐려진다. 금방이라도 울음을 터뜨릴 것 같이 느껴진다.

「이웃 남자가…….」그녀가 설명한다. 「그 인간이 개한테 독을 먹였어.」

앙리는 눈썹을 찌푸린다. 대체 왜 그런 짓을 했지?

「녀석은 절대로 짖는 법이 없었어.」마틸드가 말을 잇는다. 「얼마나 착하고 사랑스러운 녀석이었는지, 넌 상상도 못할 거야.」

정원 쪽으로 고개를 돌린 그는 잔디밭 여기저기에 나 있는 구덩이들을 발견한다.

「착했다고?」

「아, 저건 아무것도 아니야. 어린 개들이 다 그렇잖아! 구덩이 좀 팠다고 개를 죽일 수는 없는 일 아니야?」

앙리는 혼란스럽다. 그 이웃 남자가 자기 것도 아닌 잔디밭에 구덩이를 팠다고 해서 개를 죽였다? 약간 멍해 있는데, 마틸드를 그를 흔든다.

「자, 우리 여기 있지 말고 안으로 들어가!」

그녀는 몸을 돌려 주방으로 들어간다.

「커피 좀 끓여 줄까?」

「좋지…….」

마틸드는 잔들을 꺼내면서 재잘거리며 빠르게 말한다. 그녀의 목소리에서 거의 소녀의 것과 같은 흥분이 느껴진다.

「앙리, 네가 와서 내가 얼마나 기쁜지 상상도 못할 거야! 그 오랜 세월 동안 이 마틸드는 신경도 쓰지 않았지. 아, 시끄러, 난 지금 쓸데없는 소리를 하는 게 아니야! 너는 나를 헌 양말짝처럼 버려 두었다고!」

〈그 오랜 세월 동안〉이라는 말은 틀린 말이 아니다. 그들이 마지막으로 만난 것은 15년 전, 파리의 한 레스토랑에서였다. 그 이후로 마틸드는 몸이 불었고, 전보다 훨씬 둔중하게 걷는다. 마치 위로 10센티미터가 줄고, 옆으로는 그만큼 퍼진 것 같다. 얼굴도 처졌고, 턱은 약간 밑으로 늘어졌다. 하지만 눈만은 여전히 기막히게 아름답다. 터무니없을 정도로 맑고 투명하다.

앙리는 앉아 있어도 우아하다고 마틸드는 생각한다. 이상한 상황 가운데 이루어진 재회이지만 그는 미소 짓고, 느긋하고, 친근하다. 그에게서는 이런 모습이 무엇을 예고하는지 전혀 알 수 없다.

그녀는 커피를 내왔고, 그들은 주방에 자리를 잡는다. 그녀는 주방에 가자고 할까, 라는 생각도 해봤지만, 여기가 더 낫다. 서랍이 바로 오른쪽에 있으니 그녀에게 유리할 터였다.

「좋아, 말해 봐 앙리. 설마 커피를 맛보러 굴에서 기어 나온 것은 아니겠지?」

「물론이지, 마틸드. 너도 알다시피, 내가 여기 오는 것은 완전히 규칙에서 어긋나는 짓이야. 하지만 너와 나는 같지 않지…….」

「같지가 않다고? 무엇과?」

「다른 사람들과 같지 않다고. 우리는 오랜 친구잖아.」

「그래서?」

앙리는 커피를 후후 불며 다른 곳을 쳐다보다가, 시선을 다시 그녀에게로 돌린다.

「포슈 가…….」

「포슈 가? 무슨 얘기를 하는 거야?」

「거기서 일어난 일이 계속 날 궁금하게 하는군.」

「하지만 그 얘기는 벌써 했잖아! 왜 다 지나간 일들을 또 꺼내지?」

그녀의 티스푼은 잔 속에서 신경질적으로 춤을 추며 쨍강거린다.

「왜냐하면 넌 나를 안심시키려 했지만,」 앙리가 대답한다. 「왜 그렇게 행동했는지에 대해서는 제대로 설명해 주지 않았기 때문이지.」

마틸드는 잔 위로 고개를 숙인다. 불현듯 그때 일이 떠오르고, 그 남자가 다시 보인다. 그녀는 그의 얼굴을 알고 있다. 그 일이 있은 후로 신문과 TV에서 수없이 봤기 때문이다. 그 대로가, 그리고 보도를 걸어 그녀 쪽으로 천천히 다가오는 그 남자의 모습이 떠오른다. 그리고……

「개 때문이었어.」

「개?」

「그래. 개는 멈추려고 했는데, 주인은 목줄을 당겨 질질 끌고 갔어. 알겠어, 앙리? 강제로, 그 사랑스러운 작은 코커 스패니얼을…….」

「닥스훈트 아니었나?」

「응, 미안, 닥스훈트.」

마틸드는 개를 떠올려 보려 하지만 생각이 나지 않는다. 뭐, 상관없다. 그녀는 말을 잇는다.

「그래서 내가 화가 난 거야! 너도 알잖아, 내가 동물을 얼마나 사랑하는지. 나도 어쩔 수 없었어.」

「그렇다면 개는 왜 없애 버렸지?」

그녀는 눈물을 쏟기 직전이다.

「앙리, 난 곧바로 상황을 보게 되었어. 주인이 없어지고 나면 그 짐승이 얼마나 불행해지겠어?」

앙리는 그녀를 물끄러미 쳐다본다. 아, 그랬었군…… 안심되는 모습을 보여야 한다. 그는 테라스 쪽, 정원 방향으로 고개를 돌린다.

「여기 아주 괜찮은데? 참 조용해서 좋군!」

흠, 앙리가 이런 식으로 화제를 돌릴 때, 좋은 신호였던 적은 거의 없다.

「네가 직접 정원을 돌보는 거야, 아니면 다른 사람이 있는 거야?」

「앙리, 허튼 소리는 집어치워! 그래, 또 뭐가 있는데?」

「주차장에서 있었던 그 일, DRH가 펄펄 뛰고 있어. 왜 그러는지는 너도 알겠지만 말이야.」

마틸드는 머리를 푹 숙이고, 죄책감으로 얼굴이 벌게진다.

「그래서 날 쫓아내려고 온 거야? 그런 거야, 앙리?」

「아, 천만에, 마틸드! 그럴 리가 있나! 하지만 난 DRH에게 설명해야 해. 너도 봤듯이, 난 전화로 이 문제를 논의하는 게 쉽지가 않았어. 그래서 이렇게 직접 만나 차분하게 얘기하는 게 좋겠다고 생각했지. 하지만 먼저, 요즘 어떻게 지내, 마틸드?」

그녀는 일어서서 조리대에 허리를 기대고 선다.

「앙리, 너한테는 솔직히 말할게. 난 요즘 늙어 가고 있고, 그 때문에 힘들어.」

「그건 모두가 다 마찬가지야.」

「그런데 너를 보면, 여자들에 비해 남자들은 훨씬 덜 힘든 것 같은데?」

그들은 미소를 짓는다.

「한잔 더 해도 돼?」 앙리는 커피포트를 가리키며 묻는다.

그리고 대답을 기다리지 않고 잔을 채운다.

「마틸드, 이걸 가지고 널 쓸데없이 괴롭히고 싶지는 않

아. 하지만 계약상에는 타깃이 하나 있었어, 둘이 아니었다고…….」

「난 들켜 버렸어! 그래!」

그녀는 거세게 고함쳤다. 자신의 주장을 강조하기 위해서라기보다는, 마침내 그 장면이 기억난 데서 느끼는 안도감에서였다. 이제 실마리를 찾은 그녀는 모든 것을 자세하게 이야기하기 시작한다. 그녀는 구체적이고 사실적인 세부들을 통해 앙리를 안심시키려 한다.

그는 주의 깊게 듣는다. 사실, 그녀의 말은 꽤 설득력이 있다.

「……그 여편네가 비명을 지르기 시작했어. 아, 정말 믿을수가 없어! 그 여자가 갑자기 어디서 튀어나왔는지 모르겠어! 그래서 난 몸을 돌리고는…….」

다시는 그녀에게 임무를 맡기지 않을 것이다. 오늘에서야 보니 그녀에게는 이 일에 필수적인 냉정함이 없다. 그녀는 모두를 위험에 빠뜨릴 것이다. 아니, 이제는 더 이상 불가능하다. 그녀는 이 일을 그만둬야 한다. 하지만 이 직업에서는 누구도 은퇴하지 않는다. DRH는 그가 직접 마틸드를 처리하라고 요구할 것이다.

다만 시간문제일 뿐이다.

만일 이것을 피하고 싶다면 ― 앙리는 생각한다 ― 그때가 되기 전에 그녀는 떠나야 한다.

그는 이게 좋은 소식인지 더 이상 알 수 없다. 그녀는 이것을 어떻게 받아들일까?

왜냐하면 그 역시 떠나야 할 것이기 때문이다.

수십 년 동안 이 일을 해오면서, 그에게는 모든 것을 준비할 시간이 있었다. 그게 기본이었다. 위조 신분증, 그리고 조세 피난처에 넣어 둔 돈. 마틸드에게 진실을 말하고, 최악의 상황에 대비해야 한다. 이렇게 설명해야 한다. 〈마틸드, 난 내가 도망갈 것을 준비해 놨어. 하지만 네가 도망가는 것도 준비했지. 우리는 함께 떠나야 할 거야.〉

「……그리고 나서, 난 걸어서 쇼핑몰에 올라가는 것은 멍청한 짓이라고 생각했어. 내 최고의 카드를 사용하는 편이 나았지. 바로 마틸드 페랭답게 행동하는 것 말이야. 그래서 난 차에 시동을 걸었고…….」

그는 15년 전에 이 모든 것을 준비했고, 여권들이 만료되면 다시 갱신했다. 〈우리 둘 모두 떠날 거야〉라고 그녀에게 말해야 하리라. 〈하지만 안심해, 우리가 같이 있어야 할 필요는 없을 테니까!〉 그리고 이것은 사실이다. 일단 이 난관에서 벗어나면, 각자 원하는 대로 할 수 있다. 그녀는 아마 자신의 삶을 다른 방식으로 살고 싶을 것이다. 충분히 이해할 수 있다…….

그녀의 설명이 끝날 때 앙리는 고개를 끄덕인다. 아주 잘 이해가 된다. 이것은 몇 가지 재수 없는 상황들이 겹쳐진 일이었다.

그녀는 자신이 외줄타기를 하고 있음을 안다. 만일 그가 설득된다면, 그는 자신을 그냥 내버려둘 것이다. 그렇지 않다면 DRH가 불같이 화를 낼 테고, 그러면…… 그녀는 고개를 흔든다. 그런 끔찍한 일은 생각하고 싶지가 않다.

그는 그녀가 말이 없다는 것을 깨닫는다.

「마틸드, 하나만 물어볼게…… 도구와 관련된 규정을 기억하고 있나?」

「앙리, 지금 나를 바보로 보는 거야? 그럼, 당연히 기억하지!」

마틸드는 다시 생각을 돌려 보기 시작한다. 그녀는 무기에 관한 이 모든 얘기들을 아무것도 이해할 수가 없다. 상자 속, 센강 속, 쉴리 다리, 퐁뇌프 다리, 서랍 속…… 만일 그가 계속 질문을 던진다면, 지금 엉덩이를 대고 있는 서랍을 열고, 이 늙은 앙리의 머리에 두 발을 박아 버리리라. 그러면 그의 생각이 정리되리라…….

「그래, 말해 봐.」 그가 말을 잇는다. 「왜 같은 무기가 두 가지의 다른 임무에 사용되었는지.」

마틸드는 한숨을 쉬고 식탁으로 돌아와 앉는다. 그러고는 손을 내밀어 앙리의 손을 잡는다. 아, 얼마나 따뜻한지! 그녀는 항상 이 손을 좋아했었다. 푸르스름한 정맥들이 뻗어 있는 이 커다란 손…… 그런데 내가 어디까지 말했더라? 아, 맞아!

「앙리, 너에게 고백할 게 있어.」

「듣고 있어.」

「이게 너에게는 놀랍게 느껴지겠지만, 이것은 〈시리즈의 법칙〉[46]이야.」

앙리는 고개를 주억거린다. 그래, 얘기하게 놔두자, 이걸 어떻게 설명하는지 한번 지켜 보자……

「너의 관점에서는 이상하게 보일 수도 있겠지만, 이건 진짜 정말인데, 그때 난 잊어버렸어! 포슈 가의 그 인간이 그 귀여운 강아지를 가지고 내게 얼마나 충격을 주었는지, 난 그만 총을 차에 두고 내렸고, 다음 날에 가서야 그 사실을 깨달은 거야. 자, 그렇게 잊어버렸던 거라고!」

「그게 〈시리즈의 법칙〉이라고?」

「그래! 먼저 난 도구를 처리하는 것을 잊어버렸고, 그 다음에는 어떤 여편네가 주차장에서 고래고래 소리 지르기 시작했어. 항상 이런 식이야, 몇 해 동안은 아무런 문제가 없다가, 갑자기 모든 게 머리 위로 한꺼번에 쏟아져 내리지. 하지만 다 끝났어. 이제 시리즈의 법칙은 끝났다는 얘기야. 그런데 왜인지 알아?」

앙리는 〈아니〉라고 고개를 젓는다.

「앙리, 네가 와주었기 때문이야.」

그녀는 미소를 짓는다.

「널 보게 되어, 널 다시 보게 되어 얼마나 기쁜지 넌 상상도 못 할 거야! 네 덕분에 난 더 힘차게 출발할 수 있게 되었어. 오, 앙리…….」

그녀의 목소리가 흐려진다. 그녀는 식탁 위로 그의 손을

---

46 loi des séries. 나쁜 일들이 우연에 의해 연달아서 일어나는 현상을 뜻한다. 〈머피의 법칙〉과 비슷한 개념이지만, 머피의 법칙은 일이 계속 꼬여만 간다는 비관적인 전망을 담고 있는 데 반해, 시리즈의 법칙은 일이 몇 번 우연히 연달아 일어난 후에 끝날 수 있다는 점에서 다르다. 주로 불어권에서 많이 사용되는 표현으로, 편의상 직역하였다.

꽉 잡는다. 그는 그녀의 눈빛에 빠져든다.

「난 한 번도 너에게 얘기하지 않았어, 그렇잖아? 내가 얼마나 널 소중히 여기는지…… 하지만 오늘은 말할 수 있어, 왜냐하면 우리는 늙었고, 그리고…….」

그녀는 머뭇거리고, 입술이 바르르 떨린다. 앙리는 이 상황이 너무나 불편하다. 그녀는 두 손 사이에 그의 손을 꽉 쥐는데, 이 순간에는 너무나 가슴 아픈 무언가가 있다…….

「앙리, 내가 너에게 말할 수 있을지 모르겠어…….」

「나한테 무슨 말을 하고 싶은데, 마틸드?」

그 역시 목소리가 바뀌었다. 자신도 알아볼 수 없을 정도이다. 자, 이러다 우리 우스꽝스러워지겠어…….

「아니,」 그녀가 대답한다. 「우스꽝스러워질 거야, 우리 나이에 마음을 고백한다는 것은…….」

마법의 순간은 찾아온 순간만큼이나 빠르게 지나가 버린다.

결국 그들의 삶은 그들 사이에 정립된 공식에 따라, 그 모든 암시들과 불발된 만남들로 짜인 공식에 따라 흘러간다.

이로 인해 다시 모든 것이 가능해진다. 고백의 포기는 그들이 떠날 수 있는 가능성을 열어 준다.

「그리고 말이야,」 그녀가 말을 잇는다. 「넌 내게 책임을 묻고 질책하기 위해 여기에 왔어, 하지만…….」

「마틸드, 전혀 그렇지 않아…….」

「……하지만 네가 내게 만족했을 때도, 그렇다고 말해 줄 수 있는 것 아니야? 그 메싱의 여자에 관해서는 넌 아무 말도 하지 않았어. 심지어는 언급조차도 안했다고! 하지만 너도 인정할 거야! 그렇게 신속하고 깔끔하게 처리된 임무를 본 적이 없다고 말이야! 그리고 그건 그렇게 쉽지가 않았어, 비가 얼마나 쏟아졌는데!」

그녀는 그의 손이 멈칫, 굳는 것을 느낀다. 앙리는 그녀 쪽으로 몸을 기울이고 주의 깊게 그녀의 말을 듣는다. 그 모습에 그녀는 마음이 녹아내린다. 아, 드디어 내 가치를 인정하는구나!

「그래, 맞아, 그 여자 말이야…….」

그는 〈메싱〉이라는 이름이 무엇인지 분명히 이해되지 않는다. 어떤 도시인가, 아니면 어떤 장소? 그는 다시 신중한 입장으로 돌아간다.

「좀 더 얘기해 봐, 몹시 궁금하군.」

「아, 앙리, 그때 내가 얼마나 겁이 났는지 몰라! 넌 상상도 못할 거야!」

「그래, 말해 봐…….」

그는 활짝 미소를 짓는다.

「글쎄 말이야, 내가 하마터면 검증 절차를 사용할 뻔 했다고! 이 얘기를 들으면 넌 웃을 거야…… 마지막 순간에 난 의혹에 사로잡혔어. 정말이야, 정말이라고! 딜러 나부랭이들이나 우글거리는 이 변두리 동네, 나무 꼬챙이처럼 바짝 마른 저 젊은 여자애……. 이런 생각이 들었어, 아냐, 마틸드, 넌 실수를 저지를 수도 있어, 저건 네 타깃이 아닐 수도 있어…… 하지만 내게는 쪽지가 있었고, 그걸로 확인해 볼 수 있었지. 휴우, 그때 얼마나 가슴이 쫄렸는지 알아?」

「아, 상상이 가. 그럼!」

그는 매우 편안한 얼굴로 미소 짓는다. 그리고 호주머니에 손을 넣어 담뱃갑을 꺼낸다. 하루에 두 개비를 피운다. 그는 마틸드에게 눈짓으로 묻는다. 피워도 돼?

「해서…… 네게 그 쪽지가 있어서 안심할 수 있었군…….」

「그래, 다행히도 그걸 가져왔어. 호주머니 속에 있더라고. 그리고 희한하게도 — 마치 이게 확실하다는 것을 알려 주는 것처럼 — 종이쪽지를 찾아낸 바로 그 순간, 거리 저쪽 끝에 여자애가 나타나는 거야. 그다음의 일은 너도 알 거고…… 자, 봤지? 네가 좀 만족했으면 좋겠어.」

「잘했어, 마틸드, 항상 그렇지만.」

그는 조그맣게 웃는다.

「〈거의〉 항상이란 얘기야!」

그가 〈거의〉를 강조한 것은 이게 농담임을 보여 주기 위해서다. 이게 농담이라는 것을 분명히 해둬야 한다.

마틸드는 이름조차 잘 알 수 없는 그 변두리 동네에서 한 젊은 여자를 죽였을 뿐만 아니라, 종이에다 메모를 하고는 버리지 않고 간직한다. 무기 또한 버리지 않고, 이후 자신의 상상적인 임무들에서 더없이 실제적인 희생자들을 죽이는 데 사용한다. 여기서 질문이 제기된다. 그녀는 이런 임무를 몇 건이나 수행했을까? 그녀를 보호한다는 애초의 계획은 산산이 부서져 버렸다. 앙리는 경악했다. 시스템이 빚어 놓은 파괴의 기계가 그의 손을 벗어난 것이다.

마틸드는 담배 피우는 그의 모습을 경탄의 눈으로 바라본다. 가장 간단한 동작들도 그가 하면 너무나도 우아하다! 그녀는 재떨이를 내놓지 않았고, 그는 잔 받침에 담배꽁초를 짓눌러 끈다. 피우기 시작했나 싶은데 벌써 끝났다. 앙리가 아닌 사람이 했다면, 긴장했다고 할 법하다. 하지만 난 앙리를 내 손바닥처럼 잘 알고 있지. 아닌 게 아니라 그는 크게 미소 짓고 있다.

「자, 마틸드. 상황이 잘 정리되어서 기뻐.」

「앙리, 넌 공연히 불안해한 거야!」

「맞아, 그런 것 같아…….」

「이제 안심했어?」

「완전히.」

「하지만 걱정한 덕에 이렇게 찾아올 수 있었잖아…….」

그녀는 애교를 부린다. 그는 짐짓 그녀를 꾸짖는 시늉을 한다.

「그렇다고 해서 다시 시작할 생각은 하지 마.」

마치 초등학교 선생처럼 눈을 부릅뜨고 말한다. 그는 일어선다.

「자, 이제 돌아갈 시간이야. 여기 온 것 자체가 별로 정상이라고 할 수 없으니, 너무 지체하지 않는 게 좋아. 이해하지?」

「정말?」

마틸드의 목소리에 공황감이 서려 있다. 앙리는 슬쩍 손짓을 한다. 뭐, 어쩔 수 없잖아?

그녀가 불쑥 말한다.

「부탁 하나 해도 돼?」

그는 두 손을 신중하게 벌려 보인다.

「앙리, 전처럼 나를 안아 줄 수 없겠어?」

그녀는 대답을 기다리지 않고 그의 품에 몸을 묻는다. 그는 그녀보다 거의 머리통 하나가 크다. 그는 그녀를 꽉 안는다. 그는 떠날 것이기 때문에 자신이 비겁하게 느껴진다. 원래대로라면 그는 오늘 밤 다시 돌아와 그녀를 급습해야 할 것이다. 문제를 지체 없이 해결해야 한다. 마틸드는 갈수록 상태가 안 좋아질 망상에 빠져 있고, 지금 출혈을 막아야 한다. 하지만 그는 결코 자신은 그리할 수 없다는 것을 안다. 마틸드는 더 이상 마틸드가 아니고, 정신 나간 헛소리들을 하고 있다. 그녀는 모두에게 너무나 위험해졌고, 이 상황이 더 오래 지속되어서는 안 된다. 하지만 그가 직접 그녀에게 총구를 겨누고 방아쇠를 당긴다? 아니, 그는 할 수 없다. 그녀를 쏜다는 것은 그의 힘을 넘어서는 일이다.

문제를 다른 식으로 해결해야 하리라.

그리고 프로그램이 마무리되면, 그 역시 시급히 떠나야 하리라.

「자, 마틸드……」

하지만 그녀는 움직이지 않는다. 그녀는 우는 것 같다. 그가 요구하지는 않았지만, 마침내 그에게서 몸을 뗐을 때 그녀는 재빨리 몸을 돌려 얼굴을 볼 수가 없다. 심하게 훌쩍이는 그녀는 코를 푼다.

「자,」 그녀가 숨을 몰아쉬며 말한다. 「이제 가봐……」

앙리가 슬쩍 작별의 손짓을 하자, 그녀는 굳이 그러지 않아도 된다는 손짓으로 대답한다. 마침내 그녀는 몸을 돌린다.

그들은 서로를 마주본다. 그녀의 두 눈이 온통 눈물에 잠겨 있다.

앙리는 발을 돌려 테라스의 계단을 내려간다. 그리고 한 번도 뒤돌아보지 않은 채로 대문까지, 그리고 차까지 가서는 시동을 건다. 탈진한 것처럼 몸에 힘이 하나도 없다.

✝

아, 그렇다면 얼마나 좋을까…… 그럴 수만 있다면! (마틸드는 잔 두 개와 티스푼 두 개, 그리고 커피포트를 씻는다.)

정말로 예고 없이 앙리가 여기에 올 수만 있다면…….

그래, 그는 내게 이런저런 것들을 질책하기 위해서라는 핑계를 대는 거야. 잔소리할 거리야 항상 있으니까. 어떤 임무도 계획대로 정확히 진행되지는 않으니까 당연한 일이지. 와서 내게 눈을 부릅뜨지만 사실은 나랑 얘기하기 위해, 둘이 만나기 위해 그러는 거야…… 아, 실제로 그럴 수만 있다면 얼마나 좋을까…….

그녀는 몇 개 되지 않는 그릇의 설거지를 마쳤다. 뭣 좀 먹어야 할 텐데, 지금이 몇 시지? 이런, 오후 1시야! 여기서 이렇게 앙리가 찾아와 날 꼬시는 꿈을 꾸고 있느라, 아무것도 준비하지 못했어…….

그녀는 다시 무겁게 의자에 주저앉는다. 전혀 힘이 나지 않는다.

그녀는 뤼도의 바구니를 주방 한 구석에 그대로 두었었다. 불쌍한 녀석, 그렇게 죽어 버리다니…….

오후의 시작은 아주 느리게 흘러간다. 앙리가 등장하는 이 백일몽은 그녀의 힘을 다 빼놓았다. 그녀는 무척이나 외롭다.

오후 3시경, 그녀는 가서 새 강아지 한 마리를 사오기로 마음먹는다.

†

교통 상황이 일을 어렵게 만든다. 파리의 외곽 지역 주민들이 퇴근하는 시간이기 때문에 정체가 심하다. 가는 길은 정말로 끝이 없다. 오후 6시 반이 되어서야 그는 목적지에 도착한다.

라 쿠스텔은 찾기가 그리 쉽지 않은 곳이다.

목적지를 지나친 바실리에브는 몇 백 미터 더 가서 관용 차량을 주차한다. 그리고 거꾸로 걸어 집까지 온 그는 우편함을 슬쩍 한번 들여다본다. 그리고 고개를 돌려 지켜보는 사람이 없는지 확인한 후에, 볼펜을 사용하여 우편물들을 어낸다. 그중에는 오늘 아침 날짜가 찍힌 플룅 경찰 지구대의 소환장이 있다. 그것을 호주머니에 쑤셔 넣고 나머지는 도로 우편함에 넣은 다음, 주변을 한 바퀴 돌아보기로 결정한다.

길모퉁이에 이르렀을 때, 그는 커다란 안경을 쓴 나이 든 여성이 조심스럽게 운전하는, HH77 번호판을 단 크림색 르노25와 마주친다. 그는 아무렇지도 않은 척 계속 걷지만, 몇 걸음 걷다가 멈춰서 다시 돌아왔고, 한 단독 주택으로 이르는 진입로에서 아까 운전자였던 통통한 여성이 차에서 내려 잠시 스트레칭을 한 다음 트렁크를 여는 것을 본다. 그는 계속해서 걷고, 이웃 집 근처를 지나다가 가위질 하는 소리를 듣는다. 한 남자를 발견한 그는 걸음을 멈춘다.

「그거 혹시 배나무인가요?」 바실리에브가 채마밭 한 뙈기와 과일나무 몇 그루를 발견하고는 슬쩍 물어본다.

바실리에브를 향한 큼지막한 미소는 이 사람이 매우 소통을 즐기는 정원사임을 의미한다.

따라서 배의 종류들과, 각각의 장단점에 대한 어쩔 수 없는 강의가 시작된다.

「맛 좀 보시겠습니까?」 르푸아트뱅이 묻는다.

「거절할 이유가 있겠습니까?」 이렇게 대답한 바실리에브는 르푸아트뱅의 파티 초청객 후보 리스트에서 대번에 스무 계단을 올라간다.

배의 맛에 대한 탄성, 한 사람의 칭찬, 다른 사람의 겸손한 미소에 대해서는 그냥 넘어가기로 하자.

「페랭 부인은 저 집에 사나요?」 마침내 수사관이 묻는다.

「아, 그 미친 여자를 보러 왔나요?」

바실리에브가 눈썹을 찌푸린다. 하지만 르푸아트뱅은 살짝 뒤로 물러서서는, 상대를 다시 한번, 그리고 지그시 쳐다본다.

「경찰에서 나오셨죠, 아닙니까?」

수사관이 대답하기도 전에 그는 덧붙인다.

「난 경찰관은 한눈에 알아봐요. 전에 경매사였거든요.」

바실리에브는 경매사와 경찰관 사이에 무슨 관계가 있는
지 명확히 알 수 없지만, 〈그 미친 여자〉에 대해서는 관심이
있다.

「왜 그녀가 미쳤다고 하시는 거죠?」

「그녀의 개 때문에요. 개를 머리도 없이 파묻어 버렸어요.」

바실리에브는 잘 이해가 되지 않는다.

「자, 설명해 드리죠.」 르푸아트뱅은 참을성 있게 말을 잇
는다. 「그녀의 개가 죽었어요. 어떻게 죽었는지는 나한테 묻
지 마세요. 어쨌든 뒈진 개라도 어깨 위에 대가리가 붙어 있
어야 하지 않겠습니까? 그런데 그 개는 아니었어요. 그녀가
개를 묻는 것을 울타리 너머로 봤는데, 머리가 3미터 떨어진
곳에 있더라고요. 아마 아직도 거기 있을 겁니다. 형사님은
이게 정상이라고 생각하세요? 달마티안이었는데, 세상에 달
마티안보다 더 멍청한 개는 없지만, 아무리 그래도 어떻게
그런 짐승이 머리가 잘리게 됐죠?」

「그녀에게 물어보지 않았나요?」

「오, 난 말이죠, 사람들과 그냥 가벼운 인사만 나눠요. 남
의 집에서 일어나는 일들까지 신경 써야 한다면…….」

「그래도 아까 울타리 사이로 보셨다고…….」

「아, 그 미친 여자가 끔찍하게 끙끙거리고 있기에 뭐 하나

좀 들여다봤어요! 내가 조금 도와주기를 바라나, 하는 생각이 들어서요. 대가리가 없다 해도 개 한 마리 묻을 구덩이를 파는 것은 만만한 일이 아니거든요! 하지만 그녀가 해놓은 작품을 보고는 〈아이고, 난 끼어들지 않아도 되겠다〉라는 생각이 들었죠.」

「그랬군요. 그런데 개가 머리가 없었다는 거, 확실합니까?」

「그것 때문에 오셨나요? 개 때문에?」

「아뇨, 단지 소환장을 전달하러 온 거고, 특별한 것은 없습니다.」

「소환장이라…… 개 때문에요?」

이 정도면 그에게는 강박 관념이다.

「꼭 그건 아니고요. 하지만 이제 내가 알게 되었으니, 그것에 대해서도 물어볼 겁니다. 자, 배 고맙습니다!」

르푸아트뱅은 그가 떠나는 것을 바라본다. 바실리에브는 그가 신뢰할 수 있는 유형의 경찰관이 아니다.

조금 전에 마주쳤던 자동차는 이제 집 앞에 주차되어 있다. 집주인은 테라스에 앉아 땅 쪽으로 고개를 숙이고 있다. 혼잣말을 하고 있는 것 같은데, 너무 멀어서 무슨 말을 하는지 들리지 않는다.

「우리 복슬이, 여기서 잘 지내게 될 거야.」

이 나이대의 강아지들은 아주 예쁘다. 뭐, 쿠션에다 오줌을 싸대고, 차 안에서 낑낑거리긴 하지만 따뜻하고, 연약하고, 착하다. 이 녀석은 코커스패니얼이다. 마틸드는 애완동물 가게에 갔다. 판매원은 장사에 도가 튼 여자였다. 그녀는 마틸드의 두 손에 털 뭉치를 하나 안겨 주었다. 마틸드는 강아지, 개 바구니, 목걸이, 목줄, 한 달 치의 사료, 건강 수첩, 유럽 연합 규정을 요약한 아홉 페이지짜리 문서, 한마디로 1년 전에 말제르브 가의 개 사육장을 뤼도와 함께 나올 때 가졌던 모든 것을 들고 그곳을 나왔다. 코커스패니얼의 이름은 쿠키다. 이제 그녀는 녀석과 함께 살 것이다. 지금은 바구니 안에 공처럼 몸을 웅크리고 있다.

그녀는 털에 덮인 녀석의 따뜻한 몸뚱이를 손가락 하나로 살짝 어루만져 본다. 이런 녀석이라도 그녀처럼 외로운 여자에게는 동반자가 될 수 있고, 그렇게나 바보 같았던 불쌍한 뤼도의 죽음을 슬퍼할 만큼 슬퍼했으니, 이번에는 좀 덜 멍청하기를 기대하며 다른 하나를 데려온 거다. 뭐, 그게 전부다.

누군가의 존재를 느끼고 고개를 든 마틸드는 쇠창살 대문 뒤에 서 있는 키가 크고 구부정한 남자 하나를 발견한다. 세일즈맨인가? 그는 사슬을 당기고, 초인종이 울린다……

그녀는 그의 앞으로 가서 쫓아 버려야 한다고 생각한다. 외판원에게 시달리고 싶은 생각은 전혀 없지만, 그녀 안의 뭔가가 그건 아니라고 말한다. 우선 그는 손에 든 가방도, 어깨에 멘 가방도, 아무것도 없이 두 팔을 늘어뜨리고 있으며, 멀리서 봐도 상당히 어수룩해 보인다.

그녀의 발치에서 강아지가 바구니에서 나오려고 애쓴다.

「너, 거기서 움직이지 마!」

그녀는 강아지를 다시 바구니 안으로 집어넣고, 녀석은 공처럼 몸을 동그랗게 웅크린다. 그녀는 녀석의 털옷을, 그 실크처럼 부드러운 솜털을 쓰다듬는다.

그녀는 다시 진입로 쪽으로 고개를 돌리고는 애매하게 손짓을 한다. 바실리에브는 조심스럽게 철문을 열고 다가온다. 다가오는 그는 생각했던 것보다 키가 커 보인다. 몸이 구부정한데, 그녀는 구부정한 남자를 별로 좋아하지 않는다. 앙리를 한번 보라. 그는 I자처럼 똑바르지만 조금도 뻣뻣하지 않은데, 이 남자는 자세도 구부정하면서 옷도 거지 같이 입었다.

이제 그는 테라스 아래에 있다. 그는 자신을 소개하며 명함을 보여 준다. 마틸드는 깜짝 놀라 눈이 휘둥그레진다.

「맙소사, 경찰 수사대라고요?」

「오, 아무것도 아닙니다, 부인…….」

「뭐, 아무것도 아니라고요? 경찰 수사대가 아무것도 아니에요?」

「내 말 뜻은 그게 아닙니다.」

「그럼 무슨 뜻이죠?」

바실리에브는 질문을 하러 왔는데, 이렇게 이 늙은 여자의 질문에 대답해야 하는 처지가 되고 말았다. 그는 그녀를 관찰한다. 과거에는 꽤 예뻤을 것이다. 여자들을 유심히 훑어보는 성향이 아닌 그 같은 남자의 눈에도 분명히 보인다.

「어쨌든 올라오세요.」

〈어쨌든〉……. 바실리에브는 이게 무슨 뜻으로 하는 소리인지 알 수 없다.

마틸드는 긴 소매가 달린 날염 원피스와 정원사의 앞치마처럼 배 쪽에 커다란 주머니가 달린 일종의 통짜 가운을 입고 있다. 바실리에브는 이웃 남자가 한 말을 다시 생각해 본다. 고개를 돌린 그는 본능적으로 이웃 남자가 말했던 울타리를 쳐다본다. 그 괴상망측했던 이야기⋯⋯.

「내가 온 것은⋯⋯.」

「앉으세요.」

그녀 자신도 흔들의자에 털썩 주저앉고, 바실리에브는 철제 의자를 잡아당긴다.

「그래서, 무슨 일 때문에 오셨죠?」

바실리에브는 첫 만남의 어수룩함을 극복하기로 마음먹었다. 이 여자는 자신감이 넘치는데, 이게 그를 불편하게 한다. 난간 근처에 놓인 바구니를 보니, 강아지가 머리만 간신히 내밀고 있다.

「개를 새로 키우시는군요.」

그가 일어서서 무릎을 꿇고, 한 손가락으로 코커스패니얼을 살짝 만져 보자, 강아지는 나른하게 몸을 웅크리며 두 발 사이에 머리를 파묻는다.

「왜 그렇게 말씀하시죠?」

「코커스패니얼이군요.」 바실리에브가 다시 몸을 일으키며 말한다.

「네, 알아요! 고마워요!」

그녀가 역정이 난 게 목소리에서 느껴진다. 바실리에브에게는 유리한 점이 하나 있다. 바로 그의 키다. 마틸드에게는 다른 장점이 있으니, 머리가 아주 빨리 돌아간다는 점이다.

「어떻게 내가 개를 〈새로〉 키운다는 걸 아시죠? 애가 어려서요?」

「아뇨, 부인의 이웃 분이 말씀해 주셨어요. 전에는 달마티안을 키우셨던 것 같은데요.」

「네, 이번에는 코커를 데려왔어요. 난 개 없이는 못 살아요. 이해하시죠? 나처럼 혼자 사는 여자는…….」

「그런데 말입니다, 코커스패니얼은 집 지키는 데는…….」

「아뇨, 그저 같이 지내는 반려견이에요. 자, 그래서 경감님, 무슨 일 때문에 오셨죠?」

「경감이 아니라 수사관입니다.」

「그렇다고 해서 방문 목적이 바뀌는 것은 아니겠죠.」

「네, 맞습니다.」

그는 어떻게 말을 시작해야 할지 생각해 본다. 마틸드는 그를 응시하며, 보란 듯한 인내심을 유지하며 기다린다.

「파리 15구의 주차장에서 일어난 살인 사건 때문에 왔습니다.」

「살인 사건이요?」

「두 명의 여성이 대구경 총기로 살해된 쇼핑몰 주차장에서 부인의 차량이 주차되어 있었습니다…….」

「난 아니에요!」

바실리에브는 웃음을 터뜨린다. 웃음이 터져 나오는 것을 자신도 어쩔 수가 없었다.

「네, 그러시겠죠! 내가 온 이유는 그게 아닙니다. 우리는 목격자들에 대한 신문을 진행하고 있어요.」

「난 아무것도 못 봤어요.」

「그리고 아무것도 듣지 못했나요?」

「아뇨, 들었죠! 모든 사람들과 마찬가지로요! 왜, 내가 나이가 들어서 귀머거리가 됐다고 생각하나요?」

「천만에요! 그냥 여쭤보는 겁니다.」

「그 개 좀 내게 줄래요?」

바실리에브는 몸을 돌려 강아지를 잡는다. 그가 짐승의 뜨거운 체온에 놀라며 마틸드에게 내밀자, 그녀는 녀석을 자신의 무릎 위, 불룩한 배가 닿을락말락한 곳에 올려놓는다.

「난 폭발음을 들었어요.」

참 한심한 상황이다. 바실리에브는 자신이 평소에 지내는 세상과 같은 세상에 있는 게 맞는지 짚어 본다. 아마도 전문가들이 저지른 것일 두 건의 범죄를 수사하고 있는데, 지금 서류상으로는 가정주부이고, 거의 시골 같은 곳에 살고 있으며, 무릎에 강아지를 안고 있고, 그의 질문에 조금도 주눅 드는 것 같지 않은 어떤 60대 여자와 마주하고 있는 것이다.

「그건 총성이었습니다.」 그가 좀 더 자세히 설명한다.

「난 차이를 모르겠는데요?」

「별로 중요하지 않습니다. 그 소리를 몇 번이나 들었나요?」

「세 번요.」

「베아트리스 라베르뉴, 이 이름 들으면 생각나는 거라도 있습니까?」

「아뇨. 꼭 그래야 하나요?」

「그럼 모리스 캉탱은요?」

「마찬가지예요.」

「이상하군요.」

「뭐가 이상하다는 거죠?」

「내가 지금까지 만난 사람들 중에서, 실업가 모리스 캉탱이 지난 5월에 살해되었다는 사실을 모르는 사람은 부인이 유일하니까요. 모든 신문이 이 사건에 대해 떠들었는데요…….」

「아, 캉탱이요? 물론 그 사람에 대해 들어 본 적이 있어요. 하지만 그것은 한참 전의 얘기인데, 왜 그러시죠?」

「그냥 물어본 겁니다.」

「뭐라고요? 그냥이라고요? 당신은 아무 이유 없이 질문을 하나요?」

「그런 뜻이 아니었습니다.」

「그럼 무슨 뜻이었죠?」

「쇼핑몰 주차장에서 무엇을 봤는지 말씀해 주시겠어요?」

「난 주차장에 있지 않았어요, 어떤 가게 안에 있었죠.」

「그곳에서 총성을 들었나요?」

「아니요, 그건 주차장에서 들었어요.」

바실리에브는 눈을 가늘게 찌푸린다. 무슨 말인지 잘 이해가 되지 않는다.

「가게를 나와서 차를 타려고 아래로 내려가고 있을 때 폭발음을 들었지만, 아무것도 보지 못했어요, 무슨 말인지 알겠어요?」

「뭐, 대충요.」

「다행이네요.」

「어느 층에 주차했나요?」

「지하 2층, 아니면 3층? 생각이 잘 안 나네요. 지하 층은 다 엇비슷하잖아요, 거기 있으면 어디가 어딘지 알 수 없죠…….」

마틸드는 이 수사관이 하나라도 제대로 이해했을까, 하는 의심쩍은 표정이다.

「그런데 지금 여행에서 돌아오시는 길인가요?」 그가 갑자기 묻는다.

「아뇨. 왜요?」

「아까 보니까, 차에서 내리셔서 스트레칭을 하신 것 같아서요. 마치 장거리를 달리신 것처럼…….」

「정말이지 셜록 홈즈이시네요! 여보세요, 난 여행에서 돌아오지 않았을 때도 몸을 편답니다! 관절염이 있으면 같은 자세를 2분만 유지하고 있어도 몸을 펴게 돼요. 나중에 보세요. 그렇게 키가 크시니, 수사관님에게도 언젠가는 찾아올 거예요. 분명히요.」

「이해했습니다…….」

「다른 질문은 없나요?」

「없습니다. 음, 단지 부인의 개에 대해 궁금한 게 있는데…….」

마틸드는 자신의 다리 사이에서 다시 잠이 든 강아지를 가리킨다.

「얘가 나와 함께 있었는지, 얘가 폭발음을 세 번 들었는지 알고 싶은 건가요?」

「아뇨, 단지 부인의 또 다른 개, 달마티안의 머리가 왜 몸에서 떨어지게 되었는지 알고 싶을 뿐입니다.」

마틸드 그를 싸늘하게 응시한다.

「이웃 분이 말씀해 주셨어요.」 그가 설명한다. 「그분 말로는, 부인이 부인의 개를 땅에 묻을 때 머리가 없는 것 같았다더군요.」

만일 마틸드 혼자만 있었다면, 그녀는 그대로 일어나 주방으로 가서 서랍에서 총을 꺼내 와서는, 그 개자식 르푸아르트뱅의 불알에다 세 발을 박아 버렸을 것이다!

아니, 이 머저리 같은 꺽다리 수사관이 떠나려고 몸을 돌리자마자 그렇게 할 것이다!

이 재수 없는 상황에 화가 치민 그녀의 얼굴이 시뻘게진다. 바실리에브는 그녀가 어떤 종류의 할머니일지는 충분히 상상이 가지만, 손자들의 흔적은 보이지 않는다. 그리고 갑자기 그녀의 얼굴이 돌변하는데, 마치 울음을 터뜨릴 것 같다. 바실리에브는 이 늙은 여자에게 상처를 준 게 부끄러워진다.

「불쌍한 뤼도, 난 녀석을 그런 모습으로 발견했어요.」 그녀가 거의 들리지도 않는 목소리로 말한다. 「목이 잘린 채로 말이에요. 끔찍했어요.」

마틸드는 자기 주먹을 물어뜯을 듯이 하다가, 곧 자제한다.

「수사관님은 개들에 대해서도 수사하나요?」

「아뇨, 꼭 그렇지는 않습니다. 단지 궁금한 것은…….」

「무엇이 궁금하죠?」

「개의 시신은 어디에 있나요?」

그녀는 여전히 두 무릎 사이에 낀 작은 털 뭉치를 쓰다듬고 있다. 그녀는 머리를 숙인 채로, 흐느끼기 직전의 횅한 목소리로 대답한다.

「난 그것을 묻어 버렸어요, 수사관님. 끔찍하지 않나요?」

「아뇨, 잘하셨습니다.」

「그러니까 내 말은, 녀석에게 일어난 일이 끔찍하다는 뜻이에요.」

「네, 그것도 그렇고요. 그리고 부인이 녀석을 묻었을 때, 머리를 정원에 그대로 뒀나요?」

「그때 난 정말 상태가 좋지 않았어요. 내 입장이 되어 보세요! 너무 멋진 개였는데……」

바실리에브는 고개를 끄덕인다. 네, 물론 그랬겠죠, 그리고 크고요, 또 무겁기도 하고…… 묻는 게 쉬운 일이 아니었겠어요…….

「그런데…… 대체 누가 그런 짓을 할 수 있었을까요? 혹시 짚이는 데라도 있습니까?」

「시골에서는 이런 일도 일어난답니다…….」

「난 오베르빌리에에 사는데요, 거기에도 개들이 꽤 많아요. 하지만 우리 아파트 입구에 목 잘린 개가 놓여 있는 경우는 못 봤습니다.」

「그러니까 내 말은, 시골에서는 일어난다는 얘기예요! 사람들 간에 질투도 많고, 여러 가지가 많잖아요! 난 개 이야기를 가지고 경찰을 귀찮게 하고 싶지 않았어요.」

「네, 이해합니다.」

그는 오랫동안 입을 다물고 있다가, 마치 혼잣말을 하듯이 덧붙인다.

「개나 고양이가 독살되었다거나, 심지어는 사냥총에 맞아 죽었다는 얘기는 들어 봤지만, 솔직히 목이 잘려 죽었다는 소리는 한 번도…….」

「나도 들은 적이 없어요. 뤼도 일이 일어날 때까지요. 정말이지 이 죗값을 치르게 될 거예요…….」

「누가요?」

마틸드는 이웃집을 가리킨다. 그녀는 목소리를 낮춘다.

「난 확신하는데, 바로 저 인간이에요. 그리고 난 고소할 거예요. 지금 수사관님이 내 고소를 접수할 수 있나요?」

「아뇨, 여기서는 못합니다…… 그건 경찰서에 가셔야 해요.」

「아, 거기로 가야 하나요? 그런데 이렇게 계속 얘기만 하면서, 수사관님께 마실 것도 드리지 못했네요.」

이렇게 말하면서도 그녀는 눈 하나 깜빡하지 않는다. 마치 자기가 방금 한 말과 실제 의도 사이에 아무런 관계가 없는 것처럼 말이다. 사실 그녀에게는 그러고 싶은 마음이 전혀 없으니, 지금 그녀가 하고 싶은 것은 단 하나, 르푸아트뱅에 게 가서 따지기 전에, 도둑놈들이나 살인범들을 붙잡을 생각은 하지 않고 개 얘기를 가지고 계속 귀찮게 구는 이 빌어먹을 수사관을 쫓아 버리는 것이다!

바실리에브는 그만 일어서야겠다고 생각한다.

「고맙습니다. 이제 갈 건데요, 뭐.」

「이제 조사가 끝났나요?」

「아, 그게…….」

하지만 바실리에브는 계속 앉아서 고집스러운 표정으로 땅바닥을 응시한다. 그러다 갑자기 고개를 쳐든다.

「또 하나 여쭤보고 싶은데 말이죠…… 지난 수요일, 그러니까 주차장에서 사건이 일어난 11일에 부인은 15구에서 무엇을 하고 계셨나요? 댁에서 아주 먼 곳인데…….」

「끈으로 매는 구두를 사러 갔어요. 신던 것이 망가졌거든요.」

「센에마른에서는 팔지 않나요?」

「똑같은 것을 사고 싶었어요.」

그녀는 바실리에브의 낡아 빠진 구두를 힐긋 내려다본다.

「마음에 드는 신발을 찾는 것이 무엇인지 수사관님은 잘 모를 수도 있겠지만, 정확히 똑같은 것을 구하기 위해서는 처음 샀던 곳으로 돌아가는 것이 최선이랍니다.」

바실리에브는 고개를 끄덕인다.

「영수증은 받아 오셨나요?」

「그 모델은 더 이상 만들지 않아요, 헛걸음을 한 셈이죠.」

오케이. 바실리에브는 자기 허벅지를 탁 두드린다. 네, 좋아요, 더 이상 당신을 귀찮게 하지 않겠어요…… 하지만 그는 다시 생각을 바꾼다.

「그리고 부인의 개는 어디에 묻었죠?」

마틸드는 손으로 가리킨다. 저기요.

「머리도 없이……」 바실리에브가 강조한다.

그녀는 고통스럽게 고개를 끄덕인다.

「나중에 몸과 함께 묻어 주시겠죠?」

「네, 그래야겠죠. 모든 것이 같이 있는 편이 나으니까. 그렇지 않나요?」

「네, 그게 합리적이죠. 그런데…… 지금 그게 어디 있죠? 머리 말입니다.」

「바로 그 오른쪽의 울타리 아래에요. 적어도 난 그렇게 생각해요. 왜냐하면 이웃 남자가 그 불쌍한 뤼도의 시체를 놔둔 곳이거든요.」

이유는 알 수 없지만, 바실리에브는 그 빌어먹을 개 대가리를 진짜로 한 번 보고 싶어진다.

그는 일어나서는, 아무 말도 하지 않고 마틸드가 가리킨 장소를 향해 걷는다.

그녀는 그가 멀어져 가는 것을 본다. 강아지가 낑낑댄다. 그녀는 자신이 녀석을 너무 세게 쥐고 있다는 사실을 모르고 있었다.

바실리에브가 보니, 풀 가운데 시체의 형태가 보이지만, 머리는 흔적도 없다. 그는 테라스 쪽으로 돌아오지만, 계단 아래에서 멈춘다. 마틸드는 눈 하나 깜짝하지 않고, 허벅지 사이의 강아지를 쓰다듬는다.

「못 찾겠네요.」

「어떻게 그럴 리가요!」

마틸드는 마치 화난 사람처럼 벌떡 일어선다. 그런 다음 강아지를 의자에 내려놓고는 테라스의 네 계단을 둔중하게 내려온다.

바실리에브는 그녀를 따라가고, 두 사람은 해변에서 돌아오다가 손목시계를 잃어버린 노부부처럼 땅을 살피며 정원과 울타리의 땅을 샅샅이 뒤지기 시작하지만, 얼마 안 가서 달마티안의 머리가 사라져 버렸다는 명백한 사실을 받아들이지 않을 수 없다.

집 모퉁이에 이른 수사관은 한 곳에 파헤친 흙이 도독하게 솟아 있는 것을 본다.

「개를 묻은 곳이 저기인가요?」

「네.」마틸드가 그의 옆으로 오며 대답한다.

그리고 두 사람은 나란히 서서는, 개의 무덤에 완전히 다가가지는 못하고, 고고학 발굴 작업의 결과물을 바라보는 관광객들처럼 멀찍이서 관찰하기만 한다. 날씨는 여전히 좋다.

「자, 난 이만 들어가야겠어요.」마틸드가 말한다.「몸이 으슬거리기 시작해요.」

바실리에브는 조금 더 머무른다. 그는 그녀가 느린 걸음으로 멀어져 가는 모습을, 그 씰룩거리는 커다란 엉덩이를 물끄러미 바라본다.

그러다 갑자기 그게 보인다.

그것은 거기 있다. 2미터 떨어진 집 벽에 내던져져, 전륜화가 만발한 화단에 반쯤 파묻혀 있다. 그는 무릎을 꿇는다.

그는 지금까지 이 직업을 해오면서 온갖 해괴망측한 것들을 다 봐 왔지만, 지금 발견한 것은 아주 기이한 느낌을 준다. 〈흠, 이국적인데……?〉라고 그는 속으로 중얼거린다. 다시 말해서 너무나 기이하다는 뜻이다. 개미들이 새카맣게 달라붙었고, 구더기들도 이 잔치에 합류했다. 움푹 파인 허연 눈에서 찌꺼기처럼 남아 있는 부분, 아직도 붙어 있는 목뼈, 벌어진 기도(氣道), 엉겨 붙은 피, 그리고 윙윙대는 파리 떼가 보인다. 그는 여전히 무릎을 꿇은 채로 고개를 돌려 다시 개의 무덤을 바라본 후에, 마지못해 일어서서는 집으로 돌아온다.

「머리, 저기 있습니다…….」

마틸드는 더 이상 테라스에 있지 않고, 주방에 들어가 있다. 바실리에브는 조리대에 등을 기대고 앞치마의 배 쪽 주머니에 두 손을 묻고 있는 그녀를 발견한다. 그 주머니 속에는 방금 서랍에서 꺼낸 루거 권총이 들어 있고, 그녀는 그것을 쥐고 있다.

「저쪽, 집 모서리에요.」 수사관이 덧붙인다.

마틸드는 알았다는 손짓을 한 다음, 곧이어 묻는다.

「자, 다 끝났나요?」

「네, 그 머리는 묻어 버리는 게 좋을 겁니다. 아니면 버리던가요. 아주 비위생적이에요. 온갖 종류의 벌레를 집 안에 끌어들일 수 있어요.」

「조언해 주셔서 고마워요.」

바실리에브는 이제 떠나려고 돌아선다.

「그래도 우리는 부인의 진술이 필요하게 될 겁니다. 개에 대해서가 아니라, 주차장 건에 대해서요. 플링의 내 동료들이 맡아서 처리할 거예요.」

그는 도착했을 때 우편함에서 꺼냈던 구겨진 소환장을 꺼내어, 허벅지에 대고 서투르게 펴서는 마틸드에게 건넨다.

「소환장은 늘 이렇게 직접 집으로 가져오나요?」

「한번 들러 보자, 하는 생각이 들었습니다. 무슨 말인지 아시겠죠…….」

아니, 마틸드는 잘 이해가 되지 않는 표정이다.

바실리에브는 인사를 대신하여 손을 들어 보이고는 이렇게 덧붙인다.

「안녕히 계세요. 그리고 고맙습니다.」

「천만에요. 성함이……?」

「르네 바실리에브입니다.」

「바시피에브?」

「아뇨, 바실리에브. l 자가 들어갑니다.」

그는 명함 한 장을 꺼내어 포마이카 식탁에 내려놓은 다음, 슬쩍 손짓으로 작별 인사를 하고는 문을 열고 테라스로 나간다.

수사관이 대문 쪽으로 가다가 고개를 돌려 보니, 마틸드 페랭이 앞치마의 주머니에 두 손을 찌르고는 멀어져 가는 자신을 바라보고 있다.

돌아오는 길에 그는 수사 내용과는 상관이 없는 그 개 대가리 얘기에 왜 그렇게 집착했는지 자신도 이해할 수가 없다. 아마도 주차장에 그 여자가 있었던 사실에 대해 알아낼

게 별로 없었기 때문이리라.

그래, 그런 모양이다. 하지만 이 집을 방문한 이후로 왠지 마음이 편치가 않다. 이웃 간에 일어난다는 그런 일들은 정말 끔찍하다. 특히 시골에서는 그렇다고 그녀는 말했다. 그래, 어쩌면 그럴 수도…… 항상 도시에서 살아온 그로서는 알 수 없는 일이다.

✝

마틸드는 잠시 동안 움직이지 않는다. 생각에 잠겨 있다. 그녀는 텅 빈 진입로를 바라본다.

옆에서 강아지가 조그맣게 낑낑거린다. 녀석은 불안하고 긴장한 상태이다. 어쩌면 전류 같은 무언가를, 공기의 어떤 중압감을, 어떤 특별한 분위기를 감지하는 것인지도 모른다.

하지만 지금 마틸드가 생각하고 있는 것은 이 강아지가 아니라, 전에 있던 개와 저 천치 같은 수사관이 울타리까지 찾으러 간 녀석의 대가리이다. 그는 이 머리를 아주 중요하게 생각하는 것 같았는데, 그녀는 도무지 그 이유를 알 수가 없다. 마치 이 머리 얘기가 주차장의 살인 사건보다도 더 중요한 것 같았다. 정말로 희한하다.

그녀는 르푸아트뱅을 찾아가 따끔하게 한마디 해줘야겠다고, 이웃 간에 확실히 해둬야겠다고 작정했었지만(아닌 게 아니라 그녀는 주머니 속에서 언쟁을 종결할 루거 파라벨룸을 매만지고 있다), 지금은 난데없이 찾아와 그녀에게 아주 기분 나쁜 느낌을 남긴 이 경찰관 문제가 우선이다.

그는 개 머리 때문에 온 걸까, 아니면 내 머리를 따러 온 걸까?

그는 그녀를 이상하게 쳐다보았다⋯⋯ 그리고 자꾸만 그 이야기로 돌아오는 그 집요한 태도⋯⋯ 그녀는 테라스를 이리저리 걷기 시작한다. 이 끊임없는 움직임에 불안해진 강아지는 놀란 눈으로 여자를 올려다본다. 그녀는 그들의 만남을 재구성해 본다.

그는 주차장에 그녀가 있었기 때문에 왔지만, 먼저 르푸아트뱅부터 찾아가 얘기를 나눴고, 그러고 나서는 불쌍한 뤼도의 —녀석의 머리가 편히 쉬기를! — 머리 얘기만 했다.

모두가 나를 늙은 암퇘지로 여기는 거야? 그러는 거야?

좋아, 내가 어떤 사람인지 너희에게 확실히 보여 주겠어! 먼저 르푸아트뱅부터 찾아가? 아냐. 수사관이 더 위험한 자야. 르푸아트뱅은 여기서 움직이지 않을 거지만, 그자는⋯⋯.

그녀는 결연한 걸음으로 전화기 쪽으로 향한다.

도중에 바구니 밖으로 기어 나온 강아지와 마주치고, 강아지는 그녀의 성난 발길질 한 방에 현관문으로 날아가 버린다. 또 그녀는 지나는 길에 식탁 위에 놓인 명함을 집어 든다.

오베르빌리에에 사는 바실리에브를 찾는 일은 그리 어렵지 않으리라.

누가 누구의 머리를 따게 될지 한번 두고 보자.

9월 14일

　대장은 결코 늦는 법이 없으나, 오늘만큼은 그렇지 못하다. 그는 급히 외투를 걸치고 차까지 뛰어간다. 이렇게 늦어진 것은 그가, 그러지 않으려고 애를 씀에도 불구하고, 몹시 심란하기 때문이다. 마틸드는 이제 무엇에도 묶이지 않은 요소가 되었다. 그는 〈메싱의 여자애〉 얘기가 무엇인지 알아보려 하지 않았다. 마틸드는 제멋대로 움직이고 있다. 극도로 위험한 상태이다. 이제 할 수 있는 일이라고는…… 공중전화 부스에 막 도착했을 때 전화벨이 벌써 울리고 있다. 그는 수화기를 집어 든다.

　「오늘 바로 일을 처리했습니다. 이 건은 해결되는 중입니다.」

　그러고 나서 부스에 몇 초 동안 서 있다가 나온다. 사실 진정으로 해결된 것은 아직 무엇도 없으며, 이제부터 그가 일을 처리해야 한다.

이 인적 없는 마을 광장에 너무 오래 머무는 것은 바람직하지 않다. 심지어는 이른 아침에도 마찬가지이다. 주민들은 보이지 않으면서 보고 있다. 이렇게 숨어서 지켜보는 것은 TV와 함께 마을 사람들의 유일한 소일거리로, 그들이 보기에는 TV보다 훨씬 유익하다. 차 한 대가 멈춰 서면, 모두가 곧바로 그걸 알게 된다. 그가 이 부스를 사용하는 것은 이번이 마지막이다. 5, 6년 전에 사용했던 부스로 돌아갈 것이다. 그는 불규칙한 리듬으로 교체한다.

앙리는 시골길을 달린다. 그에게는 카 오디오가 있지만 들을 생각을 해본 적이 없다. 좀처럼 운전에 집중할 수가 없다. 눈앞에 현실의 조각들이 나타났다가 곧바로 사라지기를 반복한다. 마치 꿈속의 광경들과도 같다. 이것은 그의 정신을 부드럽게 얼러 주며, 약간 최면적이다. 그는 자신이 하고 있는 것을 생각하고 싶지 않다.

그는 한 공중전화 부스에 멈춰서, 기억을 더듬어 어떤 전화번호를 누른다. 짤막한 메시지를 남기고 다시 나와서는 몇 걸음을 걷다가, 담배 한 대를 피울까 망설이는데, 벌써 전화벨이 울린다. 맑은 목소리이다. 미스터 뷔송이라는 사람이다. 지난해 앙리가 그의 서비스를 이용했을 때, 그는 메이어라고 불렸다. 대화는 4분 동안 이어진다.

대장은 다시 차를 탄다. 이번에는 30킬로미터를 넘게 달려, 그가 알지 못하고 한 번도 사용해 본 적이 없는, 어느 공장 담벼락 모서리의 아주 후미진 곳에 있는 공중전화 부스가 나올 때까지 간다. 가게 하나 보이지 않고, 행인만 몇 사람

지나가는 이름 없는 교차로이다. 그는 어떤 번호를 누르고, 전화를 걸어 달라고 요청한다.

그는 거의 한 시간을 기다리게 된다. 처음에는 차 안에서, 그다음에는 보도에서. 그는 결국 담배 한 대를 피우기로 하고, 왔다 갔다 하다가 두 번째 담배를 피운다. 몸이 추워지기 시작하는데 마침내 전화벨이 울린다. 그는 상대방과 독일어로 대화한다. 대화는 더 오래 이어지고, 협상도 더 치열해지며, 그가 제공하는 설명도 더 복잡해진다. 결국 앙리는 조건을 받아들이기로 한다. 평소라면 거부했겠지만, 지금은 시간이 촉박하다.

「툴루즈에는 언제 올 수 있죠?」

그의 대화 상대는 디터 프라이라는 사람이다. 그는 프로이덴슈타트[47]에서 오는데, 24시간 내로 도착할 수 있단다.

대장은 마침내 수화기를 내려놓는다. 지난 1년 동안 쓴 것보다 많은 돈을 두 시간 만에 써버렸다. 이번에는 개인 예산으로 말이다.

그보다 그를 속상하게 하는 것은, 그의 삶의 일부가 끝나버렸다는 감정이다.

엄청난 슬픔이 엄습한다.

47 독일 남부 바덴뷔르템베르크 중에 위치한 인구 약 2만의 소도시.

✝

마틸드는 간밤에 두 번 일어났다. 쿠키가 걱정이 되어서였다. 아무런 이유는 없었지만, 그녀는 누군가의 존재가 필요했다. 결국 그녀는 녀석을 자기 방에 올라오게 했고, 옆에서 자게 했다. 오늘 아침, 개는 오줌이 마려워 낑낑거렸고, 그녀는 녀석을 붙잡아 세면대까지 달려가 아슬아슬하게 내려놓을 수 있었다! 우리 아기, 엄마가 아직도 반사 신경이 남아 있기에 망정이지, 침대 커버를 버릴 뻔 했잖아? 응?

그녀는 녀석을 주방에다 내려다 놓고는 사료를 주었다. 그런 다음 테라스의 흔들의자에 앉아 커피를 홀짝이며 정원으로 모험을 떠나는 강아지를 바라보았다.

그녀는 오랫동안 르푸아트뱅에 대해 생각했다. 오늘 안으로 그를 처리할 것이다. 뤼도를 죽인 그가 쿠키까지 손을 대는 것은 용납할 수가 없다. 그녀는 문제를 해결할 것이다. 그런데 왜 굳이 오후까지 기다려야 하나? 지금 가도 마찬가지 아닌가? 그럼 깨끗이 끝날 것이다.

그녀는 일어나 그릇을 싱크대에 내려놓다가, 반만 피운 담배가 짓눌려 있는 작은 접시 앞에 멈춰 선다. 그녀는 한숨을 푹 내쉰다. 대체 이게 무슨 낭비람! 담배를 피우는 것도 좋은 일이 아니지만, 어차피 자신을 망가뜨릴 생각이면 담배를 다 피우기라도 했으면 좋겠어. 세상에, 이걸 좀 보라고…… 그녀는 모든 것을 쓰레기통에 던져 버리고 접시를 닦는다.

그가 좀 더 있었으면 좋았을 텐데. 같이 레스토랑에 갈 수
도 있었잖아! 하지만 그녀는 적어도 그가 왔다는 사실에 만
족한다. 다른 이유로 왔다면 얼마나 좋아? 나를 질책하려고
여기까지 (그것도 툴루즈에서!) 오다니! 하지만 사실 마틸드
는 만족한다. 그는 설명을 듣기 원했고, 설명을 들었다. 그리
고 아무런 문제점을 발견하지 못했다. 어떤 직업에서도 일을
하다 보면 예상치 못한 것들이 발생하기 마련이다. 앙리도
이 점을 충분히 이해했다. 그는 단지 DRH가 문제를 제기할
경우를 대비해 논거를 준비할 필요가 있었을 뿐이다. 하지만
그럴 가능성은 거의 없다. 하나의 임무가 완수되면, 다른 임
무로 넘어가고, 그걸로 끝나는 것이다.

하지만 화장을 하러 층계 쪽으로 향하던 마틸드는 전화기
근처에 놓인 메모장을, 그리고 명함을 보고 걸음을 멈춘다.
그래, 깜빡 잊고 있었다. 그 머저리 같은 인간! 그녀는 명함
을 집어 든다. 바실리에브……. 그녀는 그의 주소를 적어 놓
았다. 전화번호 안내 서비스에 전화를 걸어 알아낸 거였다.
오베르빌리에에 있는 장조레스 가 21번지. 르푸아트뱅? 바
실리에브? 할 일이 너무 많다…….

하지만 곰곰이 생각해 보면 — 그녀는 침실로 올라가면서
생각한다 — 먼저 경찰관부터 처리하는 게 낫겠다. 그 인간
은 내게 쓸데없는 소리들만 해댄다. 그 집요한 질문들이라
니! 그런 불쾌한 인간 앞에 있으면 곧바로 기분이 안 좋아진
다. 르푸아트뱅은 오늘 저녁이나 내일까지 기다려도 된다.
어차피 자기 채소밭에서 사는 인간이니, 언제라도 쉽게 찾아

낼 수 있다.

하지만 이 짭새는 완전히 다른 문제다.

✝

그녀는 이 일이 복잡할 것임을 안다. 짭새는 그녀를 알고 있고, 그녀의 차를 알고 있으며, 또 지하철을 타고 다니기 때문에 일이 더욱 복잡해진다. 이런 조건에서 어떻게 그를 미행한단 말인가? 그녀는 그가 경찰 수사대 사무실 입구에서 나타나는 것을 보았다. 그의 높고도 구부정한 실루엣은 그녀의 결심을 굳혀 주었으니, 그녀는 이런 종류의 남자를 싫어하는 것이다. 그녀는 그에게서 어떤 고집스러운 성격을 감지했다. 그녀는 그가 어기적거리는 큰 걸음으로 (내가 그의 상관이면, 엉덩이를 한 대 걷어차 줄 텐데!) 볼일을 보러 가게 놔두고는, 혼자서 그의 주소지가 있는 오베르빌리에로 갔다.

임무를 위해 제네바에 간 적이 있었는데, 그때 그녀는 타깃의 집 안에 잠입했다. 조금도 어려운 일이 아니었으니, 그 친구가 문틀 위에다 열쇠를 올려놓는 것을 훔쳐본 것이다. 저녁에 그가 들어왔을 때 그녀는 소파에 앉아 있었고, 그가 불을 켜자마자 그녀는 가슴에 두 발을 쐈다. 아파트나 단독주택에서는 소음기가 필수이다.

장조레스 가에 도착하면서 그녀는 혹시 운이 좋아 그의 집 안으로 들어가 거기서 그를 기다릴 수 있을지 궁금했지만, 곧바로 그것은 불가능하다는 게 밝혀졌다. 장소 자체가 실행

불가능한 곳이었다. 과거에는 나무문이 달려 있었을 입구를 통해 들어가면 기다란 내정(內庭)이 나오는데, 한쪽에는 주거용 건물들이, 다른 한쪽에는 차고들이 늘어서 있다. 이 입구에서 내정까지 이르는 통로는 차 한 대가 간신히 들어갈 정도의 넓이다. 그녀는 주민들이 어떻게 하는지 지켜보았다. 그들은 차체가 긁히지 않기 위해 차창 밖으로 고개를 내밀고서 아주 천천히 운전해야 한다. 만일 그 머저리 꺽다리가 차를 타고 다닌다면 완벽한 계획을 세울 수 있을 터였다. 그 인간이 조심스럽게 운전하여 내정 안에 이르면, 그가 차창을 내린 틈을 이용하여 그의 머리에다 한 발을 박고 유유히 거리로 걸어 나올 수 있는 것이다. 본 사람도, 아는 사람도 없는 채로 말이다. 거의 교과서적인 케이스이다.

문제는 그 러시아 놈이 지하철을 탄다는 점이다.

그럼에도 불구하고 이 장소가 가장 적합하다고 판단한 마틸드는 그가 걸어서 도착하는 상황에 맞게 전략을 조정하기로 결정한다. 운전자가 차도로 나가기 위해서는 우선 입구 앞의 보도를 지나야 하기 때문에, 보행자가 오는지 안에서 볼 수 있도록 입구 앞에 커다란 볼록 거울 하나를 설치해 놓았다. 마틸드는 오후의 한적함을 이용하여 내정으로 들어갔다. 왼쪽에는 어떤 공방의 조그만 차양이 있고, 그 아래로 시계공용 돋보기를 끼고서 손목시계의 메커니즘에 몰두해 있는 두 남자의 모습이 보인다. 밤이 되어 공방이 닫히고 차양이 어스름 속에 잠기면, 조그만 유리창의 시멘트 창문턱은 어둠 속에서 기다릴 수 있는 아주 적당한 좌석을 제공한다.

거기서 그녀는 거울을 통해 보행자들이 거리를 지나가는 것을, 다시 말해서 꺽다리 짭새가 도착하는 것을 볼 수 있다. 만약 그녀가 일어나 2미터를 나아가고, 그가 내정 안으로 들어오면, 그는 그녀와 마주하게 되고, 억 소리를 낼 시간조차 없을 것이다. 여기서 유일한 문제는 그녀는 그의 업무 시간이나 습관을 모른다는 점이다. 그는 혼자 들어올까? 그녀는 이 점에는 주의를 기울이지 않았다. 그가 결혼 반지를 꼈던가? 직감적으로, 그가 결혼했거나 아이가 있는 사람이라고 상상하기 어렵다. 오히려 나이 마흔이 다 됐어도 아직 동정인 유형으로 느껴진다. 저녁 늦게 들어올까? 직업을 고려하면 그럴 수도 있다.

마틸드는 다른 방안들을 찾아 보았지만, 이게 가장 안전하고 최선이라는 결론에 이른다. 그녀는 신발 상자에서 꺼낸 클래식한 브라우닝 7.65를 선택했는데, 이 총을 언제 사용했는지 기억조차 나지 않는다. 아마도 오래전일 것이다.

시계 공방은 정확히 저녁 6시에 문을 닫는다. 밤이 되어 입구가 어스름에 잠기는 8시경에 마틸드는 차에서 나온다. 그녀는 계속해서 입구를 감시하고 있었기 때문에 꺽다리 짭새가 아직 들어오지 않았다는 것을 알고 있다.

이제 내정에 들어가 자리를 잡으리라.

환영 위원회를 준비하기 위해.

†

바실리에브는 사무실로 돌아와 오늘의 보고서를 작성했고, 다른 주차장 이용자들을 조사하러 갔던 동료들의 보고서도 대충 훑어보았다. 아무도 도움이 될 만한 것을 찾아내지 못했다. 오키핀티 반장이 극도로 예민해져 있다는 소리를 들었는데 충분히 이해가 간다. 이제 캉탱 사건까지 연결된 이 주차장 사건은 앞으로 질질 끌고 다녀야 할 끔찍한 짐짝이 되리라.

전날 저녁, 그는 뇌이에 가지 않았다. 테비와 선생의 집이 아닌 다른 곳에서 만날 가능성이 생긴 지금, 곧바로 다시 찾아가는 것은 정말로 약속이 지켜지는지 확인하기 위해 안달하는 남자처럼 보일 테고, 그건 별로 아름답지 않을 것이다.

뇌이에 도착한 그는 혼란만 느낀다. 순진하게도 그는 테비가 한 그 약속이 그녀의 얼굴에 나타나리라 생각했다. 그런데 그녀는 평상시의 밝은 미소를 지으며, 마치 아무 일도 없었던 것처럼 똑같은 말들로 그를 맞이한다. 그는 자신들이 서로의 말을 제대로 이해했는지 의심이 들기 시작한다.

이날 저녁 선생은 이전보다 훨씬 쌩쌩하다.

「오, 안녕, 르네? 그래, 얼굴 보니 반갑구나!」 이렇게 말하기는 하지만, 그에게 별로 관심을 기울이지 않는다.

그러고는 곧바로 자기 방으로 돌아가서는 뭐라고 꿍얼대기 시작한다.

「네, 가요, 선생님! 화내지 마세요!」 테비가 소리친다.

바실리에브는 그녀가 선생을 TV 앞 안락의자에 앉히는 소리를 듣는다.

「비디오 카세트를 기계에 집어넣는데 약간 어려움이 있으세요.」 그녀가 거실로 돌아오며 설명한다.

르네는 귀를 기울인다. 그가 아는 영화 음악이 들린다.

「이거, 〈그림자 군단〉[48]이죠?」

테비는 맞다고 고개를 끄덕인다.

「이미 봤던 것 아녜요?」

「이번 주만 해도 네 번째예요. 보실 때마다 새로운 발견이죠.」

선생의 기억 상실은 산발적이다. 그리고 불시에 찾아온다.

「선생님은 한두 시간 동안 기억을 잃으셨다가, 다시 정신을 차리시고 그날의 남은 시간 내내 맑은 정신을 유지하기도 하세요.」

「나한테 이야기하기 훨씬 전부터 알고 있었죠?」 르네가 묻는다.

테비의 얼굴이 붉어진다. 르네가 서둘러 말한다.

「아녜요, 나무라는 게 아니에요!」

그는 그녀의 손을 붙잡는다. 그리고 이렇게 손을 잡고 있다는 사실에 자신도 놀라는 가운데, 어떻게 해야 할지 알 수 없는 침묵이 내려앉는다. 그들은 그런 상태로 오랫동안 있는다. 이윽고 테비가 일어나서는, 선생에게 필요한 게 없는지

48 프랑스의 거장 장 피에르 멜빌 감독의 1969년작 영화로, 조제프 케셀의 동명 소설을 원작으로 한다.

보기 위해 침실에 들어간다.

「르네, 선생님을 침대에 눕혀 드려야 하는데, 좀 도와줄래
요? 잠이 드셨어요…….」

선생을 눕히고 불을 끈 다음, 그들은 거실로 돌아온다.

「수프랑 과일이 있어요.」 테비가 말한다.

✝

마틸드처럼 불같은 여자가 이렇게 큰 인내심을 발휘할 수
있다는 것은 참으로 희한한 일이다. 정말이지 이 일에 딱 맞
는 사람이라 할 수 있다. 벌써 세 시간이 넘게 이 시멘트 창문
턱에 앉아 있었지만, 발이 조금 저리다는 것 외에는 아무런
동요도 느끼지 않는다. 단지 조금 추위가 느껴져 외투를 여
민 그녀는 호주머니에 손을 넣어 그 안에 든 권총을 잡아 본
다. 그런 다음 고개를 들어, 이 시간에 장조레스 가를 지나는
그다지 많지 않은 행인들을 비추는 볼록 거울을 다시 주시하
기 시작한다.

이 내정에는 움직임이 별로 없다. 차 몇 대가 천천히 들어
왔을 뿐이다. 차주들은 차고의 셔터 문을 올린 다음, 다시 닫
아 놓았다. 저녁 10시경, 내정 반대편에 쓰레기통들이 내려
지기 시작했다. 새벽이 되면 청소부들이 도착하기 전에 누군
가가 그것들을 인도로 옮겨야 한다.

저녁 내내 아무도 그녀를 방해하지 않았다. 이제 추워진
날씨만이 그녀로 하여금 조심스레 몇 걸음을 걷게 하고, 손

이 굳는 것을 막으려고 약간 움직이게 한다. 그녀는 볼록 거울 안을 들여다볼 수 있는 이 모퉁이에서 한순간도 떨어질 수 없다. 멀어지는 순간이 바로 그때가 될 것이기 때문에…….

그가 보인다!

의심의 여지가 없다. 그 길고 마른 실루엣. 마틸드는 권총을 꺼낸다. 그녀는 매복을 시작한 이후로 수없이 실험을 했다. 볼록 거울 안에 어떤 사람이 나타난 순간부터 그가 입구의 통로를 나와 내정에 들어오는 때까지, 마틸드는 아홉을 세어야 한다.

수사관의 모습이 거울의 프레임에서 나가자 마틸드는 숫자를 세기 시작한다.

여섯에서 그녀는 세 걸음 앞으로 나아갈 것이다.

아홉에서 수사관은 통로를 지날 것이다.

열하나에서 그는 그녀 앞에 있을 것이다.

열둘에서 그는 죽을 것이다.

그런데 다섯이 되자 두 목소리가 왼편에서 들린다. 마틸드는 조금 뒤로 물러서며 권총을 앞으로 뻗는다.

「서둘러.」 목소리 하나가 말한다.

어린 목소리다. 그녀로부터 3, 4미터 떨어진 곳에서 난다.

마틸드는 기계적으로 계속 카운트한다. 여덟까지 세었을 때 갑자기 통로를 밝히는 불빛이 번쩍인다. 성냥불이다. 사람이 두 명 보인다. 열두 살이나 열세 살 정도로 보이는 두 소년이 나눠 피는 담배를 급히 빨기 시작한다.

「야, 조심해!」

바실리에브가 통로 아래를 지나간다.

그가 두 녀석이 이런 짓을 하는 것을 보는 것은 처음이 아니다. 하지만 그는 재미있을 뿐이다. 그는 아이들을 방해하지 않으려고 고개를 딴 곳으로 돌린다.

「자, 마지막으로 한 번만 더 빨게!」 한 녀석이 말한다.

「빨리 해!」 다른 녀석이 재촉한다. 「나 올라가야 해!」

담배는 땅바닥에 떨어지고, 발에 눌려 불이 꺼진다.

소년들은 바실리에브가 먼저 들어간 건물 입구로 달려간다.

마틸드는 분통이 터진다.

만일 이 껑다리 머저리에게 뜨거운 맛을 보여 줄 기회를 빨리 다시 찾아내지 못한다면, 오늘 저녁에 그와 이 두 애새끼를 없애 버리지 못한 것을 두고두고 후회하게 되리라.

9월 15일

프랑수아 뷔송은 여명이 밝아 오는 시간에 L309D 메르세데스 밴을 몰고 브뤼셀 교외를 떠난다. 플링에는 9시쯤에 도착할 것이다. 주문은 늦게 들어왔고, 급한 주문을 받아들이는 것은 그의 습관이 아니다. 상대방은 설득력을 발휘해야 했고, 이 분야에서 유일한 설득력은 바로 돈이다. 계약은 할만한 가치가 있어 그는 수락했다. 킬러는 장사꾼 같은 것이어서, 비상사태가 한몫 잡게 해준다.

세상에 존재한 적이 없는 〈몽스〉라는 청소 용역 회사의 상호가 옆면에 찍혀 있는 이 화물용 밴은 브뤼셀 교외의 자물쇠로 잠긴 한 차고에 세워져 있다. 그는 이 차를 거의 사용하지 않지만, 모든 게 항상 준비되어 있어서, 시동만 걸면 그 즉시 임무를 시작할 수 있다.

지금까지 뷔송은 극복할 수 없는 어려움에 처한 적은 한 번도 없지만, 운전대를 잡으면 항상 경계한다. 가는 길이 문제가 되는 적은 거의 없지만, 돌아오는 길은 훨씬 많은 주의와 조심성을 요하는 것이다.

직접 만난 적이 없는 대장과는 달리, 뷔송은 카 라디오를 아주 좋아한다. 그는 운전하는 내내 라디오를 듣는다. 그는 절제해서 운전하며, 교통 법규를 철저히 지킨다. 정말이지 이 뷔송은 흠잡을 데가 없다.

그는 쉰네 살의 남자이다. 그를 묘사하기 위해 미묘한 표현들을 찾을 필요가 없으니, 그저 작달막한 뚱보일 뿐이다. 그는 탈모가 옆쪽까지 진행된 머리통, 갈색 눈, 나직한 목소리, 그리고 아주 빠른 속도로 달릴 수 있는 짤막한 다리를 가지고 있다. 이 통통해 보이는 이 남자가 물렁살일 거라고 생각하면 큰 오산이다. 그는 체중이 85킬로그램이나 나간다. 그는 10여 년이나 경찰관으로 근무했다. 우수한 인재였다. 주요 임무는 아니었지만, 사격에서 꾸준히 최고 점수를 받아 엘리트 저격수로 여겨지기도 했다.

이혼을 겪은 후, 그는 심각한 우울증에 빠졌다. 알코올이 끼어들었고, 상황이 악화되기 전에 경찰 일을 그만둬야 했으며, 인간관계를 모조리 끊고서 집 안에 틀어 박혔다. 그는 자주 자살을 생각했다. 이 늪에서 그를 꺼내준 것은 일이었다. 아주 우연히 어떤 임무를 맡게 되었고, 다시 일하게 되어 너무도 기분이 좋았다. 아주 세심하고도 효율적으로 일을 했기 때문에 의뢰가 추가로 들어오지 않는 것이 의외였다. 그러다 어느 날, 그는 자신이 미행당하고 있다는 사실을 알게 되었다. 사람들은 그를 다시 고용할 생각을 하고 있었지만, 먼저 그가 정확히 어떤 인물인지 알고 싶었던 것이다. 이 소식은 다시 마법처럼 그의 삶에 생기를 불어넣었다. 그는 매우 엄격한 생활 규칙을 지키며, 신뢰할 수 있는 사람의 모습을 보여 주었다.

그리고 마침내 다시 부름을 받았다. 처음에는 간단한 임무였지만, 점점 복잡한 임무들로 이어졌다. 뷔송이 마지막으로 찾아낸 묘안은 임무 수행 후 애프터 서비스까지 제공한다는 것이었다. 이것이 그의 재산을 불려 주었다. 그는 한 해에 세 건 이상을 받지 않았고, 두 건이면 더 좋았다.

그렇다. 일은 그를 다시 수면 위로 끌어올려 주었고, 지금 그는 정신적으로 매우 안정되고, 행복한 사람이다.

안경을 끼지 않는 그는 예외적으로 좋은 시력의 소유자이다. 상상력이 느껴지지 않는 엄격한 정장 차림은 그를 청소회사 기술자로 보이게 한다. 이것은 그의 모든 서류들과 세금 신고서에 명시된 직업이다.

그는 속옷, 세면도구, 그리고 서류 가방을 담을 수 있는 작은 크기의 자루 하나를 가지고 여행한다. 그의 임무는 모든 게 정상적으로 진행된다면 하루 이상 걸리지 않아야 한다. 최악의 경우에도 이틀을 잡는다.

그리고 뷔송은 치밀하게 계산하는 사람으로, 틀리는 법이 거의 없다.

브리콩트로베르[49]를 가리키는 첫 번째 표지판이 나타났

---

49 프랑스 센에마른주에 있는 인구 약 2천의 소도시.

을 때 그는 마침내 라디오를 끄지만, 플룅 쪽으로 계속 가는
대신 오른쪽으로 방향을 틀어 흰색으로 얼룩진 인적 없는 길
을 오랫동안 달린다. 이 길게 뿌려진 시멘트 자국들은 지도
볼 필요를 없게 해준다. 그는 자신이 올바른 방향으로 가고
있다는 것을 안다.

그리고 그가 옳았다. 8킬로미터 더 나아간 그는 공장 노동
자들과 사무 직원들의 차량이 서 있는 어느 공장의 주차장에
차를 세운다. 대략 서른 대 정도가 보인다. 그는 시설 내부로
통하는 철책 문을 관찰한다. 거기에는 그가 어렵지 않게 열
수 있고, 사용한 후에 다시 잠가 놓을 수 있는 간단한 시스템
의 산업용 자물쇠가 달려 있다. 다음에 그의 시선은 거대한
타르 저장고와 시멘트 저장고 쪽으로 옮겨 간다. 시체를 어
깨에 둘러메고 올라가 어느 통에다 던져 넣어야 하겠지만,
뷔송은 걱정하지 않으니, 이미 여러 번 해온 일인 것이다. 그
는 밤중에 구역 전체를 비추는 조명들을 확인한다. 빛 속을
주파해야 할 짧은 두 구간이 있지만, 나머지는 크게 어렵지
않을 것 같다. 그리고 어차피 극복할 수 없는 일이란 없다.

확인을 마친 그는 다시 플룅 쪽으로 출발한다.

이 순간부터는 조용해야 한다. 도로, 그리고 자신의 임무
에 최대한 집중해야 하기 때문이다.

†

할 수 있는 일이 전혀 없다. 아무런 대안이 없다. 마틸드가

보기에는 수사관을 잡을 수 있는 곳은 이 건물 입구밖에 없다. 하여 다음 날, 그녀는 오후 7시부터 근처에 차를 세워 놓고, 내정에 들어가 위치를 잡을 수 있게끔 어스름이 깔리기를 기다린다. 초조하게 브라우닝을 만지작거리는 그녀는 시간을 보내기 위해 어떤 임무 때 이 권총을 장비 팀에게서 전달받았는지 기억해 보려고 시도한다. 하지만 기억이 나지 않는다. 모든 직업이 그렇듯이 경력이 길면 모든 게 조금씩 뒤섞이게 마련이라고 그녀는 속으로 중얼거린다. 이런 생각을 하고 있는데 갑자기 수사관이 나타난다. 그는 그 커다란 걸음으로 인도 위를 경중경중 걸어온다. 그가 너무 일찍 도착해 자신의 모든 계획을 망쳐 버린 것에 너무나 분통이 터진 나머지, 그녀는 당장 뛰쳐나가 그의 배때기에 두 발을 박아버리고 싶은 마음을 꾹 억누른다. 저 인간이 너무나 싫다. 이 시간에 퇴근을 하다니, 경찰 공무원 중에 이런 식으로 근무하는 인간은 하나밖에 없으리라……! 이번에도 실패했다! 그녀는 주먹으로 운전대를 두드리며 깊게 숨을 들이마신다.

어쩌면 들어갔다가 다시 나올지도? 모를 일 아닌가…….

만일 나와서 지하철로 들어가 버린다면, 그녀는 닭 쫓던 개마냥 바라보고만 있어야 한다. 하지만 이게 그녀의 직업이다. 마치 영화배우들처럼 많은 시간을 기다리며 보내야 하는 것이다.

그래도 그녀는 좀 더 기다려 보기로 마음먹는다. 한 시간만 더 기다려 본 다음 집으로 돌아가리라. 그녀는 쿠키를 모포로 싸서 테라스에 두고 왔다. 주방 타일 바닥에 오줌을 싸는 습관을 들일 수는 없으니 말이다. 이 생각은 앙리가 방문한 일을 다시 떠오르게 한다. 그에게는 확인해야 할 일이 별로 없었다. 고작 그 정도를 체크하려고 툴루즈에서 여기까지 왔단 말인가?

아니, 그는 무엇보다도 그녀를 보려고 왔다.

웃긴 사실은, 그들은 아주 개인적인 부분, 내밀한 부분에 대해서는 전혀 얘기하지 않았다. 그들은 단지 일에 대해 이야기했고, 앙리는 안심하고 돌아갔다. 마틸드의 삶에 좀 더 관심을 보이고, 요즘 어떻게 지내냐고 물어볼 수도 있었는데 말이다. 아니, 그는 곧바로 실질적인 질문을 던졌고, 요구 사항들을 세세하게 늘어놓았다. 어떻게 남자가 그렇게 고약할 수가! 그가 우아하게 담배 피우는 모습이 다시 떠오른다…… 그와 함께했던 좋은 추억들, 거의 매일 만났던 시절의 아름다운 이미지들이 얼마나 많이 남아 있는가! 물론 아주 오래전의 일이지만, 그것은 그녀의 인생에서 가장 빛나는 시기였다. 그것은 단지 그녀가 젊었기 때문만이 아니라, 자신이 유용하다고 느꼈기 때문이었다…… 그리고 옆에 앙리가 있었기 때문이었다. 지금 그녀는 그를 퇴짜 놓은 것을 후회한다. 그가 보다 개인적으로 접근하려 할 때마다 그녀는 거리를 두었고, 자신도 그에게 적극적으로 다가가려 하지 않았다…… 내가 기회를 놓쳐 버린 것은 아닐까? 그리고 그저께만 해도…… 그가 여기 온 기회를 이용하여 피차 마음을 솔직하게 털어놓아야 했지 않을까? 앙리, 내가 너에게 물어볼게, 너와 난 그런 관계를 고려하기에는 너무 늙어 버린 거야? 혹시 나보다 좋은 친구가 있는 거야? 앙리는 〈그래, 난 사귀는 여자가 있어〉라고 대답할까? 마틸드는 미소를 짓는다. 아냐. 여자들은 이런 것을 직감으로 안다. 앙리는 외로운, 심지어는 아주 외로운, 아니 절망적일 정도로 외로운 남자이고, 그 때문에 일을 핑계로 그녀를 찾아온 것이다. 이게 바로 진짜 이유다! 그리고 결국 그는 용기를 내지 못했다. 그녀도 마찬가지였다. 만일 그녀가 그를 찾아간다면 어떻게 될까? 그의 집에 간다면 말이다. 그녀는 30년 동안 단 두 번 그의 집을 방문했다. 그 나지막하고도 기다란 집이, 그 영국식 정원이 떠오른다. 너무나 그와 닮은 집이다. 그곳에 가고 싶은 마음이, 가서 이번에는 확실하게 얘기를 하고 싶은 마음이 그녀를 괴롭히기 시작한다……

그가 나왔다! 수사관이다! 그가 입구에 모습을 드러냈다! 그는 정장 차림으로, 마치 어떤 장례식에 가는 사람 같은 모습이다. 마틸드는 운전대를 으스러질 정도로 꽉 쥔다. 그는 지하철로 향하고, 그녀가 막 욕설을 내뱉으려 하는데, 지나가는 택시를 불러 올라탄다! 마틸드는 다시 희망이 살아나는 걸 느끼며 곧바로 출발한다.

만일 그가 기회를 제공한다면, 그게 아무리 실낱같은 것이라 할지라도, 그녀는 결코 놓치지 않으리라 다짐한다.

르노25는 택시를 따라간다.

유리를 통해 그의 목덜미만 봐도 그녀는 맹렬한 분노가 고스란히 되살아나는 것을 느낀다. 아직도 그의 느릿한 목소리가 들리는 것 같다. 〈그리고 부인의 개는 어디에 묻었죠?〉

그녀 안의 뭔가가 다시 끓어오르기 시작하지만, 그것은 다만 레인코트 아래, 무릎 위에 올려놓은 권총의 손잡이일 뿐이다.

†

바실리에브는 오늘 저녁이 몹시 걱정이 된다.

왜냐하면 선생을 어떤 상태로 보게 될지 전혀 모르기 때문이다. 또 그는 테비가 그동안 해온 일과, 그녀가 애쓴 것에 대해 얼마나 고마워하고 있는지를 충분히 표현하지 못한 자신이 너무나 한심하게 느껴진다. 분명히 아주 힘든 시간들이 있었을 것이다. 그녀는 항상 미소 짓고 있지만, 그것은 겉모습일 뿐이다. 그래, 오늘 저녁에 그녀에게 말하리라. 고맙다고 한마디하는 게 그렇게 어려운 일은 아니지 않은가? 오늘 저녁이 걱정이 되는 또 하나의 이유는 그들의 대화가 도중에 멈췄기 때문이다. 그들은 속마음을 비췄지만, 진짜로 말하지는 못했다. 나중에 다시 만나자는 얘기였는데, 구체적으로 언제 만난단 말인가? 정말이지 난 둔해 빠진 놈이야. 이게 바로 진실이라고…… 난 다른 식으로 행동해야 했어, 좀 더 공격적이어야 했는데…… 하지만 세상에, 나란 놈이 어떻게 공격적일 수 있냐고…….

이런 자책에도 불구하고, 겉으로는 평소와 다름없이 행동한다. 꽃이라도 가져와야 했는데, 라는 생각이 든다.

「안녕, 르네? 이런, 오늘은 일찍 왔군요…….」

여전히 미소 짓는 얼굴이다…… 그는 그녀가 오래전부터 더 이상 주의해서 듣지도 않는 말들을 몇 마디 우물거리며 그녀를 따라 복도를 걸어 거실로 향한다. 선생의 방에는 불이 꺼져 있다.

「조금 더 주무시게 놔둘 거예요. 오늘은 피곤하신 것 같아요…….」

그녀는 탁자 옆의 의자에 앉는다. 오늘 처음 알아차린 사실인데, 그녀는 자신이 마치 이곳의 주인인 것처럼 안락의자에 앉는 법이 없다. 아니, 그녀는 선생의 간병인일 뿐이다.

바실리에브는 그녀의 맞은편에 앉는다. 그녀는 그를 차분하게 응시한다.

지금 말해야 하나?

「오늘은 어땠어요?」 그가 묻는다.

                        †

밤이 되었다. 마틸드는 레인코트 속에 두 주먹을 꽉 쥐고서 기다린다. 수사관은 방금 전에 어느 아파트 건물로 들어갔다. 그녀는 인도에 서서 건물의 전면을 관찰하고, 각각의 창문을 살핀다. 불 켜진 창문이 여러 개인데, 어디가 어딘지 어떻게 알 수 있단 말인가…… 그녀는 그따위 수준 낮은 말단 수사관이 이런 부자 동네에 오게 된 이유에 대해 생각해 본다. 애인이 있나? 그녀는 터지는 웃음을 억누른다. 그런 인간이 애인이 있다고? 이런 부자 동네에? 고상한 분위기의 저녁 식사를 즐긴다고? 이렇게 생각하고 있는데 창문 하나에 불이 들어온다. 3층의 왼쪽 창문이다. 물론 항상 우연은 존재하지만, 같은 층에 또 다른 불이 켜진다. 그녀는 몇 초 더 기다려 보지만, 더 이상 아무 일도 일어나지 않고, 건물의 전면 전체에서 아무것도 움직이지 않는다. 마틸드는 오른손으로 권총을 꼭 쥔 채로 레인코트 자락들을 여민다.

그녀는 들어간다. 왼쪽에는 아마도 깊은 잠에 빠져 있을 관리인의 집이 있다. 그녀는 벽에 붙여 놓은 거주인 리스트를 살핀다. 3층의 왼쪽 열…… 드라오스레라는 이름이 적혀 있다. 이상하다, 이것은 그 구부정한 꺽다리의 몰골과는 별로 어울리지 않는다.[50] 의심이 인다. 리스트 전체를 다시 한번 살펴본다. 뭔가를 떠오르게 하는 이름이 하나도 눈에 띄지 않는다. 이제 자신의 직감을 믿어야 한다. 다른 선택이 없다. 엘리베이터가 2층을 지날 때, 〈드라오스레〉라는 이름이 벌써 친숙하게 느껴진다. 그래, 이것 말고는 다른 게 없다. 그녀는 아주 천천히 엘리베이터를 열고, 살그머니 빠져나와서는 엘리베이터 문이 닫히지 않게끔 틈에다 핸드백을 끼워 놓는다.

그녀는 앞으로 나아오며 깊게 호흡을 한다. 동기는 충분하다고 느낀다. 피투성이가 되어 울타리 아래에 놓여 있는 뤼도의 머리와 그 꺽다리 수사관의 얼굴이 머릿속을 지나간다. 마침내 경주의 끝에 이른 느낌이다.

50 드라오스레의 원어 표기는 de la Hosselay인데, 프랑스어에서 de는 대개 귀족의 이름 앞에 붙는다.

이제는 더 이상 날 귀찮게 하지 못할 거야! 그녀의 심장 박동이 조금씩 정상으로 돌아오고, 호흡이 보다 느려진다. 레인코트에서 두 손을 꺼낸 그녀는 오른손을 권총의 총구가 정면을 향하도록 똑바로 내밀고, 왼손으로는 초인종을 누른다.

두 번.

✝

테비가 고개를 갸웃한다. 누가 이 시간이 초인종을 누르지? 이웃 사람인가?

「잠깐 다녀올게요.」 그녀가 말한다.

바실리에브가 손짓할 새도 없이, 그녀는 벌써 일어나 복도로 사라진다.

테비는 현관문의 유리 구멍으로 밖을 내다보는 법이 없다. 누군가 초인종을 누르면 그냥 문을 열면 되는 것이지, 운명과 숨바꼭질을 할 필요가 없는 것이다.

그녀는 레인코트 차림에 짙게 화장을 하고, 머리를 잘 꾸민 나이 든 여자를 발견한다. 외모를 잘 가꾸는 여자라는 생각을 언뜻 하면서 무슨 일로 오셨느냐고 물으려 하는데, 자신을 겨눈 권총이 보인다.

마틸드는 팔을 똑바로 쳐든다. 그녀는 어떤 젊은 하녀가 나오리라고는 예상하지 못했다. 게다가 황인종이다. 그녀는 곧바로 이마 한복판에 한 발을 발사하고, 젊은 여자는 그대로 허물어진다.

테비는 신성한 문신이 자신을 7.65밀리미터 총알로부터 보호해 주지 못한다는 사실을 영원히 알지 못할 것이다.

마틸드는 젊은 여자의 시체를 빙 돌아서 복도로 걸어간다.

바실리에브는 자신의 귀를 믿을 수가 없다.

지금 들은 게 총성인가?

벌떡 일어난 그는 급히 뛰어가지만, 왜 그는 무장하고 다니지 않는단 말인가!

복도 모퉁이를 돈 그는 바로 2미터 앞에 자신이 집에 찾아가 신문했던 여자가 서 있는 것을 본다.

어째서 직감을 믿지 않았단 말인가!

바실리에브는 더 이상 이런 생각을 하고 있을 시간도 없다. 첫 번째 총알이 가슴의 심장 부근에 박힌다. 마틸드는 나아오며 두 번째 총알을 머리에 박고는 돌아선다.

그녀는 자신의 핸드백을 집어 들고는 엘리베이터에 들어가 지상 층으로 내려가는 버튼을 누른다. 마음이 차분한 것은 이제 안도했기 때문이다. 더 이상 날 귀찮게 굴지 않겠지!

총성의 여운으로 건물 전체가 아직까지 떨리고 있다. 하지만 누군가 용기를 내어 무슨 일이 일어났는지 확인하러 가기 전까지는 시간이 걸릴 것이다. 실제로 마틸드는 건물의 현관문을 열고 인적 없는 거리를 건너 차까지 걸어갔지만 아무런 문제가 없다.

운전석에 앉으려는 순간, 그녀는 3층의 창문을 마지막으로 한번 쳐다본다.

그런데 조금 전에 불이 꺼져 있던 창문에 어떤 노인의 모습이 보인다. 체크무늬 실내 가운 차림의 아주 야윈 노인인데, 마치 누군가를 찾는 것처럼 얼빠진 표정으로 거리를 내려다보고 있다. 초췌한 얼굴에는 주름이 가득하고, 퀭한 눈에는 초점이 없다. 심지어는 — 조금 떨어져 있어서 확실히 말할 수는 없지만 — 입술까지 발발 떨리고 있는 것 같다.

아주 상태가 안 좋아 보인다. 내가 저 노인네의 고통을 줄여 줬으면 좋았을 텐데…… 하지만 내가 슈퍼맨도 아니고 어떻게 모든 걸 해결해? 라고 마틸드는 중얼거리며 시동을 건다.

그리고 믈룅을 향해 출발한다.

설마 쿠키 녀석이 테라스에서 감기에 걸리진 않았겠지?

내일 하루를 동물 병원에서 보내고 싶지 않단 말이야!

✝

전화상에서 선생은 제대로 설명하지 못했지만, 무슨 내용인지는 충분히 이해할 수 있었기 때문에, 두 명의 제복 차림 경찰관이 물수리들처럼 길고 날카로운 비명을 질러 대는 이웃 사람들과 거의 동시에 도착했다.

그러고 나서도 수십 명이 더 몰려들었기 때문에 아파트 안은 제대로 돌아다닐 수 없을 정도로 북새통이었다.

선생은 복도에 누워 있는 시신들을 다시 보려고 하지 않는다. 그 광경이 너무나 가슴을 아프게 하는 것이다. 그는 그의 존재를 거추장스럽게 느낀 감식 요원들에 의해 거실 한쪽 구석으로 옮긴 안락의자에 앉아 있다. 그는 울지 않는다. 이토록 큰 고통에 사로잡혀 있는데 겉으로는 아무것도 드러나지 않는다는 게 참 이상하다. 누군가가 속삭인다. 「저 양반, 이 상황을 정말로 알고 있는 거야?」 예쁘장한 제복 차림의 젊은 여경이 노인에게 되풀이하여 묻는다. 「가족이 있으세요? 연락할 사람이 있으신가요?」 그는 모호한 손짓으로 복도를 가리킨다. 그의 가족 전체가 바닥에, 피 웅덩이 속에 누워 있는 것이다.

감식 요원들, 제복 차림 경찰관들, 사복 차림 경찰관들, 프로젝터들, 이 모든 게 선생에게는 너무나도 괴롭다. 특히나 이번에는 희생자가 경찰관이어서 아주 특별한 긴장감이 감돌기 때문에 더욱 그렇다…… 이 살인 사건으로 경찰 수사대 전체가 큰 충격을 받았다.

자기 팀의 간부급 부하가 살해된 것은 오키핀티 반장에게는 고약한 소식이 아닐 수 없다. 특히나 이 바실리에브는 그가 편리하게 이용할 수 있는 천덕꾸러기였을 뿐 아니라, 그 자신도 인정하는 바이지만 유능한 수사관이었기 때문이다.

현장에 도착한 그는 복도 위 홍건한 핏물 속에 누워 있는 자신의 부하를 발견한다. 살아 있을 때보다 몸이 더 크게 느껴진다. 아직 너무 젊은 이 친구가 무척이나 안타깝다. 감식 요원들이 주위에서 바삐 움직이는 동안, 그는 두 주머니에 손을 넣고 서서는 고개를 끄덕인다. 아, 젊은 나이에 이게 뭐냐고…… 그는 젊은 여자의 시신을 보려고 위치를 바꾼다. 그리고 그녀가 아시아인인 것에 놀란다.

「탄 형제의 누이예요.」그에게 한 수사관이 설명한다.

오키핀티는 돌아선다. 그에게 젊은 여자의 핸드백에서 발견된 그녀의 신분증이 건네진다. 탄 형제가 노상 마약 밀매와 하급 매춘 분야를 휩쓸고 있는 잔인한 양아치들이라는 사실을 여기 있는 모든 사람이 알고 있다.

「그녀는 간호사였어요. 저기 계신 저분을 돌보는⋯⋯.」

수사관은 엄지로 어깨 너머를 찌르며, 흐릿한 눈을 하고서 안락의자에 주저앉아 있는 노인을 가리킨다. 반장은 살인범이 악명 높은 깡패들인 캄보디아인 형제의 누이를 노렸을 가능성이 높고, 수사관은 우발적인 피해를 입었을 거라고 추측한다. 그는 스스로 〈내 촉〉이라고 부르는 자신의 직감을 아주 자랑스러워하는 바, 못 말리는 허세꾼이기 때문이다. 어쨌든 양방향으로 조사가 진행될 테고, 탄 형제가 고약한 사건에 연루되었으나 죄가 없는 첫 번째 사례가 될 것이다.

현장에서 수집된 정보에 의하면, 의자와 한 몸이 된 것처럼 보이는 무기력한 노인은 과거에 주 경찰청장까지 역임했던 사람이란다. 하지만 알아볼 수 없게 변한 전직 고위 공무원의 모습에 가슴이 무너진 오키핀티는 입에 땅콩 한 줌을 털어 넣는다. 어쨌든 그는 신문을 시도해 본다. 노인은 자기에게 무엇을 묻는지 명확히 이해하지 못하는 듯하다. 오키핀티는 젊은 여경을 돌아본다. 선생의 귀에는 〈⋯⋯이 양반, 내가 하는 말을 이해하나? ⋯⋯확실해?⋯⋯〉 같은 소리들이 들린다. 반장은 다시 그에게로 돌아온다.

「그래서, 선생께선 아무것도 못보고, 단지 듣기만 하셨다는 겁니까? 그런 겁니까?」

선생은 멍하니 반장을 바라보지만, 자신은 다른 식으로 행동해야 한다고 느낀다. 강렬한 감정, 분노, 혹은 다른 것을 표현해야 하지, 이렇게 초점 없는 눈으로 상대방을 뚫어지게 응시하며 앉아 있기만 해서는 안 되는 것이다. 땅콩 냄새를 지독하게 풍기는 이 뚱뚱한 반장은 똑같은 질문을 끈질기게 반복한다. 마치 고장 난 레코드판 같다. 만일 내가 좋은 모습을 보이지 않으면, 곧 사회 복지사들이 들이닥칠 거야……하여 선생은 머릿속에 남아 있는 지력을 다 끌어내어 대답한다.

「……응, 그렇소. 난 들었소. 난 아무것도 보지 못했소.」

이 대답이 그리 나쁘지 않았던 모양인지, 반장은 무릎을 탁 치고 일어선다.

그가 일어선 데에는 수사 판사가 도착한 이유도 있다. 그는 사건을 요약하는 오키핀티의 설명을 들으며 현장을 오랫동안 쳐다본다. 그리고 그는 반장과 같은 의견인 것처럼 보인다. 곧바로 탄 형제를 찾으러 사람을 보낸다. 이와 병행하여 팀 일부는 바실리에브가 담당했던 사건들을 자세히 살펴볼 거란다. 아주 오래전 일들까지, 다시 말해서 자신을 체포한 경찰에 대해 끈질기고도 악랄한 원한을 품을 수 있는 이들이 교도소에서 출소한 시점까지 거슬러 올라갈 거란다. 하지만 오키핀티는, 이건 별로 가능성 없는 얘기라는 생각이 든다. 바실리에브는 주로 성폭행 같은 성범죄를 수사했고, 그에게 걸린 범인들은 멧돼지 사냥에 쓰일 법한 대구경 총기로 복수할 부류들은 아닌 것이다…….

물론 그 빌어먹을 모리스 캉탱 사건, 그리고 베아트리스 라베르뉴가 어느 여성 판매원과 함께 살해된 사건도 있지만, 바실리에브가 그의 죽음까지 초래한 무언가를 알아내고서 자기에게 보고하지 않았다는 것은 쉽게 상상이 되지 않는다.

현재로서는 탄 형제 쪽이 가장 유력하다.

오키핀티는 이 사건을 빨리 처리하기를 바란다. 캉탱과 라베르뉴 사건만으로도 골치가 아픈 마당에, 자기 부서 소속 경찰관의 미해결 사망 건까지 짊어지고 싶지는 않다.

판사가 떠난 후, 그는 젊은 여경을 부르고, 선생을 응시하면서 그녀의 귀에 무언가를 속삭인다. 그녀도 같은 의견인 듯 고개를 끄덕이고, 반장은 더 이상 꾸물대지 않고 자리를 떠난다. 그렇게 한 사람, 두 사람 떠나 버리고, 예쁘장한 여경과 두 명의 동료만 남는다. 그녀는 주도적으로 움직인다. 아파트를 뒤지면서, 어디에 트렁크나 여행 가방 같은 것이 있느냐고 묻는다.

「당신들은 날 데려갈 권리가 없소!」 선생이 말한다.

그녀는 가방 하나를 찾아냈지만, 이런 나이에다 이런 상태에 있는 남자에게 필요한 모든 것을 모으는 일이 얼마나 힘든 일인지를 깨닫는다. 그냥 사회 복지사들에게 맡기는 게 나으리라.

「난 내 집에 있고 싶다고! 당신들에겐 권리가 없어…….」 선생이 항의를 되풀이한다.

세 경찰관은 서로 속닥거린다. 이웃들에게 물어보니 그들은 어이없다는 듯 두 팔을 하늘로 쳐든다. 이 뇌이에서 옆집 노인네들까지 돌봐야 한다면, 어떻게 살라고?[51]

그들은 포기한다. 젊은 여경은 전화기 옆에 명함 한 장을 올려놓고, 전화번호에 동그라미를 둘러 놓는다. 문제가 생기면 여기에 전화하세요.

경찰이 떠난 후, 아파트에 다시 정적이 내려앉는다. 선생은 테비가 남긴 모든 것들을, 그녀의 자질구레한 장식품들과 그녀의 용들을 바라본다.

그녀의 행운의 마스코트들을 말이다.

---

51 뇌이는 부유한 중산층이 몰려 사는 곳이기 때문에 비교적 노령자들이 많다.

9월 16일

대장은 언제나 정확히 같은 시간에, 즉 새벽 6시 20분에 잠이 깨었다. 그는 이게 자기가 태어난 시간일 거라고 추측한다. 그러므로 어젯밤은 상당한 예외이다. 오랜만에, 그러니까 전쟁 이후 처음으로 거의 잠을 이루지 못했다. 그리고 잠깐 동안 잠이 들었을 때, 그는 섬뜩한 악몽에 시달렸다. 머리는 지끈거리고, 입안은 바짝 말랐다. 그는 꾼 꿈들을 기억하는 법이 없으며, 자신은 콘크리트처럼 튼튼한 초자아를 지녔다고 생각하기를 좋아한다. 하지만 물론 그것은 사실이 아니다. 지난밤, 자신이 잊었다고 생각했던 수많은 이미지들이 다시 떠올랐다. 어디에나 마틸드가 있었다. 그가 이 악몽에서 기억하는 마지막 이미지는 마치 정육점의 앞치마처럼 피로 얼룩진 새하얀 웨딩드레스 차림으로 환하게 미소 짓고 있는 마틸드이다.

여명이 흐릿하게 비치기 시작할 때, 앙리는 정리를 시작한

다. 먼저 그가 〈골동품〉이라고 부르는 것을 꺼낸다. 앙리는
용의주도하고 계산적인 사람이며, 문제가 될 수 있는 어떠한
문서도 간직하지 않는다. 30년 전 그는 자신의 활동에 관한
조사를 길고 혼란스럽게 만들며 교묘하게 빠져나갈 시간을
벌어 줄, 가짜 흔적들, 가명들, 가상의 우편함들과 실제 우편
함들, 눈속임을 위한 장소들로 이뤄지는 복잡한 미로를 만들
어 놓았다. 또 그는 세 개의 익명 계좌를 가지고 있으며, 필
요한 경우에 DRH와 협상 카드로 쓸 수 있는 극히 희귀한 문
서들은 그만이 접근할 수 있는 여러 장소에 흩어져 있다.

그는 바로 이 문제를 가지고 밤새도록 고민했다.

마틸드의 폭주로 인해 그의 삶이 격랑의 영역으로 들어선
지금, 플랜B를 실행해야 할까? 다시 말해서, 침묵하는 대가
로 떠나게 해달라고 DRH와 협상해야 할까……?

그는 이게 아무런 소용이 없을 거라는 결론에 도달했다.

그가 오래전에 아주 복잡한 도주 계획을 마련해 놓았다면,
그것은 DRH가 겉으로는 동의하겠지만, 결국에는 그에 대
한 사냥을 시작할 것임을 알고 있었기 때문이었다. 그게 몇
주, 혹은 몇 달이 걸릴 수 있겠지만, 조만간에 뷔송이나 디터
프라이 같은 자들이 등 뒤로 다가와 모든 것을 청산해 버릴
거였다. 그의 커리어까지를 말이다.

그는 그의 공식적인 삶에 대한 공식적인 문서들만을 집에
보관하고 있으며, 오래된 문서, 편지, 옛날의 영수증, 다양
한 서신, 사진 등 없애 버릴 수도 있지만, 은퇴해서 혼자 사
는 그 나이대의 남자처럼 보이는 데 필요하다고 생각되는 것

들은 의도적으로 모아 놓았다. 마틸드가 최근에 한 짓들이 상황을 완전히 바꿔 놓기 전까지는 상상하기 어려웠던 가택 수색은 평범하고도 별로 흥미롭지 않은 한 남자의 삶을 확인 시켜 줄 것이다. 그가 자신을 보호하기 위한 복잡한 장치를 마련해 놓은 해에 마틸드는 아직 그의 협력자 명단에 없었다. 하지만 그녀는 그의 개인적인 문서들 가운데 레지스탕 스에서 함께 싸운 옛 전우이며, 지금은 닥터 페랭의 명예로 운 배우자로 존재한다. 앙리가 그녀를 이 판에 불러들였을 때, 그는 이 과거의 추억들을 없애 버릴까 망설였지만, 어떤 문제가 생길 경우 이것들이 없으면 오히려 있는 것보다 수상하게 보일 수 있다고 판단했기 때문에 모두 간직하기로 했다.

새벽 5시다.

뷔송이 출발한 지 24시간이 지났고, 그는 곧 작업을 시작할 것이다. 이미 시작하지 않았다면 말이다. 그는 일이 어떤 식으로 진행될지 다시 한번 궁금해진다. 하지만 앞으로 이어지게 될 일들을 생각해 보려고 할 때마다 그의 정신은 회피해 버린다. 내면의 무언가가 마틸드와 관련된 현실을 상상하기를 거부하는 것이다.

뜨거운 차를 잔에 담아 들고 주방으로 돌아온 그는 그의 롤탑 데스크[52]에 앉아서는, 거기서 마틸드와 관련된 모든 것을 꺼낸다. 1950년대와 1960년대의 서신들이 몇 장 있는데,

---

52 상판 윗부분의 보관함을 원통을 4분의 1로 자른 것 같은 곡면의 덮개를 밀어서 여닫는 방식의 책상으로, 프랑스의 전통적인 고급 가구의 하나이다.

그녀의 명확하고 깨끗한 글씨는 금방 알아볼 수 있다. 편지들과 엽서들은 항상 변함없이 〈나의 친애하는 앙리에게〉라는 말로 시작한다. 스페인에서 보낸 엽서가 한 장 있는데, 그녀는 그곳에서 남편과 함께 여름을 보냈다(〈레몽은 이 더위를 너무나 좋아해, 난 죽을 것 같은데 말이야〉). 뉴욕의 루스벨트 호텔의 편지지로 쓴 것도 있다(〈내 남편의 업무상 관련된 그 귀찮은 일들만 아니라면, 난 거리에서 시간을 보낼 거야〉). 그녀는 나름대로 최선을 다하고 있는 것처럼 보이는 이 불쌍한 남편에 대해 불평을 멈추지 않는다. 생일 축하 엽서들도 있다. 모두 보관한 것은 아니지만 마틸드는 한 해도 거르지 않았다. 앙리가 이 사실을 깨닫고 상당수를 버렸지만, 그래도 꽤 쌓여 있는 모습은 그를 약간 힘 빠지게 만들었다. 그들이 오랫동안 보지 못했음에도 불구하고 그녀는 〈여전히 젊은 모습이겠지? 난 확신해〉라고 썼다. 또 나중에는 〈넌 요양원에서 가장 멋진 백 세 노인이 될 거야〉라고도 했다. 1955년의 편지가 한 장 나온다. 앙리는 거기에다 흑백 사진 한 장을 클립으로 붙여 놓았다. 거기서 그들은 둘 다 I 자처럼 똑바른 자세로 나란히 서 있다. 마틸드의 얼굴은 그녀를 포옹하는 푸코 장군[53]의 목덜미와 의전용 케피 모자[54]에 반쯤 가려져 있다. 앙리는 방금 전에 수여받은 레지스탕스 훈장을 가슴에 달고 집중된 표정으로 미소를 짓고 있다.

---

53 제2차 세계 대전에 활약한 푸코 장군은 존재하지 않으며, 작가가 만들어 낸 가상의 인물인 듯하다.
54 원통 형태에 작은 챙이 달린 모자로, 프랑스의 전통적인 군모이다.

마틸드의 편지는 훈장 수여식 며칠 후에 도착했다. 그는 이것이 그녀가 갑작스레 어떤 우수에 사로잡힌 탓이라고 해석했다. 그녀는 약간 서글픈 향수에 잠기며 옛일들을 떠올렸다. 〈앙리, 상상이 돼? 이제 우린 지나간 그 모든 일들로 인해 프랑스 국민의 감사를 받고 있는 몸이 되었어! 가끔은 재입대한 병사들의 심정이 이해가 돼. 당연히 전쟁하던 시절이 그립지! 왜냐면 우린 아직 젊었기도 하지만, 무엇보다 그때는 항상 뭔가 할 일이 있었기 때문이야.〉 그녀는 〈뭔가 할 일〉에다 밑줄을 그어 놓았다.

그는 잘못 분류된 사진 한 장을 찾아낸다. 색이 흐릿하게 바랜 사진에는 날염 원피스 차림의 마틸드가 있다. 뒷면을 보니 1943년이라고 적혀 있다. 그녀는 트락시옹 아방[55] 한 대 앞에서 포즈를 취하고 있다. 그는 사진을 뚫어지게 들여다본다. 그녀의 아름다움이 발산하는 성적인 매력과 그가 알고 있는 그녀의 잔혹함이 뿜어내는 강렬한 마력이 느껴진다. 이 여자가 그에게 항상 행사해 온 힘은 바로 이 모순 가운데 있는 것이다.

흰색의 판지로 만들어진 카드가 한 장 있다. 1960년. 닥터 페랭의 장례식. 〈앙리, 와줘서 고마워. 네가 잠깐이라도 있어서 난 얼마나 기뻤는지 몰라. 언제 다시 올 거야? 이번에는 내가 죽기를 기다리는 거야?〉

---

55 프랑스의 자동차 제조사인 시트로엥이 1934년에서 1957년까지 생산한 전륜 구동 승용차로 당시에는 매우 현대적인 승용차로 여겨졌다.

앙리는 아무것도 빠뜨린 게 없는지 확인한다. 그는 모든 것을 벽난로에 넣고 불을 붙인 뒤, 차가워진 차를 마신다. 그는 최면에 걸린 것처럼 약간 멍하게 불꽃을 바라보다가 몸을 부르르 흔들며 다시 정신을 차린다. 이렇게 불을 바라보고 있노라면 바보가 되어 버린다.

그의 삶의 한 부분 전체가 벽난로 속에서 사라지고 있기에, 앙리는 자신에 대해 생각해 본다.

그리고 이 생각은 그에게 항상 자명하게 느껴졌던 결론으로 돌아오게 한다. 삶 전체에 걸쳐 그에게는 오직 하나의 열정이 있었으니, 그것은 사건들에 영향력을 행사하는 일이었다. 그가 성공하고 권위를 누릴 수 있었던 것은 조직이나 지휘에 탁월한 감각이 있어서가 아니라, 어떤 일들이 자신을 통해 일어날 때 느끼는 그 은밀한 희열, 그 현기증 덕분이었다. 마치 자신이 — 운명 그 자체는 아니라 할지라도 — 운명의 사자(使者)인 것처럼 말이다. 그는 자신이 파괴한 모든 삶들과, 자신이 — 누구인지는 전혀 모르지만 — 운명의 흐름을 바꿔 놓은 살아남은 이들을 생각해 본다. 갑자기 그의 눈 앞에 이 죽은 자들과 살아남은 이들이 등장하는 거대한 계보도가 보인다. 결혼, 재혼, 유산(遺産), 임명, 자살, 탄생, 출발, 탈출, 재회 등, 이 모든 죽음들이 초래한 모든 결과들의 어마어마한 총체가 말이다. 그는 이 방대한 인간 희극의 근원적인 뿌리일 것이니, 왜냐하면 이 모든 것을 창조한 사람은 바로 자신이기 때문이다. 이 모든 것을, 다시 말해서 어차피 언젠가는 오게 될 죽음들만이 아니라, 이 죽음들이 만들어 낸 삶들, 예상치 못했던 것들, 때로는 바라지 않았던 것들까지 자신이 창조해 낸 것이다. 하여 그는 일어서면서, 이제는 자신의 차례가 되었으므로, 계약이 이행되어 마틸드가 더 이상 존재하지 않는다는 말을 들었을 때 자신의 삶은 어떻게 변할 것일지를 생각해 본다.

✝

디터 프라이는 육체적으로 뷔송과는 정반대이다. 키가 크고 거대한 체구이지만 외모는 세련되었고, 머리털은 뻣뻣하고, 배는 탄탄하게 들어가 있다. 그가 프로이덴슈타트에서 스트라스부르까지 오는 데는 채 한 시간도 걸리지 않을 것이다. 툴루즈까지 직항편이 있지만 먼저 파리를 거쳐야 한다. 그는 가명으로 여행한다.

파리에서 그는 아주 짧은 시간 동안 머문다. 누군가에게 현금을 지불하고 가방을 받은 뒤, 툴루즈까지 끝없이 달리는 열차에 탑승할 때까지 말이다. 대장은 임무 수행 기간이 얼마나 될지 예측할 수 없다고 경고했다. 그가 생각하기로는 하루에서 나흘 사이지, 그 이상은 아니다.

디터는 모두 사흘로 잡고서, 필요한 만큼의 속옷만 여행 가방에 넣었다.

툴루즈에서 그는 첫 번째 가명으로 차를 렌트한다. 여기까지는 정확히 스물두 시간이 걸렸다. 휴식을 취할 수 있는 시간으로 두 시간이 남았다. 그의 가방에는 조준경이 부착된

저격용 소총이 들어 있다. 이제 남은 유일한 문제는 관측 위
치를 어디로 정하느냐이다.

✝

그녀는 침대에서 조금 꾸물대다가 커피를 만들었다. 속이
좋지 않고, 입에서는 떫은맛이 느껴진다. 약장(藥欌)을 열고
싶은 마음을 쫓아 버린다. 의사 남편을 가졌던 사람들은 약
을 멀리하게 된다. 그렇게 알 수 없는 불안감에 사로잡혀 커
피 앞에서 깜빡 졸음에 빠진다.

코커스패니얼이 밥을 기다린다. 마틸드는 일어나 녀석에
게 문을 열어 주고, 개 밥그릇에 사료를 채워 준 다음, 거울
앞으로 가서 자신을 바라본다. 세상에, 이게 뭐야? 정말 꼴
이 말이 아니네! 축 늘어진 눈꺼풀을 비롯하여 얼굴이 완전
히 망가져 있다. 사실 평소와 다름없는 얼굴이지만, 그녀는
아침이면 거울이 자신의 진짜 모습과는 아무런 관계도 없는
얼굴을 보여 주는 나이에 이른 것이다. 사람들에게 보일 만
한 얼굴 꼴을 만들기 위해 점점 더 많은 시간이 필요해지고
있다. 그녀는 날이 밝자마자 이 일에 매달린다. 이제 7시 반
이다. 자, 이게 바로 나야, 라고 그녀는 거울을 응시하며 중
얼거린다. 뭐, 대충 나처럼 되었어. 그럭저럭 말이야. 그녀
는 흠칫 움직임을 멈춘다. 어떤 소리가 들린 것이다. 뭔가가
벽에 딱 부딪히는 소리 같았다.

「뤼도!」

개는 오지 않는다. 내가 벌써 녀석을 정원에 나가게 해 주었나? 코커스패니얼은 궁금한 듯이 고개를 옆으로 갸웃하면서 그녀를 쳐다본다.

「조용히 해!」 그녀는 아무 소리도 내고 있지 않는 강아지에게 속삭인다.

아니, 이건 개가 내는 소리가 아니다.

그녀는 싱크대로 간다. 그리고 기계적으로 주방 칼을 집어들고는 창밖을 내다보지만 아무것도 보이지 않는다. 다시 소리가 들린다. 이번에는 의심의 여지가 없다. 바깥에서 나고 있다.

코커스패니얼이 낑낑대기 시작한다. 방 안에 감도는 불안감이 녀석에게도 옮겨진 것이다.

「조용히 해!」

개는 앉아서 두 발을 들어 마틸드의 다리에 가져다 댄다. 그녀는 몸을 굽혀 녀석을 안아 들어 조리대 위에 올려놓는다. 뤼도, 조용히 해! 개는 주인의 얼굴을 핥으려고 하는데, 그녀는 소리의 정체를 알아내려고 귀를 기울인다. 이게 어디서 나는 소리지?

개는 계속 핥으려고 한다. 뤼도, 그만해! 그녀가 녀석을 자기 몸에 꼭 붙이자, 녀석은 약간 답답해져서 낑낑거린다. 조용히 해, 지금 엄마가 듣고 있는 거 안 보여?

개는 조용해지지만, 여전히 겁을 먹고 있다.

녀석을 다시 바닥에 내려놓은 그녀는 조용히 노르망디 괘종 시계로 살그머니 다가가서는, 정원 쪽으로 난 유리 현관문과 주방의 창문들을 차례로 주시하며 살짝 시계를 연다. 그리고 손으로 더듬어 기름때에 전 헝겊 뭉치 하나를 꺼내는데, 그 안에는 장전이 되어 있어 언제고 사용할 준비가 되어 있는 스미스 & 웨슨 권총 한 정이 들어 있다. 옆에 있는 두 번째 탄창까지 집어 호주머니 속에 넣은 그녀는 문까지 살금살금 다가간다. 자신의 심장이 쿵쾅거리는 소리가 들린다. 그녀는 벽에 몸을 납작하게 붙이고는 문손잡이를 잡아 천천히 돌린다. 대장이 〈냉정함〉이라고 부르는 것, 다시 말해서 현실에 관해 초연함을 유지하는 태도와는 달리 마틸드는 놀라울 정도로 냉철한 현실 인식을 보여 준다. 겉으로는 별로 중요치 않아 보이는 어떤 세부에 모든 감각들이 집중되는 이 순간은 사람의 진을 빼놓는다. 그녀의 뇌는 더 이상 작동하지 않는다. 그것은 단지 실제적인 것인지 상상적인 것인지 알 수 없는 대상에 고정된 하나의 뾰족한 점일 뿐이다.

마틸드는 아주 천천히 문을 열었다. 그리고 문턱으로 다가가는데 다시 그 소리가 들린다.

머리를 들어 보니 침실의 덧창이 가볍게 덜걱대고 있다.

바로 이 순간, 아마도 생각했던 위험이 없다는 사실을 알게 되어 갑자기 긴장이 풀렸기 때문인 듯, 온몸에 힘이 쭉 빠진다. 다리가 풀리고, 손은 제대로 잡고 있기도 힘든 권총의 무게를 못 이겨 아래로 툭 떨어진다. 그녀는 천천히 의자 쪽으로 걸어가 허물어지듯 주저앉는다. 정신을 차리려고 애쓴다. 강아지가 그녀에게 다가온다. 그녀는 녀석을 잡아 올려두 허벅지 사이에 안는다. 그렇게 10여 분이 지나간다.

내가 대체 왜 이러지?

내가 뭘 두려워하고 있는 거지?

자, 일어나야 해. 이렇게 가만히 있지 말고 움직여야 해. 화장도 다 했으니 장을 보러 가자. 뭔가 쓸모 있는 일을 하자고! 그녀는 괘종시계까지 가서 권총을 다시 기름진 헝겊 안에 넣은 다음, 열쇠를 챙긴다. 하지만 그녀를 사로잡았던 불안감은 완전히 사라지지 않는다. 입안에 남아 있는 어떤 고약한 맛이나, 미끄러운 보도에서 넘어질 것 같은 두려움처럼 말이다. 지나가기를 거부하는 불안감의 무언가가 아직 남아 있는 것이다.

쿠키는 어떻게 해야 하나? 밖에다 두면 안 돼, 르푸아트뱅이 녀석을 죽일 수도 있어. 난 그 인간을 잘 알아. 아니면 지금 그를 찾아가서 이 문제를 영원히 해결해 버릴까? 하지만 그러기에는 지금은 컨디션이 좋지 않다. 아직도 충격이 가시지 않은 걸까? 심장 박동이 정상으로 돌아오지 않은 게 분명히 느껴진다. 계속 불규칙하게 뛰고 있다.

그녀는 개 바구니를 모포와 함께 테라스에 가져다 놓고, 녀석의 물그릇과 사료 그릇이 채워져 있는지 확인한다. 그런 다음 차로 가지만, 다리에 힘이 느껴지지 않는다. 운전 중에 다시 어지러워지면 안 될 텐데…….

✝

뷔송은 거리 계산을 제대로 했다. 그는 목적지로 통하는 짤막한 도로에 9시 15분 전에 도착한다. 집들은 서로 상당히 떨어져 있고, 완벽하게 꾸며진 정원들로 각자 분리되어 있다. 그리고 저마다 갖갖은 이름들을 달고 있다. 그는 자신이 찾는 집, 자갈이 깔린 긴 진입로가 있고, 나지막한 철제 울타리가 있다는 〈라 쿠스텔〉을 찾는다. 그렇게 너무 빠르지 않은 속도로 운전하고 있는데, 오른쪽으로 돌아가는 코너를 돌자마자 갑자기 그 집이 나타나고, 심지어는 집주인까지 보인다. 그의 차가 옆을 지나가는 순간, 그녀가 운전하는 르노 25가 차도에 들어선 것이다.

의심의 여지가 없다. 퉁퉁한 몸에, 짙게 화장을 한 60대의 여자, 분명히 그녀다. 그는 외면을 하고서 계속 도로를 따라가면서 슬그머니 유턴할 수 있는 적당한 장소를 찾는데, 1백여 미터를 가자 그런 곳이 나온다. 길을 거꾸로 하여 다시 돌아온 그는 집이 있는 곳 근처에서 속도를 줄이고 이름을 확인하고는 다시 가속한다. 오늘 저녁에 집과 정원과 주변을 살펴볼 시간이 충분히 있을 것이다. 지금은 여기서 꾸물대고 있지 않는 편이 나으니, 사람들의 이목을 끌 위험이 있기 때문이다. 지금 가장 좋은 선택은 타깃을 따라가는 것이다. 그녀가 어떻게 행동하며 어떻게 걷는지를 관찰하고, 그녀의 스타일을 익혀야 한다. 그러다 그녀를 놓치더라도 전혀 문제될 게 없다. 그녀는 언젠가 집에 돌아올 테고, 그는 기다리고 있을 것이다.

✝

한편 마틸드는 갑자기 기분이 훨씬 나아졌다.

철책 문을 지나 믈룅 방향으로 가는 도로에 들어서자마자 다시 힘이 솟는 게 느껴졌다. 좀 전의 불안감은 사라졌고, 다시 정상적으로 호흡할 수 있게 되었다. 휴우…… 가벼운 소나기 후에 와이퍼가 한 번 돌아간 것처럼, 세상은 다시 평온해지고, 삶의 의욕이 되돌아왔다. 그래, 결정했다. 구두를 사고 살롱 드 테[56]에 가자. 신나게 사치를 부려 보는 거야.

그녀가 정기적으로 드나드는 가게가 네 곳이 있다. 어떤 여자들에게는 예쁜 옷이, 다른 이들에게는 주방 기구가 중요하지만, 그녀에게는 구두이다. 뭐, 이유는 그녀도 모른다! 마틸드는 혼자 킥킥댄다. 맞아, 내게는 사놓고서 한 번도 신어 보지 않은 구두들이 한가득이야, 맞아, 그래서 어쩌라고? 인생 한 번 사는 거 아냐? 그렇게 이것저것 신어 보며 오전 시간을 보낸 후에 두 켤레를 사고, 기분은 최고조에 이른다. 정오에는 레스토랑보다는 찻집을 가기로 한다. 그녀는 엄청난 크기의 파리브레스트[57]를 먹어 치운다. 그래, 알아, 이렇게 하면 안 된다는 거 알아, 하지만 상관없어!

그리고 오후 5시경, 그녀는 집으로 돌아온다.

56 〈다과(茶果)살롱〉이라는 의미로, 차와 함께 각종 디저트, 경양식 등 가벼운 식사를 즐길 수 있는 곳이다. 작은 전시회나 음악회가 열리기도 하는 이곳은 프랑스에서는 카페나 레스토랑보다 훨씬 격이 높은 장소로 여겨진다.
57 프랑스의 디저트 케이크의 하나. 파리와 브레스트 간의 유명한 자전거 경주를 기념하여 바퀴처럼 둥근 모양으로 되어 있다.

너무나도 착한 쿠키 녀석은 그녀를 보며 좋아하고, 마틸드
는 〈우리 아기〉라고 하며 강아지를 안아 든다. 그녀는 화이
트 와인 한 병을 따고, 안주용 비스킷 한 봉지를 뜯는다. 이
짭짤한 비스킷도 먹어서는 안 되는 것이지만······.

그녀는 쌀쌀해지기 전에 저녁 시간을 즐기기 위해 이 모든
것을 테라스로 가져간다.

흔들의자에 앉아 이웃집 울타리를 쳐다본다.

르푸아트뱅을 오늘 저녁에 찾아가기는 힘들다. 상태가 좋
아지면 내일 가리라. 아니면 다음에 가든지. 조금 뒤로 연기
할 뿐이다. 뤼도에 대한 일은 그냥 넘어갈 수 없다. 찾아가서
분명히 따져야 하겠지만, 나중에 갈 것이다. 지금은 마틸드,
그냥 이 좋은 시간을 즐겨! 개를 쓰다듬으면서 화이트 와인
을 마시고 비스킷을 실컷 먹어! 넌 그럴 만한 자격이 있어!

✝

뷔송은 마틸드를 그렇게 오랫동안 따라다니지 않았다. 상
대가 어떤 사람인지 금방 파악할 수 있었다. 신발 가게, 가죽
제품 상점 쇼윈도 앞, 살롱 드 테······ 그는 더 이상 추적하지
않았다. 그리고 라 쿠스텔이 위치한 주택 구역을 둘러싼 숲
에서 원하는 위치를 찾아내기가 생각보다 힘들었기 때문에
미행에 시간을 낭비하지 않은 것을 다행으로 여겼다. 그가
오랫동안 검토한 8만 분의 1 지도 덕분에 원하는 곳으로 곧바
로 올 수는 있었지만, 주위가 컴컴해지기 시작하자 어떤 나

무 위로 기어올라야 할 것 같다는 생각이 들었다. 하지만 다행스럽게도 나뭇가지 사이에 설치된 사냥용 오두막 하나를 찾아낼 수 있었다. 올라가면서 사다리 막대기 두 개를 부러뜨렸고, 올라가서는 떨어지지 않으려고 벽면 가까이에 붙어 있어야 했다. 그의 고생은 여기서 끝나지 않았으니, 다 썩은 나머지 금방이라도 무너질 것 같은 판자들로 덮인 지붕 위로 기어올라야 했다. 어쨌든 그는 목적을 이룰 수 있었다. 그곳에서 원거리 쌍안경으로 타깃의 집을 관찰할 수 있었는데, 집의 남쪽 부분만 보였지만 거기가 가장 흥미로운 부분이었다. 저녁 7시경, 테라스의 불이 꺼졌다. 지상 층과 2층 사이에서 불들이 꺼지고 들어오기를 반복하다가 결국에는 2층의 불빛 두 개만 남았는데, 그의 추측으로는 욕실과 침실의 불이었다. 그런 다음에 하나만 오랫동안 켜져 있었다. 침실이었다. 뷔송은 집의 지도를 머릿속으로 그려 보았다. 실제와 많이 다르지 않기를 바라면서 말이다.

오후 9시 45분, 마지막 불이 꺼진다. 반 시간을 기다린 그는 조심조심 사냥꾼의 오두막에서 내려와 밴으로 돌아온다. 그리고 출발하여 마을의 한 공중전화 부스에서 짧게 통화를 한 후, 다시 돌아와서는 차를 숲속에 세운다.

그리고 차 뒤로 가서 산악용 침낭 속에 몸을 눕히고 잠이 든다.

†

    새벽 2시경, 이제 가뿐해진 뷔송은 대문의 초인종을 울리지 못하도록 괴어 놓고, 철책 문은 삐걱거리지 않도록 살짝 들어서 연다. 그런 다음 자갈길을 밟으면 소리가 날 수 있으므로, 잔디 위를 걸어 집까지 와서는 빙 돌아서 뒤쪽으로 간다. 뿌연 유리창이 있고 평범한 잠금장치가 달린 매우 전형적인 주방 문이 나오는데, 곁쇠질을 하여 금방 열어 버린다. 그렇게 안으로 침입한 그는 시각이 어둠에 적응할 때까지 한동안 기다린다.

    그는 지나가면서 바구니 속에서 코를 고는 강아지를 한 손가락으로 슬쩍 쓰다듬었고, 신발을 벗고는 점퍼 안에서 소음기가 달린 발터PPK[58]를 꺼낸다.

    계단 하나하나를 발끝으로 오랫동안 테스트해 가며 거의 6분을 들여 2층으로 올라간다.

    침실로 향하는 복도에서도 마찬가지로 느리고도 조심스럽게 나아간다.

    문 하나가 활짝 열려 있어 넘어야 할 장애물이 하나 줄었다.

    그는 깃털 이불 아래에 보이는 타깃의 묵직한 실루엣을 분간한다. 여전히 느릿하게 한 걸음을 더 내딛는다. 입구에서 발밑의 바닥이 왠지 불룩하게 느껴진다. 그는 바닥에 모포가

[58] 독일의 발터사가 1931년에 개발한 권총. 007시리즈의 제임스 본드가 사용한 권총으로 유명하다.

깔렸을 뿐만 아니라, 그 위에 매트 한 장도 깔렸다는 사실을 깨닫는다. 여전히 바짝 집중한 그는 문턱에 서서는 팔을 수평으로 쭉 뻗어 똑바로 두 발을 발사한다.

소음기로 소리가 죽은 총성은 실제로는 두 번이 아니라 네 번 울린다.

첫 두 발은 뷔송이 침대에 대고 쏜 총알들이 낸 것이다.

잇따른 두 총성은 그가 목덜미와 허리께에 맞은 7.65밀리미터 총알들의 것이다.

이 총성은 터지려는 샴페인병 코르크 마개를 누르고 있을 때 새어 나오는 소리와 상당히 비슷하다.

마틸드는 불을 켠다.

그녀는 외투 차림인데, 이 머저리를 기다리며 감기에 들까 봐 걸쳤던 것이다.

사내에게 뜨거운 맛을 보여 준 그녀는 이제 따끈한 커피 한잔을 마실 생각이다. 지금이 몇 시지? 새벽 3시잖아!

또 하룻밤을 망쳐 버렸다.

9월 17일

앙리, 내가 말했잖아, 이 늙은 마틸드는 아직 쓸 만하다고 말이야. 사람 얕보지 말라고!

그녀는 마치 실내에 서리가 내린 것처럼 외투를 입고 주방에 서 있다. 그녀는 김이 모락거리는 커피를 홀짝거린다.

앙리, 내가 운이 좋았다는 것은 나도 인정해. 하지만 나폴레옹이 뭐라고 했는지 너도 기억하지? 그걸 절대로 잊으면 안 된다고…… 근데, 그녀는 이 말을 일전에 앙리가 왔을 때 말했던가, 아니면 그녀가 그냥 생각한 것인가? 잘 기억이 나지 않는다.

지금은 새벽 4시다. 조금 상황이 나아지긴 했지만, 야밤중에 이 무슨 고생인가! 게다가 시작이 별로 좋지 않다.

「아이고, 이 돼지 좀 봐!」 다시 침실에 올라간 그녀는 비명을 지른다.

침실의 카펫 바닥 위에 펼쳐진 낡은 매트와 담요는 앙리가 보낸 사내의 피를 흡수하기 위해 깔아 놓은 것이다. 그런데 피가 모포와 매트를 뚫고 내려가 카펫 바닥까지 적셔 버렸다. 게다가 조금도 아니다!

흠뻑 젖어서 엄청나게 큰 얼룩이 생겼다. 마틸드는 분통이 터진다. 아니, 이걸 어떻게 닦으라고? 피는 잉크와 마찬가지로 최악인 것이다.

뭐, 할 수 없지! 일어난 일을 어떻게 하겠어? 한탄만 하며 시간을 보낼 수는 없지.

그녀는 계획했던 대로 할 참이다. 다시 말해서 그를 매트와 담요로 둘둘 말아, 중간에 걸리지 않기를 바라면서 계단으로 1층까지 굴려 내릴 것이다. 제대로 한다면 팔이나 다리가 빠져나오지 않은 균일한 꾸러미가 될 것이므로, 별 문제가 없을 것이다. 하지만 시체가 굳기 전에 빨리 처리해야 한다. 시신 경직이 일어나고 나면 얼마 동안 기다려야 하는데, 마틸드는 인내심 있는 성격이 아니기 때문이다. 게다가 이더러운 인간은 돼지처럼 피를 흘리고 있다! 파출부가 이걸제대로 닦아 낼 수 있을 것 같지 않다. 중개소의 여편네도 그여자는 그렇게 경험이 많지 않다고 말했지 않은가? 어쨌든 그 파출부가 며칠에 오는지 적어 뒀어야 했다. 확인해 봐야한다.

그녀는 우선 시신을 샅샅이 뒤지기 시작한다.

이 친구는 몸에 어떤 서류도 지니고 있지 않았다. 당연한일이다.

그는 밑바닥에 고무를 댄 양말을 신고, 발터PPK를 가지고 작업했는데, 그녀는 이것을 밴의 열쇠와 함께 한쪽에다 둔다. 그래, 맞아, 앙리, 넌 사람을 쓸 줄 알아…… 지금 내 얘기를 하는 게 아니라, 이 남자가 진짜 프로라는 거야. 만일 네가 나에게 아마추어를 보냈다면 솔직히 난 기분이 별로였을 거야, 나에 대한 모욕으로 여겼을 거라고!

이제 이 친구의 밴을 찾으러 가야 하겠지만, 그보다는 먼저 이 꾸러미부터 동여매야 해. 참, 일을 여러 가지 하게 만드는구나! 앙리, 내가 이 엿 같은 것들을 하고 있을 나이라고 생각해?

그녀는 폭이 넓은 스카치테이프 한 롤을 준비했지만, 이 친구가 매트 위로 비스듬히 쓰러지리라고는 — 이 때문에 피가 카펫까지 흘렀다 — 예상치 못했고, 또 시신이 그녀가 가진 힘으로 다루기에는 너무 무겁다는 점을 생각하지 못했다.

잠시 그녀는 르푸아트뱅에게 도움을 청해야 하나 고민한다.

이웃 남자를 떠올리니 다시 그 불쌍한 뤼도가 생각난다. 그 천치 같은 르푸아트뱅 놈을 찾아가서 따져야 해! 그녀는 머릿속에 이 점을 새겨 놓고 다시 할 일로 돌아온다.

시체를 한 치 한 치 들어 올린다. 마틸드는 무릎을 꿇고, 죽을 듯이 헐떡이고, 다시 일어서고, 허리를 굽혀 어깨를, 점퍼를, 다리를 붙잡는다. 지옥이 따로 없다. 시체의 자세를 바로잡는 것 하나만 하는 데 얼마나 많은 시간이 필요했던가! 그러고 나서 매트로 시체를 말아야 한다. 아까에 비해 어려운 일은 아니지만, 그녀는 반쯤 탈진해 있다. 전체를 스카치 테이프로 동여매야 한다. 이를 위해서는 다시 한번 꾸러미를 한쪽 방향으로 굴리고, 반대쪽에서 스카치테이프를 올리고, 또 사내를 반대 방향으로 돌리는데, 이 짓을 몇 번이나 해야 하는지 모르겠다. 그리고 이 놈의 침대는 왜 여기에 놓여 있는가? 뭐, 침실에 침대가 있는 것은 너무나 당연하지만, 어떤 킬러를 매트로 말려고 할 때는 걸리적거리는 게 사실이다.

침대 머리맡 탁자 위에 놓인 알람 시계를 돌린다. 맙소사, 이걸 묶는 데 한 시간 가까이 걸렸어!

이제 계단으로 던져야 하는데, 그것을 층계참까지 끌고 와 똑바로 굴러떨어뜨릴 수 있게끔 제대로 위치를 잡는 것만도 보통 일이 아니다.

아주 중대한 순간이지만, 이제 마틸드는 지쳐 버렸다. 만일 둘둘 만 꾸러미가 어딘가에 걸리면, 빼내기 위해 힘과 에너지가 필요할 텐데, 앙리, 난 탈진해 버렸어. 힘이 하나도 없다고.

그녀는 그것을 층계참에, 그러니까 첫 번째 계단 바로 위에다 비스듬히 걸쳐 놓는다. 다시 힘이 돌아오면 그때 일을 할 것이다. 꾸러미와 난간 사이로 빠져나온 그녀는 계단을 힘겹게 내려와 주방으로 들어간다. 강아지가 그녀의 다리에 몸을 비비며 오자, 그녀는 녀석을 잡아서는 무릎 위에 올려놓는다. 그런 다음 두 팔을 식탁 위에 올리고 그 위에 머리를 괴고는 곧바로 잠이 든다.

그래서 초인종이 울렸을 때 그녀는 한참이 걸려서야 잠이
깨고, 지금 자신이 어디 있는지 알게 된다. 아직 잠이 덜 깨
어 멍하니 정신이 없다. 고개를 쳐든 그녀의 눈에 처음 들어
온 것은 강아지가 싸놓은 오줌이고, 이걸 보자 화가 치
민다…….

「야, 너 뭐 한 거야!」

그녀는 불같이 화가 났다. 강아지는 한쪽 구석에 웅크리
고, 그녀는 벌떡 일어나 녀석에게 다가간다. 이 개새끼야, 너
혼 좀 나야겠어…… 하지만 다시 울린 초인종 소리에 그녀는
걸음을 멈춘다. 그녀는 정신이 번쩍 드는데, 정장 차림의 두
남자가 현관문 앞에 서 있기 때문이다. 멀리서 봐도 경찰 냄
새가 나는 사내들이다. 그들은 저쪽에서 큰 유리창들이 있는
테라스 쪽을 통해 그녀를 바라보고 있다.

저들이 무슨 이유로 찾아왔을까?

2층 층계참에는 둘둘 말린 킬러의 시신이 금방이라도 계
단을 굴러떨어질 것 같이 놓여 있다.

침실 입구에는 카펫 바닥 위에 피가 흥건한 웅덩이를 이루
었고…….

한 손으로 머리카락을 쓸어 올린 그녀는 유리창까지 다가
가서는, 테라스로 나가지는 않고 말한다.

「들어오세요, 신사 분들, 들어오세요!」

그녀는 주방으로 돌아와서는 서랍을 열고 루거를 집어 들
어 재빨리 장전한 다음, 조심스럽게 다시 집어넣는다. 서랍
은 살짝 열어 놓는데, 이리하면 빨리 반응할 수 있기 때문

이다.

그리고 몸을 돌려서는 그들이 진입로로 다가오는 것을 바라본다.

오른쪽에 있는 키가 작은 우두머리는 젊어 보이는 다른 사내보다 반걸음 앞서 걸어오는데, 둘 다 옷차림이 한심하다. 우두머리는 껌 같아 보이는 무언가를 씹고 있다.

마틸드는 싱크대로 가서는, 그녀가 열어 둔 테라스 유리창 앞에 두 남자가 멈춰 선 순간, 대걸레의 물기를 꾹 짠다.

「페랭 부인이십니까?」 작은 사내가 묻는다.

「네, 맞아요. 근데 집 안에는 들어오지 마세요. 강아지가 방금 실례를 해서 미끄러질 수 있어요. 내가 갈게요.」

그들은 그러잖아도 나이 들고 피곤해 보이는 이 여자가 힘겹게 허리를 굽히고 한숨을 푹푹 쉬어가며 대걸레로 강아지 오줌을 닦고 있는 모습을 내려다본다. 여자는 걸레질을 하며 푸념한다.

「이 녀석아, 너도 빨리 배워야지! 엄마가 매일 아침마다 이러고 있을 수는 없잖아…… 자, 두 분. 앉아 계세요, 곧 갈게요…….」

반장은 명함을 꺼내고 자신을 소개하려는 동작을 언뜻 보였지만, 미처 그럴 시간이 없었다. 그는 의아한 얼굴로 부하를 돌아본다. 그녀는 그들이 누구인지도 모르면서 서슴없이 들어오라고 하고, 또 테라스에 앉으라고 했다. 너무나 이상하고, 심지어는 당황스럽기까지 한 일이다.

마틸드는 긴 한숨과 함께 일을 마친 다음에 그들에게로

온다.

「커피 원하세요?」

「네, 그러죠…….」 젊은 친구가 대답한다.

그는 스물다섯 살도 되어 보이지 않는다. 막 중학교를 졸업한 친구 같다.

「에, 그러니까 우리는…….」 다른 남자가 말문을 연다.

「오, 두 분이 누구신지 금방 알겠어요.」 마틸드가 말을 끊는다. 「기분 나쁘게 하려는 건 아니지만, 경찰관들은 다 비슷비슷하거든요. 그렇잖아요? 자, 두 분 다 커피 괜찮으세요?」

젊은 친구는 웃고, 반장은 기분이 상한다. 그는 호주머니에서 견과류를 한 움큼 꺼낸다.

「그게 뭐죠?」 마틸드가 묻는다. 「지금 드시는 거…… 그게 뭔가요?」

「캐슈너트입니다.」

「아이고, 그러다 오래 못 살겠어요…… 뭐 어쨌든, 자, 커피…….」

그녀는 주방에서 필터에 커피를 채워 가며 어깨너머로 묻는다.

「그 주차장 얘기 때문에 오셨나요?」

「그것도 용건 중의 하나죠…….」 반장이 대답한다.

마틸드는 환하게 미소 지으며 돌아선다. 마치 어떤 희소식을 들은 사람 같은 얼굴이다.

「또 다른 것도 있나요?」

가장 강하게 다가오는 느낌은 이 여자가 무척 심심해하고, 이들이 방문한 것을 너무도 좋아하고 있다는 것이다. 그대로 둔다면 오전 내내 수다를 떨고, 점심 때는 물어보지도 않고서 세 사람을 위한 상을 차릴 것 같다……

커피포트가 달각대기 시작했고, 마틸드는 잔과 티스푼과 설탕 그릇을 들고서 돌아온다.

「두 분의 동료에게 이미 다 설명드린 것 같은데요. 그런데 그분 이름이 뭐였죠? 그 키가 크고 러시아 이름을 가진…….」

「바실리에브요?」

「네, 맞아요!」

그녀는 다시 떠나고, 그녀의 품 안에 웅크린 강아지와 함께 돌아와서는 또다시 한숨을 푹 내쉬며 의자에 털썩 주저앉는다.

「자, 그럼, 내가 다시 시작해야 하나요? 그래요, 이건 신발과 관련된 얘기예요…… 네, 알아요. 별것도 아닌 일이지만, 어쨌든 그래요…… 내게 신발 한 켤레가 있었는데…….」

「아, 얘기하실 필요 없습니다.」 반장이 말한다. 「그건 다 그 친구가 쓴 보고서에 있어요.」

마틸드는 얼굴을 살짝 찌푸린다. 그렇다면 왜 왔는지 모르겠다는 표정이다.

「부인, 우리의 동료는 그저께 사망했습니다. 그리고…….」

「오, 안 돼!」

그것은 진짜배기 비명이다. 마틸드는 주먹을 입에 대고 있다.

「여기 왔던 그 키 큰 젊은 사람이요? 그가 죽었다고요?」

「네, 부인, 그저께요.」

「그 키 큰 남자, 너무 팔팔해 보였는데…… 신발은 좀 더러웠지만, 경찰관치고는 꽤 괜찮은 사람 같았어요. 그러니까 내 말은…… 그런데 무엇 때문에 죽었나요?」

「살해당했습니다, 부인. 뉴스에서 들었을 텐데요…….」

「아이고, 경관님, 난 TV는 전혀 보지 않아요! 그래서 세상에서 무슨 일이 일어나고 있는지 전혀 모르죠! 그런데 누가 죽었죠? 왜요?」

「바로 그 질문에 대한 답을 찾고 있는 중입니다, 부인.」

오키핀티는 자신의 이 표현이 너무 마음에 들어 캐슈너트를 한 입 털어 넣는다. 그는 자신만만해 보이지만, 사실은 약간 헤매고 있는 상태이다. 스물네 시간 전부터 탄 형제에 대해 작업해 오고 있지만, 아무것도 찾아내지 못했다. 그 자신이 직접 그들에게 몇 시간을 들였다. 결국에는 지쳐서 그들을 다른 팀에게 맡겼다. 이렇게 탄 쪽 가설과 바실리에브 쪽 가설 사이를 계속 오가고 있는데, 지금은 도대체 어느 쪽이 맞는지 알 수가 없다. 방향을 제대로 잡은 것 같지 않고, 이리저리 떠다니며 좌우로 흔들리고 있는데, 이게 별로 기분이 좋지가 않다. 바실리에브가 주차장 사건과 관련하여 만났던 증인들을 신문하러 팀 하나가 다시 가기로 했기 때문에, 반장은 믈링의 할머니는 자신이 직접 맡겠다고 말했다. 그런데 여기에 도착하여 이 여편네를 보자마자 자신의 결정이 곧바로 후회되었다. 이런 은퇴한 노인을 신문하는 것보다 더 시급한 일이 정말 하나도 없단 말인가? 이것은 그의 수사가 옆 길로 새고 있다는, 뭔가가 삐걱대고 있다는 명백한 신호다. 자기 자신부터 삐걱대고 있는 것이다.

마틸드는 도착한 이후로 한마디도 하지 않는 젊은 친구 쪽으로 고개를 돌린다.

「이봐요, 총각. 가서 커피 좀 가져다줄래? 오늘 아침 따라 내가 걷기가 힘들어서…….」

경찰관은 미소를 짓는다. 마틸드는 자신의 할머니를 떠올리게 한다. 자기 할머니도 이렇게 말을 거침없이 한다.

「자, 내가 어떻게 도와드릴 수 있죠, 형사님?」

「반장입니다.」

「뭐, 원하신다면 그렇게 부르죠.」

그녀는 그가 다소 예민한 사람으로 느껴진다.

「그 친구가 여기를 방문했을 때 무슨 일이 있었는지, 그러니까 어떤 특별한 일이라도 있었는지 알고 싶습니다. 우린 지난 며칠 동안 그 친구의 행적을 재구성하고 있어요.」

마틸드는 무슨 말인지 모르겠다는 듯한 제스처를 해보인다.

「주차장 일에 대해 얘기했어요. 그는 커피를 마시려 하지도 않더군요. 오래 머물지도 않았고요. 아뇨, 난 지금 무슨 말씀하는지 모르겠어요.」

젊은 경찰관이 커피가 담긴 유리 용기를 들고 왔다.

「저 위에 있는 게 매트인가요?」

「매트?」 반장이 반문한다. 「무슨 매트? 어디에 있는데?」

「저기 위에요.」 젊은 친구가 커피를 따라 주며 말한다. 「층계참 위에 둘둘 말려 있어요…….」

「고물상이 가져갈 거예요.」 마틸드가 설명한다. 「오늘 아침에 와서 가져가기로 했는데.」

「제가 아래로 내려 드릴까요?」

이 젊은 총각은 친절하지만, 마틸드는 조금 짜증이 난다.

「고맙지만 괜찮아. 고물상이 알아서 할 거야. 그가 하는 일이 그거니까. 게다가 내가 다 싸놨기 때문에…….」

그 사이에 반장은 땅콩으로 더러워진 손바닥을 재킷 안감에 대고 슥 닦고는 꾸깃꾸깃한 종이 한 장을 꺼낸다. 거기에는 아주 빽빽하게 써놓은 글씨가 보인다.

「이건 바실리에브 수사관의 보고서에는 없고 그의 수첩에 있는 내용인데 말이죠…… 여기서 그가 〈개 머리〉라고 써놓은 것 같은데, 이에 대해 생각나는 거라도 있나요?」

마틸드의 머릿속에 두 가지 생각이 교차한다.

어떻게 시간을 벌 것인가?

그리고 어떻게 주의를 끌지 않고 일어나서 주방의 서랍까지 갈 것인가? 왜냐하면 이 빌어먹을 경찰관에 대해 느껴지는 분노가 고스란히 되살아났고, 지금 여기에 있는 다른 두 놈도 그자와 똑같은 길을 가고 있기 때문이다.

「……이 녀석 때문이에요.」

그녀는 여전히 그녀의 품 안에 웅크리고 있는 조그만 코커스패니얼을 가리킨다.

이것은 방금 그녀의 머리를 스친 생각이다. 마치 동전 던지기와 같은 것이어서 좋은 쪽으로 떨어질 수도 있고, 나쁜 쪽으로 떨어질 수도 있다. 저들에겐 안됐지만 할 수 없는 일이다. 그들은 강아지를 일종의 불안감이 느껴지는 눈빛으로 응시한다.

「내 생각에는 그가 꼬마였을 때 같은 개를 키웠을 거예요…….」

「하지만 왜 개의 〈머리〉죠?」 반장이 묻는다. 「이건 잘 이해가 안 되는데…….」

「그 사람 말로는 머리가 똑같이 생겼다는 거예요. 사실 이 코커스패니얼들은 다 똑같이 생겼다고 생각하는데, 안 그런가요? 뭐, 이런 말 해서 미안하지만, 당신의 동료는 조금 단순한 사람 아니었나요?」

경감은 반응하지 않는다.

마틸드에게는 분위기가 갑자기 고약해진 것처럼 느껴진다. 뭔가 마음에 걸리는 게 있다는 것을 그들의 표정에서 알 수 있다. 반장은 종이를 들여다본다.

「또 그는 〈이웃 남자〉라고 써놨고, 그다음에는 〈울타리〉라는 말도 써놨는데…….」

「글쎄요, 그게 무슨 말인지 난 전혀 모르겠어요.」

「하지만 이것은 부인과의 면담 뒤에 적어 놓은 메모인데요.」

「뭐, 어쩌면 그럴 수도 있겠죠. 하지만 그때 그는 벌써 어떤 다른 걸 생각할 수도 있었을 거고…….」

이 논리는 그다지 설득력 있게 느껴지지 못한 듯, 경찰관들은 여전히 말이 없고 미심쩍은 표정이다.

「그가 이웃 남자와 얘기하러 갔었다면 또 모르겠지만,」그녀가 말한다. 「하지만 그래야 했을 이유는 없을 것 같은데요?」

「흠, 그럴 수 있어요.」반장이 대답한다. 「네, 분명히 그럴 수 있죠.」

그는 종이를 다시 호주머니에 집어넣는다.

「그럼 이웃 분에게 가서 얘기해 보겠습니다.」

정말이지 상황이 고약해졌다. 그리고 마틸드는 상당히 화가 난다. 그녀는 그들을 번갈아 쳐다본다. 그녀는 이들을 르 푸아트뱅의 집에 찾아가지 않아도 되게 해줄 것이다. 그녀가 그 머저리 같은 껑다리를 보러 오베르빌리에까지 갔던 것은 집에서 이 두 못된 놈에게 시달리기 위함이 아닌 것이다.

그녀는 일어선다.

「나 약 좀 먹어야겠어요, 안 그러면…….」

「원하시면 제가 가져다드릴게요.」젊은 경찰관이 후다닥 나선다.

「아니, 당신은 찾지 못할 거야.」

마틸드는 주방으로 돌아오는 길에 테라스 유리문을 활짝 열어놓는다. 총을 쏠 공간이 필요한 것이다. 루거를 장전해 놓아 다행이다. 그냥 손에 쥐고 돌아서기만 하면 된다. 나이 든 친구가 있는 정확한 위치, 그리고 그와 젊은 친구 사이의 거리를 마음속으로 다시 그려 본다. 그 순서대로 할 것이다. 그녀는 서랍을 열고 루거를 손에 쥔다.

전화벨이 울린다.

막 돌아서려던 마틸드는 순간 움직임을 멈춘다. 도대체 누가 전화했을까?

그녀는 살며시 루거를 다시 서랍 속에 내려놓고 서랍을 밀고는, 전화기 쪽으로 가서는 수화기를 집어 든다. 그런 다음 반장에게 돌아선다.

「반장님에게 온 전화인데요.」

그는 일어선다.

「내가 부인 집의 전화번호를 알려 줬습니다.」[59]

「편한 대로 하세요.」

그는 탄 형제에 대한 1차 취조 후 자신에게 연락하라고 요청했었는데, 지금은 경찰 수사대에서 잠시 쉬는 시간이어서 그에게 상황을 알려 주려 전화했던 것이다.

그는 다가가서 수화기를 받아 든다.

「자, 여보세요?」

정말이지 이 반장은 어처구니가 없는 인간이다.

마틸드는 서랍 쪽으로 돌아온다. 이제 일이 더 어렵게 되었다. 첫 번째 놈은 그녀의 왼쪽에 있는데, 이것은 그녀가 선호하는 방향이 아니다. 다른 놈은 거기서 4미터 떨어진 오른쪽에 있다. 더 젊은 놈인데, 아마 동작이 더 빠를 것이지만, 급습의 효과는 마틸드에게 유리하게 작용할 것이다.

하지만 벌써 위치가 바뀌고 있다.

59 당시에는 휴대폰이 없었기에, 현장에서 신속하게 연락을 받기 위해 취하던 수단이었다.

젊은 수사관이 마틸드 앞으로 와서는 귀에다 대고 아주 낮은 소리로 제안한다.

「전화하시는 틈을 타서 제가 매트를 아래로 내려드릴까요?」

그는 대답도 기다리지 않고 계단을 향한다. 마틸드는 루거를 잡는다. 순간, 반장과 수사관이 같은 사선(射線) 안에 들어온다. 하지만 이 위치는 오래 가지 않고, 젊은 경찰관은 계단을 오를 것이다. 막 움직이려 하던 그녀는 갑자기 멈춘다.

「자, 페랭 부인, 우린 그만 가봐야겠습니다.」 반장이 수화기를 내려놓으며 말한다. 「의무가 우릴 부르고 있네요.」

그가 의무라고 부르는 것은 판사다. 판사가 그를 만나 상황을 점검하고 싶어 한단다. 오키핀티는 진척된 게 아무것도 없어서 한 소리 들을 것이다. 탄 형제는 지금 시간을 끌고 있다고 부하가 알려 주었다. 그들은 법정 구금 기간이 끝나기만을 기다리며 입을 굳게 닫고 있단다.

「이런 시부랄…….」 오키핀티가 전화를 끊으며 내뱉는다.

「뭐라고요?」 마틸드가 날카롭게 되묻는다.

「아, 미안합니다…….」

「네, 그렇게 말씀하셔야죠! 왜냐하면 난 걸핏하면 쌍욕을 내뱉는 공무원들을 부양하기 위해 피 같은 세금을 내고 싶진 않으니까!」

계단의 두 번째 발판에서 멈춘 젊은 친구가 조심스레 발길을 돌린다.

마틸드는 그들을 차례로 엄하게 응시한다.

「그럼 이웃 남자는요? 이웃 남자는 보러 가지 않을 건가요?」

「뭐, 다음번에 해야 할 것 같군요.」

마틸드가 미처 생각할 틈도 없이 반장은 벌써 말했다. 「자, 가자! 여기서 꾸물대지 말자고.」

「커피 감사합니다.」 젊은 친구는 반장이 한마디 말도 없이 가버리는 것을 보고 말한다.

「네, 그래요.」 마틸드는 악문 이 사이로 내뱉는다.

✝

「저것들 때문에 일이 늦어져 버렸어…….」

마틸드는 잠시 짬을 내어 잔들을 씻고, 강아지에게 먹을 것을 준다. 그러고 나서 2층으로 올라갔지만, 시체를 아래층까지 굴려 내린다는 자신의 계획은 전혀 실현 가능성이 없다는 게 느껴진다. 그냥 시체를 미끄러질 수 있는 방향으로 놓고는 아래로 질질 끌어내려야 하리라.

이렇게 힘이 다 빠지지 않게끔 주의해 가면서 둘둘 말린 매트를 한 치 한 치 당기며, 마틸드는 두 경찰관이 찾아온 일에 대해 곰곰이 생각해 본다. 그 인간들 정말 운이 좋았어, 안 그래? 앙리, 넌 정말 그렇게 생각했어? 내가…… 뭐, 솔직히 말하자면 나도 그렇게 생각했으니까!

지금 그녀가 속상한 것은 예정보다 일이 늦어졌기 때문이다. 시간이 벌써 9시 반이다. 바보 같이 잠들지만 않았더라도, 그 두 짭새, 그 천치 같은 놈들이 오기 전까지 모든 걸 다 끝냈을 텐데 말이다…….

죽어라 당긴 끝에 동여맨 시신은 아래층에 이르렀고, 그녀는 그것을 힘겹게 테라스까지 굴려서는 제대로 눕힌다. 시체가 막대기 같이 뻣뻣해진 것이 매트를 통해 느껴진다. 미리 묶어 놓은 것이 천만다행이다.

거기까지 일을 마친 마틸드는 앉아서 숨을 고른다.

이제 문제는 르푸아트뱅이다. 그녀는 이 친구가 부근의 어딘가에 세워 놓았을 밴을 찾으러 갈 필요가 있다. 밴은 벨기에 번호판과 어떤 청소 회사 광고를 달고 있기 때문에 분명히 이웃 인간의 주의를 끌게 될 거고, 온갖 구실로 찾아와서는 온갖 것을 물어보는 그 인간은 그녀의 일거수일투족을 감시할 거고, 그녀는 더 이상 벗어날 수 없게 될 것이다.

르푸아트뱅을 생각하면서 마틸드는 은은한 분노가 치미는 걸 느낀다. 사실은 그가 이 모든 문제들의 출발점이다. 급기야는 오늘 아침에 그 뒤퐁과 뒤퐁[60]까지 찾아오게 만들었다! 그 인간이 그 개 머리에 대해 침을 튀기며 떠들어 대지만 않았어도…… 가만, 근데 그 머리가 어디 있지? 쿠키가 그 더러운 것으로 감염되는 일이 없어야 할 텐데 말이야…… 그걸 묻어 버려야 해, 라고 생각하지만 그녀는 이걸 곧바로 잊어버리니, 그녀의 정신은 온통 르푸아트뱅에 고정되어 있기 때문이다. 결국 가장 좋은 것은 지금 그 인간을 처리해 버리는 것이다. 어차피 해야 할 일이라면 지금 없애 버려야 할 일이

---

60 벨기에 출신 세계적인 만화가 에르제의 탱탱Tintin 시리즈에 등장하는 쌍둥이 형사로, 유능한 경찰관이라기보다는 우스꽝스러운 실수를 연발하는 코믹한 캐릭터로 표현된다.

한 가지 줄어드는 셈이다.

그녀는 주방의 서랍을 열어 루거를 꺼내어 테라스로 나와서는 결연한 걸음으로 울타리까지 다가간다. 그 멍청이가 땅을 고르거나, 제초하거나, 뭔가를 하고 있겠지. 난 그를 부를 거야. 그가 온갖 아양을 떨며 다가오면 난 그의 두 눈 사이에 한 발을 박아 줄 거고, 그럼 이 얘기는 끝이야.

「르푸아트뱅 씨?」

마틸드는 측백나무 가지들을 옆으로 벌려 보지만, 울타리를 이룬 나무들이 상당히 무성하여 두 손이 필요하다. 그녀는 루거를 허리띠 아래에 찔러 넣는다.

「르푸아트뱅 씨?」

그녀는 약간 살갗이 긁히지만 기어코 가지를 모두 헤치고, 그제야 이웃집이 눈에 들어온다. 그녀는 왼손으로 가지들을 붙잡고는 오른손으로는 다시 루거를 빼든다.

「르푸아트뱅 씨?」

이때 차고의 문이 서서히 닫히면서 이웃 인간의 자동차가 멀어지는 게 보인다. 그는 차고에 전동식 문을 설치해 놓았다. 나도 저렇게 해야 하리라⋯⋯ 그가 거리로 접어들자 차의 후미등이 사라진다.

일을 뒤로 잠시 연기할 뿐이야, 라고 그녀는 중얼거린다.

이로써 약간의 여유가 생긴 것이다(르푸아트뱅도 마찬가지이지만). 그녀는 이 틈을 이용하여 그 빌어먹을 뱅을 찾으러 갈 거고, 만일 그동안에 이웃 인간이 돌아와 있으면 그도 처리하고, 그러면 이 얘기는 끝인 것이다.

필요한 것들을 모으면서 마틸드는 혼자서 중얼거린다. 쿠키에게 사료를 주고 가야 해, 사흘치를 놓고 갈게, 엄마가 그 전에 돌아올 테니까, 우리 아기 너무 걱정하지 마! 여행 가방, 속옷 몇 벌, 세면도구. 침실로 다시 올라갔다 다시 내려온다. 아이고, 이러다 심장 마비가 오겠어! 괘종시계 속의 스미스 & 웨슨, 루거, 데저트 이글, 그리고 필요한 만큼의 탄약.

모든 것이 테라스에 모아졌을 때(쿠키, 저리 비켜! 매트를 핥으면 안 돼, 잘못하면 병이 난단 말이야!), 그녀는 강아지를 주방에 가둔다. 우리 아가, 엄마가 나갈 때 문을 열어 줄게. 그런 다음 그녀는 신발을 갈아 신는다. 날씨가 아주 쌀쌀하다. 자, 가자! 그녀는 똑바른 진입로를 통해 사유지를 벗어난다.

이 길을 걸어서 다시 지나가니 좀 기분이 묘하다. 전날 천천히 운전하는 그 친구의 밴과 마주친 곳이 정확히 여기였다. 그때 마틸드는 기분이 별로 좋지 않았다. 그 덧창 소리 때문에 몹시 겁이 났던 것이다! 그 상태에서 완전히 회복하지 못하고, 긴장하고 불안한 상태였다. 그렇게 나가는 길에 밴과 마주쳤다. 미처 운전자의 얼굴을 볼 시간이 없었지만, 차 옆면에 벨기에에 본사가 있는 어느 청소 회사의 로고가 그려진 광고판이 있었다…… 곧바로 그녀의 머릿속에서 경고등이 깜빡이기 시작했고, 즉시 기분이 나아졌다. 그 순간 상황이 자신에게 유리하다는 것을 확신할 수 있었기 때문이었다. 그녀는 단 1초 만에 플랜을 그려 낼 수 있었다. 저자는 밤중에 찾아올 거였다. 다른 방법은 없었다. 그녀는 쇼핑을 즐기고, 쇼윈도들을 구경하고, 신발 가게들을 돌아다녔다. 그동안 한 번도 그를 보지 못했지만, 그의 존재를 느낄 수 있었다. 매우 노련한 전문가였다. 털끝만큼도 실수를 범하지 않았다. 마틸드는 자기 역시 하나의 실수도 범해서는 안 된다는 것을 깨달았다. 모든 게 아주 잘 진행되었다. 앙리, 이런 친구들의 문제점이 뭔지 알아? 그것은 이들이 종종 타깃을 과소평가한다는 사실이야. 나 같은 늙은 아줌마는 한 입거리도 안 된다고 생각하지. 이것은 고전적인 착각이야. 남자들은 여자들에 대해 희한한 관념을 품고 있어. 특히 나이든 여자들에 대해서…… 이제 그 친구는 이 문제에 대해 명상해 볼 시간이 없겠지만, 앙리, 넌 이번 일에서 뭔가 교훈을 얻길 바라.

이런 생각들을 하면서 마틸드는 동네를 온통 뒤지고 다닌다. 그 천치가 대체 어디다 차를 세워 둔 거야? 그 역시 시간이 많지 않았기 때문에 멀리 가지는 못했을 것이다. 그런데 이렇게 거리를 걷다 보니 부아가 치밀기 시작한다.

앙리, 내가 뭣 좀 하나 얘기해 줄게…… 넌 카우보이와 인디언 놀이를 하기를 좋아하지만, 효율성의 면에 있어서는 빵점이야. 앙리, 난 널 좋아해, 내가 널 좋아한다는 걸, 넌 내게 무엇이든 부탁할 수 있다는 것을 너도 잘 알고 있어. 그런데 어떻게 이런 짓을 할 수 있지? 어떻게 그런 깡패를 내게 보낼 수 있냔 말이야! 이 모든 것은 우리끼리, 너와 나 둘이서 조용히 해결할 수 있는 일 아니야? 좋았던 옛 시절처럼 말이야!

그래, 알아, 네가 과거 얘기하는 걸 좋아하지 않는다는 것을. 하지만 앙리, 사람은 다 늙잖아, 사람은 다 늙어! 너부터 늙지, 아, 시끄러 앙리, 너부터 늙는다고! 도대체 그놈의 권총 얘기를 가지고 나한테 무슨 엿 같은 짓을 했는지 한번 봐. 만일 내가 아무것도 간직하지 않았으면, 지금 내 꼴이 참 좋겠다! 모포에 둘둘 말려 있는 것은 바로 나일 거라고! 그리고 너에 대해서도 좀 생각해 봐. 지금쯤 넌 어떤 얼굴을 하고 있을까? 너의 늙은 마틸드가 완전히 뒈져 가지고 여기에 뻗어 있으면 어떤 얼굴을 하고 있겠느냐고. 응, 앙리, 한번 생각해 봤어? 오, 앙리, 앙리, 넌 내 말은 절대로 들으려 하지 않지! 넌 마틸드가 아무짝에도 쓸모없고, 자기 멋대로만 하는 늙은 할망구라고 생각하지. 그래서 내게 그 깡패를 보낸 거야! 자기 밴 하나 찾기 쉬운 장소에다 세워 놓지도 못하는 그 천치 같은 깡패를 말이야!

　그런데 갑자기 그게 보인다!

　건설 중인 주택들만 보이는 조그만 거리에 주차되어 있다. 그녀는 밴의 문을 연다. 나무랄 데 없이 깨끗하다. 앙리, 네가 고른 친구는 아주 질서가 잡힌 친구야. 앙리는 여자들에 대해서는 선입견이 많지만, 작전에 있어서는 대가였다.

　그녀는 차량이 이렇게 으슥한 곳에 주차되어 있는 상황을 이용하여 그 안에 한번 들어가 본다. 이따가 집에 돌아가면 지체하지 않고 곧바로 작업에 돌입해야 하기 때문이다. 뭐, 르푸아트뱅이 불쑥 나타난다 해도 세상이 끝날 일은 아니겠지만(그에겐 다르겠지만), 그녀는 할 일이 산더미인 것이다!

차량 내부의 한쪽 벽을 따라, 온갖 종류의 서랍, 잡낭, 칸가구가 붙어 있고, 그 안에는 깔끔하고 나무랄 데 없는 작업을 위한 모든 것들이 갖춰져 있다. 노끈, 밧줄, 각종 도구, 아마도 손가락 끝이나 얼굴을 녹여 버리기 위한 용도일 화학 제품…… 아, 정말로 갖고 싶게 만드네! 앙리, 나이가 스무 살만 젊었어도 나도 이렇게 할 텐데…… 이 직업도 많이 발전했고, 나도 이 흐름에 올라타고 싶어…….

아, 그녀가 찾던 게 여기 있다. 커다란 영안실용 자루들이 여남은 개나 있다. 이 친구는 일을 아주 많이 했거나, 강박적일 정도로 신중했던 듯하다.

그녀는 자루를 이리저리 돌려 보지만 어떻게 하는 것인지 도통 모르겠다.

앙리, 이 물건들이 대체 뭔지, 내게 설명 좀 해줄래?

아, 그래, 알았어! 오, 앙리, 이건 정말 대단한 아이디어야! 마틸드는 자전거 펌프와 비슷하지만, 공기를 주입하는 대신에 빨아들이는 조그만 펌프의 끝부분을 자루에 꽂는다. 정말로 기똥차다! 자루에 시체를 욱여넣고 지퍼를 닫으면 밀봉이 되고 방수가 된다. 여기에 공기를 빼내면 안쪽이 진공 상태가 된다. 아마 완벽한 진공 상태는 아니겠지만, 그래도 부패가 진행될 때까지 귀중한 시간을 벌 수 있다! 브라보, 앙리! 네가 보낸 그 친구는 정말 챔피언이었어. 이 물건이 정말 마음에 들어. 빨리 써보고 싶어 미칠 지경이야!

마틸드는 출발하면서 그녀에게 익숙하지 않은 밴의 크기에 주의를 기울인다. 아주 조심스럽게 운전하고, 내려가서 대문을 열고, 다시 운전석에 올라 몇 미터를 전진하고, 다시 내려 대문을 닫는다.

왜 그랬는지는 알 수 없지만, 그녀는 전동식 문을 설치하려 한 적이 한 번도 없었다. 문제는 몇 해 전에는 즐거운 일상이었던 것이 지금은 가슴을 뻐근하게 만드는 극심한 고역이 되어 버렸다는 점이다. 그녀는 고개를 끄덕인다. 나는 입만 열면 〈난 전동식 문을 설치할 거야〉라고 말하지만, 결국에는 영원히 못 하게 될 거야. 그녀는 밴을 테라스 앞에 세워 놓는다. 그녀는 정말로 피곤하다.

아무래도 이 모든 것은 너무나 번거로운 일이다. 하지만 앙리는 뭐라고 말하는가? 뭐, 난 심장이 약하니까 짜증 나는 일은 피해야 한다고? 그렇다면 왜 나한테 이런 개고생을 시키는 건데? 난 항상 네가 원하는 대로 하지 않았어? 그래, 나에겐 내 방식이 있고, 그건 너의 방식과 다를 수 있어. 하지만 중요한 것은 결과 아니야? 그리고 넌 항상 결과에 만족하지 않았어? 그런데 정말로 앙리, 넌 아무것도 아닌 일들을 가지고 날 괴롭히고 있어…….

그런데 뜻밖의 행운이 기다리고 있었으니, 밴의 후면에 전동식 문이 달려 있는 것이다. 마틸드는 그걸 조작하는 버튼을 찾느라 5분이 걸리지만, 어쨌든 문을 여는 데 성공한다. 이제는 포장된 시체를 밴의 상판까지 굴리고, 상판 위로 올리고, 다시 화물칸 안쪽까지 당기는 일이 남았다. 빌어먹을, 앙리, 난 더 이상 못 하겠다고! 하지만 지금 멈추는 게 가장 위험한 일이다. 그녀는 젖 먹던 힘까지 짜내야 하지만, 결국

약 15분 후에 꾸러미는 그 플라스틱 자루 안에 들어간다. 그녀는 화물칸 뒤쪽에 고정된 접이식 좌석에 앉아 펌프질을 하고, 자루는 점차 쪼그라들어서 내용물의 형태와 딱 맞게 된다. 마틸드는 이 시스템에 흥분을 금치 못한다.

그녀는 주방 식탁 위에 모아 놓은 것들을 모두 밴 안으로 옮긴다. 피곤하고, 온몸이 땀에 젖고, 팔과 무릎이 끊어질 것처럼 아프다.

그런데 말이야, 앙리, 난 정말로 널 원망하는 것은 아니야. 물론 난 화가 났지만, 너도 알다시피 너한테는 그게 오래 가지가 않아. 단지 네가 날 조금 겁나게 해서 그런 거야. 솔직히 말해서 그 친구가 죽음의 밴을 몰고 지나가는 것을 봤을 때 정말로 무서웠단 말이야…… 그래, 나도 알아, 지금은 모두 잊어버렸고, 모든 것을 예전처럼 다시 시작할 거야. 왜냐하면 사실 너는 나를, 너의 마틸드를 좋아하니까 말이야. 아, 시끄러, 이 늙은 욕심쟁이야, 네가 너의 마틸드를 너무나 좋아하는 것은 다 아니까, 잡소리 집어 치우라고! 아, 그래, 지금은 좀 다르겠지, 하지만 예전에는 이 마틸드를 원했을 거야, 맞지? 그래 앙리, 나도 마찬가지였다고 말할게. 참, 웃기지? 여러 가지 상황들이 그렇고, 인생이 그런 거지만, 그래도 참 웃겨…….

그녀는 강아지를 테라스에 있는 바구니에 넣고, 문들을 다 잠그고, 녀석이 정원에서 좀 뛰어놀 수 있게끔 테라스의 창문을 조금 열어 놓는다. 그리고 천천히 출발하여 진입로를 통해 대문까지 가서는, 또 아까의 그 짓을 시작한다. 차에서 내려, 대문을 열고, 다시 차에 타서 전진하고, 다시 내려서 대문을 닫고…… 아이고, 그래, 결정했어! 돌아오자마자 전동 문을 설치할 거야! 비용이 들어도 상관없어!

마틸드는 좌석을 앞으로 당기고 운전하기 편한 자세를 잡는다.

그래, 우린 정말 대단한 친구였지, 우리 둘이 지독한 짓들을 많이 했어, 기억해? 그 모든 짓들을 말이야! 그런데 말이야, 벌써 그때부터 넌 나를 경계했어. 에이, 아니라고 하지 마! 하지만 난 그때도 지금과 다르지 않았어, 지금과 똑같았지. 하지만 아, 참 오래전 얘기네…… 오늘 아침에 있었던 일 말이야, 단지 내게 겁 좀 주려고 했던 거 잘 알아, 하지만 앙리, 그건 좋지 않았어, 친구 사이에 그렇게 하지는 않는다고.

「어, 저 인간 저기 있네!」

그녀는 장을 보고 돌아오는 르푸아트뱅의 차와 방금 마주쳤다.

친구, 이따가 봐, 라고 그녀는 속으로 중얼거린다.

그녀는 고속 도로로 접어 든다. 오전 11시다. 자, 이제 출발!

왜냐하면 말이야 앙리, 그래도 둘이서 얘기 좀 해야 하지 않겠어?

✝

대장은 아무 일도 없었던 것처럼 점심을 먹었다. 그는 아주 어린 시절부터 독신 생활을 해왔고, 이를 통해 혼자 사는 법을 배웠다. 그리고 혼자 생각하는 법 또한 배웠다.

그는 수없이 계산을 해보고, 여러 가지 가설들을 세워 보았다. 그 결과 지금은 확신하게 되었으니, 뷔송의 계획은 실패한 것이다.

뷔송이 처음 전화를 걸어 온 것은 전날 낮 12시 34분이었다.

「타깃과 접촉했습니다. 모든 게 잘 진행되고 있습니다.」

「언제 만날 계획이죠?」

「오늘 저녁에 확실히 알려 드리겠습니다만, 내일 아침 이전이면 거의 확실합니다.」

그는 밤 10시 40분에 두 번째로 전화를 걸었다.

「타깃이 커튼을 치고 있습니다. 모든 게 잘 진행되고 있습니다.」

「그리고 접촉은요?」 앙리가 재촉하듯 물었다.

「세 시간 내로 이루어질 것입니다. 최악의 경우라도 네 시간 내로요.」

그리고 앙리가 묻기 전에 계속해서 말했다.

「접촉에 대해서는 내일 아침 일찍 확인해 드리겠습니다. 아마도 6시쯤. 늦어도 9시까지는요.」

그런데 정오가 되고 30분이 흘렀다. 뷔송은 더 이상 전화하지 않을 것이다.

따라서 마틸드가 직접 그를 찾아오리라.

그녀는 항공편을 이용하지 않을 것이다.

그녀는 내일 툴루즈에 올 수 있다. 결정을 내리기 전에 그녀가 얼마나 기다릴지가 문제다.

앙리는 몇 개 안 되는 식기를 꼼꼼히 설거지하고, 아주 짙은 커피 세 잔을 마시고, ─ 특별한 일에는 특별한 즐거움이 따라야 하는 법 ─ 모처럼 정원에서 시가 한 대를 피운다. 그는 꽃이 만발한 화단과 옆쪽에 있는 차고, 그리고 몇 해 전에 보강한 헛간을 물끄러미 바라본다. 이렇게 주변을 관찰하면서 생각을 계속 이어 가고, 다양한 가능성들을 분석한다.

이제 일어나게 될 일은 불가피하다.

결코 풋내기가 아닌 뷔송이 당했다는 사실은 그로 하여금 많은 주의를 기울이게 한다. 하지만 그는 서두르지 않는다. 삶이 그에게 가르쳐준 것은, 일이 우리의 예상대로 흘러가는 경우는 드물다는 사실이다. 이 집에서 자신을 완전히 보호하기란 매우 어려운 일이다. 흡연을 마치며 그는 어느 정도 운에 의지해야 하리라는 다소 체념 어린 생각을 해본다. 그래도 그는 차고로 가서, 소소한 것들을 수리하는 작업대에서 자신에게 필요한 것들을 꺼낸다.

✝

오키핀티는 몹시 역정이 나 있다. 판사 앞에서 돌아온 그의 호주머니는 지질이 풍부한 온갖 종류의 견과류가 담긴 종이봉투들로 불룩해져 있었고, 두 시간 후에 다시 채워졌으니, 앞으로의 광경이 참 볼 만할 거였다. 어느 때보다 침울하고, 불안하고, 화가 난 그는 자신의 부하 수사관이 사망한 원인을 간호사가 거기 있었던 사실에서 찾아야 한다고 판사에게 주장했다. 그는 그녀를 〈노란 여자〉라고 부르는데, 그에게는 캄보디아인이든, 베트남인이든, 라오스인이든 다 똑같은 〈니아쿠에〉[61]들이다. 하지만 탄 형제들에 대해서는 한 치의 진전도 없었다. 판사는 이 형제가 뇌이의 이중 살인 사건에 관여했다는 증거가 없는 한 그들을 석방해야 한다고 판단했는데, 물론 그런 것은 없다.

탄 형제는 누이의 죽음으로 크게 분노하고 있는, 잔인하고 폭력적이며, 나름 야심이 있는 동네 깡패들이다. 누이를 잃은 슬픔은 나중에 느낄 것이다. 그들은 특별히 뛰어난 지능을 갖추지는 못했다. 사실 그들이 범죄자로 거둔 성공은 변변치 못하다. 그들이 뭔가를 얻었다면 그것은 그들의 전략보다는 난폭함과 비정함 덕이라고 할 수 있는데, 왜냐하면 그들에게는 아예 전략 자체가 없기 때문이다. 오키핀티는 나란히 앉아 있는 그들을 쳐다본다. 그가 생각하기로는, 살인범들은 탄 형제의 경쟁자들, 다시 말해서 그들의 적들 가운데 있다. 그 동기는 영역 싸움이나 어떤 배달 사고에서 찾아야 한다. 그것은 경쟁자들이 누이를 찾아가 도살할 만큼 충분히 중요한 것이리라. 어떤 심각한 이유 없이 이 정도 규모의 경고를 보내지는 않는 법이다. 정보원들, 지역 경찰관들, 마약 단속반에게 문의해 봤지만, 모두가 깡패들 간에 어떤 분쟁이 있었다거나, 탄 형제가 최근에 사나운 경쟁자들의 분노를 살

---

61 프랑스에서 동남아시아 사람들을 비하하여 부르는 말.

만한 짓을 했다는 얘기를 들은 적이 없다고 입을 모았다.

「그들을 풀어 주시오.」판사가 말했다.

오키핀티는 분부대로 할 것이다.

그로서는 매우 곤란한 상황이었는데, 왜냐하면 이 구금은 좋지 않은 결과를 가져올 테고, 판사도 이 사실을 알고 있기 때문이다. 그는 경쟁 관계에 있는 갱단의 행동에 포커스를 맞추면서, 탄 형제의 머릿속에 복수의 바이러스를 주입한 것이다. 그들이 덜 멍청한 인간들이라면 아무것도 걱정할 게 없겠지만, 그들의 정신은 이분법 방식으로 작동한다. 자신은 판도라의 상자를 연 거고, 어쩌면 갱들 간의 전쟁에 출발 신호를 낸 것인지도 모른다. 깡패들 간의 이런 청산극, 특히나 가장 지저분하고 형편없는 부류들 간의 그것은 쉽게 난투극으로 바뀐다. 몇 주 동안 여기저기서 무기가 튀어나오고, 살인은 또 다른 살인을 부르고, 상황은 쉽게 진정되지 못할 것이다.

「자,」드디어 반장이 입을 연다. 「얘들을 풀어 줘.」

경찰 수사대에서 나오는 탄 형제의 모습은 마치 사냥을 위해 튀어나가는 패럿들 같다.

그러고 나서 반장은 바실리에브 쪽 가설로 돌아와서는, 수사관의 작업을 자세히 조사한 팀이 적어 놓은 것들을 다시 한번 읽어본다. 그는 청소년 성폭행, 성인 여성 성폭행, 그리고 아동 성폭행 등 자신이 바실리에브에게 떠맡긴 그 모든 지저분한 일들이 실제로 일어났던 것의 역순으로 지나가는 것을 본다. 그리고 이 선택의 이유를 이제 이해하게 된다. 물론 전(前)수사관이 이제 죽었기 때문에 반장에게 착한 친구가 되기도 했지만, 무엇보다도 미워하는 사람이 너무 많기 때문에 자기가 이 친구를 미워했다는 사실을 까맣게 잊어버린 그는 이렇게나 많은 성폭행 사건, 혹은 변태적인 사건들을 성적인 반응을 보이는 법이 없었던 사내에게 맡긴 것이 합리적인 선택이었다고 생각한다. 여자들과 동성애자들이 우스꽝스러운 주인공으로 등장하는 성적인 농담들은 까마득한 옛날부터 병영과 파출소의 즐거운 간식거리였지만, 바실리에브가 그런 농담을 늘어놓았다는 얘기를 들었다는 사람은 아무도 없었던 것이다.

지나간 일이지만, 반장은 자신의 부하였던 사내의 정신 건강에 감탄하지 않을 수 없다. 왜냐하면 이런 사건들은 그를 우울하게 할 뿐 아니라, 심지어 어떤 것들은 잠도 못 이루게 하기 때문이다. 만일 이런 사건이 떨어진다면, 자신은 침대의 아내 옆에 앉아 캐슈너트를 한 줌씩 털어 넣으며 밤을 지새우리라.

✝

가는 길이 몹시 피곤하다. 이런 종류의 밴이 아무리 최신 모델이라 해도 결국에는 지치게 마련이다.

물론 비행기가 있지만, 그것은 도로로 가는 것보다 많은 흔적을 남긴다. 출발할 때 신분증을 보여 줘야 하고, 공항 경찰을 통과해야 하고…….

마틸드에게는 대체할 수 있는 여권이 하나 있다.

아, 이것도 앙리에게 얘기해야 하리라. 이 여권은 지금부터 4, 5년 전에 말뫼[62]에서의 어떤 임무를 위해 장비 팀이 그녀에게 제공한 것이다. 정말로 고생스러웠고, 복잡했기 때문에 보수를 더 받을 수도 있었던 임무였다(여기에 대해서도 앙리에게 얘기해야 하리라, 요금이 꽤 오랫동안 조정되지 않았다. 그녀는 보수에 크게 연연하지 않지만, 그래도 말이다). 그래서, 그녀는 무기와 마찬가지로 여권도 처분해야 했지만, 그냥 보관했다. 일종의 대비책이었다. 이 여권에 적힌 신분으로 이 나라를 떠날 수 있을지는 전혀 모른다. 어쩌면 무효 처리되었을지도 모른다. 하지만 직감적으로 마틸드는 아니라고 생각한다. 아무도 이 가지를 자르는 것을 신경 쓰지 않았을 것이다. 모두가 그걸 잊었다고 그녀는 거의 확신한다. 말뫼에서 그 일을 위해 내가 어떤 가명을 썼더라? 아, 맞아! 자클린 포레스티에! 그녀는 이 이름을 끔찍이 싫어한다. 자클린이라는 신분으로 나흘을 보내는 것이 임무 자체보다 더 고약했다.

어쨌든 그녀는 툴루즈에 차로 가기로 결정했다. 심지어는 고속 도로도 피하기로 했다. 이런저런 이유로 톨게이트에서 눈에 띌 위험이 있는 것이다. 그렇다면 이 밴은 어떤가? 물론 이 차는 특징이 있고, 누군가는 어느 곳에서 이 차를 본 것을 기억할 수도 있지만, 세상에는 각양각색의 로고들을 단 무수

---

62 스웨덴 남부의 스코네주에 위치한 도시로, 스웨덴에서 세 번째로 큰 도시다.

한 상업용 밴들이 굴러다니기 때문에 사람들은 더 이상 쳐다보지도 않는다. 또 앙리가 보낸 그 친구는 훌륭한 전문가였다. 다시 말해서 모든 것을 염두에 두고 일하는 친구이기 때문에 이 차량을 마틸드 페랭과 연결 짓는 것은 매우 힘들고, 아마도 불가능할 것이다. 그 친구가 어떤 실수를 범하지 않았다면 말이다. 그녀는 항상 그랬듯이 이번에도 문제없이 빠져나갈 수 있을 것이다. 그녀는 거의 의심할 수 없는 존재니까. 하지만 계속 경계하고 조심해야 한다.

라디오가 그녀를 짜증 나게 한다. 아무것도 배울 게 없는 그 기계를 그녀는 오래전에 꺼버렸다. 히치하이커를 태워 준다? 어떤 인간을 만날지 모르기 때문에 신중하지 못한 짓이다. 그녀는 이런 종류의 차량에 어울리지 않는 운전자라는 점을 차치하더라도, 필요한 경우를 제외하고는 최대한 몸을 낮추어 사람들의 눈에 띄지 않는 게 좋다.

하여 그녀는 참고 인내하며 달리고, 달리고, 또 달린다. 그리고 지나가는 길들처럼, 추억들도 스쳐 간다. 지금 앙리가 그녀의 주요 관심사이기 때문인지 모르겠지만, 그녀의 남편 닥터 페랭, 즉 레몽이 생각난다. 앙리, 넌 기억나지 않는 척하지만, 내가 확신하건대 넌 속이고 있어. 전쟁이 끝나고 나서 첫 몇 달 동안 얼마나 실망스러웠는지 너도 잘 알지. 그 이후의 삶에는 우리가 경험하고, 우리가 사랑했던 그 긴장이, 그 강렬함이 없었어. 그리고 우리를 서로에게 자석처럼 끌어당겼던 그 오락은 명분이 사라지면서 우리에게 실망으로 다가왔지. 사실은 실망스럽고, 형편없고, 우리가 기대하는 만큼 보상해 주지 않는 게 바로 삶 자체인데 말이야. 그 전율, 그 흥분, 그 두려움, 그 경이, 그 비교할 수 없는, 그 숭엄한 죽음의 공포…… 이 모든 게 다 끝난 거야. 앙리, 넌 여전히 멋 졌지만, 단지 그뿐이었어. 모든 것이 우리를 정상으로 돌아 오게 했지. 나의 의사 아버지는 내가 어떤 의사와 결혼하기 를 원했고, 어머니는 내가 자신과 똑같은 삶을 사는 것을 보 게 되면 너무나 좋을 거라 생각했어. 그리고 난 더 이상 아무 것에도 흥미를 느끼지 못했기 때문에 아무것에도 저항하지 않았어. 아, 앙리, 네가 얼마나 그리웠는지! 꽃과 초콜릿을 가지고 방문하곤 하던 앙리가 아니야, 아니, 내가 그리워한 것은 레지스탕스 아지트의 앙리, 결정하고, 칼같이 결단하 고, 지휘하던, 어디서나 차분하고 꼿꼿이 서 있던 앙리 였어…….

그래, 닥터 페랭, 도대체 뭘 원하는 거야…… 당신이 기대 하는 아내가 되기 위해 내가 얼마나 애썼는지 잘 알잖아! 아, 얼마나 지루했던지…….

레몽, 난 그가 왜 죽었는지 장례식 날에 깨달았어. 너도 기 억하겠지만, 내가 조문객들 사이에 서 있던 네 모습을 발견 했을 때였어.

참 재미있지. 내가 이 순간을 떠올릴 때마다, 난 우리가 마 치 부부인 것처럼 서로 팔짱을 끼고 영구대 앞으로 걸어가는 광경이 보여.

마틸드는 아주 천천히 운전한다. 눈물이 얼굴 위로 줄줄 흘러내린다. 어디선가 종소리가 들린다. 의사의 죽음을 기리는 조종인가, 아니면 결혼을 축하하는 차임벨 소리인가? 사실 그것은 뒤에서 울리는 경적 소리들이다. 차를 세워야 한다. 외국의 대형 트럭 몇 대만 보일 뿐 인적은 거의 없는 커다란 주차장에 차를 세우지만, 숨이 막힐 정도로 흘러내리는 눈물 줄기를 막을 수가 없다. 그녀는 코를 풀고 호흡을 고른다. 몸에 힘이 하나도 없다. 지금이 몇 시인지 모르겠고, 심지어는 여기가 어디인지도 모르겠지만 더 이상 아무것도 중요하지 않다. 그녀는 눈에 띄고 싶지 않기 때문에 차 밖으로 나가지 않고 앞좌석에서 뒷좌석으로 넘어간다. 힘겨운 곡예이다. 마침내 뒷자석에 이른 그녀는 진공 포장된 꾸러미 옆의 바닥에 몸을 눕힌다. 산악용 깃털 침낭이 한쪽에 깨끗하게 접혀 있다.

그녀는 옷을 입은 채로 그 안에 기어든다. 아무 냄새도 나지 않는다. 특히나 남자 냄새가 나지 않는다. 만일 났다면 그녀는 끔찍했을 거고, 잠도 못 잤을 것이지만, 지금은 그 경우가 아니다.

눈을 감자마자 그녀는 꿈도 없는 깊은 잠에 빠져든다.

†

그리고 오후 5시경, 그녀는 다시 길을 떠난다.

잠시 후, 참 희한하게도 마틸드는 마치 바람을 맞으며 오토바이를 타는 사람처럼 핸들 쪽으로 머리를 구부린다.

뤼도가 그립다. 어쨌든 개가 벗이 될 수 있다는 데에는 의심의 여지가 없다. 개 없이 살기란 힘들다. 특히나 시골 구석에서 혼자 살고, 집에 정원이 있을 때에는 더욱 그렇다. 개들은 정원을 좋아하며, 라 쿠스텔의 정원은 지역에서 가장 멋진 정원들 중 하나이다. 그녀는 어린 코커스패니얼을 생각하면서, 녀석이 나중에 뤼도보다 더 영리하게 될지 궁금해진다. 그리 어렵진 않을 것이다. 뤼도는 친절하고 정이 많긴 했지만, 무엇을 이해시키려고 할 때에는 그렇게 뛰어나진 않았다. 만일 쿠키가 더 영리하지 않다는 게 드러난다면, 정말 재수 없게도 두 돌대가리에 연달아 당첨되는 불행을 맞이하게 되리라……

딸의 집에 가야 할 때에는 늘 개의 문제가 공기 중에 떠다니곤 한다. 딸은 개들을 좋아하지 않는다. 하지만 그녀는 아무것도 좋아하지 않고, 마틸드 역시 자신의 딸을 별로 좋아하지 않으니, 딸에게 너무 실망한 것이다. 그녀를 볼 때마다 이런 애가 자신에게서 나왔다는 사실에 놀라곤 한다. 그것은 하나의 유전적인 사고, 아니 그냥 사고 그 자체였다. 마틸드는 아이들을 별로 좋아하지 않는다. 개보다도 좋아하지 않을 것이다. 젊었을 때부터도 아이들을 별로 좋아하지 않았다. 남편은 아이를 낳지 않는다고 그녀를 책망했고, 아이를 낳는 것이 여자들에게 좋은 일이고, 부부의 행복을 보장한다고 주장했다. 레몽은 그런 고정 관념들을 가지고 있었다. 배우기도 전에 벌써 가지고 있는 그런 생각들을 말이다. 지금 생각해 보면, 어머니로서 아이를 키우는 만족감도 그리 크지 않았다. 딸이 한 살이 되기도 전에 좋아할 거리가 다 떨어진 것 같았다. 그저 자신의 의무를 다했을 뿐이니, 마틸드는 조금이라도 자책할 거리가 있는 게 싫기 때문이다.

서서히 석양이 물들기 시작한다. 낮잠을 잔 지 한참 되었고, 마틸드는 조금도 서두를 게 없다고 생각한다. 앙리는 그녀의 방문을 예고받지 못했으니 기다리고 있지 않을 것이고, 따라서 걱정할 이유가 전혀 없다. 그녀는 이렇게 그를 깜짝 방문할 수 있게 되어 기쁘다. 하지만 이 고약한 노인네야, 이건 네가 한 방문과는 좀 다를 거야, 넌 그냥 내게 잔소리 몇 마디만 하고 곧바로 떠나 버렸지만, 난 달라, 내가 약속할 수 있는데, 우린 진짜 대화를 하게 될 거야, 이따 보게 되겠지만 몇 가지 깜짝 선물을 준비했거든, 아니, 그게 뭐냐고 묻지 마, 깜짝 선물이라고 했잖아!

마틸드는 어느 마을에서 속도를 늦춘다. 여관 표지판이 나왔기 때문인데, 실제로 몇 킬로미터를 더 가니 전원 외딴곳에 여관 하나가 보인다. 괜찮다. 조용하고, 깨끗하고, 그녀에게 딱 맞는 곳이다.

거기에는 세일즈맨 하나와 여행 중인 은퇴자 부부 하나만 있었으므로, 여관 주인은 저녁 식사 후에 잡담을 나눌 수 있는 고객이 생겨 기쁘다.

「자, 그래서, 벨기에에서 오시는 길인가요?」

마틸드는 눈썹을 찌푸리고, 곧 밴을 기억해 낸다.

「네, 거기서 곧바로 오는 길이에요.」

「차를 봤어요. 청소 회사라고요?」

「맞아요, 청소 일을 해요.」

여관 주인은 그녀가 그렇게 소통을 즐기는 성격은 아니라고 느낀다. 이번에는 더 운이 좋기를 바라며 그는 은퇴한 부부 쪽으로 자리를 옮긴다.

객실은 예쁘고, 창문은 입구와 자갈이 깔린 주차장 쪽으로 나 있다. 거기서 밴이 보인다. 연료를 생각해야 한다. 그녀는 게이지를 확인하지 않았다. 체크해야 한다. 마지막으로 밴을 한 번 쳐다본 후, 그녀는 휴식을 취하러 간다.

결코 쉽지만은 않을 툴루즈의 일을 위해 힘을 모아야 한다.

9월 18일

다음 날 오전이 반쯤 지났을 즈음, 그녀는 게이지를 보며 연료가 얼마 남지 않았다는 것을 깨닫는다. 심지어는 주유소가 있는지에 관해 너무 늦게 걱정했다는 생각까지 든다. 그녀는 속도를 줄이고 핸들을 꽉 붙잡는다. 여기에다 기름까지 떨어지면 볼만하리라. 저녁이 다 된 시간에 이런 꼴로 도로를 따라 ─ 5킬로미터? 10킬로미터? ─ 걷는 자신의 모습이 도저히 상상이 되지 않는다. 허허벌판에다 차를 세워 놓고 터덜터덜 걸어서 어느 기차역을 찾아야 하리라…… 이렇게 온갖 상상을 하고 있는데 페락크[63]가 나타나고, 거리 하나에 불과한 이 작은 마을의 끝부분에 주유소 하나가 기적처럼 서 있다. 그녀는 기특하게도 이런 곳에 주유소를 차릴 생각을 한 주유소 사장에게 키스를 해주고 싶다.

---

63 작가가 만들어 낸 가상의 지역.

마틸드는 차를 세우고, 엔진을 끄고, 신발을 벗고, 발가락
들을 쫙 벌린다. 아, 얼마나 좋은가!

이 모든 골치 아픈 것들을 다 끝내고 나면, 나도 행복한 삶
을 택하리라. 딸과 그 등신 같은 사위 놈의 그것이 아니라,
햇빛이 화창한 어느 바닷가에서의 진정한 행복 말이다. 앙
리도 이 모험에 마음이 동할지 누가 알겠는가? 그들은 더
이상 젊은 애들처럼 시시덕거리며 지낼 나이는 아니지만,
그 역시 늙기 시작했기 때문에 진즉에 이 얘기를 나눴어야
옳았다……!

그래, 이 문제에 대해 대화를 시작해 보리라.

주유소 직원이 열쇠를 받아 연료통을 채우는 동안, 그녀는
다시 신발을 신고 차에서 내려 천천히 걸으며 행복한 이미지
들에 몸을 맡긴다. 겨울철을 위한 —— 어차피 그곳은 겨울도
젊은 날의 봄처럼 따스하겠지만 —— 벽난로가 있는 나지막한
집, 그리고 이따금 습관에서 벗어나기 위해 내키지 않아 하
는 앙리를 설득하여 데리고 갈 아주 세련된 레스토랑이 있는
마을…… 또 우린, 너무 자주는 아니겠지만, 우리의 추억을
회상할 거야. 난 네게 설명할 거야. 네가 생각하는 것과는 달
리 난 닥터 페랭(그가 살아 있을 때에도 그녀는 남편을 이렇
게 불렀다)과의 삶이 결코 지루하지 않았다고, 단지 죽어 있
는 물체처럼 느껴지는 그와 함께 할 수 있는 일이 아무것도
없었다고 말이야…… 그리고 난 항상 〈앙리, 넌 대체 왜 결혼
하지 않고 지냈어?〉라는 질문이 목구멍까지 올라 왔었는데,
여기에 대한 대답을 꼭 받아 낼 거야. 만일 운 좋게 네가 진심

을 털어놓는다면, 넌 〈내 인생의 유일한 여자는 바로 너야〉라고 대답하겠지…… 이렇게 우리의 나날은 오후에 테라스에 앉아 독서를 즐기고, 개를 쓰다듬고 — 왜냐하면 우린 한 마리를 키울 거니까 —, 우리가 모은 돈을 가지고, 카지노에게 가서 가끔씩 짜릿한 느낌을 맛보며 달콤하고도 평온하게 흘러갈 거야.

직원이 연료를 다 채우고 앞 유리를 닦기 시작한다. 마틸드는 상점에 다가간다. 약간 허기가 느껴진다. 그녀는 매대 사이를 거닐며 비스킷 두 팩을 고른다. 다이어트에는 좋지 않지만 할 수 없지…… 하지만 도로 내려놓는다. 아냐, 그래도 조심해야 해. 물론 앙리는 더 이상 내 성적 매력에 이끌리지 않겠지만, 항아리 같은 여편네보다는 남들에게 내보일 만한 우아한 마틸드를 더 좋아하지 않겠어? 그녀는 거울에 비친 자신의 모습을 보면서 이마에 흘러내린 머리카락을 쓸어올리며 앙리에게 미소를 지어 보이고, 이에 직원도 미소로 화답한다. 그리고 외국에서는 살지 않을 거야, 알았지? 바하마나 사르데냐[64] 같은 데에 가서 살려고 그 전쟁 내내 악마 새끼들처럼 싸운 것은 아니란 말이야! 하지만 — 여기서 마틸드는 눈을 가늘게 뜨며 꾀바른 표정을 짓는다 — 이따금 조금씩 여행하는 것은 괜찮아, 그럼 습관이 굳는 걸 피할 수 있으니까…… 피렌체나 빈에 가서 주말을 보내는 거야. 아니면 크루즈 여행을 하거나. 크루즈 여행은 그녀가 한 번도 해

64 바하마는 카리브해에 위치한 작은 섬나라이고, 사르데냐는 지중해에 있는 이탈리아의 섬으로, 둘 다 휴양지로 유명하다.

보지 못한 것이다. 앙리는 귀찮아하겠지만, 설득할 수 있을 것이다. 항상 그래 왔으니까. 그녀는 그를 다룰 줄 안다.

「……나일강 크루즈 여행을 하는 거야.」

「네? 뭐라고요?」

마틸드는 직원을 바라본다.

「아무것도 아녜요.」

신비로 가득한 이집트? 좀 진부하다고? 그럴 수도 있고, 아닐 수도 있어.

직원이 다시 말을 걸었을 때, 마틸드 앞에는 앙리의 모습이 있다(아, 저 남자, 정말로 우아해! 그리고 한 번도 아픈 적이 없어. 내 의사 남편과는 달리 말이야. 그래, 앙리는 건강한 사람이야, 잘됐지 뭐, 처방에 따라 식탁을 따로 차려야 할 필요도 없고, 보살펴야 할 필요도 없고, 나 혼자서 식사할 필요도 없고, 통증을 달래려고 위층의 서재에서 뚜벅뚜벅 걸어 다니는 소리를 듣지 않아도 될 테니 말이야), 그렇다, 그것은 앙리의 실루엣이다, 나무랄 데 없는 셔츠 앞쪽의 벌어진 부분에 여전히 그 조그만 스카프를 매고 있는 앙리, 어? 근데 앙리, 그런 스타일도 좀 진부하지 않아? 그리고 바다, 태양, 벽난로, 피라미드, 개, 그리고 약간의 음악, 그리고…… 모두 230프랑입니다, 부인.

마틸드는 핸드백에서 지폐를 꺼내 지불하고, 거스름돈을 받은 다음 그곳을 떠난다.

그녀는 오후가 시작될 쯤에 툴루즈에 도착할 수 있겠지만, 그 시간에는 할 일이 아무것도 없기 때문에 그냥 길에서 쉬는 편이 낫다. 몇 킬로미터쯤 달리며 적당한 장소를 찾아서 잠시 낮잠을 자기로 한다. 오늘 저녁에 앙리를 설득하기 위해서는 컨디션이 좋아야 하고, 할 말을 생각해야 한다. 그녀는 더 이상 구겨지지 않게 치마를 들어 올리며 차에 탄다. 핸드백을 조수석에 내려놓고, 다시 출발한다.

그런데 문득 의심이 인다.

한 손으로 운전하면서 그녀는 핸드백을 열어 잔돈을 넣어 두는 안쪽 주머니를 뒤진다. 동전을 죄다 두 허벅지 사이 치마 위에 쏟아 놓고는 한 눈으로는 도로를 주시하고 다른 눈으로는 동전을 보며 다시 세어 본다. 50프랑이 부족하다. 50프랑짜리 지폐가 있어야 하는데 없다. 다른 때라면 그냥 넘어갔을 것이다. 돈은 그렇게 중요한 게 아니니까. 하지만 마틸드에게는 원칙이 있다. 그리고 어쩌면 피로 때문일 수도 있고, 요즘 신경이 곤두서 있는 탓도 있겠지만, 어쨌든 욱하는 감정이 치민다. 그녀는 계속 운전하지만, 주유소 직원이 돌려주지 않았거나, 더 나쁜 경우라면, 그녀의 정신이 딴 데가 있는 것을 보고 사기 쳐 먹은 이 50프랑 때문에 말 그대로 정신이 혼미해진다.

불같이 화가 치민 마틸드는 유턴할 수 있는 곳을 찾는다. 당장 주유소로 돌아가 그 친구에게 그가 하는 짓거리들에 대해 내가 어떻게 생각하는지 똑똑히 말해 줄 거야. 그리고 그곳이 조금 전처럼 텅 비어 있지 않았으면 좋겠어. 다른 고객들이 있어서 이 주유소 사장이 아주 더러운 도둑놈이라는 사실을 모두가 알게 되었으면 좋겠어! 난 돈을 돌려받지, 절대로 그냥 가지는 않을 거라고, 씨발!

　도로 옆으로는 밭들이 이어지고 있고, 갓길은 아주 좁다. 그녀는 좀처럼 유턴할 기회를 찾지 못하고 점점 멀어지기만 한다. 지금 앙리가 애타게 기다리고 있는데 귀한 시간만 허비하고 있다. 뭐, 50프랑은 그냥 잊어버리자. 하지만 돌아오는 길에 들러서 그 친구에게 한마디해 주지 않겠다는 것은 아니다. 게다가 나이 든 여자를 등쳐 먹다니, 그것은 너무나 비열한 짓이다.

　여기까지 생각을 하고 있는데, 벌판으로 길게 뻗은 흙길 하나가 보인다. 이것은 운명의 신호이다. 그녀는 유턴하여 나와서는 반대 방향으로 달린다. 이제 온 길을 되돌아가기 시작하니, 피곤한 머릿속에 분노가 거세게 소용돌이친다. 그녀는 분노로 이마까지 벌게진 얼굴로 아주 빨리 차를 몬다. 주유소에 도착하여 브레이크를 밟는다. 아무도 없다. 할 수 없다. 그냥 일 대 일로 난리를 치리라. 그녀는 상점 앞에 주차시키고 차에서 내려서는 등 뒤로 차문을 쾅 닫는다.

　아무도 없다. 그녀는 다시 나온다.

　「아주머니, 잊으신 거라도 있으세요?」

　그는 차량을 정비하는 곳에서 자동차 밑에서 수리할 수 있게 해주는 일종의 바퀴 달린 들것에 누워 있는 그를 발견한다. 그는 그가 수리 중인 차량 앞부분에서 얼굴만 살짝 내놓고 있다. 아까는 제대로 못 봤는데, 지금 보니 젊은 녀석이다. 낯짝을 보아하니, 조그만 할머니라면 누구에게나 50프랑을 등쳐 먹을 수 있다고 생각하는 부류인 것 같다. 그녀는 총총걸음으로 그에게 다가간다. 그는 궁금한 미소를 지으며 도와줄 채비를 한다. 그는 바로 머리 위에 있는 범퍼를 붙잡고, 차 아래에서 빠져나와 일어서기 위해 바퀴 달린 들것을 몸으로 튕긴다. 하지만 그럴 시간이 없었으니, 마틸드가 지나오는 길에 엔진 오일 통 위의 타이어 렌치를 집어 들어서는, 아직 누운 채로 두 손으로 바닥을 집고 일어서려 하는 그의 사타구니를 있는 힘껏 후려친다. 그는 끔찍한 비명을 내지른다.

마틸드는 다시 타이어 렌치를 들어 그의 머리통을 내리친다. 쇠막대기가 적어도 10센티미터는 두개골 안으로 들어간다. 자, 끝났어, 이 개자식아!

이제는 똑바로 이해했을 거야, 라고 그녀는 생각한다. 그런 다음 주유소 직원의 호주머니를 뒤져 한 움큼의 지폐를 꺼내서는 50프랑짜리 한 장만 취하고 나머지는 제자리에 돌려놓는다. 마틸드는 정직한 여자다.

밴으로 돌아와서 보니, 두개골에서 뇌 조각들이 삐져나와 있는 것이 영 보기에 좋지 않다. 그나마 몸에 얼룩이 튀지 않은 게 다행이다. 그랬다면 정말 최악이었으리라!

그녀는 다시 운전석에 앉아 어렵사리 차를 후진시킨다. 아직 차의 크기가 익숙하지 않은 것이다. 그녀는 내려서 차 뒷문을 열고, 차분하게 전동 플랫폼을 내리고, 들것을 잡아당겨서는 모든 것을 그 위에 올린다. 〈들것〉이 이름값을 한다는 생각이 든다. 그것은 둘둘 말린 매트 옆에 맞춘 것처럼 딱 들어간다. 자, 둘이 친구나 하셔.

그런 다음 그녀는 차에서 내려온다. 통로 한가운데 피와 뇌수가 웅덩이를 이루었는데, 다행히도 양철통 하나에 톱밥이 가득 담겨 있다. 이건 좀 위험한데? 누가 모르고 지나다가 미끄러져 다칠 수도 있겠어! 몇 줌을 뿌리며 이렇게 중얼거리는 그녀는 다시 운전석에 올라 주유소를 나온다.

다시 도로에 접어든 그녀는 대시 보드의 시계를 본다. 어딘가 조용한 장소에 가서 저 주유소 녀석을 자루에 집어넣는 게 좋으리라.

20분 후, 마틸드는 숲 언저리에 있는 어느 길에 차를 세운다. 주유소 친구를 방수 자루에 넣고 공기를 빼는 데는 채 반 시간이 걸리지 않는다.

들것은 덤불 속에 던져 버린다.

자루 두 개는 뒤쪽 바닥에 나란히 눕혀 놓았다.

저 물건 정말 끝내주는데? 앙리에게 말해서 우리도 써야겠어.

†

이제 마틸드는 툴루즈에 있는데, 비가 내린다. 쇼핑을 할 생각에 들떠 있었는데, 비가 그칠 줄 모르고 쏟아진다. 홍수가 따로 없다. 머리부터 발끝까지 흠뻑 젖지 않고서는 거리에 나갈 수가 없다.

그녀는 밴을 시내의 한 주차장에 세워 놓았다. 숙소는 처음 눈에 띈 괜찮아 보이는 호텔로 잡았고, 이틀 밤을 예약

했다.

비 때문에 이리저리 다니며 구경할 수가 없다. 택시를 타는 것은 말도 안 되는 일이다. 흔적을 남기기 위해 그보다 좋은 방법이 없으리라.

그녀는 옷을 갈아입었다(옷은 몇 벌 가져오지 않았다, 여기서 천년만년 지낼 생각은 없으니까).

오후의 후반부는 주변을 돌아다니며 보낸다. 오후 6시경, 호젓한 장소를 하나 찾아냈다. 오랫동안 생각한 끝에 이보다 나은 장소는 없으리라는 결론을 내린다. 호텔에 돌아온 그녀는 문구점에서 구입한 8만 분의 1 지도를 다시 검토하기 시작한다.

앙리의 집은 어느 마을에서 조금 떨어진 곳에 있고, 외따로 고립되어 있다. 정말 그다운 집이다. 그래, 우리의 앙리는 천민 나부랭이들과는 어울리지 않지, 빌어먹을 앙리……! 그녀는 미소를 짓는다. 그녀는 핵심적인 장소들에 동그라미 표시를 하고, 장비를 확인한다. 장비라고 해봤자 도구들이 든 가방 하나일 뿐이지만, 상당히 무겁다. 그녀는 다시 미소를 짓는다. 무슨 신무기 박람회에 가는 사람 같잖아!

그녀는 다시 나가기가 귀찮아서 호텔의 레스토랑에서 저녁을 먹고, 자신의 방으로 올라가 샤워를 하고, 옷들을 정리하고, 잠자리에 든다.

알람을 자정에 맞춰 놓고.

알람 소리는 빽빽하고, 어둡고, 개들로 가득한 꿈에서 그녀를 빠져나오게 한다…… 아, 그래, 이웃 남자, 르푸아트뱅…… 그녀는 그를 찾아가 따지는 일을 계속 미뤄 왔는데, 정말이지 이 인간은 자기가 얼마나 운이 좋은지 모를 것이다…… 그녀는 이웃 간의 그 모든 일들을 반추해 본다. 참 슬픈 일이다, 사이좋게 지내는 게 그렇게 어려운 일도 아닌데 말이지…….

1층의 로비에서 따뜻한 음료와 비스킷 등이 나오는 자판기가 있어 그녀는 커피를 마시고 마들렌 몇 개를 먹는다.

호텔 주차장 너머는 어두운 밤이고, 4분의 1 크기로 줄어든 달 조각 하나만이 오로라 같은 유백색의 빛을 흘리고 있다. 이제 그녀는 완전히 잠이 깨었다. 드디어 앙리를 방문할 때가 된 것이다.

†

대장은 계획했던 대로 저녁 9시에 모든 불을 끄고, 거실에서 이어져 나와 화장실로 통하는 짤막한 복도의 등만을 켜놓았다. 기껏해야 4제곱미터 정도 되는 이 화장실의 안쪽에는 문이 하나 있는데, 전에는 막아 놓았지만, 샤워를 한 후에 정원에 나가기를 좋아하는 그가 다시 터놓은 것이다. 복도의 불빛이 멀리서부터 거실의 일부를 밝히고 있다. 대장은 어둠 속에서 안락의자에 앉아 테라스 쪽으로 열린 문을 마주하고 있다. 다리를 쭉 펴고, 두 손은 양쪽 팔걸이에 얹은 그는 온갖 소음들로 가득한 정적에 귀를 기울인다. 뭔가가 갈라지는 소리, 뭔가가 스치는 소리…… 그는 이 소리 각각에 특별한 주의를 기울여 그것이 어디서 오는 것인지를 분석하고, 그 근원을 하나하나 따져 본다. 밤이 되기 전부터 이렇게 해오고 있지만, 몸 전체가 어떤 피로도 견뎌 낼 준비가 되어 있던 그 옛적의 나이가 더 이상 아니다. 자신도 모르는 사이에 집중력이 스르르 풀어지다가, 어떤 가볍게 삐걱대는 소리, 어떤 뜻밖의 딸깍거리는 소리가 들린다는 사실을 불현듯 의식하게 된다. 마치 깜빡 졸았다가, 그의 무의식이 정신 차리라고, 지금은 위기 상황이라고 다시 일깨워 준 것처럼 말이다. 대장은 잠들지 않는다. 그저 조금 피곤할 뿐이다. 그는 문을 마주하고 안락의자에 앉아 있다. 보다 밝은 밤에 이렇게 자리를 잡고 있으면 포플러가 파르르 흔들리는 게 보이겠지만, 지금은 반달만 떴기 때문에 테라스 유리창 저편에는 흐릿하고 구별하기 힘든 형태들뿐이다. 대장은 조급해하지 않는다. 그는 오직 한 가지 소리만을, 마틸드가 왔다는 것을 알려 주는 소리만을 기다린다. 만일 그녀가 그에게까지 올 수 있다면 말이다. 가능한 일이다.

어려운 일이긴 하지만, 그녀라면…….

그는 차분하게 그녀를 기다린다. 때로는 그녀가 오기를 바라기까지 한다. 조바심마저 느껴진다.

†

대시 보드의 시계가 새벽 1시 15분을 가리킬 때, 마틸드는 사유지를 보호하는 높다란 철제 대문 앞을 지난다. 그 양편으로 족히 1백 년은 되어 보이고, 바짝 마른 돌들로 이루어진 오래된 담장이 뻗어 있다. 앙리가 담장을 다시 세워야 한다고, 여기 저기 무너지고 있다고 푸념하는 것을 들은 지가 벌써 20년은 된 것 같다. 하지만 마틸드 생각으로는, 만일 담장이 정말 무너졌다면, 그 친애하는 앙리는 이미 수리를 시작했을 것이다. 그는 그런 것을 그냥 놔두는 성격이 아니다…….

그녀는 거기서 약 2백 미터 떨어진 길로 가서 차를 세운다. 차에서 내리기 전에 그녀는 고심해 보지만, 결정하는 데 도움이 될 그 어떤 생각도 떠오르지 않는다. 무얼 가지고 가야 하나?

그녀는 데저트 이글을 선택하는데, 지금 총알이 가장 많이 장전된 총이기 때문이다. 경험을 통해 그녀는 작업할 때는 많은 게 필요하지 않다는 것을 알게 되었다. 당장 많은 총알이 필요하다면, 그것은 상황이 고약하게 되어 버렸고, 그녀는 이 상황을 대처하기에 너무 나이 들고, 너무 무겁고, 너무 느리기 때문이다. 만일 신속히 목표를 이루지 못한다면, 그 후에 자신의 기회는 거의 제로에 가까워질 것이다.

밴에서 내린 그녀는 차문을 잠그고, 울타리 주변을 걸어서 한 바퀴 돌아본다.

그녀의 생각이 옳았다. 앙리는 마침내 문제 해결에 착수했다. 몇몇 군데에서 담은 완전히 철거되고, 딱딱하고 아주 높은 철책으로 대체되었다. 손으로 구부릴 수 없는 종류의 아주 강한 철망으로 된 울타리이다. 벽을 더듬어 가며 돌다 보니 한 바퀴 도는 데 거의 한 시간이나 걸린다. 구름이 거의 없는데도 보이는 게 별로 없다. 하지만 마침내 — 됐어, 저기야! — 그녀는 틈 하나를 발견한다. 그것은 무성한 가시덤불을 굽어 보고 있는 조그만 돌무더기인데, 위쪽의 돌들만 떨어져 나간 그 담벼락을 개구쟁이들이라면 올라갈 수 있겠지만, 바오바브나무 같은 몸뚱이의 마틸드는 꿈도 꿀 수 없다.

그녀에게 있어서 놀라운 점은, 절대로 의심하지 않는다는 사실이다. 자, 지금도 보라! 이 밤중에 소유지를 다시 돌기 시작하는 그녀의 모습을 말이다. 두 손으로 가지를 헤치며 덤불 속을 걷고, 고래처럼 숨을 몰아쉬고, 벽을 만져 보고, 철책을 흔들어 보는 이 여자는 불도저 그 자체다. 그녀는 속으로 중얼거린다. 만일 들어갈 방법을 찾아내지 못하면 전략을 바꾸리라, 내일 다시 와서 다른 방식으로 접근하리라.

그리고 마틸드는 고집이 때로는 보상을 가져온다는 것을 훌륭하게 증명해 낸다. 두 번째로 돌면서(새벽 2시 반이 거의 다 됐을 때다) 철책이 설치된 곳들 중 하나를 다시 지나가다가, 무화과나무 한 그루가 돌담에 조금 박혀 들어가 있는 것을 발견하기 때문이다. 두 손으로 돌덩이 하나를 밀어 보니 그것은 높직이 자란 풀 때문에 소리 없이, 곧바로 허물어져 반대쪽으로 떨어진다. 하지만 길을 트는 것은 그렇게 쉽지가 않다. 튼튼한 가지 하나를 찾아내어 그것을 지렛대 삼아 돌을 쳐들어서는 집의 정원 쪽으로 밀어 내기를 반복해야 한다. 숨이 차오른다. 젠장, 여기서 심장 마비로 뒈지면 볼만하겠군, 앙리의 집 바로 앞에서 말이야! 그럼 정말 엿 같겠지! 이런 생각들은 다시 그녀의 힘을 끌어올린다.

약 20분 후, 마틸드는 이제 그녀의 몸도 들어갈 만한 구멍을 하나 만들었다. 조금 높기 때문에 돌들을 밟고 올라가야 하고, 구멍을 지날 때는 그 위에 걸터앉아 그 뚱뚱한 두 다리를 아래로 내려뜨리는데, 이 자세로는 다른 방법이 없기 때문에 먼저 가방을 앞으로 던진 다음, 몸을 돌려 궁둥이를 허공에 내밀면서 발끝으로 땅을, 풀을 디뎌 보려고 애쓴다. 하지만 그만 손이 미끄러져 커다란 소리를 내며 뒤로 떨어지고, 발목을 삐고 만다. 당연한 결과다. 난 더 이상 이런 엿 같은 짓을 하고 있을 나이가 아니라고……!

그녀는 다시 일어선다. 그렇게 심각한 것은 아니다. 커다란 궁둥이를 가진 유일한 장점이 바로 이거지…….

치마 아래쪽이 찢어졌고, 조금 아프고, 약간 절뚝거리지만, 부러진 데는 없다. 이 정원을 가로질러 친애하는 앙리를 방문하는 것을 막을 수 있는 것은 이제 아무것도 없다.

†

안락의자에 몸을 깊숙이 묻은 대장은 모든 과정을 머릿속으로 다시 체크해 본다. 문손잡이에 기름칠하기, 약간 들뜬 시멘트 타일을 고정해 놓기, 문 아래의 틈으로 자갈이 들어오지 못하게끔 문턱을 깨끗이 쓸어 내기……. 그밖에도 나일론 실이 있다. 지면에서 3밀리미터 미만의 높이로 당겨 놓은 그 실은 작동하지 않을 수가 없으리라. 그녀가 그걸 밟아도 그는 알게 되고, 그녀의 발이 걸려도 그는 알게 된다. 만일 그녀가 보지 못한 채 그 위로 지나간다면, 테라스 주변에 모두 여섯 개가 있기 때문에 그녀가 그중 하나에 걸리지 않을 확률은 거의 없다고 봐야 한다. 가능성이어야 항상 있지만, 개연성은 거의 없다는 얘기다. 또 만에 하나 걸리지 않는다 해도, 그에게는 두 번째 대책이 있다. 대장은 마음이 편안하지는 않다. 이 직업에서 편안함이란 무덤행 티켓이나 마찬가지다. 하지만 그는 모든 가능성에 대비하여 최선을 다했기 때문에 무척 차분하다.

앙리는 그녀가 집을 빙 돌아서 뒷문으로 들어올 거라고 확신한다. 만약 그 전에 멈추지 않는다면 말이다. 그리고 이게 그가 바라는 바다. 그녀가 여기까지 이르지 못하기를, 그녀가 도중에 멈추어서 완벽하게 당겨진 그 가느다란 나일론 실들이 신호를 주지 않기를 바라는 것이다.

†

마틸드 역시 같은 생각을 하고 있다. 그녀는 정원을 매우 천천히 가로지른다. 첫째로 피곤하기 때문이고, 둘째로 오른쪽 다리가 약간 저린 데다가, 이 밤이 너무 캄캄하여 아무것도 볼 수 없기 때문이다. 그렇지만 생각해 볼 수 없는 것은 아니지, 라고 마틸드는 속으로 중얼거리며 멈춰 선다. 그녀는 집에서 30여 미터 떨어진 곳에 있는데, 오른쪽에는 차고가, 왼쪽에는 헛간이 분간되며, 정면에는 비록 뚜렷이 보이지는 않지만 집 안으로 들어가는 두 짝의 유리문이 있다. 그리고 뒤쪽에는 주방에서 작은 정원으로 나가는 문이 있는데, 그녀는 그곳을 통해 들어갈 생각이 있다.

만약 거기까지 갈 수 있다면 말이다.

만일 내가 저쪽이라면, 난 내 손님이 거기까지 오도록 놔두지 않겠지. 그 전에 멈추게 할 거야.

그녀는 검지를 입술에 갖다 대며 생각해 본다. 가만있어 봐…… 가만있어 봐…… 앙리랑 이렇게 노는 게 참 재미있다. 꼭 우편이나 텔렉스[65]로 수를 주고받는 체스 플레이어들 같다. 그게 차고일까? 아니면 헛간일까? 이것은 하나의 도박이니, 아마도 여기에 두 번째 기회는 없을 것이기 때문이다. 좋아, 헛간으로 가자, 라고 마틸드는 결단을 내린다. 이렇게 여기 서서 밤을 샐 수는 없는 노릇이잖아?

그녀는 천천히 주위를 한 바퀴 둘러본다. 확인을 위해 몇 미터 앞으로 나아가지만, 이내 노출될지 모른다는 두려움이 인다. 하여 주의 깊게 관찰하여 지형 지물을 머릿속에 기입한 다음 다시 뒤로 물러난다. 그녀는 보고 싶었던 것을 보았다.

†

디터는 몇 초 동안 마틸드를 조준했지만, 그녀는 빠르게

---

65 전기 신호를 특별한 장치를 통해 문자로 변환시켜(혹은 그 역으로) 통신하는 방식으로, 인터넷과 이메일이 일반화되기 전 문자 메시지 전송에 널리 사용되었다.

사라졌다. 곧 다시 나타날 것이다. 그가 본 바로는, 그녀는 상당히 뚱뚱하고 젊지 않은 여자이며, 지금 무슨 일이 일어나고 있는지 전혀 모르는 기색이다. 자기 모습이 눈에 띄는 것을 두려워하지 않고 걸어온 것을 보면 말이다. 디터는 헛간의 2층에 누워 저격용 소총을 고정시키고서, 대상이 집에 이르기 위해 다시 지나가게 될 몇 미터를 주의 깊게 관찰한다…… 또 혹시 모르기 때문에 일대 전체 또한 넓게 훑어본다. 그녀가 더 크게 우회하는 길을 택할 수도 있는 것이다.

이렇게 기다리는 시간이 몇 초가 아니라 1분, 그러고 나서 2분, 다시 또 5분이 된다. 그는 더 빠른 속도로 일대 전체를 다시금 훑어본다. 그녀가 되돌아갔을까?

마틸드는 뒤로 물러서자마자 그녀의 걸음이 허용하는 최대의 속도로 왼쪽으로 갔다. 그녀의 도박은, 만일 앙리가 (자신도 그의 입장이었다면 마찬가지로 했을 것인데) 헛간 2층에 정밀 저격 소총을 든 어떤 친구를 배치했다면, 이 친구는 그녀가 중앙의 진입로로 오기를 기다리고 있다는 것이다. 그러고 나서 이 친구는 의혹에 사로잡힐 것이다. 그녀가 나아오지 않는 것을 보고, 그는 그녀가 어쩌면 빙 돌아갈지도 모른다고 생각할 것이다. 그런데 바로 그 일이 일어났다. 디터가 헛간의 오른쪽을 훑어보고 있을 때, 마틸드는 방금 전 거기를 지나갔다. 그는 그녀를 놓쳐 버린 것이다.

이제 그녀는 묵직한 나무문 앞에 서 있다.

여기에 두 가지 가능성이 있다.

만일 문이 삐걱거리거나 시끄러운 소리를 낸다면, 여기에 아무도 없는 것이고, 난 엿 같은 상황에 처하는 거야.

반대로 문짝이 아주 부드럽게 돌아가면, 누군가가 경첩에 기름칠을 해두었다는 뜻이고, 또 그 말은 친애하는 앙리를 대신하여 누군가가 환영 준비를 하고 있다는 얘기지.

문은 희미한 소리만을 내며 완벽하게 돌아간다.

마틸드는 문을 살며시 열고 안으로 들어가, 조심스럽게 다시 문을 닫은 다음, 자신의 데저트 이글을 꺼내어 어둠이 눈에 익을 때까지 기다린다. 윙윙거리는 정적이 흐른다. 낡은 가구며 잡동사니 같은 것들이 구분되기 시작하지만, 그녀가 최대한의 주의를 기울이는 것은 곳곳에 가느다란 달빛 줄기들이 새어 나오는, 넓은 나무판자들로 이루어진 천장이다. 그 달빛 속에서 먼지들이 춤을 추며 빛난다. 마틸드는 꼼짝하지 않는다. 두 손으로 총을 잡은 그녀는 팔꿈치를 가슴에 댄 자세로 총구를 하늘로 향하게 한다. 이것은 그녀의 강점 중의 하나이다. 제대로 자리를 잡을 시간만 있다면, 보통 사람들보다 훨씬 오랜 시간 동안 같은 자세를 유지할 수 있다. 이렇게 그녀와 — 만약 거기 있다면 — 2층에 있는 사람 사이에 느림의 경주가 시작되었다. 그 사람은 분명 삼각대에 소총을 올려놓고 누워 있을 것이다. 아무 일도 일어나지 않는다. 아무것도 움직이지 않는다. 마틸드는 머릿속으로 숫자를 세기 시작한다(60, 61, 62……). 그녀가 틀렸을 수도 있지만, 이를 확인할 수 있는 방법은 기다리는 것밖에 없다. 그녀는 두 다리로 단단히 버티고 서 있다. 발목도 아프지 않고, 천천히 호흡하고 있고, 모든 게 잘 되어 가고 있다. 만일 아무엇도 움직이지 않으면(101, 102), 2층에 누워 있는 친구가 그녀가 헛간에 들어왔다고 생각하지만 확신할 수는 없어서(103, 104) 그 역시 눈꺼풀 하나 움직이지 않고 기다리고 있다는 뜻이다(160, 161……). 즉 그도 그녀와 똑같이 하고 있다. 여기서 먼저 실수하는 사람이 지는 것이다. 혹은 거의 지는 것이다. 이런 상황에서는 상상할 수 없는 많은 일들이 발생할 수 있기 때문이다. 앙리가 나타날 수도 있고, 다른 누군가가 나타날 수도 있으며, 마틸드가 갑자기 머리가 멍해질 수도 있고, 2층의 호스트가 재채기를 할 수도 있다. 어떤 일이든 일어날 수 있다. 됐어! 마틸드는 미소 짓는다. 아무 소리도 없다. 브라보 잘했어! 하지만 그 친구의 존재는 천장에서 뿌연 빛줄기 하나를 통과하며 떨어져 반짝 빛난 미세한 먼지들에 의해 드러났다. 그는 그녀로부터 2미터 떨어진 오른쪽에 있다. 그녀는 바닥을 주의 깊게 살핀다, 지금은 바보같이 자빠질 때가 아니다. 발에 걸리는 게 없나? 아무것도 없나?

자, 시작!

마틸드는 결연하게 앞으로 나아간다. 두 걸음을 내딛으며 두 팔을 위로 올려 권총을 천장 쪽으로 내밀고는 네 번을 발사한다. 나무가 터지고, 썩은 판자들이 갈라지며 부서진다. 마틸드는 순간적으로 비켜서야 했으니, 디터 프라이가 천장에서 더러운 빨래더미처럼 바닥으로 떨어졌기 때문이다. 그의 가슴에는 마틸드가 두 주먹을 집어넣을 수 있을 만큼 커다란 구멍이 뚫려 있다. 그의 소총도 뒤따라 떨어진다. 일이

해결됐다.

마틸드는 그녀의 이글을 쭉 내밀고서 조심스럽게 다가간다. 이 친구는 이미 끝났지만, 이것은 자신도 어쩔 수가 없으니, 그의 불알에다 마지막 한 발을 발사한다.

그녀는 그의 몸을 뒤진다. 아무것도 없다. 물론 그렇겠지. 그녀는 미소를 짓는다. 그녀는 만족한다. 앙리는 그녀를 존중해 주었으니, 아무 머저리나 보내지는 않은 것이다.

아마 그녀는 이 점에 대해 앙리와 잠시 얘기를 나누게 될 것이다. 서로 이야기하고, 따져 보는 시간에 말이다. 그때까지 이 친구는 나무토막처럼 뻣뻣해질 테고, 이렇게 어지러운 상태로 놔두면 처리하기가 불가능할 것이다. 하여 그녀는 피가 콸콸 흐르는 곳에 지푸라기를 대충 뿌리고, 발끝으로 다리와 팔을 몸통 옆으로 가지런히 모아 놓는다. 적어도 멋진 영안실용 자루에 반듯하게 들어갈 수 있도록 말이다. 이렇게 하느라 또 10여 분을 잡아먹는다.

자, 이제 가자!

그녀는 총을 다시 장전한다. 앙리에게 빈손으로 가는 것은 예의가 아니다.

†

앙리는 네 번의 총성을 세었고, 조금 후에는 다섯 번째 소리를 세었다.

곧바로 느껴지는 반사적인 두려움이 지나간 후, 그는 감탄하지 않을 수 없다.

이런 소리를 내는 다섯 발의 총성, 이것은 그가 배치한 저격수가 아니라 마틸드이다. 정말 대단한 여자다! 그리고 이렇게 자신의 방문을 알리는 것 역시 그녀의 방식이다.

사실 이는 그리 나쁘지 않은 일이다. 진짜 만남은 그녀와 자신 사이에서 이뤄져야 한다. 그녀는 뒤쪽으로 도착할 거고, 앙리는 앞문으로 나가서 역으로 그녀를 잡을 것이다.

신발을 벗은 그는 바닥에 내려놓았던 그의 권총, 베레타(앙리의 취향은 클래식하다)를 집어 든다. 그런 다음 어스름 속에 천천히 현관문까지 나아간다. 곧 그는 그녀가 테라스 위를 마치 인디언처럼 살금살금 걷는 소리를 듣는다. 아, 저 나이에…… 마틸드가 집 옆쪽으로 가면 자신은 문을 열고 그녀를 따라갈 것이다. 하지만 자신은 그녀의 등 뒤에 있을 터인데, 이는 결정적인 이점이다.

그는 경고 없이 총을 쏴야 한다는 것을 알고 있다.

그녀의 등이 보이는 순간, 그대로 조준하고 탄창을 비워야 한다. 우연에 그 어떤 여지도 남기지 말아야 한다.

얼굴을 마주 보지도 못하는 그녀와의 이 마지막 순간은 정말로 그의 가슴을 찢어지게 한다. 다른 상황이었다면 그녀에게 얘기하고, 설명하고 싶었을 것이다. 그러니까 자신의 입장을 해명하겠다는 얘기다. 지금은 다른 수가 없기 때문에 그녀를 죽여야 할 테지만, 그들이 얘기를 나눌 수만 있다면 그녀는 분명히 그의 입장을 이해해 줄 것이라 확신한다. 하지만 아니다. 인생은 그가 그녀의 등에 여러 발을 쏴서 죽여 버려야 하게끔 되어 있다.

신호가 왔다. 거실 탁자 위의 작은 성냥갑이 흔들렸다. 마틸드가 집의 측면에 도달했다. 이제 나갈 시간이다. 앙리는 조심스럽게 문을 연다. 서늘한 밤공기가 얼굴을 스친다. 테라스로 한 걸음 내딛자마자 총구가 그의 관자놀이를 누른다.

「안녕, 앙리.」 마틸드가 부드럽고도 차분한 목소리로 말한다.

대장에게는 여러 가지 좋은 덕목이 많지만, 그중에서도 이론의 여지없는 페어 플레이어라는 점을 들 수 있다. 그는 그저 짤막하게 대답했다.

「안녕, 마틸드.」

✝

앙리는 그의 안락의자로 돌아와 저녁이 시작되었을 때와 똑같은 모습으로 다시 앉는다. 다만 이번에는 44구경 매그넘의 총구가 배를 겨누고 있고, 새하얀 얼굴에 활처럼 팽팽히 긴장한 마틸드가 앞에 있다는 게 다를 뿐이다. 그녀는 그와 마주한 곳에 자리를 잡는다. 그들은 마치 평온하게 얘기하는 오랜 벗처럼 불 꺼진 벽난로의 양쪽에 앉아 있고, 오래된 친구 사이에서 종종 그러는 것처럼 암묵적인 의미들이 조용한 공기 속에 요동친다. 레인코트를 그대로 입고 있는 마틸드는 후우 한숨을 내쉬며 안락의자에 털썩 주저앉는다.

그녀는 앙리에게 다른 불을 켜달라고 하지 않았고, 둘 다

방의 어스름에 익숙해진 이제, 피차 그것을 포기하기는 힘들 것이다. 이런 분위기는 대화와 내면의 이야기, 그리고 죽음에 적합하기 때문이다. 앙리에게는 창문으로 흘러들어 오는 유백색의 빛을 역광으로 받는 그녀의 모습이 어렴풋이 보일 뿐이다. 그녀의 머리카락은 흐트러져 있고, 어지러이 흘러내린 머리 타래들은 그의 앞에 있는 이 다소 비현실적인 실루엣의 나이를 부각시키는 듯하다.

그녀는 앙리 쪽으로 겨눈 총을 내려놓지도, 옆으로 돌리지도 않았지만, 이것 외에는 늘 그랬듯이 자연스러운 모습이다.

「이 고약한 노인네야, 당신이 나를 얼마나 뛰게 했는지 알아?」 그녀가 말한다. 「이것 좀 보라고!」

그녀는 찢어진 원피스의 밑단을 보여 주지만, 그는 그녀가 말하는 것을 볼 수 있을 만큼 가까이 있지 않다.

「그리고 내 발목…… 퉁퉁 부었잖아, 안 그래? 나 넘어졌어. 담장을 고쳐 놨지? 그렇지?」

「4년 전에 몇 군데에 철책을 설치했어. 거기로 네가 넘어 온 거야.」

「그래, 내가 돌들을 밀었지. 다시 붙여 놔야 할 거야. 거기서 내가 엿 같이 떨어져 버렸어.」

「미안해, 마틸드.」

「퉁퉁 부었잖아, 안 그래?」

「뭐, 조금 그런가……? 여기서는 잘 보이지 않아.」

둘 다 이 순간에 자신들이 나누는 말의 가치와 무게를 알

고 있다. 앙리는 그들이 계속 대화하는 게, 시간이 좀 지나면
서 어떤 해결의 실마리를 보게 되는 게 중요하다. 다행히도
마틸드가 먼저 얼음을 깼다. 비록 억제되고 팽팽한 그녀의
그 이상한 목소리와, 그 과장된 발음들과, 그리고 방금 정신
을 차린 사람처럼 그에게 던지는 말들이 별로 기분이 좋지는
않지만 말이다.

「그런데 앙리, 넌 정말로 날 한심한 년으로 여기는 거야?」

객관적으로 볼 때, 대화는 앙리에게 전혀 유리하지 않은
방향으로 출발했다. 하여 그는 안락의자에 몸을 깊숙이 묻
고, 두 손을 무릎 위에 포개며 마치 자기 쪽으로 향해진 44밀
리 총구가 전혀 의식되지 않는 것처럼 행동한다.

「아, 그래 맞아, 앙리, 넌 정말로 날 한심한 년으로 여기고
있어……」 마틸드는 마치 혼잣말을 하는 것처럼, 자신의 오
랜 친구와 숙명을 동시에 비난하는 것처럼 다시 한번 반복
한다.

가장 어려운 일을 끝내고, 앙리에게 무사히 도달하는 데
성공한 지금, 마틸드는 일종의 현기증 같은 것을 느낀다. 사
물들과 말들, 이미지들이 머릿속에서 춤을 추기 시작한다.

앙리, 친애하는 앙리에게 하고 싶은 그 모든 말들이 조각
조각 떠오르지만, 비난의 말, 따뜻한 말, 고백, 추억, 속내 등
모든 게 조금씩 뒤섞인다. 그녀는 분노와 짜증과 피곤함 탓
에 내뱉어 버린 나머지 벌써부터 후회가 되는 이 결정적인
문장을 넘어서지 못한다.

「솔직히 말해서, 헛간에 숨어 있던 네 똘마니, 내가 얘기

하는데 정말 멍청한 놈이었어!」

앙리는 입을 살짝 삐죽해 보인다.

「그리고 테라스에 매어 놓은 그 나일론 실 말이야, 정말이지 앙리, 날 등신으로 여기는 거야?」

그가 전번에 만났을 때보다 변한 것처럼, 달라진 것처럼 느껴진다. 아니, 변한 것은 나야, 라고 그녀는 속으로 중얼거린다. 갑자기 피로감이 엄습한다. 더 이상 아무것도 하고 싶지 않다. 아니, 그녀는 이 모든 게 일어나지 않았으면 좋겠다, 모든 게 예전으로 돌아갔으면 좋겠다. 심지어는 아직 어린 계집아이였던 자신이 사내아이들의 놀이를 하던 그때로 돌아갔으면 좋겠다.

앙리는 어딘가 자신의 아버지 닥터 가셰를 닮았다. 어느 정도의 나이가 되면 어떤 사회적 계층의 남자들은 모두가 다 소간 닮아 보이는 법이지만, 마틸드는 가슴이 흔들려 자기가 총을 들고 있다는 사실도 잊고서 입술을 떨어 가며 〈앙리〉라고 말한다.

「아니야, 마틸드. 난 너를 매우 존중해, 너도 잘 알잖아……」

그는 가장 정중하고, 가장 차분한 방식으로 이렇게 말한다. 말을 해야 하지만 아무 말이나 해서는 안 된다. 마틸드가 그의 말을 들었는지는 확실치 않다. 그리고 그의 생각이 옳았으니, 마틸드의 정신은 다른 곳에 가 있다. 지금 그녀는 앙리와 함께 살 것이라 꿈꿨던 낙원 같은 곳들을 다시 생각하고 있다. 그는 움직이지 않고, 아무 말도 하지 않고, 사과하거나 설명하기를 기다리며 지켜보는 어떤 아이처럼 그녀를 쳐다보기만 한다. 보면 볼수록 그는 그녀의 아버지를 닮은 것 같다. 권위적이고 자신만만한 그런 남자 말이다. 사실 그는 항상 이랬다. 항상 지배적이고 참아 내기 힘든 남자였다. 가엾은 앙리. 생각이 꼬리에 꼬리를 물면서 주유소 직원의 모습이 다시 눈앞에 나타난다. 그들은 똑같다. 그놈이 그놈, 다 도둑놈들이다. 그녀 앞에 있는 이 사람, 볼테르 의자[66]에 마치 판관처럼 꼿꼿이 앉아 있는 이 남자도 도둑놈, 남의 인생을 빼앗는 도둑놈이고, 지금 마틸드는 이 한심한 세상에서, 이 쓸데없는 것들만 그득한 시대에서 자신을 방어하려 애쓰는 중이다.

앙리는 마틸드의 입에서 뭔가 새로운 얘기가 나오기만을 차분한 조바심 가운데 기다린다. 이어질 그 어지러운 말들에 지금 자신의 목숨이 달려 있기 때문이다. 하지만 마틸드는 아무 말 없이 그를 바라보기만 한다. 비록 그녀의 얼굴은 그늘 속에 잠겨 있지만, 그는 그녀의 머릿속에 수많은 생각들이 지나가고 있음을 알 수 있다. 실제로 이 비대하고 위협적인 여자의 머릿속에는 수많은 이미지들이 밀려들고 있고, 익사자에게 찰나의 순간 삶 전체가 눈앞을 지나간다는 그 진부한 생각에 그녀는 걷잡을 수 없이 빠져든다. 그녀는 자신의 삶의 만화경 앞에서 현실로부터 벗어나면서도, 바로 이 순간 앙리가 자기를 죽게 할 거라는, 한 번 더 그가 자신을 대신해

---

66 프랑스의 전통적인 스타일의 안체어로, 등받이가 높고 팔걸이가 있어서 독서나 휴식에 적합한 고급 가구. 프랑스의 계몽주의 철학자 볼테르가 애용하여 유래한 이름이다.

서 결정할 거라는 확신에 사로잡힌다.

한편 앙리는 이 침묵이 너무 오래 간다고 생각한다. 이 침묵은 잠시 동안 그의 아군이 되어 주었지만, 이로 인해 마틸드가 현실에서 멀어진다면 오히려 역효과를 낳을 수 있다.

「마틸드, 그런데 말이야…….」

그녀는 어떤 모호하고 추상적인 점을 보듯 그를 응시한다.

「그런데 말이지…….」

「음?」

「난 이따금 궁금했어. 닥터 페랭…… 정확히 그는 어떻게 죽었지?」

마틸드에게 이 질문은 괴상하게 느껴진다.

「그게 뭐가 중요하지?」

「전혀 중요치 않아! 하지만 난 종종 궁금한 생각이 들었는데…… 가만, 그게 무슨 병이었지?」

「앙리, 우린 잘 몰라. 그거 알아? 가장 치료받지 못하는 사람들이 의사들이라는 거.」

「진단은 뭐였어?」

「그냥 〈병〉이라고 했어. 그는 더 이상의 검사는 원치 않았지. 그 가련한 레몽은 숙명론자였거든. 그런데 내가 어떻게 하겠어, 그냥 최선을 다할 뿐이었지. 난 그에게 죽도 쒀주고, 캐모마일 차도 끓여 주고, 에그 밀크[67]도 만들어 줬지만, 아무 소용이 없었어. 사실 그는 상당히 빨리 갔어. 몇 주 지나

---

67 우유에 달걀 노른자, 설탕, 술 등을 섞어 만든 음료.

니까 픽 죽어 버렸지. 그게 레몽이야. 그런데 왜 이걸 묻는
거지?」

「그냥. 그저 궁금했어…… 아직 젊은 나이였잖아.」

「하, 앙리, 그건 아무 의미 없는 소리야. 저기, 헛간 위에
엎드려 있던 당신의 그 똘마니, 그 친구는 몇 살이었지? 쉰
살? 그 친구도 내 말을 반박하지 않을걸?」

「그렇지.」

앙리는 계속 얘기를 이어 가고 싶지만 마틸드의 시선은 이
미 어딘가로 달아나 버렸다. 이 대화는 그녀를 닥터 페랭에
게로 돌아오게 했다. 그녀는 필름의 릴을 감듯 이야기 전체
를 되감는다. 그녀의 남편이 약혼 시절의 모습으로 그녀에게
나타난다. 그다음에는 집, 그녀의 딸, 전쟁, 앙리, 그다음에
는 그녀의 아버지, 그리고 기묘하게도 찬장 위에 굴러다니는
동전 하나를 훔쳤다고 어머니에게 매를 맞았던 그날, 그리고
리모주역에서 탄약 열차가 시뻘건 불길과 시커먼 연기를 뿜
으며 폭발하던 광경, 그리고 아탱빌의 숲에 서서 시몽과 섹
스할 때 취했던 그 자세, 그리고 대가리가 무덤 속으로 굴러
떨어지는 뤼도의 시체…… 마틸드는 피범벅이 된 팔뚝으로
얼굴을 훔치고, 독일군 병사는 유령처럼 새하얗고, 그의 고
환들은 벌써 손가락 다섯 개가 들어 있는 양동이 속으로 굴
러떨어지는데, 그녀는 아주 차분하고, 아니, 어떻게 표현해
야 할까, 충일하다. 이런 생각을 한다는 게 참 웃긴다. 생각
들에 잠긴 그녀는 손에 들린 총이 무거운 바윗덩어리가 되어
아래쪽으로 처진다는 사실을 의식하지 못하는데, 대장의 눈

에는 벗어나지 못한다. 마틸드는 다시 정신을 차리지만, 그렇다고 하여 머릿속에 개미떼처럼 밀려드는 그 상념들에서, 그 생생한 기억에서 벗어나지는 못한다…… 앙리는 여전히 움직이지 않고, 이렇게 피차 아무 말도 하지 않은 채로 밤이 지나갈 수도 있을 것이다. 이제 그녀에게는 레몽의 무덤이 다시 보이고, 한심하리만큼 지루하고 관습적인 연설을 했던 그 거만한 젊은 부지사의 향수 냄새가 생각난다. 그리고 그녀의 첫 번째 타깃, 짤막한 코트를 입은 모습이 꼭 어떤 시골 공증인과 비슷했고, 나치에게 정보를 넘겼던 그 사내를 쐈을 때의 그 엄청난 해방감과 안도감, 그리고 그녀가 제네바 할인 중앙 은행에 계좌를 개설하러 스위스에 갔던 그날(맞아, 제네바였어!), 카펫이 깔린 그 커다란 응접실…… 그리고 앙리는 여전히 아무 말도 하지 않는다. 그는 그녀가 마침내 어떤 말을 하기를 바란다. 어떤 말이라도 좋으니 입을 열었으면 좋겠다. 침묵이 너무나 무겁게 짓누르고, 마틸드의 머릿속 이미지들은 엄청나게 빠른 속도로 몰려온다. 부모 집 고양이의 모습, 우물에 빠진 줄무늬의 새끼 고양이였는데, 바로 그 일이 지금 일어나고 있다. 그녀도 우물 속으로 떨어지고 있는 것이다. 앙리가 여기에, 그녀의 앞에 있다. 그녀를 위해 아직 뭔가를 해줄 수 있는 유일한 사람, 마지막 사람, 최종적인 사람이기 때문에 그녀는 〈앙리!〉 하고 도움을 요청한다. 울음이 터져 나올 것만 같다. 그녀에겐 절박하게도 그의 도움이 필요한 것이다. 그녀는 그에게 절망적인 동작으로 팔을 쭉 뻗지만 그는 아무 말도 하지 않는다.

「앙리, 어떻게 나한테 그럴 수가 있어?」

대장은 안도한다. 드디어 첫 번째 문장이 나온 것이다.

두 번째 문장은 44밀리미터 총알의 형태로, 앙리의 가슴에 갓등만큼이나 커다란 구멍을 내며 그의 몸을 볼테르 의자에 붙여 놓는다.

총성은 너무나도 강력하여 마틸드는 총을 떨어뜨리고 두 손으로 귀를 틀어막는다. 볼테르 의자는 앙리와 함께 뒤로 넘어져 어지러이 풀어진 낡은 보따리처럼 던져져 있다. 여전히 손바닥으로 귀를 막은 채로 다시 눈을 뜬 마틸드는 두 개의 눈처럼 자신을 노려보는 듯한 의자의 다리들과, 명상하듯 아래쪽으로 기울어진 앙리의 신발 바닥들이 이루는 이 기가막힌 광경을 바라본다. 그녀는 의자 팔걸이를 짚고 일어나서는 두 걸음 앞으로 나아간다. 앙리의 가슴에 난 구멍을 보니, 시커먼 피가 꿀럭꿀럭 솟고 있다. 저쪽에 보이는 앙리의 머리는 벽을 향해 돌려져 있다.

무릎을 꿇은 마틸드는 앙리의 신발을 두 손으로 바보처럼 붙잡고서 울기 시작한다. 상반되는 감정들과 앙리의 역한 피 냄새가 — 불쌍한 앙리! — 머릿속에 어지러이 뒤섞이는 가운데 그녀는 오랫동안 흐느낀다. 그래도 그들 둘에게 최선의 해결책이었던 그 조그만 낙원에 대해서는 이야기해 주기로 마음먹는다. 그녀는 흐느끼면서도, 그들을 기다리는 그 평온함을, 더 이상 고민거리가 없는 나이의 그 모든 행복을 생각하며 미소 짓는다.

이렇게 그녀는 차가운 타일 바닥에 오랫동안 무릎을 꿇은 채로 있는다. 그리고 마침내 일어나니 피곤한 느낌이 든다. 아, 얼마나 긴 하루였던가! 여기까지 오는 길, 그리고 앙리와의 그 끝없는 대화. 그들은 내일 다시 시작할 것이다. 난 분명히 그를 설득할 수 있어! 확실해! 하지만 오늘 밤은 아니고, 내일이다. 지금은 잠을 잘 시간이다. 그녀는 불을 켠다. 거실의 환한 불빛이 그녀의 얼굴을 덮친다. 그녀는 눈을 크게 뜬다. 앙리도 자야 한다. 그가 밤에 휴식을 취하지 못하면, 내일 대화는 어려워질 것이다. 그에게 다가간 그녀는 볼테르 의자 위로 그의 두 발을 넘기고, 팔과 머리를 밀어 전체적으로 누워 있는 사람처럼 흉하지 않은 모습을 갖추게 한다. 내일 그는 영안실용 자루에서, 밴에서 잘 수 있을 것이고, 얘기를 좀 나누고 싶다면 동행도 있을 것이다. 그런 다음, 그녀는 눈앞에 춤추는 둥글고 하얀 작은 형상들에도 불구하고, 손님방으로 가는 길을 찾아낸다. 앙리는 늘 이 방을 언제든지 사용할 수 있도록 해두었는데, 누구를 위한 것인지 궁금하다. 분명히 나 말고는 아무도 없을 거야! 방에 들어서자마자 그녀는 침대에 허물어지듯 눕고, 아무것도 생각하지 않고서 곧바로 잠이 든다.

✝

불길한 예감은 결코 틀리는 법이 없다. 바실리에프와 탄 형제의 누이가 죽은 것이 사흘 전인데, 벌써 세 명의 사망자가 추가되었다.

두 형제가 풀려난 직후, 무사위 갱단의 행동 대장으로 알려진 한 마그레브인[68]의 시신이 생마르탱 운하에서 발견되었다. 이에 대한 보복으로, 다음 날 두 명의 캄보디아인이 머리에 총알을 맞았다. 판사가 수차례 전화질을 해댔다. 그는 이 모든 게 빨리 멈추기를 원한단다.

윗대가리들도 가만히 있지 않는다. 이런 식으로 계속될 수는 없다고 엄포를 놓는다.

이 대량 학살을 초기에 잡을 수 있는 유일한 방법은 진짜 범인을 찾아내는 것이다.

오키핀티는 이 상황에 어울리는 탈레랑의 명언을 찾기 위해 두 시간을 보냈지만, 아무것도 찾지 못했다. 정말이지 되는 일이 하나도 없다.

이때 스스로 천재적이라고 느껴지는 아이디어가 반짝 떠오른다. 두 가지 가설 모두 결실을 맺지 못했으니, 그렇다면 세 번째 가설이 있지 않을까요?

「그게 뭐죠?」 판사가 반문한다.

오키핀티는 입을 바짝 오므린다.

「모르겠어요, 그냥 생각이 났어요…….」

경찰 수사대에 돌아온 그는 모두에게 악을 쓰며 난리를 친다. 이것만이 그를 조금 진정시킨다.

그는 바실리에브의 활동에 대한 보고서를 다시 파고든다.

---

68 마그레브는 모로코, 알제리, 튀니지 등 북아프리카 지역을 이르는 말로, 과거에 프랑스 식민지였던 탓으로 지금도 프랑스에 많은 이들이 이민하여 살고 있다.

젠장, 분명히 여기에 있을 텐데 말이야…….

9월 19일

집 안 전체가 춥지만, 건물의 북쪽 측면에 있는 조그만 손님용 방은 훨씬 더 춥다. 마틸드는 오랫동안 몸을 바르르 떤다. 눈을 뜬 그녀는 자기가 어디 있는지 떠올리기 위해 두 번이나 생각을 가다듬어야 한다. 마침내 기억이 나자 그녀는 커다란 늙은 고양이처럼 몸을 쭉 편다. 두 주먹을 꼭 쥐고, 가슴을 내밀고, 허리를 안으로 꺾은 다음 다시 침대에 털썩 떨어져 베개에 머리를 묻는다.

침대는 조금도 흐트러지지 않았다. 입안은 텁텁하고, 몸은 어젯밤 피곤에 취해 통나무처럼 쓰러졌을 때의 자세 그대로이다. 커튼이 열려져 있는 창을 통해 마틸드는 나무들이며 깔끔하게 가꿔 놓은 정원의 일부분을 바라본다. 그녀는 다시 한번 몸을 쭉 뻗은 뒤에 힘겹게 일어난다. 커피가 필요하다. 그녀는 이불 위를 덮는 침대 커버를 당겨 어깨를 감싼다. 그런 다음 부엌으로 가서는 잔, 커피 필터, 비스킷, 버터, 잼을 찾는다. 여기는 홀아비의 집이 확실하다. 제자리에 있는 게 아무것도 없다. 마침내 그녀는 팔짱을 끼고 주방 식탁에 기대고 서서는 커피가 내려지기를 기다린다. 그런 다음 쟁반을 찾지만 찾을 수 없어 여러 번 왔다 갔다 한다.

거실에 들어섰을 때, 처음 보인 것은 넘어진 볼테르 의자와 그 뒤의 불분명하게 보이는 시체이다. 추위에도 불구하고 마틸드는 환기를 좀 시키려고 가서 문을 연다. 아, 얼마나 냄새가 지독한지! 그렇게 집 안을 두 번 왕복하고, 침대 커버에 발이 걸려 커피를 바닥에 쏟고, 마침내 거실 테이블에 빈 벽난로를 마주하고 앉는다. 배가 고프다. 온수가 있었으면 좋겠다. 그녀에게 가장 끔찍한 것은 찬물로 샤워하는 것이다.

온수가 나온다.

욕실은 소박하지만, 필요한 것은 다 있다. 하지만 앙리는 욕실에서의 즐거움을 쓸데없는 것으로 여겼다는 느낌이 든다. 그는 본질적으로 스파르타적인 사람이다. 여자들과 시시덕거리지도 않고, 심지어는 행복을 찾으려 하지도 않는다. 마틸드는 지금 자신에게 필요한 것들을 챙겨 오지 않은 것을 자책한다. 심지어는 화장에 필요한 것들도 없다. 그래도 새 칫솔 하나와 헤어드라이어는 찾아낸다. 이 집에는 여자들이 많이 오지 않았던 것 같다. 샤워를 하며 자신의 커다란 젖가슴이 흔들리는 것을 보면서, 앙리의 성생활에 대해 생각해 본다. 그는 오입을 하는 타입이 아니었고, 창녀 집을 드나드는 타입도 아니었으며, 심지어는 아침에 일어나자마자 몸이 얼어붙는 이런 한심한 시골 구석에 창녀 집이 있는지 알아보려 하는 타입도 아니었다. 앙리는 성생활도 스파르타식이다. 다시 말해서 최소한이다. 어쩌면 혼자 해결했으리라. 얼마나 바보 같은 인간인가. 지금 그가 있는 곳에서는 다리 사이에 붙어 있는 부분들이 그리워지지 않으리라. 어쨌든 가여운 앙리. 그녀는 수건으로 몸을 닦고 다시 옷을 입는다. 떠날 때가 되자 권총을 챙긴 다음, 잠시 서서 잊은 게 있는지 생각해본다. 앙리, 사랑하는 앙리를 쳐다보지만, 감상에 젖는 것은 거부한다. 그건 우리에게 어울리지 않을 거야, 그렇잖아?

그녀는 앙리에게 가정부나 정원사가 있는지, 어떤 이웃이 그 천치 르푸아트뱅처럼 불쑥 찾아올지 알지 못한다. 충분히 쉬었으니 이제 일을 마무리하고 집으로 돌아가는 게 상책이다. 철책 문의 열쇠를 찾아낸(앙리는 잘 정돈된 사람이어서, 모든 것이 현관문 근처에 라벨과 함께 걸려 있다) 마틸드는 사유지를 가로질러 밴으로 가서는, 차를 운전하여 헛간 앞에 세운다. 거기서 매복해 있던 친구의 시체를 굴려 플라스틱 자루에 넣은 다음, 차 뒤쪽 플랫폼 위로 올린다. 이렇게 그가 이전의 두 친구와 합류하자 그녀는 밴을 집 앞까지 몰고 간다.

그리고 앙리에 관해서도 같은 작업을 한다.

마틸드는 이내 몸이 뻐근해진다. 어젯밤에 침대가 편하지 않아 별로 쉬지를 못했다. 정말이지 앙리, 좀 더 괜찮은 것을 가져다 놓을 수도 있었잖아? 뭐, 원망하진 않아. 혼자 사는 남자들은 이런 것에는 전혀 신경 쓰지 않으니까. 어쨌든 난 몹시 실망했어. 둘이서 어디론가 떠난다는 내 생각은 좋은 아이디어라고 확신했는데, 뭐, 할 수 없지.

그녀는 앙리의 시체 위로 자루를 잠그고, 노즐을 끼워 펌프질을 시작한다. 앙리, 넌 항상 네 고집대로만 해. 넌 이기적인 노인네야. 그래, 뒈져 버려도 돼! 그래 앙리, 뒈져 버리라고! 다시는 네게 이런 제안을 하지 않을 거야! 그래, 넌 받아들일 수도 있었고, 안 받아들일 수도 있었어. 결국 넌 받아들이지 않았고, 그건 네 권리지만, 그래도 내가 너에 대해 생각하는 것을 말해 줄게. 넌 진짜 나쁜 새끼야. 그게 너라고! 아무렴! 넌 필요한 모든 게 있고, 더 이상 일할 필요도 없는데, 왜 그렇게 붙잡고 있는지 모르겠어. 나를 좀 봐, 내가 붙잡고 있니? 아니! 난 다 내려놓을 수 있어, 지금 당장 내려놓을 수 있어. 네가 내게 전화해서 도와 달라고 하고, 뭔가를 부탁할 수도 있겠지만, 이제 다 끝났어, 듣고 있어? 다 끝났다고. 난 지쳤어, 넌 이걸 이해하고 싶지 않지? 난 돌아갈 거야. 모든 것을 정리하고 가버릴 거야! 어디로 가냐고? 그건 묻지 마, 내가 찾을 거니까 걱정하지 마!

죽어라 당기고 민 끝에 자루는 플랫폼 위에 올려졌다. 이밴 안이 꽤나 북적거리기 시작한다. 게다가…… 냄새가 좀 나는 것 같다. 마틸드는 밖에서 오랫동안 숨을 들이마신 다음에 차 안의 냄새를 맡아 본다. 확실히 말할 수는 없지만 의심의 여지가 없다. 이 자루들은 자부하는 것만큼 밀폐되어 있지는 않다.

어쨌든 그녀는 이 모든 것을 없애 버릴 참이다. 화물을 포함한 밴 전체를 물속에 던져 버리고, 더 이상 이것에 관해 얘기하지 않을 것이다. 그리고 빨리 해야 한다. 이 냄새가 더 고약해질 것이기 때문에. 몇 시간 후면 더 이상 운전할 방법이 없으리라.

그녀는 빨리 파리행 열차를 타고 싶어, 문명으로 돌아가고 싶어 좀이 쑤신다. 내일 아침 이전에는 할 수 없겠지만, 오늘 밤까지는 가장 어려운 일들을 끝내야 할 것이다.

이 모든 것은 간단한 일이 아니다. 하지만 앙리를 다시 만나 그와 대화한 것은 그녀를 다시 활기차게 만들었다. 이제 자신이 젊고 힘차게 느껴진다.

†

2633 HH 77.

조금 전에 선생은 생각이 확실했다. 하지만 지금은······.

모든 것이 머릿속에 너무나 엉망으로 얽혀 있어, 지금 자신이 현실에 있는 건지 아니면 다른 상태에 있는 건지 알 수가 없다. 그의 뇌는 마치 자유 전자처럼 제멋대로 돌아간다. 생각들과 기억들이 몰려오고, 줄줄이 지나가고, 서로 충돌하고, 갑자기 멈춘다. 그러고는 모든 것이 얼어붙고, 그는 이렇게 정지된 채로, 중단된 채로 오랫동안 있게 된다. 그가 이런 사실을 아는 이유는 어느 날 저녁에 TV 뉴스의 앞부분을 봤는데(아니면 낮에 봤었나?), 뇌가 마치 고장 난 듯하다가 다시 작동하기 시작했을 때 프로그램의 엔딩 크레디트가 나오고 있었기 때문이다. 그 사이에 무슨 일이 일어났는지는 전혀 알 수가 없다.

그는 자신이 어느 정도 의식이 있다고 느낄 때 메모를 해놓는다. 하지만 때때로 손이 상당히 떨리기 때문에 자신이 써놓은 것을 읽지 못하고 종이를 휴지통에 던져 버려야 한다.

이 번호도 그렇다. 그는 확실했다. 더욱이 자신이 이 번호를 적은 봉투가 여기에, 그의 앞에 놓여 있다. 하지만 지금은 이게 뭔지 전혀 모르겠고, 마치 다른 누군가가 적어 놓은 것 같은 기분이 든다. 어쩌면 테비나 르네가 적은 것일 수도······.

그들에 대해 생각할 때면, 곧 누군가가 자신을 찾으러 올 거라는 느낌이 든다. 그들은 사회 복지 서비스를 보낼 것이고, 자신은 차에 태워져 어느 요양 병원에 넣어질 테지만, 사실은 어찌 되든 별로 상관없다. 그를 괴롭히는 것은 병원으로 데려가는 게 아니다. 물론 그는 병원에 적응할 것이다. 아니, 지금 자신을 괴롭히는 것은 이 번호이다. 이것은 어떤 기포처럼 기억에 떠올랐는데, 이게 대체 어디서 온 건지 알 수가 없지만, 분명히 맞는 번호일 것이다. 더 이상 정상적으로 작동하지 않는 이 머릿속에 어떤 강박적인 생각들이 남아 있다.

바로 이 번호가 그렇다.

사실 그는 경찰에 전화하기만 하면 된다. 그들은 확인해 볼 것이고, 그러면 끝난다. 설사 이게 허구적인 번호나 잘못된 번호라 해도, 그들은 그리 많은 시간을 허비하지 않을 것이고, 다시 시작할 수 있을 것이다.

아주 간단한 일임에도 불구하고 선생은 하려고 하지 않는다. 그에게 있어 이것은 거의 어떤 위생 문제에 가깝다. 자신이 확인하고, 그럴 만한 가치가 있을 때만 전화하는 것, 이것은 그가 스스로에게 부과한 일종의 규율이다. 공연히 프랑스 행정부를 귀찮게 해서는 안 되기 때문이다.

조금 전, 경찰의 젊은 여자가 전화를 했다. 선생은 아마 그녀일 거라 추측하지만 확실치는 않다. 그녀는 그의 근황을 듣고 싶어 했다. 필요한 것은 없으세요? 어떻게 지내세요? 등등.

선생은 대답을 하려 하다가, 갑자기 불쑥 물었다.

「그 짓을 한 놈을 찾아냈나요?」

젊은 여자는 당황한 목소리가 된다. 그녀는 안심이 되는 말을 해주고 싶은 것 같은데, 〈지금 경찰이 찾고 있어요〉, 〈우리에게 상당히 유력한 단서들이 있어요〉 등, 사실은 무력함을 느낄 때 늘어놓는 소리들만 한다. 선생은 전직 경찰청장이었기에 이런 것에 대해 좀 알고 있다.

가장 힘든 부분은 아무것도 예측할 수 없다는 점이다.

1분 후에 뇌가 완전히 뒤집혀 버릴 수 있고, 그러면 무엇이든 기억하기가 힘들어지며, 시간이 지나면 자기가 무엇을 했는지 생각이 나지 않는다. 그러다 거실에서 정신이 들기도 하고, 혹은 거리에서 깨어나기도 한다. 이런 것들이 그를 노리고 있다.

또 르네와 테비도 있다. 죽은 애들 말이다. 그의 슬픔은 여전히 엄청나고, 말로 표현할 수가 없다.

마치 그가 그들을 위해 무언가를 해보려는 것처럼 말이다.

우스꽝스러운 일이다. 그냥 경찰에 전화해서 이 번호를 넘기는 것이 죽은 그들에게 할 수 있는 최선의 봉사일 것이나, 선생은 자신이 가진 모든 수단을 동원해 보려 한다. 하여 그는 안경을 걸치고, 전화번호를 뒤적여서는 엥드르에루아르 주 경찰청의 전화번호를 찾아내고, 그 번호를 돌려 경찰청장과의 통화를 요청한다.

「무슨 일 때문이죠?」

까칠한 여자의 목소리, 경찰청 특유의 어조이다.

「난 드라오스레라는 사람이올시다(자신의 목소리가 떨리는 게 들린다), 난 과거에…….」

「아, 드라오스레 씨! 저, 자닌 마리발이에요! 어머나 세상에!」

그는 이 이름을 기억하지 못하지만, 어쨌든 대답한다.

「어떻게 지내십니까? 목소리를 듣게 되어 기쁩니다.」

그는 여자가 진부한 얘기들을 하는 것을 듣는다. 그녀는 그의 밑에서 일했었고, 전화 교환 부서로 강등되었단다. 그녀는 윗사람들을 욕하는 소리를 속닥거리지만, 업무가 밀리는 모양으로, 대화를 중단해야 한다.

「네, 정말로 반가워요. 아 세상에!」

그러고는 느닷없이 경찰청장의 개인 전화에 그를 연결해준다.

「드라오스레 씨, 이게 웬일이십니까? 이렇게 전화를 다 주시고…….」

선생은 다시 연극을 시작해야 하고, 아무런 부담을 주지 않는 아주 일반적인 것들을 얘기한다. 이 경찰청장의 이름도 그에게는 아주 낯설다. 끔찍하다.

「아주 바보 같이 들리겠습니다만, 자동차 보험과 관련된 몹시 골치 아픈 일 때문에 전화했어요.」

몇 분 동안 선생은 공식적인 어조를 되찾고, 적절한 단어와 표현들을 사용한다. 누군가가 자신의 차를 박았고, 자신은 차량 번호는 가지고 있지만 운전자의 신원은 모른다, 그러니 만약 경찰청장님께서 경찰의 중앙 파일에 접근하실 수 있다면……

「그게 언제였습니까?」

어제? 아니 그제였나?

어쨌든 선생은 잊어버렸다.

그리고 전화가 울리고, 누군가가 경찰청장을 대신해서 전화한다면서 〈선생님께 어떤 사람의 연락처를 알려 드리려고…….〉

아, 맞아, 이 얘기는 뭔가 알 것 같다.

「받아 적을 준비가 되셨나요?」

「잠깐만 기다려요!」

선생은 종잇조각과 연필을 찾기 위해 방 안을 다 뒤집어 놓는다.

「자, 말씀하세요!」

적어 놓은 것은 해독하기가 거의 불가능할 정도여서, 그는 주방 식탁에 앉아 큰 글씨로 다시 쓴다.

르노25 : 2633 HH 77.

마틸드 페랭, 센에마른주, 트레비에르, 플뢰 로(路) 226번지.

그날 여기에 왔던 사람이 바로 이 여자다.

이 여자가 테비와 르네를 죽였다.

경찰에 전화해서 그들에게 알려야 한다.

그로부터 한 15분이나 지났을까, 선생은 그 종이를 발견하지만, 그게 무엇에 관한 것인지 기억하지 못한다.

그는 그것을 쓰레기통에 던진다.

†

넘새 때문에 마틸드는 밴을 시골길에 주차시켜야 했다. 오늘 하루가 얼마나 길게 느껴졌는지 모른다. 저녁까지 기다려야 했다. 그렇게 하는 수밖에 없었지만, 얼마나 지루한지! 그녀는 마을 카페들을 돌아다녀 보고, 말도 안 되는 시간 동안 테이블에 앉아 있었다. 오후가 고무줄처럼 길게 늘어났다.

드디어 그녀는 그곳에 왔다.

그 적당한 장소는 도시에서 약 20킬로미터 정도 떨어진 강가에 있다. 세사크라는 별로 매력적이지도 아름답지도 않으며, 주 도로는 허연 시멘트 자국들로 덮여 있는 평범한 소도시에서 빠져나오는 곳이다. 거기에는 다른 크기로 된 세 군데의 공사장이 있다. 마틸드가 관심을 가진 것은 두 번째 공사장인데, 거기에 그녀가 필요로 하는 모든 것이 있기 때문이다. 밤 9시 조금 넘어 그녀는 철제 대문 앞에 주차하고 차에서 내린다. 독일 셰퍼드가 그녀를 향해 짖어 대며 달려든다. 이빨을 드러내고 으르렁거리며 두 발로 서서 철망 사이로 그녀를 물어뜯으려 한다.

마틸드는 다가가서 미소를 짓지만, 이는 개의 분노를 더욱 증폭시킬 뿐이다. 하지만 그 분노는 오래가지 않는다. 마틸드는 멀어져서는 알루미늄 포장지에서 다진 고기 덩어리를 꺼내어 철망 너머로 던진다.

그녀가 걱정했던 한 가지는, 쥐약에서는 개들이 싫어하는 냄새가 난다는 것이었다. 그녀는 벨기에 동업자의 밴을 뒤져보기로 했는데, 이 친구는 정말 괜찮은 사람이었다. 클로로포름, 응급약, 붕대, 진통제, 항생제 외에도 스트리크닌과 쿠라레[69]가 든 네 개의 캡슐을 발견했다.

이곳의 보안을 담당하는 것은 어떤 보안 회사가 아니다. 그럴 필요까지는 없다. 소유주의 개를 조금 굶겨 공격적으로 만들어 놓는 것으로 충분하다. 그런데 이 개는 정말 멍청한 녀석이다. 붉은 고기에 쏜살같이 달려들어 아주 게걸스레 먹어 치우고는 아주 완벽한 죽음을 맞이한다. 갑작스러운 경련을 일으키며 몸을 쭉 들어 올리더니 입에 거품을 물고 풀썩 쓰러진다.

마틸드는 밴에서 긴 손잡이가 강력한 지렛대 작용을 하는 절단기를 찾아냈다. 철책 문을 동여맨 체인은 금방 끊어졌지만, 기대와는 달리 문은 여전히 자물쇠로 잠겨 있다. 하여 그녀는 차로 돌아가 뒤로 길게 후진한 다음, 전속력으로 가속

---

69 클로로포름은 마취제, 스트리크닌과 쿠라레는 맹독성의 독극물이다.

해 문을 부수고 들어간다. 지나가면서 개의 시체를 밟았지만, 별로 심각한 일이 아니다. 이제 모든 준비가 완료되었다.

어떤 차량 네 대가 주차되어 있는데, 이 방면에 완전히 문외한인 마틸드는 그것들을 운전할 수 있을 것 같지 않다. 하지만 여기에 덤프트럭도 한 대 있다. 이것은 자동차처럼 운전할 수 있을 것이다. 그녀는 문을 열려고 시도한다. 잠겨 있다. 그러자 그녀는 현장 감독의 사무실로 향한다. 조그만 창문들이 달린 컨테이너이다. 마틸드가 조금 멀어져서 총알의 각도를 계산한 다음 총을 쏘자 문이 곧바로 열린다. 그녀는 시간을 들여 해야 할 일들을 계산해 본다. 책상 네 개와 가득 찬 휴지통들이 있고, 주문서, 기름때가 묻은 배송 영수증, 홍보용 볼펜, 핀업 캘린더 아래에는 뷜 컴퓨터[70] 두 대와 고급 타자기인 올리베티 두 대가 놓여 있다. 그리고 벽에는 게시판 하나에 모든 차량의 열쇠가 번호가 매겨져 걸려 있다. 그녀는 창문을 통해 밖을 확인한다. 그녀의 트럭에는 16이라는 번호가 적혀 있다. 그녀는 키를 집어 들고 주차장으로 돌아간다. 핸들은 끈적끈적하다. 이 엿 같은 차를 운전하는 작자는 정말 지저분한 놈일 것이라고 마틸드는 생각한다. 엔진에 시동이 걸린다. 그녀는 곧바로 시동을 끈다. 모든 게 순조롭게 진행되고 있다. 꾸물거리지만 않으면 된다. 앙리, 넌 내가 어느 날 트럭을 운전하게 될 줄은 꿈에도 생각 못 했을걸?

---

70 프랑스의 뷜사는 1931년에 창설된 이후로 다양한 사무용 컴퓨터 하드웨어 및 소프트웨어를 개발했다. 1980년대 당시 유럽의 기업들에서는 뷜사 제품을 주로 사용했다.

이제 보면 알겠지만, 이런 건 문제도 아니야!

이제 밴은 사무실 앞에 세워졌고, 마틸드는 타자기, 컴퓨터 본체, 키보드, 프린터 등을 가리지 않고 밴 안에 던져 넣는다. 그래, 미안하지만 친구들, 나는 정리할 시간이 없어, 라고 그녀는 포장되어 있는 네 구의 시체들에게 말한다. 그녀는 사무실에서 맹꽁이자물쇠로 잠긴 두 개의 작은 철제 상자도 발견한다. 아마도 일일 수납금이나, 함바 운영을 위한 협동조합의 돈 같은 것을 보관하는 금고일 것이다. 그녀는 이 두 상자를 모두 밴에 넣고 뒷문을 닫는다. 그리고 자신의 여행 가방은 차에서 꺼내어 사무실 문가에 둔다.

그런 다음, 그녀는 바지선들이 모래와 시멘트를 싣고 내리는 곳일 선착장 위에 밴을 제대로 위치시키기 위해 두 번이나 시도해야 했다. 검은 밤 속을 흐르는 강물을 마주하고서 말이다. 이곳은 비가 꽤나 많이 내린 모양으로, 가론강이 불어나서 사납게 요동치고 있다. 마침내 그녀는 트럭을 선착장 끄트머리에서 약 15미터 떨어진 곳에 위치시킨다. 창문들을 모두 열어 놓고, 브레이크는 풀어 놓는다. 수심을 확인해 보려고 돌멩이 하나를 던졌지만, 아무런 정보도 얻지 못한다.

이건 도박이다. 될 수도 있고 안 될 수도 있다.

앙리, 여기서는 네 도움이 필요하게 될 거야. 긍정적으로 생각해야 해. 만일 이게 안 되면 플랜B가 없기 때문이야.

트럭 운전석에 앉은 그녀는 시동을 걸어 트럭을 밴 뒤에 대고 밀기 시작한다. 엔진이 포효한다. 달라붙은 두 차량이 속도를 내기 시작할 때는 속이 뒤집히는 것 같다. 밴이 선착장의 끝에 이른 순간, 마틸드는 거칠게 브레이크를 밟는다. 그녀 앞에서, 밴이 앞으로 코를 박듯이 강물에 그대로 처박힌다. 그리고 거기서 움직이지 않는다.

당황하여 트럭에서 내린 마틸드는 마치 어떤 짐승이 물에서 튀어나올 위험이 있는 것처럼 조심스럽게 선착장 끝으로 다가간다. 밴은 강물에 거의 수직으로 박혀 있다. 모래톱에 걸려 멈춘 모양이다. 이건 일어날 수 있는 최악의 상황이다. 차량의 뒤꽁무니가 거의 1.5미터나 물 밖으로 나와 있다. 마틸드는 주변을 둘러보며 뭔가 밀 것을 찾아 보지만, 설령 찾는다 하더라도 그런 거대한 덩어리를 강으로 밀어낼 힘은 전혀 없다는 것을 알고 있다.

그렇게 강물에 처박힌 밴을 보고 있으니 울고 싶어진다.

그녀는 선착장을 따라 불안하게 서성거리며 시계를 본다. 남은 시간이 거의 없다. 45분. 밴에서는 내부로 물이 계속 들어가고 있는 듯 흐릿하게 꾸르럭거리는 소리가 난다. 그러다 갑자기, 차량이 긴 한숨을 내쉬더니 거대한 공기 방울을 토하며 물속으로 가라앉는다. 정말 가라앉는다…… 마틸드는 믿을 수가 없다. 몇 초 동안 그것은 움직이지 않는다. 차체의 40여 센티미터가 여전히 물 밖에 나와 있다. 자, 자, 어서! 마틸드가 격려한다. 신들이 아마도 그녀의 말을 들은 모양이다. 갑자기 누군가가 발길질을 한 것처럼 차량은 물에 쏙 잠기며 사라진다.

오, 고마워 앙리, 고마워! 우리 둘은 정말로 좋은 팀이야! 트럭을 원래의 자리에 정확하게 돌려놓고, 문을 잠그고, 키를 게시판에 다시 건 다음, 마틸드는 가방을 챙겨 출구로 향하고, 도중에 피 웅덩이 속에 누워 있는 개의 시체와 마주친다. 안녕, 뤼도! 낮잠 잘 자!

셰사크까지 가는 데는 30분 정도가 걸리고, 시내 중심부에서는 그녀가 부른 택시가 벌써 기다리고 있다.

「아이고 아주머니, 어디서 그렇게 오시는 길입니까?」

모두가 잠든 이런 늦은 시간에 시청 앞에 승객을 모시러 온 택시 기사는 깜짝 놀란다.

마틸드는 뒷좌석에 힘겹게 몸을 던지며 호텔의 주소를 다시 알려 준다. 모든 게 정리되었다.

내일 아침에, 혹은 밤사이에, 공사장에 도둑이 들어와 개를 죽이고, 조금이라도 가치가 있는 것들을 모두 털어 갔다는 것을 알게 될 것이다. 경찰은 심각한 척하며 나타나서는 조서를 작성하겠지만, 그 조서는 차량 도난, 카스테레오 도난, 가정 폭력과 같은 잡다한 사건들과 함께 쌓이게 될 것이다. 통계를 내는 것 말고는 아무 조치도 취하지 않는 그런 사건들 말이다.

「최근에 사망한 한 친구의 일들을 처리해 주기 위해 왔어요. 청소를 조금 해야 했지만, 이젠 다 끝났어요, 안심이 되네요.」

「아, 그렇군요!」 기사가 출발하며 말한다. 「이해가 됩니다! 제대로 일을 하고 나면, 발 쭉 뻗고 잘 수가 있죠.」

「네, 그렇고말고요!」

9월 20일

이해할 수가 없어…… 기차가 파리까지 가는 데 왜 이렇게 오래 걸리지?

마틸드가 검표원에게 물어보고 싶은 질문이지만, 그녀는 조심해야 하며, 사람들의 눈에 띄지 않아야 한다는 것을 안다. 전날 저녁의 택시 기사와의 대화는 예외여야 한다. 그녀는 자클린 포레스티에라는 가명으로 호텔에서 체크인하긴 했지만, 너무 경솔하게 행동해서는 안 된다.

이것은 그녀가 간직하고 있는 여권에 적힌 이름인데, 이제 그녀의 생각은 이 여권 자체에 쏠린다. 그녀는 가방 속에서 여권을 찾는다. 사진은 오래되었지만, 신분증은 여전히 유효하다. 혹시 이걸 무효 처리해 버렸을까? 만일 이걸 사용하면, 세관을 통과하는 순간에 체포될까?

하지만 지금까지 계속 운이 좋았는데, 이 운이 갑자기 반대 방향으로 가야 할 이유는 없을 것이다.

왜냐하면 지금 그녀 안에는 떠나려는 생각이 일고 있기 때문이다. 물론 앙리가 미끼를 물지 않은 게 사실이지만, 누가 알겠는가, 만일 자기가 어느 살기 좋은 곳에서 앙리에게 편지를 쓴다면, 어쩌면 그도 생각을 달리할지도 모른다…….

마틸드는 이런 새롭고 달콤한 생각에 빠져든다. 어디로 가야할지는 알 수 없지만, 라 쿠스텔을 내놓고, 스위스에 숨겨둔 돈을 찾은 다음, 모든 걸 그만두고서 화려한 생활이든 조용한 생활이든 하는 것이다.

어떤 조용한 곳에 정착하여, 내 집처럼 편안하게 살 수 있는 뭔가를 찾아 보리라. 마르키즈 제도?[71] 그녀는 웃는다. 자신은 마르키즈 제도가 어디에 붙어 있는지도 모르는 것이다. 아냐, 이탈리아? 스페인?

마틸드는 손바닥으로 좌석 팔걸이를 딱 내리친다. 맞아, 포르투갈!

그녀는 어떤 임무를 위해 거기에 한 번 간 적이 있다. 타깃이 예상보다 오래 여행하는 바람에 그녀는 리스본에서 오래 기다려야 했고, 그 후에 타깃을 따라 알가르베[72]까지 가야 했으며, 결국 〈라고스〉인가, 〈라고아〉인가 하는 조그만 마을에서 그를 잡을 수 있었는데, 그때 그 고장이 너무도 좋았던 기억이 난다.

71 남태평양에 위치한 프랑스령 폴리네시아의 일부를 이루는 군도. 모두 15개의 섬이 있다.
72 알가르베는 포르투갈 남부에 위치한 지역으로, 아름다운 해변과 화창한 날씨, 그리고 매력적인 해안 마을로 유럽에서 가장 인기 있는 휴양지 중의 하나이다.

그렇다, 그녀에게 필요한 것은 바로 이것이다. 그 전쟁 동안, 그리고 그 후에도 악을 쓰고 싸웠는데 뭔가 보상이 있어야 하지 않겠는가? 따스한 태양 아래서 조용히 쉴 권리가 있지 않느냔 말이야, 빌어먹을!

자, 결정됐다. 이제 가서 라 쿠스텔을 걸어 잠그고, 열쇠는 르푸아트뱅 집에 맡기고, 그쪽의 부동산 중개인들을 접촉하리라.

게다가 지금 가진 돈으로는 뭔가 아주 좋은 것을 마련할 수 있다. 그녀는 심지어 자신의 딸, 그 멍청한 년도 오게 해야 하나 생각해 본다. 그래, 차차 생각하자. 마틸드는 갑자기 행복해진다. 이제 계획이 생긴 것이다. 개도 한 마리 사리라.

마틸드는 너무나 들떠서 돌아오는 길이 마치 꿈처럼 느껴진다.

서둘러야 한다. 무엇이 걱정이 되어서가 아니다. 그녀는 결코 발각될 수가 없다. 아니, 이것은 그녀 자신을 위한 것이다. 이제 그만 끝내고, 드디어 가서 쉬고 싶기 때문이다.

마틸드는 잠이 들고 평화롭게 코를 곤다.

옆자리에 앉은 아주 깔끔한 차림의 젊은 여자가 미소를 짓는다.

마틸드는 그녀의 할머니를 너무 닮았다…….

†

하루가 끝나갈 무렵, 택시가 마틸드를 그녀의 집 앞에 내려 주었을 때, 오는 동안 그녀를 사로잡았던 들뜬 기분은 아직도 사그라지지 않았다.

대문에서 테라스까지 이어지는 직선의 진입로를 걸을 때는, 이 집을 떠난다는 생각에 한층 행복해지기까지 한다. 이곳이 자기 집으로 느껴진 적은 한 번도 없었다.

「아이고, 왜 이렇게 많이 컸니!」

그녀는 쿠기를 잡아서 품에 안는다.

「그래, 우리 아기, 저 못된 이웃 남자가 널 괴롭히진 않았어?」

아니, 이 집과 이 삶이 진정으로 자신의 것이었던 적은 한 번도 없었다. 심지어는 딸도 마찬가지였다. 결국 그녀에게는 개들만 있었다. 이제 이 모든 것을 떠나게 되었으니 마음이 얼마나 홀가분한지 모른다…….

강아지를 내려놓은 그녀는 울타리를 바라보며 르푸아트뱅을 어떻게 처리할지에 대해 고민한다. 떠나기 전에 그를 찾아가서 분명히 따지지 않아야 할 이유가 없다. 아무것도 요구한 일이 없는 뤼도 같은 불쌍한 개에게 그런 짓을 할 수 있는 인간이, 아무런 벌도 받지 않고 지낸다는 것은 그녀의 정의감과 너무나 어긋난다. 그러나 동시에, 그렇게 하지 말아야 한다는 생각이 어렴풋이 떠오르는데, 왜 그래야 하는지는 정확히 기억나지 않는다.

내일이면 생각나리라.

여행 가방을 내려놓고, 샤워를 하러 2층에 올라간 그녀는 침실 문턱 근처의 카펫바닥이 거무스름해진 것을 발견한다.

상관없어, 이 집을 처분해 버릴 거니까. 누구든 원하는 사람에게 싸게 넘기지 뭐.

그 사람이 청소하겠지.

9월 21일

그 빌어먹을 종이를 도저히 찾을 수가 없다! 선생은 그것을 분명히 식탁 위에 놓았다고 생각하는데, 거기에 없는 것이다.

테비가 없으니 사는 게 몹시 힘들어졌다. 더 이상 애쓰지 않고 지내는 게 더 편하겠다는 생각도 든다.

집에 음식이 떨어졌을 때 그는 먹지 않고 하루를 지냈는데, 배고픔이 찾아왔다. 참 이상한 느낌이었다. 마음은 먹고 싶지 않은데 먹어야만 하는 것이다. 혹시 자신이 죽고 싶은 건가 하는 생각이 들었지만, 아니라는 것을 알고 있었다. 다음 날은 파출부가 오는 날이었다. 그녀는 일주일에 한 번 대신 두 번 오겠다고 스스로 제안했다. 나이가 꽤 들었고, 친절하고 부드러운 여성인데, 이 동네에 사는지는 잘 모른다. 그녀가 선생께서는 어떤 시설에 가셔야 한다고 계속 강조하면, 그는 무슨 말인지 모르는 척 한다. 어쨌든 선생은 배가 고팠

으므로 그녀에게 장을 좀 봐오라고 부탁했다. 그리고 비밀번호가 냉장고에 큰 숫자로 써져 있는 자신의 은행 카드도 내준다.

그녀는 다음 방문 때 그가 먹을 만한 것을 가지고 돌아왔다. 그에게 상점의 영수증을 주었고, 카드를 제자리에 두고는 다시 진공청소기로 돌아온다. 그녀는 별로 영양가는 없겠지만 별다른 준비 없이 간단하게 먹을 수 있는 것들을 골랐다. 그녀는 그가 물을 데우거나 가스를 켜는 것을 원치 않는다. 그가 하면 모든 것이 위험해질 수 있다.

「선생님은 어떤 요양원 같은 곳에 계시는 게 더 나아요, 정말이에요…….」

그는 그녀의 말을 못 들은 척한다. 그녀 역시 자신이 속지 않는다는 것을 보이고 싶어 한다.

이따금 선생은 날이 밝았다는 것을, 혹은 반대로 밤이 되었다는 것을 깨닫기도 하지만, 지난 몇 시간 동안 자신이 무엇을 했는지는 전혀 알 수가 없다. 아파트는 모습이 변하고, 물건들은 위치가 바뀌는데, 이름이 기억나지 않는 파출부는 별다른 논평 없이 물건들을 제자리에 돌려놓을 뿐이다. 그녀는 르네의 장례식과 테비의 장례식에 대해 뭔가를 말했는데, 그들은 함께 죽었는데 왜 장례식이 두 번 있는 것인지 이해할 수가 없다. 그들은 묘지에서 함께 있어야 할 텐데 말이다. 그녀는 그에게 날짜를 말해 주었지만, 아무도 그를 데리러 오지 않았다. 아니 어쩌면 누군가가 왔을 수도 있다. 하지만 만약 자신이 묘지에 갔다면 기억이 나야 하지 않을까?

선생은 이 아파트를 떠나지 않을 수 없게 될 것이다. 주위에 그물이 점점 좁혀지는 게 느껴진다. 사람들이 결정할 거고, 그냥 지금 받아들이는 게 더 간단할 터이지만, 그의 대답은 〈아니다〉이다. 이따금 자신이 이렇게 버티게 된 이유가 기억나지만, 그것은 지속되지 않는 생각이라서 떠올랐다가도 금세 사라져 버린다.

그런데 지금 이 순간, 바로 그게 기억난다. 그는 그 종이를 다시 찾지 못하는 한, 마음 편히 떠날 수 없을 것이다. 그게 바로 이유이다. 바로 그 종이가, 여기 와서 르네와 테비를 살해한 여자를 경찰이 붙잡을 수 있게 해줄 것이다. 그는 창문으로 그 여자를 보았고, 그 차의 번호를 기억했고, 경찰청에 전화를 했고, 그녀의 이름과 주소를 알게 되었는데, 이 모든 것을 잃어버렸던 것이다.

이름과 주소.

그는 오후 내내 그 종이를 찾아 헤맸다. 파출부에게도 물어보았다. 그녀는 이렇게 대답했다.

「선생님, 벌써 두 번이나 물어보셨어요. 아니요, 죄송하지만 전 보지 못했어요…….」

그러자 그는 어찌 됐든 전화를 걸기로 마음먹는다.

그런데 그게 아주 어렵다. 거기에는 젊은 여경이 없고, 그를 다른 사람에게 연결해 준다.

「여보세요, 드라오스레라는 사람이올시다. 뇌의 사건 때문에 전화드렸어요.」

「바실리에브 수사관에 관한 것인가요?」

이 이름을 듣자 선생은 울기 시작한다. 소리 없이.

「여보세요? 아직 거기 계세요?」

「어…… 네…….」

「무슨 일 때문이죠?」

그녀의 목소리에서 짜증과 조급함이 느껴진다.

「그들을 살해한 여자가 차를 타고 왔다는 것을 알려 드리려고요. 내가 써놓은 종이를 가지고 있었는데, 잃어버렸어요.」

깊은 침묵이 흐른다.

「선생님의 전화번호가 어떻게 되시나요?」

그는 이 번호를 알고 있었는데, 그 순간 사라져 버린다.

「잠시만요, 찾아볼게요…….」

그는 수화기를 옆에 내려놓는다.

주소록을 뒤지지만, H자 항목에 자신의 이름이 보이지 않는다. 아, 여기 있었네! 그것은 첫 페이지에 있었다.

「여보세요?」

여자가 아주 나지막한 목소리로 어떤 다른 사람과 얘기하는 소리가 들린다. 그에 대해 말하고 있다.

「네, 선생님…….」

「내 번호는 찾았는데, 그 여자의 번호는 찾지 못했어요. 차량 번호를 말하는 겁니다, 전화번호가 아니고.」

그는 자신의 말이 약간 어수선하다는 것을 알고 있지만, 어쨌든 지금 최선을 다하고 있다.

「자, 선생님, 동료에게 선생님께 전화를 드리라고 얘기할

게요. 선생님 성함을 다시 한번 불러 주세요.」

그러고 나서 그는 전화 옆에 앉아 기다리기 시작한다. 전화에서 멀어지고 싶지 않다. 잘못하면 전화를 못 받을 수 있기 때문이다. 화장실에 가야 할 때에는 전화기를 최대한 멀리 끌어와서 빨리 일을 봤다. 이따금 수화기를 들어 신호음이 들리는지, 전화기가 제대로 작동하는지 확인한다.

마침내 그녀가 전화를 걸었다. 어느덧 밤이 되어 있었다.

「안녕하세요, 선생님?」

좀 여유 있게 대답을 하고, 정상적으로 대화를 진행해야 옳았지만, 기다리는 내내 자신이 말해야 할 것을 되뇌었기 때문에 입을 열자마자 말들이 쏟아져 나왔다.

「차를 타고 와서 그들을 죽인 여자에 대한 일이에요. 난 종이를 잃어버렸지만, 창문을 통해 그녀를 봤어요. 상당히 뚱뚱한 늙은 여자예요. 타고 온 차는 밝은 색깔이고요. 하지만 종이를 잃어버렸어요. 사방으로 찾아봤지만 어디로 갔는지 모르겠네요. 청소하는 아주머니가 치운 것 같아요.」

「그 늙은 여자요?」

「네, 그녀는 늙었어요.」

「그리고 그녀가 선생님 집에 왔다고요.」

「그녀는 자주 와요. 매일은 아니지만 자주 오죠.」

「그리고 그녀가 와서 바실리에브 수사관을 죽였나요?」

「오, 아니에요.」

선생은 갑자기 이상한 생각이 든다.

「아뇨, 아주머니는 아닐 거예요. 그 여자라면 내가 알아봤을 거예요. 그 여자는 더 뚱뚱했을 거예요…….」

「네, 무슨 말인지 알겠습니다. 그런데 드라오스레 선생님, 혹시 지금 옆에 누가 계신가요?」

순간 몸이 굳는다. 전화를 끊어 버리고 싶다. 실패했다는 게 느껴진다. 하지만 지금 전화를 끊으면 당장 그를 데리러 올 것이다. 그에게 정신병자들에게 입히는 구속복을 입힐 것이다.

「네.」

「누가 같이 계신가요, 선생님?」

「내 사촌 형제요…….」

「아…… 지금 그분과 통화할 수 있나요?」

「어…… 먹을 것을 좀 사러 나갔어요. 들어오면 전화를 드릴 수 있을 거예요.」

「네, 그분이 우리에게 전화를 주시면 좋을 것 같네요. 그럴 수 있나요?」

「네, 알겠습니다…….」

선생은 자신이 서툰 게 너무나 답답하다. 자신이 무엇을 말해야 하는지 완벽히 알고 있지만, 말이 제대로 나오지 않고, 생각들이 사방으로 흩어진다. 이런 낭패가 있단 말인가…….

그는 힘겹게 일어선다. 딱딱한 의자에 계속 앉아 있으니 등이 아프다.

안락의자로 가서 무너지듯 주저앉는데, 거기 보인다. 휴지통에 구겨져 있는 종이 말이다. 그는 몸을 굽히고 글자를 읽는다.

르노25. 2633 HH 77.

센에마른주, 트레비에르, 플룅 로226번지, 마틸드 페랭.

젊은 여경에게 다시 전화해야 해…… 하지만 그는 움직이지 않는다.

사람들은 그를 믿지 않을 것이다, 미친 사람으로 여길 것이다. 내일 아침, 사회 복지 서비스가 그를 데리러 올 것이다.

경찰에 전화하는 것은 더 이상 소용이 없다. 아무도 그를 이해하지 못하고, 아무도 그를 믿지 않는다.

선생은 손 안에 종이를 구겨 쥐고 조용히 줄줄 흘러내리는 굵은 눈물방울을 닦는다.

살아오면서 지금같이 절망스러웠던 적이 있었던가.

✝

이튿날 새벽부터 준비가 된 마틸드는 테라스에서 커피를 마신다. 그녀를 잠에서 깨운 것은 바로 오늘 떠나면 좋을 것 같다는 갑작스러운 생각이었다.

이것은 그녀를 너무나도 흥분시키는 엄청난 계획이다. 그녀는 혼자서 웃는다. 종이와 볼펜을 집어 들고는 오늘 저녁 당장 플룅을 떠나기 위해 해야 할 것들을 적기 시작한다. 그리고 그녀에게는 어떤 것도 불가능해 보이지 않는다. 그녀는 세수를 하고, 루거 권총, 여권, 그리고 현금을 챙긴 후, 여행사가 문을 열자마자 가장 먼저 들어간다.

그녀를 맞이하는 여자는 어딘가 임시직 중개소의 직원인

필리퐁 부인을 떠오르게 한다. 이 필리퐁은 집안일을 해줄 수 있는 여자를 하나 보내 주겠다고 약속했지만, 물론 그러지 못했다. 그렇기 때문에 마틸드는 환하게 미소를 지으며 이렇게 말하는 그녀를 경계한다.

「오, 포르투갈? 정말 좋은 생각이세요!」

「왜요?」

「네?」

「좋은 생각이라고 하셨는데, 그게 어떤 점에서 제네바나 밀라노, 혹은 블라디보스토크로 가는 것보다 낫다는 거죠?」

직원은 조금 당황하지만, 경험이 풍부하다. 이렇게 이유 없이 심통이 나 있는 고객은 몇 명 다뤄 본 일이 있기 때문에 쉽게 흔들리지 않는다.

「그럼 포르투갈을 한번 보죠…….」 그녀는 카탈로그들을 꺼내면서 말한다. 「이 나라의 어느 쪽을 생각하고 계시죠?」

「아래쪽요.」 마틸드가 대답한다. 그녀는 지역의 이름이 정확히 기억나지 않는다. 여하튼 맨 아래쪽이다.

아무것도 아닌 일이긴 하지만, 또다시 찾아온 망각에 화가 치민 그녀는 직원이 사람을 깔보는 것처럼 미소 짓는다고 느낀다. 아주 짜증이 난다. 그녀는 핸드백 속으로 손을 집어넣는다.

「알가르베인가요?」

그녀가 막 루거를 잡고 있는데, 알가르베라는 이름이 당연한 진실처럼 귀를 때린다.

「네, 그래요! 오늘 떠나고 싶어요!」

「아, 바로 오늘요?」

「그게 문제가 되나요?」

「음 그러니까, 너무 갑작스러워서······.」

「그게 문제가 되나요?」

「여건 말이에요, 부인. 항공편도 찾아봐야 하고······ 제 짐작으론 호텔도 원하실 것 같은데요?」

「잘 짐작하셨어요.」

마치 최루 스프레이라도 꺼낼 것처럼 손을 핸드백에 넣은 채로 차갑게 대답하는 이 고객은 결국 직원을 불편하게 만든다. 그녀는 카탈로그를 뒤져 본다.

「음, 잘될 수도 있을 것 같아요, 부인······.」

「그랬으면 좋겠군요.」

「잠깐만 기다리세요.」

직원은 수화기를 들고 누군가에게 전화를 걸어 정보를 확인하면서도, 고객에게서, 특히 고집스럽게 모습을 드러내지 않는 그녀의 손에서 눈을 떼지 않는다.

이때 기적이 일어난다. 오늘 저녁 9시에 오를리 공항에서 출발하는 비행기가 있단다. 그리고 현지에서 그녀를 데리러 올 차도 한 대 있단다.

「이것 좀 보세요!」 그녀는 고급스러운 호텔과, 수영장들과, 오렌지나무들과, 테라스들의 사진을 보여 주며 말한다. 「그리고 비수기라 가격도 저렴해요!」

마틸드는 여권을 꺼낸다.

「난 개 한 마리를 데리고 가요. 그리고 현금으로 지불할

게요.」

「그게, 액수가 좀 될 텐데…….」

「돈은 있어요.」 마틸드는 핸드백 안을 뒤지며 말한다.

그녀는 거기서 고액권 지폐 한 다발을 꺼낸다. 직원은 안도한다. 아, 가방 속에 있는 게 저거였구나! 그녀는 다시 활기차고 따뜻해진다.

「차도 한 대 렌트하고 싶은데요.」 마틸드가 덧붙인다.

「물론이죠!」

마틸드는 쇼핑하며 오전의 나머지 시간을 보낸다. 쿠키를 위한 케이지, 선글라스, 피서지용 신발, 모자 등을 사는데 그 지역이 상당히 덥다는 것을 기억하기 때문이다.

그녀는 2주간의 체류 패키지를 구매했다. 현지의 호텔 주변을 둘러보며 임대하거나 구매할 집을 찾아볼 것이다. 그리고 그게 끝나면 앙리에게 사진들을 보낼 거고, 만일 앙리가 며칠만이라도 자기를 보러 온다면, 좀 더 오래 머물도록 설득하는 일은 별로 어렵지 않을 것이다. 그런 식으로 해서 결국…….

집으로 돌아온 그녀는 옷가지를 모아서는 커다란 트렁크에 쟁여 넣고, 제네바의 계좌에서 돈을 이체하는 데 필요한 서류들도 챙긴다. 아니, 로잔인지도 모르겠는데, 어디든 상관없다. 그녀는 저녁 7시에 택시를 부른다. 8시에 오를리에 도착할 것이고, 비행기는 9시에 출발한다. 모든 것이 완벽하게 진행되고 있다.

마틸드는 혼자서 웃는다. 가론강에 누워 있는 밴 안의 네

구의 시체를 떠올려 본다. 네 구? 그게 누구였더라? 우선 앙리가 나한테 보낸 그 친구…… 아니, 앙리가 보낸 친구는 둘이었지! 거기에는 앙리 자신도 있지만, 네 번째 사람이 누군지는 기억이 나지 않는다. 뭐, 앞으로 생각나겠지.

어쨌든 경찰 수사가 그녀에게까지 도달하기는 쉽지 않을 것이다. 적어도 한동안은 힘들 것이다. 또 언젠가 그녀를 찾아낸다 해도, 그때는 열 발가락을 쭉 펴고 호텔 테라스에 누워 있으리라. 만일 맘에 드는 집을 구한다면 집에 누워 있을 수도 있고.

마틸드가 요리조리 피해 다니며 산 지가 벌써 30년이다. 이제 충분히 자격이 있는 은퇴 후에, 지금까지 그래 왔듯 모든 레이더상에서 완전히 사라진다고 생각하는 게 논리적이지 않겠는가?

†

「아직도 아무것도 없나?」 오키핀티가 묻는다.

그들은 판사의 영장을 기다리고 있다.

젊은 여경은 고개를 젓는다. 다른 이들 같으면 주먹으로 탁자를 쾅 내리치겠지만, 그는 피스타치오 한 움큼을 입안에 털어 넣는다.

그의 책상 위에 마틸드 페랭의 신원 정보 카드가 놓여 있다. 63세, 가정주부, 어느 의사의 배우자, 훈장 서훈자, 레지스탕스의 영웅…… 그가 기대했던 프로필은 아니지만, 그가 가진 것은 이게 전부다!

전직 경찰청장이었다는 노인의 전화는 뜻밖이었을 뿐 아니라, 이상했다.

「뭐? 횡설수설했다고?」 오키핀티가 놀라서 되묻는다.

그렇다, 다른 것은 몰라도 횡설수설했던 것은 확실하단다. 그가 누구에 대해서 말하는 건지 도무지 알 수 없었다고, 자신이 봤다고 생각하는 사람과 파출부를 혼동하는 듯했다고 전한다.

「어떤 뚱뚱한 여자가 와서 바실리에브 수사관을 죽였다고? 그 노인네, 좀 노망든 거 아냐?」

여경은 이 발언이 다소 무례하다고 느끼지만, 본질적으로는 반장의 말이 맞다. 하지만 바실리에브의 수사 활동을 팀들이 계속해서 들여다보고, 탄 형제와 무사위 갱단이 서로를 신나게 죽이고 있는 동안, 그들은 계속 제자리걸음인 것이다.

젊은 여경은 드라오스레 씨를 만나러 갔지만 그는 더 이상 제정신이 아니었다. 그는 자기가 경찰에 전화했다는 사실도 기억하지 못했으며, 심지어는 르네 바실리에브의 이름도 낯선 듯 했다. 기억하는 척 했지만, 전혀 그렇지 않다는 게 뻔히 보였다.

여경은 이번에는 그의 의향을 묻지 않았다. 집에서 나오자마자 그녀는 사회 복지 센터에 전화를 걸었다. 그러고는 저녁에 그를 데리러 와야 할 것 같다고 말했다. 늦어도 내일 아침까지는 와야 한다고 말이다.

이 여경의 마음에 걸리는 것은, 이 분이 전화를 걸었을 때는 아직 정신이 남아 있는 것 같았다는 사실이다. 적어도 부분적으로는 남아 있었다. 그는 확신이 있는 듯했다.

「그게 바로 노인성 치매의 특징이야.」반장이 설명했다. 「그들은 자신이 말하는 것에 대해 확신이 있고, 그들의 확신은 우리를 긴가민가하게 만들지. 내게 치매 걸린 장모가 있었기 때문에 잘 알아. 매일 저녁 그 양반은 30년 전에 죽은 자기 자매가 보인다고 하기도 하고, 자기가 20년 동안 바람 피운 약사와 나를 혼동하기도 했지.」

문제는 노인이 제공한 인상착의가 믈룅 근처에 살고, 반장이 직접 집에 찾아가 신문했던 여자의 그것과 비슷하다는 점이다.

「나이 들고 뚱뚱한 여자는,」젊은 여경이 말했다. 「거리에 수도 없이 있어요…….」

「에이, 이보라고……!」

이 사건과 관련된 사람들 중에 밝은 색의 승용차를 모는 뚱뚱한 아줌마는 한 명밖에 없단다. 물론 그녀의 프로필은 킬러의 그것이라고는 할 수 없지만, 그래도 좀 이상하단다.

「우리 장모는 가끔씩 아주 분별 있는 소리를 하는 적도 있었어. 하지만 대부분의 시간에는 헛소리를 해대니까 우리가 믿지 않았던 거지.」

하여 반장은 수사 판사에게 전화를 걸어 사법 공조를 요청했다.

「압수 수색 영장이 있으면 더욱 좋겠고요.」라고 그는 덧붙였다.

어차피 현장에 가는 김에, 일할 수 있는 수단을 갖추는 게 낫지 않겠는가.

판사는 연락이 닿지 않아, 그에게 메시지만 남겼다.

그러다 마침내 오후 6시 30분 경, 판사가 전화를 해서는 〈좋아요, 영장을 보내드릴게요〉라고 말한다.

그리고 나서 6시 45분이 되자 오토바이 경찰 하나가 서류를 가져다준다. 자, 그럼 플링으로! 오키핀티는 부하 두 명을 데려가기로 한다.

「8시 전에 현장에 도착할 거야. 그럼 완벽해.」

출발하기 전에 젊은 여경은 선생의 기억이 돌아와 그 〈늙은 여자〉의 이상한 방문에 대해 뭔가 더 얘기해 주기를 기대하며 전화를 했지만, 아무도 전화를 받지 않는다.

그녀는 사회 복지 센터에 전화를 걸었다.

「네,」 그들이 대답했다. 「그분을 데리러 사람들이 갔어요.」

✝

반장은 마틸드 페랭을 체포하는 기쁨을 영원히 맛보지 못할 것이다.

너무 늦었다.

그가 압수 수색 중에 그녀의 무기고를 발견했을 때, 그의 기회는 이미 지나간 뒤였다⋯⋯.

왜냐하면 반장의 팀이 경찰 수사대를 나오고 있을 때, 택시 한 대가 라 쿠스텔에 도착했기 때문이다. 택시 기사가 멀리서 외친다.

「페랭 부인, 여기가 맞나요?」

외투 차림의 마틸드 옆에는 커다란 여행 트렁크가 놓여 있고, 또 버들가지 케이지도 있는데 그 안에서 강아지는 낑낑대기 시작하다 불안감에 사로잡혀 소리를 멈춘다. 그녀는 신호기처럼 크게 손을 흔드는 택시 기사를 바라본다.

그럼 어디겠어, 이 얼간아? 장롱만큼이나 커다란 가방을 들고 있는 나를 보면서 여기가 맞느냐고 물어……? 그녀는 케이지로 몸을 숙인다. 쿠키야, 이 지역에서 제일 멍청한 택시에 걸린 것 같아…… 그녀는 다시 몸을 일으키며, 피곤한 기색으로 손짓을 해보인다. 자, 들어와, 이 머저리 같으니…….

만족하여 큼지막한 미소를 지은 기사는 대문을 활짝 열고 다시 차에 타서는 진입로를 천천히 나아온다. 현관 층계 앞에서 크게 유턴을 한 다음 차를 세우고 거기서 내린다.

「여기가 맞나 안 맞나 헷갈렸어요!」

그는 다혈질의 수다쟁이다.

「그래서 당신 생각은요?」

그는 트렁크와 강아지 케이지를 앞에 두고 서 있는 여자를 쳐다본다.

「하하하! 여기가 맞는 것 같네요! 하하하!」

그는 계단의 발치에 도착한다.

「제가 15분 일찍 왔네요!」

그게 자랑스러운 모양이다. 그는 계단을 올라와 가방을 들고는 자기 차로 가면서 묻는다.

「부인의 비행기는 몇 시에 출발하죠?」

「9시요.」

「아이고, 시간이 충분하네요! 이 시간에 오를리까지는 식은 죽 먹기예요!」

이 말이 마틸드를 결심하게 만든다. 오후 내내, 르푸아트뱅에게 따지러 가지 않은 게 계속 신경이 쓰였다. 그러려고 생각할 때마다 다른 일이 생겼다. 그러고 나서는 더 이상 생각하지 않았다. 하지만 시간이 15분이나 남기 때문에 그녀에게는 문제를 해결할 시간이 충분하다.

「잠깐만 기다려 주세요.」 운전사가 강아지 케이지를 들어 뒷좌석에 올려놓고 있을 때 그녀가 말한다.

「이 녀석 견종이 뭔가요?」

「달마티안!」

그녀는 주방에서 스미스 & 웨슨을 꺼내며 소리친다.

기사는 허리를 굽혀 케이지 옆쪽의 조그만 창문을 통해 쿠키를 들여다본다.

「달마티안 같지는 않은데…….」

그가 뒷문을 닫고 있을 때, 숄더백을 둘러맨 마틸드가 테라스에 나타나서는 유리문을 열쇠로 걸어 잠그고는 계단을 내려오며 말한다.

「이웃집에 열쇠를 맡기고 올게요.」

「차로 모셔다 드릴까요?」

「필요 없어요.」

마틸드는 갑자기 흥분이 고조된다. 그렇게 오랫동안 귀찮게 굴어 온 이웃 인간에게 뜨거운 맛을 보여 줄 것이라 생각하니, 속이 다 후련해진다. 그에게 〈자, 뤼도를 대신해서 내가 왔어, 걔를 기억하지?〉라고 말한 다음, 두 눈 사이에 한 발을 박아 주리라. 권총에 소음기를 끼워 놓았으니, 기사는 아무 소리도 듣지 못하리라. 일이 끝난 후에는 울타리를 이룬 관목 가운데 총을 버릴 것이다. 사실 어찌 되든 그녀는 상관없다. 아무도 그녀를 찾을 수 없을 테니까.

마침내 마틸드 페랭을 찾기로 결정을 내린다 해도, 자클린 포레스티에를 찾아내기 위해서는 기적이 필요하리라.

그때까지 나는 열 번은 죽을 시간이 있어…… 그녀는 대문 쪽으로 활기차게 걸어가며 만족스러운 미소를 짓는다.

기사가 그녀에게 소리친다.

「그래도 너무 꾸물대지는 말아요! 엉?」

그녀가 중간쯤 왔는데, 여기저기 꽤나 찌그러져 있는 아미 6 한 대가 불쑥 튀어나온다.

엔진이 굉음을 내는 가운데 차가 2단으로 나아온다. 그릴 문에 뒤쪽 펜더를 긁히지만, 약간 길에서 벗어났다가 진입로 중간에서 균형을 잡는다. 그러고는 가속한다. 속도가 3단으로 올라간다.

선생이 여기까지 오는 데는 거의 두 시간이 걸렸다. 그는 변속 기어를 하나도 제대로 찾을 수 없었는데, 특히 4단을 헤맸다. 그는 그 도로로 가고 싶었다. 〈그 도로로 들어가야 해!〉라고 계속 되뇌었다. 거기로 가야 해. 왜냐하면 경찰이 내 말을 믿지 않으니까.

트레비에르를 찾는 것은 쉽지 않았다. 그는 아무에게도 묻고 싶지 않았다. 사실은 사람들이 자신이 계속 길을 못 가게 할 것이라 확신했기 때문에 절대로 멈추고 싶지 않았다. 심지어는 빨간불에서도, 정지 표지판에도 그냥 지나갔다. 경적 소리와 욕설 소리를 얼마나 많이 들었던지! 핸들을 꼭 붙잡고, 눈을 유리창에 40센티미터 가까이로 붙인 선생의 머릿속에는 한 가지 생각밖에 없었다. 플뢰 방면 도로로 가야 해!

226이라는 숫자를 보자, 그는 갑자기 방향을 틀었고, 자갈이 깔린 직선로가 나왔다.

그리고 그의 앞에는 포효하는 이 자동차의 출현에 얼어붙은 그 여자가 있다.

그는 그녀를 완벽히 알아본다. 바로 저 여자다! 그가 차에 타는 것을 봤던 여자, 르네와 테비를 죽이러 왔던 여자.

아마도 마틸드는 몇 걸음을 옮겨 자신에게 돌진하는 아미 6을 피할 수 있었을 것이다. 게다가 아미 6의 운전자는 그녀를 추적할 수 있는 반사 신경이 없기 때문에 더욱 그랬다.

그녀를 그럴 수 없게 만든 것은 선생의 얼굴이다.

그녀는 창문에서 얼핏 보았던 노인의 그 환각에 사로잡힌 듯한 얼굴을 완벽히 알아본다. 이 경악의 순간은 충분하고도 치명적이다.

아미 6는 시속 50킬로미터의 속도로 달려와 그녀를 정면으로 들이받는다.

마틸드의 몸은 충격으로 튕겨져 나가는 대신에 앞쪽 보닛에 엎드리듯 실리고, 자동차는 그 상태로 테라스까지 달려가 그녀를 거세게 박아 버린다.

마틸드는 테라스 유리문에 튕겨지지만, 유리문은 부서지지 않는다. 이미 두 다리가 부러지고, 가슴팍이 움푹 들어간 상태에서 그녀의 머리통은 유리창에 어마어마하게 거세게 부딪치고, 그녀의 몸은 타일 바닥 위로 무너져 내린다.

선생이 차문을 열고 나와 천천히 몸을 편 다음, 피투성이가 된 얼굴로 비틀거리며 진입로를 다시 걸어가는 것을 봤을 때, 경악한 택시 기사는 뭔가를 말하고 싶지만, 더 이상 어떻게 해야 할지, 유리문 아래의 피 웅덩이 속에 잠겨 있는 자신의 고객을 구조해야 할지, 한 걸음 내딛을 때마다 넘어질 듯 비틀거리며 멀어져 가는 저 엄청나게 마른 노인네를 붙잡으려 해야 할지, 아니면 경찰에 신고해야 할지 알 수가 없다. 그는 아무것도 하지 않는다. 장면의 난폭함과 갑작스러움에 충격을 받은 그는 자기 차의 좌석에 가서 앉았고, 이상한 일이지만 두 손으로 머리를 부여잡고는 울기 시작한다.

사회 복지 센터는 선생을 데리러 갔지만 그를 찾지 못했다.

이미 그는 굉음을 발하는 차를 몰고서 자신의 운명을 향해 떠난 뒤였다.

그는 피투성이 몸에 잔뜩 부어오른 얼굴로 트레비에르의 길거리를 헤매는 모습으로 발견되었다.

그의 사건 심리는 약간 오래 걸렸고, 그가 죽을 때까지 지낼 수 있을 곳을 찾아 주기까지는 3개월 이상이 걸렸다.

현재 그는 샹티이[73] 근처의 어느 노인 요양 병원에서 살고 있다.

만일 당신이 그곳을 방문할 일이 있다면, 밤을 제외한 어느 시간이든, 그의 방 창문에 비친 그의 실루엣을 볼 수 있을 것이다. 그는 공원의 나무들을 바라보며 시간을 보낸다.

지금은 편안해진 그의 얼굴에 아주 은근하게 떠오르는 미소는 죽음을 두려워하지 않는 남자의 부드럽고도 평온한 모습을 보여 준다.

---

73 프랑스 북쪽에 위치한 작은 도시로, 샹티이성을 포함하여 아름다운 전원이 펼쳐져 있어 여행지로 인기가 높다.

후사

내게 매우 소중했던 도움을 아끼지 않은 프랑수아 다우스트에게 감사의 말을 전한다.

옮긴이의 말

벌써 피에르 르메트르 작품을 일곱 번째 번역하게 되었다. 개인적으로 그를 무척 좋아하는데, 대중성과 문학성을 절묘하게 조화시킨 그의 소설들, 특히 그의 세련된 문체와 은근한 유머 감각이 매력적이기 때문이다. 그의 글을 우리말로 옮기는 일은 내게는 언제나 즐거운 도전이다.

르메트르는 참 특별한 작가다. 50대 후반의 늦은 나이에 스릴러 작가로 데뷔한 후, 『오르부아르』로 공쿠르상을 수상하며 본격 문학의 길로 들어섰고, 지금은 프랑스에서 가장 인기 있는 작가 중 하나이다. 개인적으로 만나 뵌 일이 있는데, 전례 없는 성공에도 불구하고 너무나 겸손하고 인간미 넘치는 모습이 무척 인상적이었다. 특히 70세가 넘은 나이에도 왕성하게 작품 활동을 하는 그의 모습에서 경이로움마저 느낀다.

『대문자 뱀』은 르메트르가 정식으로 데뷔하기 전인 1985년에 집필한 작품을 다듬어 최근에 발표한 스릴러다. 이 책의 앞부분에서도 볼 수 있듯이, 작가 본인은 이 작품을 끝으로 더 이상 누아르 소설을 쓰지 않겠다고 말한다. 하지만 일개 습작이라고 하기엔 너무나 완성도가 높다. 치밀한 심리 묘사, 소름끼치는 장면들, 탄탄한 구성, 그리고 〈피에 굶주린 킬러 할머니〉라는 독특한 소재까지…… 세계 유수의 스릴러 문학상들을 휩쓴 그의 다른 작품들에 비해서도 전혀 손색이 없다.

이 소설의 주인공 마틸드는 겉보기엔 평범한 60대 노부인 이지만, 사실은 냉혹 무비한 킬러이다. 과거 레지스탕스 활동을 하던 시절부터 끔찍하게 잔인한 면모를 보였던 그녀는 전쟁 이후 마음속의 연인 앙리의 주선으로 청부 살인 업자가 된다. 그러나 나이가 들면서 찾아온 치매로 인해 멍청한 실수들을 저지르고, 결국 제거 대상이 된다…….

이 작품은 인간의 근원적인 악을 냉정하게 그려 낸다. 평범해 보이는 노부인, 아름답고 천진한 처녀의 모습 뒤에 도사린 충격적인 면모를 통해 우리는 인간의 근원적인 이중성을 마주하게 된다. 여기에 사랑하는 이들을 잃은 후, 기억력 장애에도 불구하고 기필코 복수를 이루고야 마는 또 다른 치매 노인의 이야기가 곁들여져 작품에 재미와 감동을 더한다.

르메트르를 좋아하는 독자 중에는 『오르부아르』 이후의 본격 문학 작품을 선호하시는 분들도 있지만, 초기의 스릴러를 즐기는 독자 또한 많다. 스릴러 팬들에게 이 작품은 특별한 선물이 될 것이다.

르메트르 작가가 노령이지만, 계속 건강하게 작품을 써내어 그 훌륭한 작품들을 계속 번역하는 것이 나의 개인적 소망이다. 독자 여러분도 이 책을 통해 르메트르 특유의 깊은 통찰과 절묘한 서사를 만끽하셨으면 한다.

2026년 2월
파주에서
임호경

옮긴이 **임호경** 1961년에 태어나 서울대학교 불어교육과를 졸업했다. 파리 제8대학에서 문학 박사 학위를 취득했으며, 현재 전문 번역가로 활동하고 있다. 옮긴 책으로는 피에르 르메트르의 『오르부아르』, 『사흘 그리고 한 인생』, 『화재의 색』, 『우리 슬픔의 거울』, 에마뉘엘 카레르의 『왕국』, 『러시아 소설』, 『요가』, 요나스 요나손의 『킬러 안데르스와 그의 친구 둘』, 『셈을 할 줄 아는 까막눈이 여자』, 『창문 넘어 도망친 100세 노인』, 베르나르 베르베르의 『신』(공역), 『카산드라의 거울』, 조르주 심농의 『리버티 바』, 『센 강의 춤집에서』, 『누런 개』, 『갈레 씨, 홀로 죽다』, 앙투안 갈랑의 『천일야화』, 로런스 베누티의 『번역의 윤리』, 스티그 라르손의 〈밀레니엄 시리즈〉, 파울로 코엘료의 『승자는 혼자다』, 기욤 뮈소의 『7년 후』 등이 있다.

대문자 뱀

발행일 2026년 2월 25일 초판 1쇄
        2026년 4월 10일 초판 2쇄

지은이 피에르 르메트르
옮긴이 임호경
발행인 홍예빈
발행처 주식회사 열린책들

경기도 파주시 문발로 253 파주출판도시
전화 031-955-4000 팩스 031-955-4004
홈페이지 www.openbooks.co.kr 이메일 literature@openbooks.co.kr